AtV

John Cleland (1709–1789), englischer Romancier in der Tradition des Schelmenromans, Dramatiker, Journalist. Schon mit siebzehn reiste er nach Bombay, trat in den Dienst der Ostindischen Gesellschaft, bekleidete später in Smyrna das Amt eines Konsuls und reiste zudem jahrelang ohne feste Beschäftigung quer durch Europa. Seinen erotischen Klassiker »Fanny Hill« (1749) schrieb er im Schuldturm. Zwar befreite ihn der Erlös des Buches von den Verfolgungen durch seine Gläubiger, doch bescherte ihm sein Werk zugleich auch eine Vorladung vor den Privy Council: Cleland mußte seine »Fanny« umschreiben und die erotischen Passagen entschärfen. Es heißt sogar, er habe fortan eine jährliche Rente von einhundert Pfund erhalten, die ihn von weiteren skandalösen Schriften abhalten sollte ... Zwei Jahrhunderte lang war »Fanny Hill« verboten und gelangte nicht in den freien Buchhandel. Die ersten legalen Ausgaben – nachdem das Buch rehabilitiert war – erschienen 1963 in den USA und 1970 in England, die erste vollständige Ausgabe mit dem ungekürzten Text jedoch erst 1985 in Oxford.

»Wahrheit, unverstellte, nackte Wahrheit ist meine Losung! Ich werde mir nicht die Mühe nehmen, sie mit Schleiern zu umhüllen, sondern Umstände und Situationen so malen, wie sie mir tatsächlich begegnet sind, und mich nicht darum kümmern, ob ich die Gesetze der Wohlanständigkeit übertrete. Und Sie haben zuviel Verstand, zuviel Kenntnis von den Urbildern selbst, als daß Sie aus Scheinheiligkeit oder aus Charakter bei ihren Schilderungen die Nase rümpfen sollten. Leute der höchsten Gesellschaft, von bestem und tonangebendem Geschmack machen sich kein Gewissen daraus, ihre privaten Kabinette mit nackten Figuren zu zieren, obwohl sie dieselben aus lauter Rücksicht auf allgemeine Vorurteile für keinen anständigen Schmuck ihrer Vorzimmer halten würden.«

John Cleland

Die Abenteuer der Fanny Hill

Aufbau Taschenbuch Verlag

Titel der Originalausgabe
Memoirs of a Woman of Pleasure

Nach einer alten Übersetzung aus dem Englischen
herausgegeben und mit einem Nachwort versehen
von Kurt Starke
Vorliegende Ausgabe folgt dem 1919 in München
veranstalteten Privatdruck

ISBN 3-7466-1412-0

3. Auflage 1999
Aufbau Taschenbuch Verlag GmbH, Berlin

Umschlaggestaltung Preuße & Hülpüsch Grafik Design
unter Verwendung eines Fotos von Transglobe Agency
Satz LVD GmbH, Berlin
Druck Elsnerdruck GmbH, Berlin
Printed in Germany

Madame!

Ich setze mich nieder, um Ihnen einen unleugbaren Beweis zu geben, daß mir Ihr Wunsch strengster Befehl ist. Ich werde also (so unangenehm die Angelegenheit auch sein mag) all die anstößigen Abschnitte meines Lebens einer neuen Betrachtung würdigen, eines Lebens, von dem ich mich endlich losgerissen habe, um zu dem Genuß der Seligkeit zu gelangen, welche man nur im Besitz von Liebe, Gesundheit und Glück erwarten kann. Noch bin ich blühend jung, und noch ist es nicht zu spät, eine Muße, wie sie mir unter bequemen Umständen und großem Überfluß verstattet wird, zur Aufbauung eines von Natur nicht ganz zu verachtenden Verstandes zu verwenden, der mich, auch mitten in dem Wirbel der zügellosesten Vergnügungen, mehr von Charakter und Sitten der Welt erfahren ließ, als man bei Frauenzimmern von meiner unglückseligen Lebensart gewöhnt ist. Denn sie halten jeden ernsthaften Gedanken für ihren ärgsten Feind, der entweder so fern als möglich zu halten oder ohne Barmherzigkeit zu vertilgen ist.

Weil ich vor allen langen unnötigen Vorreden einen unbezwinglichen Abscheu habe, will ich hier gelinde mit Ihnen umgehen, und, statt mich lange zu entschuldigen, Sie nur vorbereiten, den zügellosen Teil eines Lebens ebenso frei beschrieben zu sehen, wie ich ihn geführt habe.

Wahrheit, unverstellte, nackte Wahrheit ist meine Losung! Ich werde mir nicht die Mühe nehmen, sie mit Schleiern zu umhüllen, sondern Umstände und Situationen so malen, wie sie mir tatsächlich begegnet sind, und mich nicht darum kümmern, ob ich die Gesetze der Wohlanständigkeit übertrete, die nie für so schrankenlos vertraute Beziehungen wie die unsrigen gemacht waren. Und Sie haben zuviel Verstand, zuviel Kenntnis von den Urbildern selbst, als daß Sie aus Scheinheiligkeit oder aus Charakter bei ihren Schilderungen die Nase rümpfen sollten. Leute der höchsten Gesellschaft, von bestem und tonangebendem Geschmack machen sich kein Gewissen daraus, ihre privaten Kabinette mit nackten Figuren zu zieren, obwohl sie dieselben aus lauter Rücksicht auf allgemeine Vorurteile für keinen anständigen Schmuck ihrer Vorzimmer halten würden.

Dies vorangeschickt – und es ist reichlich genug –, fange ich nun geradewegs meine persönliche Geschichte an. Mein Mädchenname ist Francis Hill. Ich ward geboren in einem Dörfchen in Lancashire, nahe bei Liverpool, von sehr armen, aber, wie ich aufrichtig glaube, grundehrlichen Eltern.

Mein Vater hatte sich eine Lähmung zugezogen, die ihn unfähig machte, die beschwerlicheren Arten grober Bauernarbeit zu leisten, und verschaffte sich durch Knüpfen von Netzen ein kümmerliches Auskommen, wozu meine Mutter auch ihren geringen Teil beitrug; sie hielt eine kleine Schule für die Mädchen ihrer Nachbarschaft. Sie hatte viele Kinder, aber keines lebte sonderlich lange außer mir, die ich von Natur durchaus gesunden Leibes war.

Meine Erziehung war bis über das vierzehnte Jahr

hinaus nicht anders als sehr niedrig und schlecht. Lesen oder vielmehr Buchstabieren, unleserliches Kritzeln und ein bißchen gemeine Näherei machten ihr Lehrsystem aus. Die ganze Grundlage meiner Tugend war nichts andres als völlige Unkenntnis des Lasters und die furchtsame Scheu, die unserm Geschlechte in den frühen Abschnitten des Lebens so eigen ist, da die Gegenstände uns mehr durch ihre Neuheit als durch sonst etwas Unruhe oder Schrecken verursachen. Aber dieses ist eine Furcht, von welcher wir Mädchen oft auf Kosten der Unschuld befreit werden, wenn wir nach und nach anfangen, die Mannspersonen nicht mehr als Raubtiere anzusehen, die uns fressen wollen.

Meine Mutter hatte ihre Zeit so gänzlich unter ihre Schülerinnen und ihre kleinen häuslichen Angelegenheiten verteilt, daß ihr wenig zu meinem Unterrichte übrigblieb, und weil ihre eigene Unschuld nichts Böses kannte, so kam ihr auch nicht der Gedanke, mich dagegen zu verwahren.

Ich war in mein fünfzehntes Jahr getreten, als mir das größte Unglück widerfuhr: der Verlust meiner guten, zärtlichen Eltern, welche wenige Tage nacheinander von den Pocken hingerafft wurden. Mein Vater starb zuerst; sein Tod beschleunigte den meiner Mutter. Ich blieb zurück als unglückliche, freudlose Waise, denn mein Vater hatte sich nur zufälligerweise am Ort niedergelassen (er war eigentlich aus der Grafschaft Kent gebürtig). Die grausame Krankheit, die für sie tödlich war, hatte mich zwar auch befallen, aber unter so leichten und günstigen Umständen, daß ich bald außer Gefahr war und ganz ohne Narben davonkam, was ich allerdings damals noch nicht zu schätzen wußte.

Ich will hier die Schilderung des Schmerzes und des Kummers übergehen, den ich bei dieser traurigen Gelegenheit natürlicherweise fühlen mußte. Ein wenig Zeit und die Unerfahrenheit meiner Jugend zerstreuten nur zu bald meine Gedanken über diesen unersetzlichen Verlust. Nichts aber trug mehr dazu bei, mich endlich ganz gleichgültig dagegen zu machen, als der Plan, der mir unmittelbar in den Kopf gesetzt wurde: nach London zu gehen und mich dort nach einem Dienst umzusehen, worin mir ein junges Frauenzimmer, mit Namen Esther Davis, mit Rat und Tat beizustehen versprach. Diese war aus der Stadt gekommen, ihre Freunde zu besuchen, und wollte, nach einem Aufenthalt von wenigen Tagen, wieder in ihre Stellung zurück.

Da ich nun im Dorfe keine lebende Seele hatte, die sich meiner hätte annehmen und einige Einwendungen gegen meinen Vorsatz machen können, ja, die Frau, die nach meiner Eltern Tod für mich sorgte, mich vielmehr ermunterte, ihn auszuführen, kam ich bald zu dem festen Entschluß, den Flug in die weite Welt zu wagen und nach London zu reisen, um dort mein Glück zu machen, eine Phrase übrigens, die mehr Abenteurer beiderlei Geschlechts vom Lande verdorben als glücklich gemacht hat.

Zudem flößte mir Esther Davis nicht wenig Mut und Entschlossenheit, mit ihr zu reisen, dadurch ein, daß sie meine kindische Neugierde nach den schönen Sachen, die in London zu sehen wären, rege machte. Es wären da zum Beispiel prächtige Denkmäler, Löwen, der König, die königliche Familie, schöne Komödien und Opern, kurz, alle Ergötzlichkeiten, die an die Sphäre ihres Lebens grenzten, und deren umständliche Schilderung mir vollends das Köpfchen verdrehten.

Ich muß noch immer lachen, wenn ich an die unschuldige Bewunderung denke, womit wir armen Mädchen, deren ganzer Sonntagsputz in groben Hemden und schlechten Wollröcken bestand, nicht ohne Neid Esthers Staat betrachteten, ihr Kleid von verschabtem Atlas, ihre mit schmalen Tressen besetzten Hauben, ihre Flitterbänder und gestickten Schuhe! Dieses alles, bildeten wir uns ein, wachse in London, und es hatte einen großen Einfluß auf meine Entschließung, mein Heil auch dort zu versuchen.

Indessen war der Gedanke, die Gesellschaft einer künftigen Städterin um sich zu haben, der ganze elende Beweggrund für Esther, während meiner Reise zur Stadt meine Aufsicht auf sich zu nehmen. Sie sagte mir, um mit ihren eigenen Worten zu reden: es hätten schon viele Mädchen vom Lande sich und ihre Verwandtschaft auf ihre ganze Lebenszeit glücklich gemacht; manche, die sich ehrlich und tugendhaft gehalten hätten, wären bei ihren Herren so wohlgelitten gewesen, daß sie sie geheiratet hätten und ihnen Kutschen hielten, so daß sie nun erstaunlich vornehm und glücklich lebten, ja einige wären wohl gar Herzoginnen geworden: das wäre alles eitel Glück und sie wüßte nicht, warum es mich nicht ebensogut treffen könnte als eine andere. Das und andere feine Geschichtchen solcher Art machten mich bald bereit, die vielversprechende Reise zu unternehmen und den Ort zu verlassen, der zwar meine Geburtsstätte war, in dem ich aber keine Verwandten mehr hatte, die ich ungerne hätte verlassen müssen, ja er war mir sogar unerträglich, weil sich selbst in dem Hause meiner einzigen Freundin, von welcher ich nicht einige Sorgfalt und Hilfe erwarten konnte, die zärtlichste Behandlung in eine kalte mitleidige Grimasse gegen mich verwandelt hatte. Sie war jedoch so gefällig und billig gegen mich, daß sie die paar Habseligkeiten, die mir nach Abzug der Schulden und Leichenkosten übriggeblieben waren, zu Gelde machte und mir bei meiner Abreise mein ganzes Vermögen in die Hände gab. Es bestand in einer sehr dürftigen Garderobe, die sich in eine bequem zu tragende Schachtel packen ließ, und in acht Guineen und siebzehn Schillingen Silbermünzen, welche ich in einem Beutel mit einem Springschlosse aufbewahrte. Das war ein größerer Schatz, als ich jemals beisammen gesehen hatte, und ich konnte nicht begreifen, wie es möglich sein sollte, ihn jemals verausgaben zu können. Ich war in der Tat, wie ich mich im Besitz einer so unermeßlichen Summe sah, so sehr vom Vergnügen eingenommen, daß ich wenig Aufmerksamkeit auf die Menge guter Ratschläge hatte, die mir mit auf den Weg gegeben wurden.

Wir saßen nun in der Landkutsche. Aber ich übergehe lieber die unbedeutende Szene des Abschiednehmens, wobei ich, halb vor Betrübnis, halb vor Freude, einige Tränen vergoß; und aus ebendem Grunde der Unbeträchtlichkeit übergehe ich auch alles, was mir unterwegs begegnete, die gierigen Blicke, die der Kutscher mir zuwarf, die Pläne, die von einigen Passagieren auf mich gemacht und durch die wachsame Aufsicht Esthers vereitelt wurden, welche – um ihr Gerechtigkeit widerfahren zu lassen – mütterlich Sorge um mich trug, aber auch zugleich mir ihren Schutz ziemlich hoch berechnete, indem ich alle Reisekosten für sie bezahlen mußte. Dieses tat ich nicht nur mit dem größten Vergnügen, sondern ich glaubte ihr auch noch obendrein sehr verbunden sein zu müssen. Sie ließ sich's wirklich sehr angelegen sein, daß wir nicht übervorteilt und betrogen wurden und daß wir uns so sparsam als möglich durchhalfen; Verschwendung war ihr Fehler nicht.

Es war sehr spät an einem Sonnabend, da wir in unserm langsamen, obgleich zuletzt mit sechs Pferden bespannten Fuhrwerke die Stadt erreichten. Als wir durch die großen Straßen fuhren, die zu unserm Gasthof führten, setzte mich das Rasseln der Kutschen, der Lärm und das Gedränge der Fußgänger, kurz, der neue Anblick so vieler Läden und Häuser zugleich in Verwunderung und Erstaunen.

Aber stellen Sie sich meine Verlegenheit und Bestürzung vor: als wir nun in dem Gasthofe abgestiegen waren und unsere Bagage abgeladen und übernommen hatten, geschah es, daß meine Reisegefährtin und Beschützerin Esther Davis, welche mir die ganze Rcise hindurch mit der äußersten Zärtlichkeit begegnet war und mich durch keinerlei Hinweis auf den betäubenden Schlag, der mich treffen sollte, vorbereitet hatte, geschah es, sage ich, daß meine einzige Bekannte und Freundin an diesem fremden Orte plötzlich eine fremde und kaltsinnige Miene gegen mich annahm, als wenn sie befürchtete, ich möchte ihr zur Last werden.

Anstatt also mir fernerhin ihren Beistand und ihre Beflissenheit zu bieten, worauf ich mich so ganz verlassen und deren ich niemals mehr benötigt hatte als jetzt, glaubte sie, wie es schien, ihrer Pflicht Genüge damit geleistet zu haben, daß sie mich glücklich ans Ende meiner Reise gebracht hätte. Ohne in ihrem Betragen gegen mich etwas Unnatürliches oder Sonderbares zu finden, fing sie an, mich zum Abschied zu umarmen, indessen ich so bestürzt und niedergeschlagen war, daß ich weder Verstand noch Sinne zusammenretten konnte, um ihr zu verstehen zu geben, was ich von ihrer Erfahrung und Kenntnis des Orts, wohin sie mich gebracht, für einen lehrreichen Unterricht erhofft und erwartet hätte.

Wie ich so betäubt und stumm dastand (was sie ohne Zweifel keiner andern Ursache zuschrieb, als daß mir ihr Abschied sehr naheging), verschaffte sie mir allein eine geringe Erleichterung durch folgende Anrede: Weil wir nun gesund und wohl in London angekommen wären und sie gezwungen wäre, in ihre Stellung zu gehen, so wollte sie mir den Rat geben, um alles in der Welt ja auch bald eine anzunehmen – ich dürfte nicht fürchten, keine zu bekommen – es gäbe ihrer mehr als Pfarrkirchen – sie wolle mir raten, in ein Vermittlungs-Comptoir zu gehen – wenn sie hören würde, daß etwas zu machen wäre, so wollte sie mich aufsuchen und es mich wissen lassen – unterdessen sollte ich ein eigenes Logis nehmen und ihr zu wissen tun, wo ich wäre – sie wünsche mir viel Glück und hoffe, daß ich mich immer ehrlich halten und keine Schande auf meine Anverwandtschaft bringen würde. Hiermit nahm sie von mir Abschied und überließ mich meinem guten Glück und meinen trüben Gedanken.

Da ich mich nun ganz einsam, verlassen und freundlos befand, fing ich an, die harte Trennung aufs bitterste zu fühlen, welche sich in einem kleinen Zimmer des Gasthofs abgespielt hatte, und sie hatte kaum den Rücken gewandt, als der Schmerz, den ich in meiner Hilflosigkeit empfand, in eine Tränenflut ausbrach, worin mein beklommenes Herz eine unendliche Erleichterung fand, ob ich gleich immer voll Erstaunen und Verwirrung nicht wußte, was anfangen.

Meine Verlegenheit wurde noch größer, als ein Kellner kam und mich ganz kurz fragte, was zu meinen Diensten stände, worauf ich in aller Unschuld antwortete, nichts, aber ich wünschte, er möchte mir sagen, wo ich diese Nacht ein Lager bekommen könnte. Er sagte, er wolle gehen undmit seiner Frau reden, welche denn auch sogleich kam und mir, ohne sich im mindesten um meine traurige Lage zu bekümmem, ganz trocken sagte, ich könnte für einen Shilling ein Bett haben und, weil sie glaubte, daß ich einige Freunde in der Stadt hätte (hier entschlüpfte mir vergebens ein tiefer Seufzer), so könnte ich denn am nächsten Morgen weiter für mich sorgen.

Es ist fast unglaublich, was für elende Trostgründe das menschliche Gemüt in seinen größten Kümmernissen ergreift. Die bloße Gewißheit eines Nachtlagers war nicht imstande, mich in meiner Angst zu beruhigen; und da ich mich schämte, der Wirtin zu gestehen, daß ich in der Stadt keine Freunde hätte, an die ich mich wenden könnte, so nahm ich mir vor, gleich am nächsten Morgen in ein Vermittungs-Comptoir zu gehen, wofür ich eine von Esther auf die Umseite eines Gassenhauers geschriebene Adresse hatte. Hier dachte ich Mitteilung von irgendeiner Stelle zu bekommen, zu der sich etwa so ein Landmädchen, wie ich, schicken möchte und wo ich mir forthelfen könnte, ehe mein kleines Kapital aufgezehrt wäre. Was meine Herkunft und mein Betragen betraf, hatte mir Esther sehr oft gesagt, sollte ich mich nur auf sie verlassen, sie wollte schon darüber Auskunft geben. So betroffen ich auch über die Trennung war, so hörte ich doch nicht gänzlich auf, Vertrauen auf sie zu setzen, und fing in meiner Gutherzigkeit an zu denken, daß ihr Verfahren nichts Sonderbares gehabt und ich es bloß aus Mangel an Welterfahrung in einem falschen Licht betrachtet hätte.

Den nächsten Morgen also putzte ich mich so nett und sauber, als es nur meine bäurische Kleidung erlaubte, und nachdem ich der Wirtin meine Schachtel zur sorgfältigsten Verwahrung übergeben hatte, ging ich aus und kam, ohne mich unterwegs durch irgend etwas länger aufhalten zu lassen, als man von einem Landmädchen erwarten darf, das kaum fünfzehn Jahre alt war und jedes Schild und jeden Laden begaffen mußte, endlich in das gewünschte Vermittlungs-Comptoir.

Es wurde von einer ältlichen Frau verwaltet, welche da saß, um ihre Kundschaft zu empfangen. Vor ihr lag ein großes dickes Buch und viele ausgebreitete Papiere mit Anweisungen auf Dienstplätze.

Auf diese wichtige Person ging ich also zu, ohne aufzusehen oder jemand von den um mich stehenden Leuten anzuschauen, welche in gleicher Absicht hingekommen waren, und nachdem ich ihr einen sehr tiefen Knicks gemacht hatte, stammelte ich ihr mit vieler Mühe mein Anliegen vor.

Als mich die gestrenge Frau mit der ganzen Ernsthaftigkeit und Gravität eines kleinen Staatsministers ausgehorcht und mit einem Blick auf meine Figur gesehen hatte, was an mir war, gab sie mir keine eigentliche Antwort, sondern verlangte vorläufig nur den üblichen Handshilling, bei dessen Empfang sie mir sagte: Dienstplätze für junge Mädchen wären außerordentlich selten, besonders da ich ihr für harte Arbeit zu schwach gebaut vorkäme; sie wollte aber doch ihr Buch durchgehen und sehen, was für mich zu tun wäre, unterdessen sollte ich ein wenig warten, bis sie einige andere Kunden abgefertigt hätte.

Hierauf trat ich ein wenig zurück, herzlich bestürzt über eine Erklärung, welche mich in einer marternden Ungewißheit ließ, die zu meiner Lage nicht gut im Einklang stehen wollte.

Ich faßte aber bald Mut, suchte meine unleidlichen Gedanken zu zerstreuen, richtete den Kopf ein wenig auf und ließ meine Augen im Zimmer rundumher gehen, wo sie den Blicken einer Dame (denn dafür hielt ich sie in meiner großen Unschuld) begegneten, welche in einem Winkel saß. Sie trug einen samtenen Umhang (nota bene: mitten im Sommer), keine Haube, war dick und fett, von kupfernem Gesicht und mochte wenigstens fünfzig Jahre alt sein.

Sie betrachtete mich, als wenn sie mich mit den Augen verschlingen wollte, vom Kopf bis zu den Füßen, ohne sich im mindesten an die Verwirrung und Schamröte zu kehren, in welche mich ihre starren Blicke versetzten und welche ohne Zweifel die stärkste Empfehlung für sie waren und ihr den deutlichsten Beweis gaben, daß ich für ihre Absicht geeignet wäre.

Nach einer kurzen Zeit, in welcher sie mein Gesicht,

Person und ganze Gestalt auf das genaueste untersucht hatte (wobei ich mich meinerseits bemühte, die Untersuchung für mich vorteilhaft zu machen, indem ich mich zwang, den Kopf recht gerade zu halten und die besten Mienen anzunehmen), ging sie auf mich zu und fragte mich mit sehr gezwungener Sittsamkeit: »Süßes Herzchen, suchst du einen Dienst?« Antwort: »Ja, wenn Sie erlauben« (mit einem Knicks bis auf den Boden).

Hierauf sagte sie mir, sie wäre selbst hergekommen, um sich nach einem Dienstmädchen umzusehen; ich könnte unter ihrer Anweisung vielleicht dazu brauchbar werden; sie hielte mein Gesicht für eine hinreichende Empfehlung; London wäre ein schlimmer, gottloser Ort; sie hoffte, ich würde gut zu ziehen sein und mich vor böser Gesellschaft hüten. Kurz, sie sagte mir alles, woran nur eine alte, ausgelernte Praktikenmacherin in der Stadt denken konnte, und mehr als nötig war, ein einfältiges, unerfahrenes Landmädchen zu fangen, welches sich fürchtete, Landstreicherin und Gassenbettlerin zu werden und daher bei dem ersten Anerbieten eines Obdachs gern mit beiden Händen zugriff, besonders, da es von einer so ansehnlichen vornehmen Dame geschah, für welche meine schmeichelnde Einbildung meine gegenwärtige Gebieterin ansah. So wurde ich denn in Dienst genommen unter den Augen der ehrlichen Vermittlerin, deren schlaues Lächeln und Achselzucken ich zwar wohl bemerkte, aber in meiner Einfalt als Zeichen ihrer Freude über meine baldige Versorgung auslegte. Allein die beiden verstanden einander sehr gut, wie ich später erfahren habe, denn es war ein Markt, wo Mrs. Brown (meine

Gebieterin) sehr oft auf frische Ware zum Gebrauch ihrer Kunden und zu ihrem eigenen Vorteile ausging.

Madam war indessen so vergnügt über ihren Kauf, daß sie mich (wie ich vermute, in der Besorgnis, ich möchte durch eine Warnung oder sonst einen Zufall ihren Händen entwischen) auf das sorgfältigste in einer Kutsche zu meinem Gasthofe begleitete, wo sie selbst meine Schachtel abforderte, welche ihr, weil ich ja dabei war, ohne die mindeste Schwierigkeit oder anderweitige Erklärung gegeben wurde.

Als dies geschehn war, ließ sie den Kutscher zu einem Laden am Kirchhof St. Paul fahren, wo sie ein Paar Handschuhe kaufte, welche sie mir gab. Von dort aus gab sie dann dem Kutscher Befehl, nach ihrem Hause in der *** Straße zu fahren. Hier stiegen wir ab, nachdem sie mich unterwegs ganz aufgeheitert und mit angenehmen, verfänglichen Vorstellungen unterhalten hatte, ohne eine einzige Silbe verlauten zu lassen, aus welcher ich anderes hätte schließen können, als daß ich durch ein besonderes Glück in die Hände der gütigsten Frau, ich will nicht sagen Freundin, gefallen wäre, die man nur in der dienstbaren Welt hätte finden können. Daher trat ich in ihr Haus voller Frohlocken und guter Erwartung und nahm mir vor, sobald ich ein wenig eingerichtet sein würde, Esther von meinem seltenen Glücke Nachricht zu geben.

Sie können sich denken, daß die hohe Meinung von meiner Versorgung nicht verringert wurde durch den Anblick eines sehr schönen Salons, in welchen ich geführt wurde und welcher nach meiner Meinung prächtig ausmöbliert war, weil ich ja niemals bessere Zimmer als die ordinären Wirtsstuben an der Landstraße gesehen hatte. Es waren darin zwei in vergoldete Rahmen gefaßte Spiegel und ein Silberschrank, in welchem einige Gefäße zur Schau gestellt waren, die mich nicht nur blendeten, sondern auch zugleich völlig überzeugten, daß ich in eine sehr angesehene Familie gekommen sein müsse.

Nun fing meine Gebieterin an, ihre Rolle zu spielen, indem sie mir sagte, ich sollte guten Muts sein und frei mit ihr umgehen lernen; sie hätte mich nicht als eine gemeine Hausmagd genommen, sondern als eine Art Gesellschaftsjungfer, und wenn ich ein gutes Mädchen sein würde, so wollte sie mehr für mich tun als zwanzig Mütter. Auf dieses alles antwortete ich nur mit den tiefsten und ungeschicktesten Komplimenten und ein paar einsilbigen Worten, als da sind: ja! nein! freilich!

Jetzt klingelte meine Frau, und es trat eine dicke, starke Magd herein, die uns ins Haus gelassen hatte. »Hier, Martha«, sagte Mrs. Brown, »habe ich soeben dieses junge Frauenzimmer in meinen Dienst genommen, um acht auf mein weißes Zeug zu haben; führe sie also hinauf und zeige ihr ihr Zimmer; ich befehle dir, daß du ihr mit ebenso vieler Achtung begegnest als mir selbst, denn sie gefällt mir ausnehmend wohl, und ich weiß nicht, was ich ihr nur zu Gefallen tun soll.«

Martha, eine verschmitzte, leichtfertige Person, welche zu dergleichen listigen Verführungen abgerichtet war, wußte nun, was sie zu tun hatte. Sie machte mir einen halben Knicks, bat mich, mit ihr hinauszugehen, und zeigte mir ein nettes Zimmer, zwei Treppen hoch, hinten hinaus, in welchem ein schönes Bett stand, worin ich, wie sie mir sagte, nebst einer Mamsell Muhme von ihrer Frau schlafen sollte, welche zu mir gewiß recht gut sein würde. Hierauf brach sie in gezwungene Lobeserhebungen ihrer guten, lieben Frau aus und versicherte mir, welch Glück ich gehabt, daß ich in ihre Hände gekommen wäre – ich hätte keine bessere Frau bekommen können –, nebst anderen ähnlichen handgreiflichen Aufschneidereien, welche jeden andern Menschen hätten einen Verdacht in den Kopf setzen müssen, nur nicht einer in der Welt ganz unerfahrenen, einfältigen Närrin, die jedes Wort in seinem buchstäblichen Sinne nahm. Martha sah auch gar bald ein, mit was für einem scharfsinnigen Geschöpfe sie es zu tun hatte, und richtete sich bei ihrem Einschwatzen auch ganz genau darnach, so daß sie mich mit meinem Käfig zufrieden und gegen die Lockspeise blind machte

Mitten unter diesen falschen Vorspiegelungen von der Beschaffenheit meines zukünftigen Dienstes wurden wir wieder hinuntergeklingelt. Ich wurde wieder in ebendasselbe Zimmer geführt, wo ein Tisch für drei Personen gedeckt war. Meine Frau hatte nur einen ihrer Günstlinge bei sich, eine merkwürdige Hauptperson ihres Hauses, deren Geschäft darin bestand, solche jungen Fohlen, wie ich war, abzurichten. In dieser Absicht wurde sie mir als Schlafgenossin beigesellt. Um ihr mehr Ansehen zu geben, bekam sie von der ehrwürdigen Präsidentin dieses Kollegiums den Titel einer Muhme.

Zunächst mußte ich mich hier einer neuen Besichtigung unterwerfen, welche mit dem ganzen Beifall der Phoebe Ayres endigte (so hieß meine erwählte Aufpasserin, deren Sorgfalt und Unterweisung ich auf das nachdrücklichste empfohlen wurde).

Nun wurde das Mittagessen aufgetragen, und Mrs.

Brown zwang mich (ihrem Plan gemäß, mich als ihre Gesellschafterin zu behandeln), mich mit Ihre Wohlgeboren an die Tafel zu setzen, sosehr ich auch in aller Untertänigkeit und Verwirrung dagegen protestierte; denn mein bißchen Lebensart erstreckte sich just so weit, daß ich einsehen mußte, es schicke sich nicht wohl, mich ohne alle Umstände hinzusetzen.

Bei Tische wurde die Unterredung hauptsächlich von den beiden Damen geführt, in zweideutigen Ausdrükken fortgesetzt und zuweilen durch gütige Versicherungen gegen mich unterbrochen, die alle dahin abzielten, meine Zufriedenheit mit meinen gegenwärtigen Umständen fest und dauerhaft zu machen, denn vermehren konnten sie sie nicht, so töricht und unwissend war ich damals.

Es wurde auch verabredet, daß ich mich einige Tage verborgen halten und nicht sehen lassen sollte, bis man mir würde solche Kleider angeschafft haben, die sich zu dem Charakter einer Gesellschaftsjungfer bei meiner Herrin, der mir zugedacht war, schickten. Sie machten dabei die Anmerkung, daß von den ersten Eindrücken meiner Figur viel abhinge. Die Aussicht, meine bäurische Kleidung mit Londoner Pracht zu vertauschen, ließ mich, wie sie wohl vermutete, die Bedingung, gleichsam eingesperrt zu sein, gern erfüllen. Allein die wahre Absicht von Mrs. Brown war, daß ich mich von niemand sehen oder sprechen lassen sollte, weder von ihren Kunden noch von ihren Mädchen, bis sie guten Markt für meine Jungfernschaft geschaffen haben würde, welche ich offensichtlich in ihren Dienst mitgebracht hatte.

Um in meiner Hauptgeschichte fortfahren zu können, übergehe ich hier alle die unbeträchtlichen Kleinigkeiten, die mich bis zur Schlafenszeit über die Aussichten eines gemächlichen angenehmen Dienstes bei diesen guten Leuten immer vergnügter machten. Nach dem Abendessen, als die Magd, welche uns in unser Schlafzimmer geleuchtet hatte, schon gegangen war, bemerkte Miss Phoebe ein sittsames Zaudern an mir, weil ich mich weder auskleiden noch im Hemde vor ihr ins Bett steigen wollte; sie ging daher auf mich zu, fing an, mein Halstuch aufzureißen und meine Kleider zu lösen. Sie machte mich also beherzt, mich selbst auszukleiden, und da ich mich schämte, bis aufs Hemd nackend vor ihr zu stehen, so suchte ich ihr geschwind aus den Augen zu kommen, indem ich ins Bett kroch. Phoebe lachte und legte sich bald hernach zu mir. Sie war ungefähr fünfundzwanzig Jahre alt, nach ihrer eigenen, aber höchst verdächtigen Aussage, denn allem Ansehen nach mochte sie wenigstens zehn ganze Jahre unterschlagen haben, abgerechnet die Verwüstung, die lange Buhlerei und warme Bäder ihrem Körper gebracht und sie frühzeitig in die Notwendigkeit versetzt hatten, in die Personen von ihrer Lebensart endlich kommen, nämlich Wollust zu lehren, anstatt zu empfinden.

Dieses teure Werkzeug meiner Herrin hatte sich kaum niedergelegt, als sie nach ihrer Gewohnheit, keine Gelegenheit zur Ausschweifung und Üppigkeit ungenutzt vorübergehen zu lassen, an mich rückte, mich umarmte und aufs feurigste küßte. Dies kam mir neu und seltsam vor, aber da ich es für bloße Freundschaftsbezeugungen hielt, die man, wie ich dachte, nach der Londoner Mode so auszudrücken pflegte, so ließ ich es auch an mir nicht fehlen, sondern erwiderte ihre Küsse und Umarmungen mit aller Inbrunst, deren meine vollkommene Unschuld nur fähig war.

Dadurch wurde sie noch kühner und verlieh ihren Händen eine außerordentliche Freiheit, welche nun auf meinem ganzen Körper herumwanderten, mich betasteten, drückten und mich mehr und mehr erhitzten; die ungewohnten Empfindungen setzten mich mehr in Erstaunen, als daß sie mich hätten beunruhigen oder beleidigen sollen.

Die schmeichelhaften Lobsprüche, die sie bei diesem Angriffe mit untermischte, trugen auch nicht wenig dazu bei, mich ganz gelassen in einem passiven Zustande zu erhalten. Da ich nichts Böses kannte, fürchtete ich auch nichts, besonders von einer Person, die mir allen Zweifel an ihrer Weiblichkeit genommen hatte, da sie meine Hände ein paar dicke, große Brüste betasten ließ, die ganz schlapp herunterhingen und einen ziemlich hinlänglichen Beweis von ihrem Geschlechte geben konnten, zum mindesten mir, die ich noch keine anderen Vergleiche angestellt hatte.

Ich lag nun so zahm und willig da, als sie es nur wünschen konnte, derweilen ihre Kühnheit keine andere Bewegungen in mir erregte, als ein mir ganz fremdes, nie gefühltes Vergnügen: ein jeder Teil meines Körpers war den freien ungezähmten Griffen ihrer Hände ausgesetzt, welche gleich einem Lauffeuer auf demselben herumschweiften und alles erhitzten, wohin sie kamen.

Meine Brüste (wenn es kein zu kühner Ausdruck ist, zwei harte, feste, emporstrebende Hügelchen, die just anfingen sich zu zeigen und dem Gefühle empfindbar zu werden, so zu nennen) beschäftigten ihre Hände eine Zeitlang, bis sie endlich auf der glatten Strecke weiter hinunterrutschten, wo sie nachgerade die sanften, weichen, seidenartigen Haare fühlen konnten, welche, kaum einige Monate zuvor hervorgesprossen, den anmutigen Berg dieser Teile besetzten und einen angenehmen Schatten über den lieblichen Ort des ausgesuchtesten, feinsten Gefühls zu verbreiten versprachen, welcher bis auf diesen Augenblick der Sitz der unempfindlichsten Unschuld gewesen war. Ihre Finger spielten und verwickelten sich in die jungen Sprößlinge dieses Mooses, welches die Natur sowohl zum Nutzen als zur Zierde bestimmt hat.

Aber nicht zufrieden mit den Außenwerken, griff sie nun auch den Hauptplatz an. Da ging es an ein Kneifen, Winden, Drehen, Bohren, bis sie endlich einen Finger hineinbrachte. Wäre sie nicht in so unmerklichem Grade allmählich zu Werke gegangen und hätte sie mich nicht dadurch so sehr erhitzt, daß meine Schamhaftigkeit nicht mehr imstande war, sich zu widersetzen, so würde ich aus dem Bette gesprungen sein und um Hilfe gegen einen so seltsamen Angriff geschrien haben.

Statt dessen hatten ihre geilen Berührungen ein Feuer in mir angefacht, das durch alle meine Adern schwärmte, besonders aber sich in dem von der Natur dazu bestimmten Mittelpunkte festsetzte wo nun zum ersten Male fremde Hände beschäftigt waren, die Lippen zu betasten, zu drücken und zu pressen, dann wieder zu öffnen und einen Finger dazwischen zu stecken, bis ein Ach! ihr zu verstehen gab, daß sie mir Schmerzen verursachte und die enge, undurchbrochene Passage ihr nicht weiter einzudringen erlaube.

Unterdessen hatte das schmachtende Strecken und

Dehnen meiner Glieder, mein Ächzen und starkes Herzpochen diese erfahrene geile Hexe überzeugt, daß ich über ihr Verfahren mehr vergnügt als beleidigt war, wobei sie immer mit Küssen und Ausrufungen abwechselte, als: »Oh! Was für ein bezauberndes Geschöpf du bist! Wie glücklich wird der Mann sein, der dich als erster zur Frau macht! Oh! Wenn ich doch um deinetwillen eine Mannsperson wäre!« nebst andern dergleichen abgebrochenen Reden, die sie durch milde und doch so geile Küsse unterbrach, wie ich sie nie von dem andern Geschlechte empfing.

Ich war verwirrt, betäubt und ganz außer mir; eine so neue Empfindung war für mich zuviel; meine erhitzten und empörten Sinne waren in einem Aufruhr, der mir alle Freiheit zu denken raubte; Tränen der Lust strömten aus meinen Augen und löschten einigermaßen das Feuer, das in mir wütete.

Phoebe selbst, die durchtriebene, abgefeimte Phoebe, welcher alle nur erdenklichen Arten der Wollust bekannt und geläufig waren, fand, wie es scheint, in dieser Ausübung ihrer Kunst, junge Mädchen abzurichten, die Befriedigung eines gewissen Geschmacks, für welche sich kein Grund angeben läßt. Nicht, als wenn sie die Mannspersonen gehaßt oder wohl gar ihr eigenes Geschlecht vorgezogen hätte; aber wenn ihr solche Gelegenheit, wie diese war, kam, so bewog sie ein nach der üblichen Art gesättigter Genuß, vielleicht auch ein geheimer Zug, Vergnügen mitzunehmen, wo sie sie nur finden konnte, ohne Unterschied des Geschlechts. In dieser Absicht, da sie nun versichert war, daß sie mich durch ihr Betasten zu ihrem Vorhaben hinlänglich erhitzt hatte, rollte sie die Bettdecke sachte hinunter und sah mich nun nackend ausgestreckt, mein Hemd bis an den Hals aufgeschlagen, indessen ich weder Vermögen noch Bewußtsein genug hatte, es zu verhindern; selbst meine glühende Röte drückte mehr Verlangen als Scham aus, derweilen das Licht, welches sie die ganze Zeit über gewißlich nicht ohne Absicht hatte brennen lassen, seinen vollen Schein auf meinen ganzen Körper warf.

»Nein«, sagte Phoebe, »du mußt nicht denken, mein süßes Mädchen, daß du alle diese Schätze vor mir verbergen darfst. Meine Augen müssen ihr Fest ebensowohl haben als meine Hände. Ich möchte diesen aufschwellenden Busen mit meinen Blicken verschlingen – laß mich ihn küssen – ich habe ihn noch nicht genug gesehen – laß mich ihn noch einmal küssen – was für ein festes, sanftes, weißes Fleisch – wie fein geformt! – und dann diese niedliche weiche Wolle! Oh laß mich den kleinen allerliebsten Reiz sehen! Es ist zuviel – ich kann es nicht länger aushalten, ich muß, ich muß.« Hier nahm sie meine Hand und zog sie, wohin Sie leicht vermuten werden; aber was für ein Unterschied in dem Zustande ebendesselben Dinges! Ein großer Wulst von buschigem krausem Haar bezeichnete das ausgewachsene vollständige Weib. Die Öffnung, wohin sie meine Hand zog, nahm dieselbe leicht in sich auf, und sobald sie mich dann fühlte, bewegte sie sich mit einer so heftigen Weise hin und wider, daß ich meine Hand ganz feucht und schleimig zurückzog, als Phoebe augenblicklich ganz gelassen wurde und nach zwei oder drei Seufzern und einem Kusse, der ihre ganze Seele durch ihre Lippen auszuhauchen schien, die Bettdecke wieder über uns hinzog.

Was sie für ein Vergnügen dabei gefunden hatte, kann ich nicht sagen: aber dies weiß ich, daß ich in derselben Nacht die ersten Funken der entbrennenden Natur empfunden und die ersten Begriffe von Befleckung gesammelt habe und daß die Bekanntschaft und der geheime Umgang mit dem schlimmeren Teil unseres Geschlechts für die Unschuld oft ebenso gefährlich ist wie alle Verführungen des andern Geschlechts.

Als Phoebe sich wieder in ruhigem Zustande befand, von welchem ich weit entfernt war, forschte sie mich nach allen Umständen aus, die sie notwendig wissen mußte, um die Absichten meiner tugendhaften Gebieterin darnach zu regeln. Nach meinen einfältigen, offenherzigen, unverstellten Antworten konnte sie sich nichts anderes als den erwünschtesten Erfolg versprechen, denn von meiner Unwissenheit, Willfährigkeit und meinem warmen Temperament ließ sich alles erwarten.

Nach einem ziemlich langen Gespräch ließ mich meine Schlafgenossin ruhen, und ich schlief aus bloßer Müdigkeit, in die ich durch die heftigen Gemütsbewegungen gesetzt worden war, sogleich ein, als die Natur (welche zu sehr in Aufbrausen und Gärung gebracht worden war, als daß sie sich ohne irgendein niederschlagendes Mittel hätte setzen können) mich mit einem der angenehmen Träume erquickte, die uns beinahe ebensosehr entzücken, als wenn sie sich bei offenen Augen erfüllen.

Des andern Tags früh um zehn Uhr erwachte ich, vollkommen frisch und munter; Phoebe war schon vor mir auf und fragte mich auf die gefälligste Art, wie ich mich befinde, wie ich geschlafen hätte und ob ich zum

Frühstücke bereit wäre? Dabei vermied sie auf das sorgfältigste, die Verwirrung, in welcher sie mich sah, wenn ich sie anblickte, durch eine Anspielung auf die Bettszene der vergangenen Nacht zu vermehren. Ich sagte ihr, wenn sie erlaube, so wolle ich aufstehen und jede Arbeit anfangen, die sie mir gütigst auftragen würde. Sie lächelte nur. Gleich darauf brachte die Magd das Teezeug, und ich hatte kaum meine Kleider angelegt, als meine Gebieterin angewatschelt kam. Ich erwartete nichts anderes, als meines späten Aufstehens wegen zur Rede gestellt oder gar gescholten zu werden; allein ich wurde durch ihre Komplimente über mein heiteres, munteres Gesicht auf das angenehmste enttäuscht. Sie sagte mir, ich wäre eine Schönheitsknospe und die schönen vornehmen Herren würden mich ungemein bewundern. Meine Antworten auf dieses alles waren, wie ich Ihnen versichern kann, meiner geringen Lebensart angemessen: sie waren so einfältig und pinselhaft, als sie es nur wünschen konnte, und sie gefielen ihr ohne Zweifel unendlich mehr, als wenn sie einen Beweis gegeben hätten, daß ich durch Erziehung und Welterfahrung aufgeklärt gewesen wäre.

Wir frühstückten, und das Teegeschirr war kaum weggetragen, als zwei Bündel weißes Zeug und Kleidersachen hereingebracht wurden, kurz, alles, was erforderlich war, um mich vollkommen auszustaffieren, wie sie es ausdrückten.

Stellen Sie sich vor, Madam, wie mein eitles Herz vor Freude hüpfte, als ich den weißen Glanztaffet mit silbernen Blumen sah, der zwar blankgescheuert war, aber bei mir für nagelneu passierte, die Haube mit Brüsseler Spitzen, gestickte Schuhe und dementsprechend das übrige: lauter Staat aus zweiter Hand, welcher durch die geschäftige Sorgfalt der guten Mrs. Brown nach dem Erfordernis der Umstände eiligst herbeigeschafft worden war. Denn sie hatte schon einen Kunden für mich im Hause, von welchem meine Reize gemustert werden sollten, und dieser hatte sich nicht nur, wie gewöhnlich, das vorläufige Besehen, sondern auch zugleich die unmittelbar darauf folgende Übergabe ausbedungen, falls ich ihm gefallen sollte. Er hatte die kluge Anmerkung gemacht, an einem solchen Orte wie diesem stünde es sehr mißlich um eine so zerbrechliche Ware wie eine Jungfernschaft.

Die Sorge, mich zu kleiden und zur Schau auszuputzen, wurde nun Phoeben überlassen, welche dieses Geschäft in jeder Hinsicht sehr wohl verrichtete, nur nicht zur Befriedigung meiner Ungeduld, mich bald angekleidet zu sehen. Als es geschehen war und ich mich im Spiegel besah, konnte ich – dazu war ich zu sehr ein Kind der unverstellten Natur – meine kindische Freude über den Tausch nicht verbergen, einen Tausch, welcher, die Wahrheit zu gestehen, zu meinem Nachteile ausfiel, denn meine reinliche, einfache, bäurische Kleidung hatte mir weit besser gestanden als der ungereimte, übel passende Flitterstaat, in welchem ich mich nicht recht zu bewegen wußte.

Indessen bestärkten mich Phoebes schmeichelhafte Lobsprüche (in welchen sie mir auch mitunter zu verstehen gab, wieviel ich ihrem Ankleiden zu verdanken hätte) in der Eitelkeit, die ich nun zum ersten Male in meinem Leben von meiner Person empfand. Wie ich ohne alle Überhebung sagen kann, war ich damals erträglich genug, um eine Neigung für mich zu rechtfertigen. Es möchte hier vielleicht nicht ganz unschicklich sein, Ihnen ein kleines Bild von mir zu geben.

Ich war groß, doch nicht allzu groß für mein Alter, welches, wie ich schon sagte, kaum fünfzehn Jahre betrug, von einer vollkommen geraden, schlanken, leichten und freien Gestalt, welche nicht durch Schnürbrüste verbildet worden war. Mein Haar, welches glänzend schwarzbraun und weich wie Seide war, floß in natürlichen Locken an meinem Halse herab und hob die weiße Farbe meiner sanften Haut hervor. Mein Gesicht war fast zu rot, obgleich es feine Züge hatte, und sein Umriß ein rundliches Oval, ausgenommen, wo ein Grübchen im Kinn eine kleine Abweichung verursachte, welche aber keine üble Wirkung machte. Meine Augen waren so schwarz, als man sich dieselben denken kann, mehr schmachtend als funkelnd, außer bei gewissen Gelegenheiten, wo sie, wie man mir sagte, ziemlich blitzten. Meine Zähne, welche ich immer gut zu erhalten suchte, waren klein, ebenmäßig und weiß. Mein Busen war fein erhoben; man fand damals eher das Versprechen als den wirklichen Wuchs zweier runder, fester Brüste, welche bald hernach ihr Versprechen wahr machten. Kurz, alle Teile der Schönheit, die man am meisten sucht, hatte ich. Meine Eitelkeit braucht nicht an das entscheidende Urteil unserer obersten Richter, der Mannspersonen, zu appellieren, welche sich alle, soviel ich mich zu erinnern weiß, zu meinem Vorteil erklärt haben; ich habe sogar unter meinem Geschlechte einige getroffen, die mir gern Gerechtigkeit widerfahren ließen, und andere, die mich noch unverdächtiger lobten, indem sie sich bemühten, mir nur in gewissen Punkten keinen Vorzug einzuräumen, wo ich mich in Hinsicht auf Person und Gestalt vielleicht nur zufälligerweise gut ausgenommen hatte. – Dies ist, ich muß es gestehen, zu viel, zu starkes Eigenlob. Allein würde ich nicht gegen die Natur und gegen meine Gestalt, denen ich soviel Vergnügen und Glück schulde, undankbar sein, wenn ich aus affektierter Bescheidenheit solch schätzbare Gaben unerwähnt gelassen hätte?

Ich war also geputzt, aber es kam mir nicht im geringsten in den Sinn, daß all dieser schöne Anzug nichts mehr wäre als eine Decke für ein Schlachtopfer, und ich schrieb aus lauter Unschuld alles der reinen Freundschaft und Gütigkeit der lieben, guten Mrs. Brown zu. Diese hatte, was ich zu berichten vergessen habe, unter dem Vorwand, mein Geld in Sicherheit zu bringen, ohne den mindesten Anstand den ganzen Plunder (so nenne ich ihn jetzt), der mir nach Abgang meiner Reisekosten übriggeblieben war, von mir genommen.

Nach einer kurzen Zeit, welche vor dem Spiegel in halber Selbstbewunderung auf das angenehmste zugebracht wurde, holte man mich in den Salon hinunter, wo mich die alte Dame begrüßte und mir zu den neuen Kleidern gratulierte, von welchen sie sich nicht schämte, zu sagen, daß sie mir so gut stünden, als hätte ich in meinem ganzen Leben nie minder vornehme getragen. Aber was konnte sie auch nicht alles sagen, was ich nicht anzunehmen einfältig genug gewesen wäre? Sie präsentierte mich zugleich einem ihrer Anverwandten, wenigstens mußte ich ihn dafür gelten lassen, einem ältlichen Herrn, welcher bei meinem Eintritte in das Zimmer auf mich zuging, mich, nachdem ich ihm einen Knicks gemacht hatte, grüßte und sich ein bißchen beleidigt fand, weil ich ihm nur meine Backen hingereicht hatte, ein Versehen, welches, wenn anders es eines war, er unmittelbar gutzumachen suchte, indem er seine Lippen mit einer Inbrunst auf die meinigen heftete, für welche ich wenig geneigt war, ihm zu danken nach den Eindrücken, die seine Gestalt auf mich gemacht hatte, eine Gestalt, die nicht unausstehlicher oder scheußlicher sein konnte; unangenehm und häßlich wären zu artige Ausdrücke, um einen rechten Begriff davon zu geben.

Stellen Sie sich einen Mann vor, welcher eher über als unter sechzig Jahren war, kurz und übel gewachsen, von gelber Farbe wie ein Kadaver, mit großen herausstehenden Kalbsaugen, welche so starr sahen, als wenn er erdrosselt wäre; mit einem großen, aufgeworfenen Maul, welches ein paar Hauer als Zähne zeigte; mit geifernden Lippen und einem übelriechenden Atem. Und dann hatte er so etwas Scheußliches in seinen Zügen und sah so fürchterlich aus, daß er schwangern Weibern hätte gefährlich werden können. Dessenungeachtet war er so blind gegen seine ausgezeichneten Abscheulichkeiten, daß er glaubte, er wäre zum Gefallen geboren, und kein Frauenzimmer könnte ihn ungestraft ansehen. In diesem Vermeinen hatte er große Summen Geldes an die armen Geschöpfe verschwendet, die sich überwinden konnten, die Verliebten gegen ihn zu spielen, indessen er denjenigen, welche nicht Kunst oder Geduld genug hatten, ihren Abscheu zu verbergen, äußerst grob begegnete. Sein Unvermögen veranlaßte ihn mehr als die Notwendigkeit, in der Abwechslung ein Reizmittel zu suchen, welches er vonnöten hatte, um sich zu dem höchsten Grad des Genusses zu erheben, wobei er jedoch sehr oft von seinen Kräften verlassen wurde; und dieses setzte ihn allemal in einen Anfall von Wut, welche er, soweit er es wagen durfte, über die unschuldigen Gegenstände seiner augenblicklichen Begierde ausbrechen ließ.

Dies war also das Ungeheuer, zu welchem mich meine gewissenlose Wohltäterin, welche schon lange seine Kupplerin gewesen war, verurteilt hatte. Sie hieß mich ausdrücklich zu dieser Absicht herunterholen, damit er mich in Augenschein nehmen konnte: daher ließ sie mich fein gerade vor ihn hinstehen, drehte mich nach allen Seiten herum, steckte mein Halstuch auf, zeigte ihm das Steigen und Fallen, die Form und weiße Farbe eines Busens, der just anfing sich zu füllen; dann ließ sie mich auf und ab gehen und nahm sogar an meinem bäurischen Gange Gelegenheit, das Inventarium meiner Reize zu vergrößern; kurz, sie unterließ keinen Punkt der Kupplerei. Auf dieses alles antwortete er nur mit gnädigem, beifallvollem Nicken, indessen mich der Maulaffe wie ein Bock anstarrte, denn ich warf zuweilen einen verstohlenen Seitenblick auf ihn. Und wenn ich so seinen brennenden, starren Blicken begegnete, sah ich gleich vor Schrecken und Abscheu wieder weg, welches er ohne Zweifel seinem Charakter gemäß für jungfräuliche Schamhaftigkeit oder sonst ein ähnliches Geziere hielt.

Dem sei, wie ihm wolle, man erlaubte mir bald wieder zu gehen. Phoebe begleitete mich auf mein Zimmer und blieb bei mir, damit ich nicht allein sei und Zeit haben möchte, Betrachtungen anzustellen, wie sie einem jeden Menschen, der kein einfältiger Tropf ist, über eine solche Szene aufsteigen mußten; allein – zu meiner Schande muß ich es gestehen – meine Dummheit war so unüberwindlich groß, oder vielmehr meine Unschuld so ungeheuer, daß mir über die Anschläge von Mrs. Brown noch nicht die Augen aufgingen und ich in diesem ihrem sogenannten Vetter nichts weiter erblickte als eine auffallend häßliche Person, die mich nicht im geringsten mehr anging, als mich Dankbarkeit gegen meine Wohltäterin meine Ehrfurcht auf ihre ganze Verwandtschaft ausdehnen hieß.

Inzwischen bemühte sich Phoebe mein Herz für dieses Ungeheuer einzunehmen, indem sie mich fragte, ob es mir nicht lieb wäre, wenn ein so schöner Herr mein Mann werden wollte? (Einen schönen Herrn, denke ich, nannte sie ihn deswegen, weil seine Kleider mit Gold besetzt waren.) Ich antwortete ihr sehr natürlich, daß ich noch nicht an einen Mann dächte. Wenn ich mir aber einen wählen würde, so würde ich ihn gewiß aus meinem Stande nehmen. So sehr hatte mich mein Abscheu vor der häßlichen Gestalt dieses Elenden gegen alle schönen Herren abgeneigt gemacht und mir die irrigen Gedanken beigebracht, als wenn alle Leute seines Standes von ebendemselben Schlag wären wie er. Aber Phoebe ließ sich nicht so leicht abweisen, sondern fuhr mit ihren Bemühungen fort, mich den Ansichten näherzubringen, zu deren Erfüllung ich in dieses gastfreie Haus aufgenommen worden war. Solange sie von dem männlichen Geschlechte überhaupt sprach, hatte sie immer Ursache genug, zu glauben, daß ich mich endlich ergeben würde. Diesbezüglich konnte sie immer das Beste von mir hoffen. Allein daneben hatte sie zu viel Erfahrung, als daß sie nicht hätte entdecken sollen, daß mein besonderer entschlossener Abscheu vor diesem fürchterlichen Vetter ihnen ein Hindernis in den Weg legen würde, welches nicht so leicht könnte aus der Welt geschafft werden, als sie zur Ausführung des Handels, den sie mit meiner Person getroffen hatten, wünschten.

Mutter Brown hatte unterdessen mit dem geilen Bock den Vertrag ins reine gebracht. Er sollte (wie ich nachher erfuhr) fünfzig Guineen für die Freiheit, einen Versuch mit mir zu machen, im voraus bar bezahlen und hundert mehr nach der völligen Befriedigung seiner Begierden, falls er über meine Jungfernschaft triumphieren würde. Was mich betraf, wurde ich ganz seinem Belieben und seiner Großmut auf Diskretion überlassen. Nachdem dieser ungerechte Kontrakt geschlossen war, drang er so hitzig auf die Besitznehmung, daß er schlechterdings bei mir vorgelassen werden wollte, um den Nachmittagstee mit mir zu trinken, wenn wir allein sein könnten. Sosehr ihm auch die Kupplerin Gegenvorstellungen machte, als: ich wäre zu einem solchen Überfalle noch nicht genug vorbereitet und abgerichtet, ich wäre noch zu rasch und wild, weil ich mich kaum erst vierundzwanzig Stunden in ihrem Hause aufhielte, so ließ er sich doch nicht abweisen, denn Ungeduld ist der Charakter der Lüste. Seine Eitelkeit waffnete ihn gegen alle Einwände, die etwas anderes als den gewöhnlichen Widerstand eines Mädchens bei solchen Gelegenheiten voraussetzten. Er verwarf daher jeden Vorschlag zum Aufschub, und meine Prüfungsstunde wurde also, ohne mein Wissen, noch auf den gleichen Abend festgesetzt.

Beim Mittagessen taten Mrs. Brown und Phoebe nichts anderes, als Lobsprüche auf den bewundernswürdigen Vetter zu sagen, und wie glücklich ein Frauenzimmer sein müßte, welches er mit seiner Neigung beehrte, kurz, meine zwei Schwätzerinnen erschöpften ihre ganze Redekunst, um mich zu überreden, daß ich seinem Verlangen Gehör geben sollte. Dieser Herr hätte sich gleich beim ersten Anblick heftig in mich verliebt, er würde mein Glück machen, wenn ich ein gutes Mädchen sein und mir nicht selbst im Lichte stehen wollte, ich sollte mich auf seine Ehre verlassen, ich würde auf Lebenszeit geborgen sein, ich würde in einer Kutsche fahren können – und andere solche possenhafte Sprüche, die geeignet waren, den Kopf eines so albernen, unwissenden Mädchens, als ich damals war, schwindlig zu machen. Allein zu meinem Glück hatte meine Abneigung schon so tiefe Wurzeln in mir gefaßt, und meine Sinne hatten den Zugang zu meinem Herzen so sehr versperrt, daß ich, die ich die Kunst nicht verstand, meine Gefühle einigermaßen zu maskieren, ihnen geradeheraus sagte, sie dürften ihrem Herrn nicht die geringste Hoffnung machen, daß es ihm bei mir gelingen würde, nein, so leicht gewiß nicht. Dabei ging das Gläschen Wein immer sehr geschwind herum, ohne Zweifel in der Absicht, aus der Hitze meines Blutes in der Stunde des bevorstehenden Angriffs einigen Vorteil zu ziehen.

Auf diese Art hielten sie mich ziemlich lange bei Tische auf. Abends, ungefähr um sechs Uhr, nachdem ich mich in mein Zimmer begeben hatte und mir der Tee gebracht worden war, trat meine ehrwürdige Gebieterin zur Türe herein, begleitet von diesem Waldteufel, welcher auf die ihm eigene Art grinste und durch seine verhaßte Gegenwart mich in all den Gefühlen des

Abscheus bestärkte, die sein erster Anblick in mir erregt hatte.

Er setzte sich so, daß er mich recht ins Gesicht fassen konnte, und liebäugelte mit mir die ganze Teezeit über auf eine Art, die mir die größte Verlegenheit und Verwirrung verursachte. Es bemerkend, hielt er es für bloße Schamhaftigkeit und Blödigkeit, weil ich noch nicht viel Gesellschaft gesehen hätte

Nach dem Tee schützte die sonst immer müßige Frau dringende Geschäfte vor (sie hatte eigentlich recht), um aus der Stube zu kommen, und befahl mir auf das angelegentlichste, ihren Vetter sowohl um meinetwillen als auch ihretwillen fein hübsch zu unterhalten, bis sie wieder zurückkäme. Dann wandte sie sich an ihn und sagte: »Nun, Sir, seien Sie recht artig und gehen Sie recht sanft mit dem süßen Kinde um.« Hiermit ging sie aus dem Zimmer, und ich war nicht gefaßt genug, es zu verhindern, weil sie sich zu schnell entfernte. Ich blieb also nun voller Staunen, mit aufgesperrtem Mund und starren Augen auf die Türe schauend, im Zimmer zurück.

Wir waren allein. Bei diesem Gedanken befiel mich ein Zittern in allen Gliedern; ich war so voller Furcht, ohne zu wissen warum und weshalb, daß ich mich auf das Kanapee am Kamin setzte, wo ich einige Zeit ganz ohne Bewegung blieb, gleichsam wie versteinert, ohne Leben und Atem, ohne zu sehen oder zu hören.

Allein ich konnte nicht lange in diesem Zustande der Betäubung bleiben. Mein Unhold setzte sich auf das Kanapee neben mich, schlang seine Arme um meinen Hals, zog mich heftig an sich und drang mir, sosehr ich mich auch bemühte, mich von ihm loszureißen, seine fürchterlichen Küsse auf, welche mich in eine Ohnmacht warfen. Da er mich also jetzt bewußtlos und keines Widerstandes fähig fand, riß er mein Halstuch ab und erlaubte seinen Augen und Händen freies Spiel. Bisher litt ich alles, ohne mich zu rühren, bis er endlich, durch meine ruhige Untätigkeit (denn ich war weder imstande zu reden noch zu schreien) kühner gemacht, mich auf das Kanapee niederzulegen versuchte. Ich fühlte schon seine Hand an dem Unterteil meiner nackten Schenkel, welche übereinander lagen und welche er nun auseinanderzutreiben bemüht war, als ich auf einmal aus meinem untätigen Schlummer erwachte und mit einer Lebhaftigkeit, auf die er gar nicht gefaßt war, aufsprang, mich ihm zu Füßen warf und ihn im rührendsten Tone bat, daß er doch nicht hart gegen mich sein, noch mir etwa einen Schaden zufügen möchte. – »Dir schaden, meine Liebe?« sagte das Tier, »ich denke nicht daran, dir ein Leid anzutun – hat dir nicht die alte Frau gesagt, daß ich dich liebe? Daß ich hübsch artig mit dir umgehen will?« – »Ja, Sir, das hat sie zwar gesagt, aber ich kann Sie nicht lieben, wahrhaftig, ich kann nicht! Ich bitte Sie, lassen Sie mich allein. Ja, ich will Sie recht von Herzen gerne lieben, wenn Sie mich allein lassen und weggehen wollen.«

Allein ich redete in den Wind; denn entweder entflammten ihn meine Tränen, meine Stellung oder die Unordnung meiner Kleider nur noch mehr, oder er war nun unter der Herrschaft seiner Begierden, die er nicht mehr im Zaum halten konnte, kurz, er erneuerte, schnaubend und schäumend vor geiler Wut, seine Angriffe, umfaßte mich und versuchte es noch einmal, mich auf dem Kanapee auszustrecken; diesmal glückte es ihm, daß er mich der Länge nach hinlegte, ja sogar meinen Unterrock über meinen Kopf aufschlug und meine Schenkel aufdeckte, welche ich so fest als möglich übereinanderschlug. Und ob er sich gleich viele Mühe gab, sie mit seinem Knie auseinanderzutreiben, so konnte er doch nicht über den Hauptpaß Meister werden. Seine Weste und Hosen waren aufgeknöpft, dennoch fühlte ich nichts als nur das Gewicht seines Körpers auf mir, indessen ich mich vor Abscheu und Widerwillen sträubte und vor Furcht und Schrecken fast des Todes wurde. Doch plötzlich ließ er von mir ab, stand auf, keuchte, schnaubte, fluchte und hustete mir nach: »Alt und häßlich!«, denn so hatte ich ihn in der Hitze meines Sträubens wahrheitsgemäß genannt.

Das Tier hatte, wie ich nachher gewahr wurde, durch seine heftige Begier und durch sein Ringen und Zappeln den Höhepunkt seiner wollüstigen Erregung so beschleunigt, daß ihn sein Vermögen verließ, noch ehe er auf den rechten Fleck kam, daß also die ganze Ergießung nur auf meine Beine und auf mein Hemd geschah.

Da dies vorbei war, befahl er mir in einem mißvergnügten Tone aufzustehen. Er wollte mir nicht die Ehre antun, noch ferner an mich zu denken; die alte Hure möchte sich nach einem andern Einfaltspinsel umsehen; er wollte sich nicht mehr von einer so albernen, verstellten, bäurischen Sittsamkeit äffen lassen; er wüßte ja doch, daß ich meine Jungfernschaft einem Bauernbengel auf dem Dorfe abgetreten hätte und jetzt nur meine abgeseimte Milch in der Stadt an den Mann bringen wollte. – In diesem Tone fuhr er noch einige Zeit fort, wobei ich ihm mit mehr Vergnügen zuhörte, als ein verliebtes Mädchen die Liebesversicherungen von ihrem zärtlichen Jüngling anhört; denn da mein vollkommener Haß und Abscheu gegen ihn keinen Zuwachs erhalten konnte, so nahm ich seine Spöttereien als Sicherheit gegen seine anderweitigen verhaßten Liebkosungen an.

Allein so deutlich ich nun die Absichten von Mrs. Brown entdeckt hatte, so hatte ich doch weder Herz noch Verstand, meine Augen zu öffnen. Ich dachte nicht daran, meiner Abhängigkeit von dieser Vettel ein Ende zu machen, sosehr hielt ich mich mit Leib und Seele für ihr Eigentum oder vielmehr suchte ich durch die Fortsetzung meiner guten Meinung von ihr mich selbst zu hintergehen. Ich wollte lieber das Schlimmste bei ihr erwarten, als außer ihrem Hause Hungers sterben, weil ich doch keinen Penny Geld und keinen Freund hatte, an den ich mich hätte wenden können. Diese törichte Furcht war mein Verderben.

Während mein Kopf von solch wirren Vorstellungen voll war und ich in tiefen Gedanken am Kamin saß, mit tränenden Augen, bloßem Halse und bloßem Kopfe, weil meine Haube bei meinen gewaltsamen Bewegungen herabgefallen war, so daß mein Haar, wie Sie leicht vermuten können, sich in der größten Unordnung befand, fing die Begierde dieses Nichtswürdigen aufs neue an in Feuer zu geraten, angesichts all der blühenden Jugend, die sich seinen Augen darbot. Eine solche Blume, die noch von niemandem gepflückt worden war, konnte ihm natürlicherweise nicht gleichgültig sein.

Nach einer kurzen Zwischenzeit fragte er mich in einem sehr gemäßigten, zärtlichen Ton, ob ich es noch einmal mit ihm aufnehmen wollte, ehe denn die alte

Dame zurückkommen würde? Es sollte sodann alles wieder gut sein; er wollte mir seine Zuneigung wieder schenken; zugleich wollte er mich küssen und meine Brüste berühren. Allein nun wirkten mein außerordentlicher Abscheu, meine Furcht, mein Widerwille so sehr auf mich, daß sie mir eine ganz ungewöhnliche Geistesgegenwart gaben, so daß ich mich von ihm losriß, zur Glocke lief und, ehe er sich dessen versah, sie mit einer solchen Heftigkeit und so gutem Erfolg zog, daß die Magd gelaufen kam, um zu sehen, was vorging oder ob der Herr etwas verlangte. Ehe er zu größeren Auslassungen schreiten konnte, kam sie eiligst ins Zimmer, und da sie mich auf dem Boden ausgestreckt liegen sah, mit verwirrtem Haar und blutiger Nase (was den Auftritt ein bißchen tragisch machte), und meinen verhaßten Plagegeist, der noch immer im Begriff war, sein Werk vollends auszuführen, gegen all mein Weinen und Jammern unempfindlich fand, wurde sie selbst darüber verwirrt und wußte nicht, was sie tun sollte.

Sosehr indessen Martha Vorfälle dieser Art gewohnt und gegen dieselben abgehärtet sein mochte, so hätte sie doch alle Weiblichkeit aus ihrem Herzen verbannt haben müssen, wenn sie dieses ohne Rührung hätte ansehen können. Überdies mußte sie nach dem bloßen Schein der Umstände glauben, daß die Sache schon weiter gekommen war, als sie wirklich war, und daß ich die Hausehre schon völlig gerettet haben müßte, weil ich mich doch in einer so zweideutigen Lage befand. In dieser Einbildung nahm sie meine Partei und riet dem Herrn, hinunterzugehen und mir Zeit zu lassen, mich wieder zu erholen, es würde bald vorüber sein, und wenn Mrs. Brown und Phoebe, die ausgegangen seien, nach Hause kommen würden, so würden sie schon Sorge tragen, ihn in allem zufriedenzustellen. Er verlöre ja nichts durch ein bißchen Geduld mit dem armen, zärtlichen Ding; sie, für ihren Teil, wäre recht von Herzen erschrocken; sie könnte nicht sagen, was sie bei solchen Umständen denken sollte, aber sie wollte bei mir bleiben, bis die Frau nach Hause käme. Da das Weibsbild dies alles in entschlossenem Ton sagte und der abscheuliche Kerl selbst anfing zu merken, daß er durch sein Dableiben seine Sache nicht bessern würde, so nahm er seinen Hut und ging murmelnd aus dem Zimmer, wobei er seine Stirn, wie ein alter Affe, in Falten legte. So wurde ich von den Schrecknissen seiner abscheulichen Gegenwart befreit.

Sobald er fort war, bot mir Martha auf das zärtlichste ihre Hilfe an, sie wollte, daß ich Hirschhorntropfen nehmen möchte, und wollte mich zu Bett bringen; welches letztere ich anfangs ausschlug, aus Furcht, der Unhold möchte wiederkommen und sich dieses Vorteils über mich bedienen. Nachdem sie mich aber hinlänglich versichert hatte, daß ich diese Nacht nicht weiter belästigt werden sollte, überredete sie mich endlich, mich niederzulegen; ich war auch wirklich durch meinen Widerstand und durch meine schreckenvollen Vorstellungen so abgemattet, daß ich kaum aufrecht sitzen konnte, ja ich war kaum imstande, die Fragen zu beantworten, womit mich die neugierige Martha beunruhigte.

Mein Schicksal war noch dazu so grausam, daß ich den Anblick von Mrs. Brown fürchtete, gleichsam als wenn ich die Verbrecherin und sie die Beleidigte gewesen wäre: ein Irrtum, der Ihnen nicht so ganz fremd vorkommen kann, wenn Sie bedenken wollen, daß weder Tugend noch Grundsätze den mindesten Anteil an meinem Widerstande hatten, sondern bloß die besondere Abneigung, welche ich gegen diesen ersten brutalen und fürchterlichen Beleidiger meiner noch zarten Unschuld gefaßt hatte.

Ich brachte also die Zeit bis zur Rückkehr von Mrs. Brown unter einer Gemütsunruhe voller Furcht und Verzweiflung zu, die man sich leicht vorstellen kann.

Abends um elf Uhr kamen die beiden Frauenzimmer nach Hause, und nachdem sie mehr einen günstigen als widrigen Bericht von Martha bekommen hatten, welche hinuntergelaufen war, um sie hereinzulassen (denn Mr. Crofts, so hieß mein Untier, war schon aus dem Hause, nachdem er sich auf die Rückkunft von Mrs. Brown müde gewartet hatte), so kamen sie mit vielem Poltern die Treppe herauf, und da sie mich blaß, mein Gesicht blutig und alle Zeichen einer gänzlichen Niedergeschlagenheit fanden, so beschäftigten sie sich mehr damit, daß sie mir Trost und Mut einsprachen, als daß sie mir Vorwürfe machten, welche ich einfältig genug war zu fürchten, da ich doch weit gerechtere und stärkere Gründe hatte, ihnen welche zu machen.

Nachdem sich Mrs. Brown entfernt hatte, kam Phoebe sogleich zu mir ins Bett und entdeckte teils durch verschiedene Fragen, die sie mir vorlegte, teils durch ihre ganz eigene Art, sich handgreiflich zu überzeugen, daß ich mehr Schrecken ausgestanden als Schaden gelitten hätte. Hierauf wurde sie so von Schläfrigkeit überfallen, daß sie ihre Anmerkungen und anderweitigen Anweisungen auf den nächsten Morgen versparte und mich nun meiner Ruhe, oder eigentlich zu sagen, meiner Unruhe überließ; denn nachdem ich mich den größten Teil der Nacht hindurch im Bette herumgewälzt und mit falschen, fürchterlichen Vorstellungen gemartert hatte, fiel ich endlich aus bloßer Mattigkeit in eine Art von wahnsinnigem Schlummer, aus welchem ich des andern Tags sehr spät, und zwar mit einem heftigen Fieber, erwachte; ein Umstand, der kritisch genug war, um mich, zum wenigsten eine Zeitlang, vor den Anfällen eines Elenden sicherzustellen, der mir unendlich schrecklicher war als der Tod selbst.

Die teilnehmende Sorgfalt, die man während meiner Unpäßlichkeit für mich trug, um meiner so zu pflegen, wie man ein junges Huhn, das zum Bratspieß bestimmt ist, mästet und füllt, nur damit ich mich wieder imstande befinde, ihre geheimen Verträge gültig zu machen oder weitere Proben auszustehen, machte einen solchen Eindruck auf meine dankbare Gemütsart, daß ich mich denjenigen, die doch mein Unglück nur zu beschleunigen suchten, für ihre Aufmerksamkeit um meine Wiederherstellung sehr verbunden hielt, und besonders auch dafür, daß sie jenen brutalen Ehrenräuber, den Urheber meiner Unruhe, aus meinem Gesicht entfernten, als sie gemerkt hatten, daß ich bei der bloßen Nennung seines Namens zu stark bewegt wurde.

Die Jugend hilft sich bald wieder auf, und einige wenige Tage waren hinreichend, die Hitze meines Fiebers zu dämpfen. Aber was am meisten zu meiner vollkommenen Genesung beitrug und mich mit dem Leben wieder aussöhnte, war die angenehme Nachricht, daß Mr. Crofts, der ein sehr angesehener Kaufmann war, auf königlichen Befehl wegen vierzigtausend Pfund Sterling Konterbande festgesetzt worden war und daß sein

Handel so verzweifelt stünde, daß, wenn er auch wollte, es nicht in seinem Vermögen lag, seine Absichten auf mich zu erneuern. Er wurde sogleich ins Gefängnis geworfen, aus welchem er allem Vermuten nach nicht so bald herauskommen konnte.

Mrs. Brown, die einmal die fünfzig Guineen weg hatte, begrub ihre Hoffnung auf die übrigen hundert und fing an, mein Verhalten gegen ihn günstiger zu beurteilen. Als sie gewahr wurde, daß ich sehr umgänglichen Gemüts und für ihre Absichten sehr schicklich war, erlaubte sie allen Mädchen ihrer Herde, mich zu besuchen, allerdings mit dem Auftrag, durch ihre Unterhaltungen mich dahin zu bringen, daß ich mich ganz der Brownschen Führung überließe.

So bewirkte denn das fröhliche leichtsinnige Wesen, in dem diese Geschöpfe ihre Zeit vertändeln, daß ich anfing, jenen Zustand zu beneiden, von dem ich nur die schöne Seite sah, so sehr, daß es jetzt Ziel meines Ehrgeizes wurde, eine von ihnen zu werden: eine Stimmung der Seele, die sie sorgfältig zu nähren suchten; und so fehlte mir jetzt nichts als die Wiederherstellung meiner Gesundheit, um für die Zeremonie der Hinreichung geschickt zu sein.

Umgang, Beispiel, kurz, alles vereinigte sich in diesem Hause, meine natürliche Unschuld zu verderben, die durch Erziehung bei mir nicht fest eingewurzelt war. Der entzündbare Trieb zum Vergnügen, der in meinem Alter so leicht Feuer faßt, fing jetzt an, sich heftig in mir zu regen, und so begann all die Züchtigkeit, die in mir durch Gewohnheit, nicht durch Unterricht erzeugt war, nach und nach von mir wegzuschmelzen gleich dem Tau vor der Sonnenhitze; nicht zu gedenken, daß ich aus der Not ein Laster machte in der beständigen Furcht, aus dem Hause gestoßen zu werden und vor Hunger sterben zu müssen.

Ich war bald ganz wieder hergestellt, und man erlaubte mir, zu gewissen Stunden in dem Hause überall herumzugehen, verhinderte es aber sorgfältig, daß ich Gesellschaft sähe, bis zur Ankunft des Lord B... von Bath. Mrs. Brown, die seine Freigebigkeit bei solchen Gelegenheiten aus Erfahrung kannte, beschloß, ihm das an mir zu opfern, was einen so hohen Wert in der Einbildung hat; sie glaubte auch, daß, da Se. Herrlichkeit in vierzehn Tagen wieder in der Stadt zurückerwartet würden, ich um diese Zeit meine vollständige Schönheit und frische Farbe wiedererhalten und ihr so Gelegenheit geben würde, einen besseren Zug als mit Mr. Crofts zu tun.

Mit der Zeit war ich, nach ihrem Ausdruck, so völlig ihr gewonnen, so gelehrig und zahm gegen ihre Winke, daß, wäre auch die Tür meines Vogelbauers mir geöffnet, ich keinen Gedanken gehabt hätte, anderswohin zu fliehen, noch empfand ich den geringsten Verdruß, daß ich mein ehemaliges Wesen verloren hatte. Ich war ruhig entschlossen, Mrs. Brown in allem zu folgen, was sie über mich beschließen würde, die es denn auch ihrerseits und durch ihre Agenten nicht ermangeln ließ, mehr als nötige Vorsicht zu brauchen, um alle ernsthaften Gedanken über meine Bestimmung in mir völlig einzuschläfern.

Moralpredigten sah man über die Achseln an, ein Leben voll Freuden malte man mit den lebhaftesten Farben, Liebkosungen, Versprechungen, gütiger Behandlung, kurz, nichts wurde unterlassen, mich recht einzugewöhnen und mich abzuhalten, anderswohin zu gehen und bessern Rat zu hören; ach, ich träumte von keinem Dinge der Art!

Bis jetzt verdankte ich die Verderbung meiner Unschuld bloß den Mädchen des Hauses; ihr schlüpfriges Gespräch, dem alle Züchtigkeit fremd war, ihre Beschreibung von ihrem Umgange mit Männern hatten mir hinlänglich Einsicht in die Natur und Geheimnisse ihres Handwerks gegeben und zugleich meinem Blute eine hohe Wärme, die sich mit sanftem Kitzeln durch alle meine Adern ergoß. Überdies übte meine Mitschläferin Phoebe, deren Zögling ich noch unmittelbar war, alle ihre Talente aus, mir den Vorgeschmack des Vergnügens zu geben. Zu einer Zeit, in der die Natur erhitzt und durch mancherlei Entdeckungen zu einer Neugierde gekitzelt war, die Phoebe künstlich zu reizen wußte, leitete sie mich von Frage zu Frage und erklärte mir so alle Geheimnisse der Venus; aber ich konnte auch in einem solchen Hause nicht lange sein, ohne selbst mehr mit meinen Augen zu sehen, als man durch Beschreibung mir vormalen konnte.

Eines Tages, etwa um zwölf Uhr mittags, befand ich mich von ungefähr in Mrs. Browns dunklem Kabinett und hatte hier kaum eine halbe Stunde auf einem Bette gelegen, als ich ein Rauschen in der Schlafkammer hörte, die von dem Kabinett nur durch zwei Glastüren, vor denen gelbe damastne Vorhänge waren, abgesondert war; diese waren aber nicht so weit zugezogen, daß man nicht das ganze Zimmer aus dem Kabinett hätte übersehen können.

Augenblicklich kroch ich leise dahin und stellte mich so, daß ich alles aufs genaueste sehen, aber von niemand anderem gesehen werden konnte. Und wer anders kam nun herein als unsere ehrwürdige Mutter Äbtissin selbst, geführt von einem langen, braunen, jungen Reiter, der wie Herkules gebaut war, kurz, ein Gegenstand der Wahl für jede in solchen Sachen erfahrene Dame in London!

Oh, wie still und unbeweglich stand ich auf meinem Posten, damit kein Geräusch mich in meiner Neugierde verraten und die Mutter Äbtissin hereinbringen konnte!

Aber ich hatte nicht Ursache, dies zu fürchten, denn sie war so ganz von ihrem gegenwärtigen Geschäft erfüllt, daß sie weder Sinn noch Aufmerksamkeit für irgend sonst was in der Welt hatte.

Lustig war es zu sehen, wie sich die fette, unbehilfliche Figur am Fuße des Bettes hinwarf, gerade der Kabinettstür gegenüber, so daß ich den vollen Anblick aller ihrer Reize hatte.

Ihr Liebhaber setzte sich bei ihr nieder. Er schien ein Mann von wenig Worten, aber viel Appetit zu sein; denn er ging gleich zu wesentlicheren Dingen über; gab ihr ein paar derbe Küsse, und indem er seine Hände in ihren Busen steckte, löste er ihren Schnürleib auf, aus dem die Brüste dann hervorschossen, sich ausbreiteten und fast bis zum Nabel herabsanken. Ein solch ungeheueres Paar hatten meine Augen nie gesehen, noch von schlechterer Farbe, schlapp, weich und allerliebst ineinanderfließend; aber demungeachtet schien dieser Schlucker sich herzlich an ihnen zu weiden, indem er vergebens suchte, eine von ihnen mit seiner Hand zu bedecken, die nicht viel kleiner war als eine Schöpsenkeule. Nachdem er einige Zeit hindurch mit ihnen so gespielt hatte, als wenn sie's wert gewesen wären, legte er seine Dame sanft nieder, hob ihre Röcke auf und machte daraus eine Maske für ihr rotes breites Gesicht, das nur von Branntwein gerötet war.

Wie er an der einen Seite eine Minute ungefähr stand und seine Weste und Beinkleider aufknöpfte, hingen ihre fetten, fleischigen Hüften herab, und die ganze schöne Landschaft war vor meinen Augen aufgeschlagen: an weitgeöffneter Schlund, überschattet von gräulichem Buschwerk, gleich dem Sacke eines Bettlers, der nach guten Gaben hingehalten wird.

Aber bald wurden meine Augen durch einen anderen Gegenstand abgerufen, der sie ganz auf sich zog.

Ihr rüstiger Hengst hatte sich jetzt aufgeknöpft und zog hervor, nackend, steif, emporstarrend, jenes wunderbare Werkzeug, das ich nie vorher gesehen hatte und das ich des Interesses meines eigenen Wonnesitzes wegen mit allen meinen Augen anstarrte. Indessen waren meine Sinne zu sehr in Bewegung, zu sehr auf den jetzt brennenden Punkt konzentriert, als daß ich etwas mehr hätte bemerken sollen als die allgemeine Struktur dieses Werkzeugs, über das mich der Instinkt der Natur jetzt mehr belehrte, als wenn ich sonst schon gehört hätte, daß ich von ihm das höchste Vergnügen zu erwarten hätte, das in die Zusammenkunft dieser so bewundernswürdig ineinanderpassenden Glieder gesetzt ist.

Der junge Ritter säumte indessen nicht lange, gab ihm zwei oder drei Bewegungen, indem er es gleichsam schwenkte und warf sich dann über sie her. Und da jetzt sein Rücken gegen mich gewandt war, so konnte ich nach der Bewegung, die er machte, und weil er unmöglich sein Ziel verfehlen konnte, nur annehmen, daß er hineindrang. Das Bett zitterte, die Vorhänge rauschten, so daß ich kaum die Seufzer und das Gemurmel und das schmachtende Ächzen hören konnte, das die Handlung von Anfang bis zu Ende begleitete. Diese Töne, dieser Anblick drang schneidend ins Innerste meiner Seele und machte, daß jede Ader in mir von flüssigem Feuer glühte, ach, und diese Bewegung war so stark, daß sie mein Atemholen hemmte.

Wohlvorbereitet und gestimmt, wie ich war, durch die Gespräche meiner Gespielinnen und durch Phoebes detaillierte Beschreibung jenes Dings, war es kein Wunder, daß meine Unschuld jetzt den letzten tödlichen Streich erhielt.

Während sie in der Hitze der Aktion waren, stahl sich, durch die Natur allein geführt, meine Hand unter meine Röcke und griff mit Fingern, die ganz Feuer waren, und entzündete damit noch mehr den Mittelpunkt aller meiner Empfindungen; mein Herz zitterte, als wenn es aus der Brust heraus wollte; kaum atmete ich noch, ich bewegte meine Lenden aneinander, preßte die Lippen jener jungfräulichen Öffnung, und indem ich's, soweit ich konnte, mechanisch der Händeoperation Phoebes nachtat, brachte ich endlich die kritische Ekstase, den schmelzenden Fluß hervor, darin die Natur im Übermaß des Vergnügens sich auflöst und hinstirbt.

Worauf denn meine Sinne genug gekühlt waren, um das übrige dessen zu bemerken, was mit jenem glücklichen Paar vorging.

Der junge Bursche war kaum abgestiegen, so sprang die alte Dame sogleich auf, mit der vollen Jugendkraft, die sie sicher von dieser Erfrischung erhalten hatte, und nachdem sie ihn niedersitzen ließ, fing nun sie an, ihn zu küssen, seine Wangen zu kneifen und mit seinen Haaren zu spielen; Liebkosungen, die er mit Gleichgültigkeit und Kälte anzunehmen schien, so daß er jetzt ein ganz anderes Wesen war als vorher.

Meine fromme Wirtin war indessen nicht über Hilfsmittel verlegen, zu denen sie Zuflucht nahm; denn sie schloß eine kleine Kiste mit gebrannten Wassern, die nah an ihrem Bett stand, auf und ließ ihn mit einem reichlichen Schlucke Bescheid tun, worauf, nach einem Gespräch von ein paar Augenblicken, sich Madam wieder an dem Fuß des Bettes niedersetzte. Und als der junge Bursche seitwärts bei ihr stand, knöpfte sie mit der unglaublichsten Unverschämtheit seine Beinkleider auf, schob das Hemd weg und zog seine Geschichte hervor, die jetzt so eingeschrumpft und klein geworden war, daß ich nur des Unterschieds mich erinnern konnte, weil es ein ganz kraftloses Ding geworden war und kaum sein Haupt aufhob; aber unsre erfahrene Matrone brachte es, indem sie es mit ihren Händen erwärmte, bald zum Schwellen und zum Aufrechtstehen, wie ich's vorher gesehen hatte.

Da bewunderte ich von neuem und mit schärferen Augen die Struktur dieses Hauptteils des Mannes. Der glühende rote Kopf, unverhüllt, die Weiße des Schaftes und das buschige Haar, das seine Wurzel mit braunen Schatten überdeckte, der Beutel, der herunterhing, alles fesselte meine heißeste Aufmerksamkeit und erneuerte meine Hitze. Da aber jetzt die Hauptsache auf dem Punkte war, wohin die erfahrene Dame sie zu haben sich bemüht hatte, so war sie nicht willens, ihre Mühe umsonst gemacht zu haben, sondern legte sich selbst nieder, zog ihn sanft über sich her, und so endigten sie auf dieselbe Art wie vorher diesen letzten Auftritt.

Als dies vorbei war, gingen sie beide liebevoll miteinander hinaus, nachdem ihm die alte Dame vorher ein Geschenk von drei oder vier Goldstücken, soweit ich sehen konnte, gemacht hatte; denn er war nicht allein ihr Liebling um seiner Geschicklichkeit willen, sondern er gehörte mit zum Hause, wenn sie mich auch vor ihm sorgfältig verborgen gehalten hatte, damit er nicht etwa zuwenig Geduld haben möchte, auf die Ankunft des Lords zu warten, sondern darauf bestände, sein Vorläufer zu sein, welches Recht die alte Dame ihm vieler Umstände wegen nicht hätte abstreiten können; denn jedes Mädchen im Hause fiel ihm nach der Reihe zu. Die alte Dame bekam nur dann und wann etwas ab in Anbetracht der Unterstützung, die er von ihr erhielt und die er kaum sich rühmen durfte, sonst zu verdienen.

Sobald ich sie die Treppe hinuntergehen hörte, stahl ich mich leise in mein eigenes Zimmer, in dem ich glücklicherweise nicht vermißt worden war. Hier fing ich an, ein wenig freier zu atmen und mich ganz den Gedanken zu überlassen, die ein solcher Anblick in mir erregt hatte. Ich legte mich aufs Bett nieder, streckte mich aus, war voll heißer, drängender Begierde und suchte nach irgendeinem Mittel, die wieder angefachte Wut und den Sturm meiner Begierde zu zerstreuen oder zu besänftigen, die ganz allein auf ihr Ziel, den Mann, strebten. Ich wühlte auf dem Bette umher, als wenn ich nach etwas suchte, das ich in meinem wachen Traum hätte packen können, und als ich nichts fand, hätte ich vor Schmerz schreien mögen, da jeder Tal an mir von stechendem Feuer glühte. Endlich nahm ich meine Zuflucht zu dem einzig gegenwärtigen Mittel, dem des Fingerspiels, wobei aber die Enge des Theaters nicht Raum genug für die Handlung bot und wo die Schmerzen, die mir meine Finger brachten, indem sie hineindringen wollten, eine Befürchtung in mir weckten, die mich nicht ruhen ließ, bis ich sie Phoebe mitgeteilt und ihre Erklärung darüber gehört hatte.

Dazu hatte ich nicht eher Gelegenheit als den Morgen darauf, denn Phoebe kam erst zu Bette, als ich mich lange schon niedergelegt hatte; sobald wir beide wach waren, dauerte es nicht lange, daß wir unser Bettgeplauder auf den Punkt hinbrachten, zu dem eine Erzählung der Liebesszene, bei der ich Zuschauerin gewesen war, als Vorrede diente.

Phoebe konnte das Ende nicht abwarten, ohne es mehr als einmal durch ein heftiges Gelächter zu unterbrechen; und meine naive Art zu erzählen mehrte noch ihre Lust daran.

Als sie aber in mir nach dem Eindruck forschte, den das Schauspiel auf mich gemacht hatte, sagte ich ihr, ohne das geringste von der angenehmen Bewegung, in die es mich versetzt hatte, zu verkleinern und ohne zu verbergen, daß eine Entdeckung mich recht sehr unruhig gemacht hätte. »Nun denn«, fragte sie, »die war?« – »Ei«, antwortete ich, »indem ich sehr sorgfältig und aufmerksam die Gestalt jener ungeheuren Maschine, die meiner furchtbaren Einbildungskraft wenigstens so groß wie der Knöchel meiner Hand und wenigstens drei meiner Hände lang schien, mit dem zarten, kleinen Dinge verglich, das gemacht ist, sie aufzunehmen, konnte ich nicht begreifen, wie es möglich sei, daß sie dahinein könnte, ohne daß ich sterbe, vielleicht nicht ohne die größten Schmerzen, weil ich weiß, daß selbst ein Finger, dahinein gesteckt, mir unerträgliche Pein macht. Was die meiner Frau und Ihre anbetrifft, so kann ich gut genug den verschiedenen Durchmesser von der meinigen unterscheiden, weil ich's mit meinem Gefühl fühlen und mit meinen Augen sehen kann, so daß ich mich, es kurz zu sagen, vor dem Versuche sehr fürchte, so groß auch das versprochene Vergnügen sein mag.«

Hierbei verdoppelte Phoebe ihr Gelächter, und während ich eine sehr ernsthafte Auflösung meines Zweifels erwartete, sagte sie mir bloß, sie hätte nie gehört, daß jener schreckliche Speer an diesem Teile jemals eine tödliche Wunde gemacht hätte, daß jüngere und ebenso zart gebaute Mädchen, die sie gekannt, die Operation überlebt hätten, und daß sie glaubte, ich würde auch für den schlimmsten Fall großes Vergnügen dabei finden, mich töten zu lassen. Es sei wahr, daß eine große Verschiedenheit des Umfanges in diesen Teilen der Natur sei, die herrühre von Kindergebären, öfterem Gebrauch jener Maschine oder von dem natürlichen Bau; aber in einem gewissen Alter und bei einer gewissen Gewöhnung des Körpers könne auch der Erfahrenste in solchen Sachen nicht wohl Frau und Mädchen unterscheiden, vorausgesetzt, daß keine künstlichen Mittel gebraucht und alles in seinem natürlichen Zustande wäre; da nun einmal der Zufall mich vor ein Schauspiel dieser Art geführt hätte, wolle sie mir ein anderes verschaffen, das noch bessere Augenweide für mich sein sollte und mich großenteils von den Befürchtungen meiner Einbildungskraft heilen würde.

Hierauf fragte sie mich, ob ich Polly Philips kenne. »Natürlich«, antwortete ich, »das ist doch das schöne Mädchen, das so zärtlich gegen mich war, als ich krank war, und die, wie Sie mir gesagt haben, erst zwei Monate hier im Hause ist?« – »Ja, die!« sagte Phoebe. »Sie wird von einem jungen genuesischen Kaufmann unterhalten, den sein Onkel, der unermeßlich reich und dessen Liebling er ist, mit einem befreundeten Kaufmann unter dem Vorwande nach England geschickt hat, gewisse Geschäfte in Richtigkeit zu bringen, in Wirklichkeit aber, um ihm zum Reisen Lust zu machen. Er traf Polly von ungefähr in einer Gesellschaft, und weil sie ihm gefiel, hielt er sie für wert, sich mit ihr abzugeben; er kommt zwei- oder dreimal die Woche zu ihr, und sie empfängt ihn im hellen Kabinett, eine Treppe hoch, wo er sie auf eine Art genießt, die, wie ich glaube, der Hitze oder vielleicht dem Eigensinn seines Vaterlandes gemäß ist. Ich sage nicht mehr, aber da morgen sein Tag ist, so sollen Sie von einem Platze aus, den bloß Ihre Frau und ich kennen, sehen, was zwischen beiden vorgeht.«

Sie können leicht denken, daß ich in meiner jetzigen Stimmung keine Einwände dagegen machte, sondern daß ich es vielmehr zu ihrer letzten Vollendung so benötigte.

Um fünf Uhr abends, den folgenden Tag, kam also Phoebe auf mein Zimmer und winkte mir, ihr zu folgen.

Wir gingen die Hintertreppe leise hinunter. Phoebe öffnete die Tür eines finsteren Kabinetts, wo alte Möbel und einige Kistchen Likör standen; sie zog mich nach sich, und weil sie die Tür zumachte, hatten wir kein anderes Licht als jenes, das durch eine Öffnung in der Scheidewand fiel, die zwischen uns und dem hellen Kabinett war, wo die Handlung vor sich ging, so daß wir, indem wir uns auf die niedrigen Kistchen setzten, mit der größten Bequemlichkeit und Deutlichkeit alles sehen konnten, ohne selbst gesehen zu werden, wenn wir bloß unsere Augen dicht an die Öffnung hielten, wo die Tapete sich geworfen oder abgeblättert hatte.

Den jungen Herrn sah ich zuerst, mit seinem Rükken gerade mir gegenüber, einen Kupferstich betrachten. Polly war noch nicht da, doch öffnete sich in weniger als einer Minute die Tür, und sie kam herein; beim Geräusch der Tür drehte er sich um und ging ihr mit der Miene der größten Zärtlichkeit und Zufriedenheit entgegen.

Nachdem er sie begrüßt hatte, führte er sie auf ein Ruhebett, das uns gegenüberstand, und hier setzten sich beide nieder; der junge Genueser reichte ihr hierauf auf einem Präsentierteller ein Glas Wein mit etwas neapolitanischem Biskuit.

Gleich darauf, nachdem ein paar Küsse gewechselt waren und er in gebrochenem Englisch einige Fragen getan hatte, fing er an, sich aufzuknöpfen und seine Kleidung abzulegen.

Gleich als wenn dieses das verabredete Signal gewesen wäre, sich völlig auszukleiden, wie es die Jahreszeit auch sehr gut erlaubte, fing auch Polly an, sich loszupendeln, und da sie keinen Schnürleib trug, war sie mit Hilfe ihres Liebhabers auch in einer Sekunde bis aufs Hemd ausgezogen.

Als er dies sah, zog er sogleich seine Beinkleider,

Kniebänder und so weiter aus; auch seinen Hemdkragen knöpfte er auf, gab darauf Polly einen herzlichen Kuß, zog leise dem Mädchen das Hemd ab, das, ob es gleich daran gewöhnt zu sein schien, doch nun auch rot wurde, nicht so sehr als ich, die ich sie jetzt ganz nackend dastehen sah, wie sie aus den Händen der Mutter Natur gekommen war, mit gelöstem schwarzem Haar, das ihren weißen Nacken und Rücken herabfloß, während ihre Wangen die Farbe des von der Sonne beschienenen Schnees bekamen, denn so fein und blendend war ihr Teint.

Das Mädchen konnte nicht über achtzehn Jahre alt sein. Ihr regelmäßiges, sanftes Gesicht, ihr feiner Wuchs, auch ihr weißer, bezaubernder Busen, der so niedlich mit Fleisch überkleidet war, daß ihre Brüste, gerundet und fest, sich ohne Schnürbrust aufrecht hielten, waren Gegenstände meines Neides, dann ihre Warzen, die nach beiden Seiten die liebliche Kluft begrenzten, unter denen der artige Bauch sich hob, der wieder in eine sanfte, kaum bemerkbare Kluft endigte, die sich bescheiden hinunterwärts unter ein paar fleischigen, runden Lenden zu verstecken suchte, das Kräuselhaar, das sie außen angenehm überschattet und inwendig mit dem weichsten Sammet überzogen war, kurz, ein Modell für einen Maler, wert, daß sie ihm als Ideal weiblicher Schönheit säße in der ganzen, wahren Würde und dem Stolz der Nacktheit. Der junge Genneser, noch im Hemde, stand staunend und in Entzükkung verloren über dem Anblick der Schönheiten, die einen sterbenden Eremiten in Feuer hätten setzen können; seine gierigen Augen verschlangen sie, die sich nach seinem Winke in mancherlei Stellungen warf. Auch seine

Hände nahmen teil an diesem Feste und wanderten in der Jagd des Vergnügens über jeden Punkt ihres Körpers, der so sehr dazu geschaffen war, höchste Genüsse zu vermitteln. Mittlerweile konnte man auch das Schwellen seines Hemdes bemerken, das hervorquoll und anzeigte, was unter ihm vorging; aber er tat es bald weg, indem er es über den Kopf zog, daß sie sich in Anbetracht der Nacktheit nichts vorzuwerfen hatten.

Der Jüngling war, nach Phoebes Vermutung, ungefähr zweiundzwanzig Jahre, schlank und wohlgebaut. Sein Körper war schön geformt, kräftig und rüstig, breitschultrig und stark in der Brust. Sein Gesicht war nicht sehr ausdrucksvoll, aber er hatte eine Nase, die nahezu römisch war, schwarze und große feurige Augen und eine Röte der Wangen, die desto mehr sich abhob, als sein Gesicht braun war, nicht von der düstren Farbe, bei der die Frische vermißt wird, sondern von hellem Oliv, das glühend von Leben vielleicht weniger blendet als Weiß, aber gefälliger ist, wenn es überhaupt gefällt. Sein Haar, das zu kurz war, um es zu binden, fiel in kurzen, leichten Locken nicht tiefer als bis zum Nacken; er hatte ein wenig Haar auf den Warzen, das seiner Brust den Anschein von Männlichkeit und Stärke gab. Sein großer Beweger, der aus einem Dickicht von gelocktem Haar wie aus Wurzelwerk hervorschoß (es bedeckte seine Hüften und Unterleib bis zum Nabel hinauf), stand steif und aufrecht, aber von einem Umfange, der mich in meiner Sympathie für die zarten Teile erschreckte, die das Ziel seiner Begierde waren und die jetzt vor meinen Augen aufgedeckt lagen; denn er hatte, wie er das Hemd aufwarf, sie sanft aufs Bett gestreckt, das, sie in ihrem Fall aufzufangen, einladend stand. Ihre Lenden lagen so weit ausgebreitet als möglich und zeigten das Zeichen des Geschlechts, jene rosenroten Lippen, die eine kleine rote Linie in angenehmster Miniatur umschrieb, wie keines Malers Pinsel oder Farbe sie darstellen kann.

Phoebe stieß mich leise an und hielt mir lispelnd die Frage vor, ob ich glaubte, daß mein kleines Jungfernding viel kleiner wäre, aber meine Aufmerksamkeit war zu sehr erfüllt, zu sehr geheftet auf das, was ich sah, als daß ich ihr eine Antwort hätte geben können.

Jetzt veränderte der Jüngling ihre Stellung und legte sie, die bisher in der Breite gelegen hatte, längs des Bettes hin; aber immer waren ihre Lenden noch ausgebreitet, das Ziel vor ihm, der jetzt zwischen ihnen niederkniete und uns einen Seitenblick von der aufgerichteten Maschine gab, die nichts geringeres als das zarte Opfer zu zerspalten drohte, das lächelnd dalag, den Streich zu empfangen und ihm nicht auszuweichen schien. Er sah selbst auf seinen Speer mit einigem Vergnügen, und indem er ihn mit seiner Hand an die einladende Spalte führte, brachte er ihn halbwegs (nach einigen Stößen, denen Polly nachzuhelfen schien) hinein: aber hier blieb er stecken, wie ich glaubte, wegen allzu schwellender Dicke; er zog ihn noch einmal, netzte ihn mit Speichel, drang wieder hinein und trieb ihn ohne Mühe bis an den Schaft hinein, wobei Polly einen tiefen Seufzer ausstieß, der aber ganz anders klang als der, den der Schmerz auspreßt; er stieß, und sie hob sich, erst sanft und regelmäßig, aber bald wurde die Entzückung zu heftig, um einen Takt zu beobachten, ihre Bewegungen wurden zu geschwind, ihre Küsse zu feurig und heiß, als daß die Natur diese Wut lang hätte aushalten können. Beide schienen außer sich zu sein, ihren Augen entstürzte Feuer. »Oh! Oh! – ich kann's nicht aushalten. Es ist zuviel! Ich sterbe, ich bin verloren!« waren Pollys Ausbrüche der Ekstase. Seine Freude war schweigender, aber bald kamen gebrochene Töne, tiefgeholte Seufzer und endlich der letzte Stoß mit einer Heftigkeit, als wenn er in ihren Leib hätte eindringen wollen, und schließlich die bewegungslose Erschlaffung aller seiner Glieder. Alles kündigte an, daß der Hinsterbensaugenblick über ihn gekommen war, den sie auch durch Zeichen andeutete, indem sie die Arme auseinandersinken ließ, ihre Augen schloß und einen tiefen Seufzer ausstieß, in dem sie in seliger Agonie ihr Leben aushauchen zu wollen schien.

Als er den letzten Streich getan hatte und sich von ihr losmachte, lag sie noch immer da ohne Bewegung, atemlos, aber, wie's schien, voll Vergnügen. Er legte sie wieder der Breite nach übers Bett hin, da sie nicht aufrecht sitzen konnte, die Lenden auseinander, zwischen denen ich eine Art flüssigen weißen Schaums entdeckte, der an den Lippen hing, die jetzt röter glühten. Jetzt sprang sie auf, umschlang ihn mit ihren Armen und schien durchaus nicht unzufrieden über diese Prüfung zu sein, wenigstens nach der Zärtlichkeit zu urteilen, mit der sie ihn anblickte und an ihm hing.

Was mich betrifft, so mag ich nicht beschreiben, was ich diese Zeit über gefühlt habe, nur eins: Lebt wohl all ihr Befürchtungen über das, was ein Mann mir tun könnte! Sie hatten sich jetzt in so heiße Begierden verwandelt, so unbezähmbare Sehnsucht, daß ich den ersten besten Mann, der mir vorgekommen wäre, beim

Ärmel hätte nehmen und ihm die Kleinigkeit hätte anbieten können, deren Verlust ich jetzt für einen Gewinn ansah, den ich mir nicht bald genug verschaffen konnte.

Phoebe, die mehr Erfahrung hatte und der solche Szenen nicht so neu waren wie mir, wurde auch warm dabei und zog mich jetzt von dem Guckloch, aus Furcht, gehört zu werden, und führte mich so nahe an die Tür als möglich – mich, die ich ihre Winke ganz gehorsam litt.

Hier war kein Platz, sowenig zum Sitzen als zum Stehen; indem sie mich aber an die Tür lehnen ließ, hob sie mir meine Röcke auf und fing mit ihren geschäftigen Fingern an, den Teil an mir zu visitieren und zu untersuchen, wo jetzt die Hitze und der Reiz so heftig war, daß ich hätte hinsterben können; sie fühlte gleich, wie mich der Anblick angegriffen hatte, und nachdem sie meine Hitze besänftigt hatte, die mich ungeduldig gemacht haben würde, die weitere Handlung des verliebten Paars anzusehen, führte sie mich wieder an die Spalte, die unserer Neugierde so günstig war. Wir waren kaum einige Augenblicke weg gewesen, und doch sahen wir jetzt alles wieder in Bereitschaft zu neuen zärtlichen Feindseligkeiten.

Der junge Fremdling setzte sich aufs Bett nieder, gerade uns gegenüber; Polly auf einem seiner Knie, sie hatte ihre Arme um seinen Hals geschlungen. Die außerordentliche Weiße ihrer Farbe kontrastierte sehr angenehm mit seiner sanften, glühenden Bräune.

Aber wer konnte die unzähligen feurigen Küsse zählen, die gegeben und geraubt wurden, wobei ich den sanften Wechsel bemerkte, bei dem ihre beiden Münder doppelzüngig zu sein und sie die wechselweisen

Zungenschläge mit dem größten Vergnügen und Geschmack zu genießen schienen.

Mittlerweile war sein rotköpfiger Champion, der soeben seine Höhle verlassen hatte und eingesunken und eingeschrumpft war, wieder in seinem vorigen Zustand hergestellt, schwoll an zwischen Pollys Lenden. Und sie tat alles, um ihn in gute Laune zu bringen, bog ihn mit ihrem Kopfe nieder und nahm selbst seine samtne Spitze in ihre Lippen auf, entweder aus besonderem Wohlgefallen oder um ihn leichter eindringend zu machen; aber dies hatte die Wirkung, daß es schien, als hätte der junge Fremdling, dessen Augen von höherem Feuer glühten, ein besonderes Vergnügen dabei empfunden. Er stand auf, nahm Polly in seine Arme, drückte sie an sich und sagte ihr etwas ins Ohr, aber zu leise, als daß ich's hätte hören können, und fand Vergnügen, ihre Lenden und Hinterteil mit der steifen Sense zu schlagen, was ihr ein unaussprechliches Vergnügen machte.

Aber denken Sie sich mein Erstaunen, als ich den faulen jungen Schelm sich auf den Rücken legen und Polly über sich herziehen sah, die seiner Laune folgte, sich auseinander spreizte, mit der Hand ihren blinden Liebling an den rechten Ort führte und selbst auf die Spitze seines glühenden Speers aufrannte, bis sie sich bis auf das äußerste Ende desselben aufspießte. So saß sie einige Augenblicke auf ihm, voll Freude über ihre Stellung, während er mit ihren einladenden Brüsten spielte. Zuweilen wollte sie sich niederbücken, ihn zu küssen, aber sogleich spornte sie der Stachel des Vergnügens zu feurigen Handlungen. Dann begann der Sturm mit Hebungen, die der untere Streiter durch

Stöße harmonisch begleitete. Er legte seine Arme um sie, zog sie mit sanfter Gewalt zu sich, stieß sie mit seinen Hebungen wieder von sich, so daß sie auf und nieder flog gleich einem Postillon zu Pferde. Endlich kamen aber auch über sie die Zeichen der heißesten Ekstase und zeigten uns, wie sie jetzt standen.

Nun konnte ich nicht länger mehr zusehen, ich war so bestürmt, so erhitzt von diesem zweiten Teile des Schauspiels, daß ich Phoebe mit Heftigkeit ergriff, als wenn sie mir's erleichtern müßte; indessen zog sie mich vergnügt und doch mitleidig über das, was sie auch zu fühlen glaubte, nach der Türe hin, öffnete sie so sachte als möglich und führte mich in mein Zimmer zurück, wo ich mich nicht auf den Beinen halten konnte und mich der heftigen Bewegung wegen, in der ich war, aufs Bett hinwarf und außer mir dalag, zugleich beschämt über das, was ich fühlte.

Phoebe legte sich zu mir nieder und fragte mich verschmitzt, ob ich jetzt, da ich den Feind gesehen und genau beobachtet hätte, mich noch vor ihm fürchte oder ob ich glaube, daß ich es wagen dürfe, mich ganz genauso mit ihm einzulassen. Hierauf kein Wort von mir, ich seufzte und atmete kaum; sie faßte meine Hand, und nachdem sie ihre Röcke aufgehoben hatte, zwang sie sie, sich halb niedersetzend, zu den Teilen, wo ich, jetzt erfahrener als vorher, den Hauptgegenstand meiner Wünsche vermißte und wo ich auch nicht den Schatten von dem fand, was ich wünschte, da alles da so leer und hohl war! In meiner peinigenden Unruhe hätte ich gerne meine Hand zurückgezogen, aber ich fürchtete mich, sie zu beleidigen. Also ließ ich sie ihr, auch sich damit einen Schatten von Freude zu machen. Ich selbst hungerte peinvoll nach gründlicherer Kost und schwor mir heimlich, mich nicht mehr mit einem Weibe abspeisen zu lassen, wenn Mrs. Brown mir nicht bald das Reellere verschaffen würde; kurz, ich glaubte, die Ankunft von Lord B. nicht erwarten zu können, ob er gleich in wenigen Tagen erwartet wurde. Ich brauchte auch nicht auf ihn zu warten, denn die Liebe nahm sich selbst die Mühe, mich anzubringen, trotz allem Eigennutze und der groben Wollust.

Es waren zwei Tage nach der Szene im Kabinett vergangen, als ich am Morgen um sechs Uhr aufstand und mich von meiner Mitschläferin wegstahl, die noch fest schlief, in keiner anderen Absicht, als in dem kleinen Garten frische Luft zu schöpfen, in den eine Tür aus unserer Hinterstube hineinführte und in den ich nicht hatte gehen dürfen, wenn Gesellschaft da war; aber jetzt herrschte Schlaf und Stille überall.

Ich öffnete die Tür und war überrascht, zur Seite eines halb ausgegangenen Feuers einen jungen Herrn in der alten Dame Armstuhl sitzen zu sehen, mit übereinandergeschlagenen Beinen, fest schlafend, von gedankenlosen Freunden verlassen, die ihn trunken gemacht hatten und dann mit ihren Mätressen davongegangen waren, so daß er zurückblieb dank der Höflichkeit der alten Matrone, die ihn nicht hatte stören und nicht in solchem Zustande nachts um eins aus dem Haus lassen wollen. Betten waren aber wahrscheinlich nicht übrig. Auf dem Tische standen noch die Punschbowle und die Gläser herum, wie es bei trunkenen Nachtschwärmern zu sein pflegt.

Als ich näher hinzutrat, Himmel, welch ein Anblick! Nein! Keine Jahre, keine Schicksale konnten den blitzschnellen Eindruck aus meiner Seele herausreißen, den er auf mich machte. – Ja! teurer Gegenstand meiner frühesten Leidenschaft, immer schwebt die Erinnerung deines ersten Anblicks vor meinen entzückten Augen, sie ruft dich in mir auf, und ich sehe dich jetzt wieder vor mir wie damals.

Stellen Sie sich vor, Madam, einen schönen Jüngling zwischen achtzehn und neunzehn Jahren, den Kopf überhängend auf die eine Seite des Stuhls, sein Haar in unordentlichen Locken, die ohne Regelmäßigkeit ein Gesicht beschatteten, auf dem die volle rosige Blüte der Jugend und alle männliche Grazie sich vereinigten, um meine Augen und mein Herz zu fesseln. Selbst die Erschlaffung, die Blässe seines Gesichts, auf dem noch die Ausschweifungen der Nacht sichtbar waren, zeigte eine unaussprechliche Süßigkeit; Gesichtszüge, die schönsten, die man sich denken kann; seine Augen, die der Schlaf schloß, bedeckten sanfteste Wimpern, über die kein Pinsel regelmäßigere Bogen hätte ziehen können als die waren, die seine Stirne zierten, die hoch, vollkommen weiß und sanft war, dann ein Paar rosenrote Lippen, schwellend und mich einladend, hätten nicht Schamhaftigkeit und Achtung, die beiden Geschlechtern bei wahrer Leidenschaft immer eigen sind, meine Triebe zurückgehalten.

Als ich aber den aufgeknöpften Hemdkragen und eine Brust weißer als Schnee sah, konnte mich das Vergnügen nicht abhalten, für seine Gesundheit zu sorgen, die mir jetzt wichtig wurde; mit zitternder Hand faßte ich die seinige und erweckte ihn so sanft, wie ich konnte; erst sah er wild herum, fuhr auf und sagte mit einer harmonischen Stimme, die mir ins Herz drang:

»Ich bitte dich, liebes Kind, wieviel Uhr ist's jetzt?« Ich sagte es ihm und setzte hinzu, er könnte sich erkälten, wenn er länger in der Kühle des Morgens mit offener Brust schliefe; hierauf dankte er mir mit einer Süßigkeit, die ganz mit seinen Mienen und Augen übereinstimmte; Augen, die mich weit offen mit Lebhaftigkeit anblickten und mit dem Feuer durchdrangen, das aus ihnen schlug.

Es schien, daß er, nachdem er zuviel getrunken hatte, außerstand gewesen war, alles mit seinen Freunden mitzumachen und die Nacht wie sie mit einem Mädchen zu krönen. Da er mich nun in einem losen Negligé sah, zweifelte er nicht, ich wäre eine Dame des Hauses, die hereingeschickt sei, das Unterlassene nachzuholen. Ob ihm gleich die Idee kam und er, da sie so natürlich war, sie auffaßte, redete er mich doch, vielleicht weil meine Figur mehr als gewöhnlichen Eindruck bei ihm machte oder weil es seine natürliche Höflichkeit war, auf eine Art an, die durchaus nicht rauh war. Obgleich immer noch als eine der Hausdirnen, gekommen, ihn zu vergnügen, fragte er mich, ob ich ihm meine Gesellschaft gönnen wollte und versicherte mir, daß es mich nicht gereuen sollte. Aber hätte sich auch meine eben entstehende Liebe, die beste Versteinerin der Wollust, einer so schnellen Ergebung nicht widersetzt, so würde es doch die Furcht hinlänglich getan haben, von jemand aus dem Hause überrascht zu werden.

Ich sagte ihm daher in einem Ton, den meine Liebe stimmte, daß ich aus Ursachen, die ich nicht Zeit hätte, ihm zu erzählen, nicht bei ihm bleiben könnte, ja ihn vielleicht nie wieder sehen würde, und seufzte bei diesen letzten Worten aus der Tiefe meiner Brust. Mein

Eroberer, der, wie er mir nachher gesagt hat, durch meine Erscheinung betroffen wurde und mich so liebgewann, als es bei einer Person von der Art, wie ich zu sein schien, möglich war, fragte mich feurig, ob ich von ihm unterhalten sein wollte, er würde sogleich eine Wohnung für mich nehmen und mich von den Verbindungen befreien, in denen ich, wie er glaubte, zu dem Hause stand. Rasch, plötzlich, unüberlegt und selbst gefährlich, wie dieser Antrag von einem Fremden sein mußte, gab meine Liebe, die ich für ihn in mir aufstehen gefühlt hatte, seiner Stimme einen Reiz, dem nicht zu widerstehen war und der mich blind gegen alle Einwendungen machte. Ich hätte in dem Augenblick für ihn sterben können, und so können Sie sich fragen, ob ich der Einladung widerstehen konnte, mit ihm zu leben! Mein Herz, das ganz einstimmte, diktierte mir nach einer Minute Pause die Antwort. Ich wollte den Antrag annehmen und zu ihm entweichen auf jede Bedingung, die er machen würde, sie möchte gut oder schlimm sein. Ich habe mich oft nachher gewundert, daß eine solche Bereitwilligkeit mich ihm nicht unangenehm oder geringfügig gemacht hat; aber mein Schicksal hatte es so bestimmt, daß er, weil er sich vor den Gefahren der Stadt fürchtete, sich schon einige Zeit nach einem Mädchen umgesehen hatte, das er zu sich nehmen wollte. Wie ich nun also Eindruck auf seine Phantasie machte, so geschah es durch eins der Wunder, die der Liebe vorbehalten sind, daß wir sogleich unseres Handels einig wurden, den wir durch wechselweise Küsse besiegelten, mit denen die Hoffnung auf ungestörten Genuß ihn jetzt sich begnügen machten.

Niemals aber hat ein Jüngling in seiner Person mehr

gehabt, das die Betörung eines Mädchens mehr entschuldigen und sie allen Folgen davon Trotz bieten lassen konnte.

Denn außer allen den Vollkommenheiten männlicher Schönheit, die in seiner Gestalt vereinigt waren, hatte er auch ein Äußeres voll Lieblichkeit und Feinheit, eine gewisse Eleganz in dem Tragen seines Hauptes, die ihn noch mehr hervorhob; seine Augen waren feurig und voll Verstand, sein Blick zugleich sanft und gebietend. Seine Farbe beschämte die Lieblichkeit der weißen Rose, indem seine zarte, lebhafte Röte ihn gegen den Vorwurf mangelnden Lebens schützte.

Unser kleiner Plan war, daß ich nächsten Morgen um sieben mich wegstehlen sollte (was ich gleich versprechen konnte, da ich wußte, wo ich den Hausschlüssel kriegen konnte), er wollte dann am Ende der Straße mit einer Kutsche warten, die mich sicher wegbringen sollte. Dann wollte er zu Mrs. Brown schicken und die Unkosten, die mein Aufenthalt gemacht haben würde, bezahlen. Sie würde sich, wie er glaubte, überhaupt nicht viel um den Verlust eines Mädchens bekümmern, das nur da wäre, um Kunden ins Haus zu ziehen.

Ich gab ihm darauf den Wink, nicht zu erwähnen, daß er mich je im Hause gesehen hätte, worüber ich mich demnächst weitläufiger erklären würde, riß mich, um nicht den Plan zu vereiteln, wenn uns jemand beisammen gesehen hätte, mit blutendem Herzen von ihm weg und stahl mich leise in mein Zimmer, wo Phoebe noch immer fest schlief, warf eilig meine wenigen Kleider ab und legte mich zu ihr, mit einer Mischung von Freude und Ängstlichkeit, die man sich eher vorstellen als ausdrücken kann.

Die Gefahr, daß Mrs. Brown meinen Vorsatz entdecken möchte, die Gefahr fehlschlagender Hoffnungen, Elends, Ruins – alles dies verschwand vor meiner entzündeten Flamme. Zu sehen, zu fühlen, zu sein, wär's auch nur für eine Nacht, mit dem Idol meines törichten, jungferlichen Herzens, schien mir eine Glückseligkeit, die über die des Erkaufs meiner Freiheit und meines Lebens ging. Er kann übel mit mir umgehen! Laß ihn! Er ist der Gebieter! Glücklich, ach wie glücklich, den Tod von einer so teuren Hand zu erhalten.

Darauf gingen meine Betrachtungen den ganzen Tag, von dem jede Minute mir eine Ewigkeit schien. Wie oft ging ich an die Uhr! Ich hätte gerne den langsamen Zeiger vorgerückt, als ob das die Zeit vorgerückt hätte! Hätten die im Hause nur im geringsten auf mich acht gegeben, sie hätten notwendig in meiner Unruhe, die ich nicht verbergen konnte, etwas Außerordentliches bemerkt, besonders da bei Tisch des reizenden Jünglings Erwähnung geschah, der da bis zum Frühstück geblieben sei. Ah, der war so schön! Ich hätte für ihn sterben mögen! Sie werden sich um ihn reißen! – und dergleichen Schnickschnack, der indessen Öl in mein Feuer gießen hieß.

Die Bewegungen meiner Seele den ganzen Tag über brachten indessen etwas Gutes hervor; dies war, daß ich aus bloßer Ermüdung bis fünf Uhr morgens schlief. Ich stand auf, zog mich an und wartete mit der doppelten Pein von Furcht und Ungeduld auf die bestimmte Stunde; endlich kam sie, die teure, kritische, gefährliche, und jetzt ging ich, bloß durch Liebe mutig gemacht, auf den Zehen die Treppe hinunter, ließ aber meine Schachtel zurück, aus Furcht, entdeckt zu werden, wenn ich mit ihr fortginge.

Ich gelangte zur Straßentür, deren Schlüssel immer auf dem Stuhle neben unserm Bette lag, weil Phoebe Vertrauen zu mir hatte, daß ich ihr nicht entwischen würde, woran ich ja auch nie vorher gedacht hatte; ich öffnete die Tür mit großer Leichtigkeit. Kühnmachende Liebe schützte mich auch hier. Ich kam wohlbehalten auf die Straße, wo ich meinen Schutzengel an dem schon geöffneten Schlag einer Kutsche auf mich warten sah. Wie ich zu ihm kam, weiß ich nicht; ich glaube, ich flog; in einer Sekunde war ich in der Kutsche und er neben mir, mit um mich geschlungenen Armen; und nun gab er mir den Willkommenskuß – der Kutscher hatte seine Befehle und fuhr ihnen zufolge.

Meine Augen standen in Tränen, aber in Tränen des süßesten Vergnügens. Mich in den Armen dieses schönen Jünglings zu finden, war ein Entzücken, das mein kleines Herz ganz ausfüllte. Vergangenheit und Zukunft kamen mir nicht in den Sinn. Die Gegenwart mit ihren Entzückungen zu tragen war alles, was meine ohnmächtigen Kräfte ohne Hinsinken aushalten konnten; von seiner Seite fehlte es nicht an den zärtlichsten Umarmungen, den allerbezauberndsten Ausdrücken, mich seiner Liebe zu versichern, und daß er mir nie Gelegenheit geben würde, den kühnen Schritt zu bereuen, den ich getan hatte, indem ich mich selbst so ganz auf Ehre und Großmut übergeben hatte; aber ach, das war kein Verdienst von mir, denn eine Leidenschaft, die ich nicht besänftigen konnte, trieb mich, und ich tat, was ich tat, nur weil ich's nicht ändern konnte.

In einem Augenblick, denn Zeit war mir jetzt nichts,

waren wir in einem Hause in Chelsea, das bequem eingerichtet war zu Duellpartien der Liebe, und hier stand schon ein Frühstück und Schokolade für uns bereit.

Ein alter drolliger Kerl, der es hielt und das Leben sehr gut verstand, frühstückte mit uns, sah mich schelmisch an und sagte, indem er uns beiden Glück wünschte, daß wir in der Tat hübsch zusammenpaßten; eine Menge edler Damen und Herren frequentierten sein Haus, er hätte aber nie ein so artiges Paar gesehen; er sei gewiß, ich sei ganz was Frisches, ich sähe so ländlich, so unschuldig aus – und noch mehr und alles in dem mir geläufigen Wirtston, der mich nicht allein beruhigte und mir gefiel, sondern auch meine Verwirrung, bei meinem neuen Gebieter zu sein, zerstreute, den ich jetzt anfing zu fürchten, da die Minute heranrückte, in der ich mit ihm allein sein sollte, eine Furchtsamkeit, an der wahre Liebe mehr teilhatte als jungfräuliche Schamhaftigkeit.

Ich sehnte mich zu ihm, hing an ihm, hätte für ihn sterben mögen, und doch, ich weiß nicht warum, fürchtete ich den Zeitpunkt, der mein heißester Wunsch gewesen war; dieser Streit der Leidenschaften, dieser Kampf zwischen Züchtigkeit und liebeskranker Begierde machte, daß ich wieder in Tränen zerfloß, die er bloß für Wirkung meiner so plötzlich veränderten Lage hielt, weil ich mich ganz seiner Sorge anvertraute. In Rücksicht auf diese Idee tat und sagte er alles, mich zu trösten und zu beleben.

Nach dem Frühstück nahm mich Charles, ein Name, den ich künftighin meinem teuren Adonis geben werde, mit bedeutungsvollem Lächeln bei der Hand und sagte: »Komm, meine Teure, ich will dir ein Zimmer zeigen, das eine herrliche Aussicht in den Garten hat.« Und ohne eine Antwort abzuwarten, was mich sehr erleichterte, führte er mich in eine luftige helle Kammer, wo an keine Aussicht als an die auf ein Bett zu denken war, das ganz aussah, als hätte es ihm allein das Zimmer so empfehlenswert gemacht.

Charles hatte nicht so bald die Tür verriegelt, als er auf mich zu stürzte, mich in seine Arme nahm, aufhob, mit glühenden Lippen, geheftet auf die meinigen, mich zitternd, furchtsam, sterbend vor Begierde und in Tränen aufs Bett legte, wo seine Ungeduld ihm nicht Zeit ließ, mich mehr zu entkleiden, als nur das Halstuch loszupendeln, mein Oberkleid und meine Schnürbrust aufzulösen.

Mein Busen war jetzt bloß, und, sich hebend in feurigen Herzschlägen, zeigte er seinen Augen ein Paar schwellender, fester Brüste, wie man sie sich an einem Mädchen von sechzehn Jahren, das frisch vom Lande kommt und nie vorher betastet war, vorstellen kann; aber selbst ihr Rot, ihre Weiße, ihre Form und angenehm widerstrebende Festigkeit konnten seine Hand nicht zurückhalten – sie schweifte frei herum; meine Röcke und mein Hemd waren bald aufgehoben und der stärkere Anziehungspunkt lag ihrem Angriffe offen; meine Furcht machte, daß ich ganz mechanisch meine Lenden fest anschloß; aber seine Hand stahl sich in sie hinein, löste sie auseinander und eröffnete den Hauptangriff.

Dann lag ich seinen forschenden Augen und Händen offen da, ruhig und ohne Widerstand, was ihn in der Meinung, nach der er so kavaliermäßig fortschritt, befestigte, daß ich kein Neuling in diesen Dingen sei, zumal er mich aus einem gemeinen Hurenhause genommen hatte; auch hatte ich nichts von meiner Jungfernschaft gesagt, und hätte ich's getan, so würde er eher geglaubt haben, daß ich ihn für einen Tropf hielte, der die Unwahrscheinlichkeit schlucken solle, daß ich noch im Besitze des lieben, verborgenen Schatzes sei, den die Männer so gierig suchen und niemals finden, ohne ihn zu vernichten.

Jetzt aber, zu tief getroffen, um warten zu können, knöpfte er sich auf, zog das Instrument der Liebesangriffe hervor und trieb es hurtig hinein als in eine schon gemachte Bresche. Da, da fühlte ich zuerst dies steife hornartige Werkzeug, das gegen meine zartesten Teile schlug; aber denken Sie sich sein Erstaunen, als er, nach verschiedenen herzhaften Angriffen, die mir weh taten, fand, daß er nicht den mindesten Fortschritt machte.

Ich klagte, aber in zärtlichem Ton: »Ich kann's nicht aushalten, wahrhaftig, Sie tun mir weh!« Immer aber dachte er noch, daß, da ich noch so jung wäre, die Dikkigkeit seiner Maschine (denn wenige Männer konnten mit ihm um den Rang streiten) alle die Schwierigkeit machte und daß ich wahrscheinlich von einem genossen worden sei, der nicht so wohl als er an diesen Teilen beschlagen gewesen sei; denn daß meine jungfräuliche Blume nie gebrochen sein sollte, kam ihm nicht in den Sinn, und er hielt es der Zeit und der Mühe nicht wert, mich darüber zu befragen.

Er machte den zweiten Versuch; immer noch kein Zugang; immer noch kein Durchdringen; aber er tat mir mehr weh, was indes meine heiße Liebe alles ohne Jammer duldete; endlich, nach wiederholten Angriffen, fiel er schmachtend neben mir nieder, küßte meine rollenden Tränen auf und fragte mich zärtlich, was so vieles Klagen bedeute und ob ich's nicht besser von andern getragen hätte als von ihm. Ich antwortete mit einer Einfalt, die ihn überzeugen mußte, daß er der erste Mann sei, der mir das antäte. Wahrheit ist mächtig, und es ist nicht immer so, daß wir das nicht glauben, was wir herzlich wünschen.

Charles, jetzt durch seine Sinne bestimmt, zu glauben, daß meine angebliche Jungfernschaft nicht bloße Verstellung sei, besänftigte mich mit Küssen, bat mich, im Namen der Liebe, ein wenig Geduld zu haben und zu glauben, daß er mir so wenig Leides tun wolle, als er sich selbst tun möchte.

Ach, es war genug, ich kannte das Vergnügen, mich ihm freudig zu unterwerfen, was auch für Pein ich für mich dabei sah.

Jetzt fing er seine Angriffe förmlicher an: erst legte er ein Kissen unter mich, um seinem Ziel eine bessere Erhöhung zu geben und ein anderes unter meinen Kopf, damit er bequem läge; dann breitete er meine Lenden auseinander und ließ sie an den seinigen ruhen; dann legte er die Spitze seiner Maschine an die Spalte, in die er Eingang suchte; sie war so klein, daß er kaum glaubte, er sei auf dem rechten Fleck; er sah hin, befühlte, versicherte sich, dann trieb er sie vorwärts, mit Ungestüm, und so sonderte ihre Steifigkeit, gleich einer Spitze, die Teile auseinander und gewann den Eingang tief in die Lippen. Als er dies merkte, verfolgte er seinen Vorteil, trieb seinen Streich in gerader Linie weiter und vertiefte mit Gewalt seinen Eingang; aber er brachte auch mir so heftige Schmerzen durch die Trennung dieser zarten Teile mit einem so steifen Werkzeug, daß ich hätte laut schreien mögen; aber weil ich kein Aufsehen im Hause machen wollte, hielt ich den Atem an, steckte meinen Unterrock, der über meinem Gesicht lag, in den Mund und biß darauf vor lauter Schmerzen. Endlich gab das zarte Gebäude nach, und er drang tiefer in mich ein; und feindselig, nicht länger seiner selbst mächtig, sondern hingerissen durch die Hitze dieses Gliedes, brach er in eine Art von Wut hinein, trieb alles vor ihm weg und stieß, rauchend von jungfräulichem Blut, bis an den Rand hinein. Jetzt, jetzt verließ mich meine ganze Fassung, ich schrie laut auf, ward ohnmächtig, und, nachdem er's vollendet und ihn wieder herausgezogen hatte, floß, wie er mir nachher erzählte, ein Strom Bluts aus der Wunde über meine Lenden hin.

Als ich meine Empfindung wieder bekommen hatte, fand ich mich ausgekleidet im Bette und in den Armen meines süßen Räubers, der sanft trauernd über mir hing und in seiner Hand ein Stärkungsmittel hielt. Ich konnte es nicht verweigern. Meine Augen aber schwammen in Tränen und wandten sich schmachtend auf ihn, schienen ihm seine Grausamkeit vorzuwerfen und ihn zu fragen, ob das die Belohnungen der Liebe wären. Aber Charles, dem ich jetzt, wegen des völligen Triumphs über meine Jungfernschaft, über alles teuer geworden war, da er sie so wenig erwartet hatte, milderte wegen meiner Schmerzen, die ihm das höchste Vergnügen gemacht hatten, seine frohlockende Freude. Er war mit vieler Liebe und Zärtlichkeit beschäftigt, mich zu besänftigen, zu liebkosen, zu trösten in meinen sanften Klagen, die in der Tat mehr Liebe als Empfindlichkeit atmeten, daß ich alle Schmerzen sogleich los ward.

Die Wunde war indessen zu frisch, als daß Charles' Gutherzigkeit mich einer neuen Probe hätte aussetzen können; weil ich mich aber nicht bewegen noch in der Stube gehen konnte, so befahl er, daß das Mittagessen an mein Bett gebracht würde. Ich konnte nur den Flügel eines Huhns und zwei oder drei Gläser Wein hinunterkriegen, weil es mein angebeteter Jüngling war, der mir aufwartete und es mir mit der unwiderstehlichen Macht aufnötigte, die die Liebe ihm über mich gegeben hatte.

Nach dem Essen und nachdem alles bis auf den Wein weggenommen war, bat Charles sehr unverschämt um Erlaubnis, zu mir ins Bett zu kommen, und fing also an, sich auszuziehen, was ich nicht ohne sonderbare Bewegungen von Furcht und Vergnügen ansehen konnte.

So war er denn bei mir im Bette, das erste Mal in meinem Leben und an hellem Tage; nun hob er sein Hemd auf, dann das meinige und legte seinen nackenden, glühenden Leib auf den meinigen – o unaussprechliches Vergnügen! o übermenschliches Entzücken! Welcher Schmerz kam neben einem so hinreißenden Vergnügen noch in Betracht! Ich fühlte nicht mehr meine schmerzende Wunde, sondern bog mich um ihn, gleich einem jungen Weinstock, als wenn ich fürchtete, daß ein Teil von mir unberührt von ihm bleiben möchte; ich erwiderte seine heißen Umarmungen und Küsse mit einer Heftigkeit, die nur allein wahre Liebe kennt, die bloße Wollust nicht geben kann.

Ja, selbst jetzt, da alle Tyrannei der Leidenschaft in mir vorbei ist und in meinen Adern nur ein kühler, ruhiger Strom fließt, erfreut, belebt mich noch immer die Erinnerung der Szenen, die meine Jugend am meisten gerührt haben. Lassen Sie mich denn fortfahren! Mein schöner Jüngling glühte jetzt an mir in allen Windungen und Biegungen, in denen unsere Körper zusammentrafen, bis er nicht länger Herr seiner heißen Begierden blieb, sanft seine Knie zwischen die meinigen schob, meinen Mund mit feurigen Küssen bedeckte und einen neuen Angriff wagte, seine Stöße, Bohrungen, Tränen erneuerte und sich einen Weg durch den zarten, zerrissenen Eingang hindurch bahnte mit einem Schmerz, der wenig geringer war als beim ersten Eindringen. Ich unterdrückte indessen mein Schreien und hielt ihn aus mit der leidenden Stärke einer Heldin. Bald wurden seine Stöße mehr und mehr feurig, seine Wangen tiefer gerötet, seine Augen schmachtender, und ein Schauder kündigte die Ankunft der ekstatischen Freuden an, die mit ihm zu teilen ich noch zuviel litt.

Nachdem einige Genüsse das Gefühl des Schmerzes abgestumpft hatten und mir das Gefühl der kitzelnden Einspritzung des balsamischen Taus gaben, kehrte meine ganze Leidenschaft zurück, so daß ich durch übermäßigen Schmerz zu übermäßigem Vergnügen überging. Nachdem ich also nach und nach abgehärteter geworden war, begann ich das Vergnügen aller Vergnügen zu fühlen, wenn der warme Guß sich durch alle innern, entzückten Teile ergießt. Welch ein Strom von Wonne, welche schmelzenden Entzückungen, welch unaussprechliches Vergnügen, zu stark, zu mächtig für die Natur, um ausgehalten zu werden! Die Natur hat daher weislich für die Erholung jene augenblickliche Auflösung vorgesehen, deren Annäherung ein süßer Taumel, ein sanfter Schauer noch inniger macht, wenn der sanfte Strom sich ergießen will, in den sich der Genuß selbst versenkt, wenn wir uns hinschmachtend ausstrecken und bei der Ausströmung hinsterben.

Wie oft habe ich, wenn dieser schmelzende Fluß meine Sinne beruhigt hatte, in zärtlichem Nachdenken mich ruhig gefragt, ob in der Natur wohl ein Geschöpf, glücklicher als ich, existiere? Und was waren alle Befürchtungen über meinen künftigen Zustand, abgewogen gegen den Genuß einer einzigen Nacht, mit einem Gegenstande, der so ganz mein Herz und meine Sinne erfüllte, als der reizende, verliebte, unvergleichliche Jüngling?

So brachten wir den ganzen Nachmittag bis zum Abendessen hin in einer ununterbrochenen Reihe von Liebesgenüssen, Küssen, Schnäbeln, Spielen und dem übrigen Hofieren. Endlich war das Abendessen aufgetragen, vor welchem Charles, ich weiß nicht warum, sich wieder angezogen hatte, und indem er jetzt vor meinem Bette saß, machten wir aus den Betten und dem Bettuche den Tisch, bei dem er ganz allein aufwartete. Er aß mit sehr gutem Appetit und schien vergnügt zu sein, daß er mich essen sah. Ich war so verloren in die Gedanken an mein Glück, so entzückt von den Bildern des Vergnügens, das jetzt um mich strömte, daß ich dachte, sie wären wohlfeil genug, selbst gegen den Preis meines Ruins oder die Gefahr ihrer Veränderlichkeit. Der gegenwärtige Besitz war alles, für den mein kleines Gehirn groß genug war.

Wir lagen diese Nacht zusammen, bis nach oft wiederholten Vergnügungen die Natur ermattete und uns in die Arme des Schlafs warf; die Arme meines Jünglings umschlossen mich, welches Bewußtsein mir den Schlaf noch mehr versüßte.

Spät am Morgen war ich zuerst aufgewacht, und weil ich meinen Geliebten noch im tiefen Schlaf sah, so machte ich mich leise aus seinen Armen los und wagte kaum, Atem zu holen, um ihn nicht in seiner Ruhe zu unterbrechen; meine Haube, mein Haar, mein Hemd war in Unordnung. Ich benützte also die Gelegenheit, es wieder in Ordnung zu bringen, so gut ich konnte; unterdessen ich dann und wann nach dem schlafenden Jüngling mit unbeschreiblicher Liebe und Vergnügen hinsah, und indem ich über die Pein nachdachte, die er mir gemacht hatte, gestand ich doch stillschweigend ein, daß das Vergnügen sie sehr überwogen habe.

Jetzt war es heller Tag. Ich saß aufrecht im Bette, dessen Tücher, dank der Heftigkeit unsrer Bewegungen und der schwülen Hitze der Luft, alle unordentlich herumlagen; ich konnte mir das Vergnügen nicht versagen, mich an all den Schönheiten des Jünglings zu weiden, den ich genossen hatte und der ganz nakkend vor mir lag, da sein Hemd ganz aufgerollt war, so daß ich von der Wärme des Zimmers und der Witterung für seine Gesundheit fürchtete. Ich hing an ihm mit Entzücken und verschlang alle seine nackten Reize, ach, mit zwei Augen nur; ich hätte mir wenigstens hundert wünschen mögen, um den Anblick desto vollkommener zu genießen.

Ach, könnte ich seine Gestalt malen, wie sie jetzt meine entzückte Einbildungskraft sieht, die ganze Größe vollkommenster männlicher Schönheit. Denken Sie sich ein Gesicht ohne Fehler, glühend von sich aufschließender Blüte und Frühlingsfrischheit eines

Alters, in dem jedes Geschlecht Schönheit hat und wo der erste Flaum auf seiner Oberlippe kaum anfing, bemerkbar zu werden.

Zwei rosenrote, volle Lippen schienen eine Lust auszuhauchen, die reiner und süßer als die war, die sie einatmeten. Ach, welche Gewalt kostete es mich, mich von ihren Küssen zurückzuhalten!

Dann ein Hals, wie gedreht, hinten und an den Seiten mit einem Haar geziert, das frei in natürlichen Lokken spielte, verband seinen Kopf einem Körper von der vollkommensten Form und dem kraftvollsten Bau, in dem alle Stärke der Mannheit dem Blicke durch die delikateste Farbe, die Weichheit seiner Haut und die Rundung seines Fleisches sanfter erschien.

Seine breite, weiße Brust, die in männlichem Ebenmaß dalag, bot in der roten Warze seiner Brüste das Bild einer aufblühenden Rose.

Das Hemd hinderte mich auch nicht, die Symmetrie seiner Glieder zu bewundern, die Regelmäßigkeit ihrer Form, den Abfall zu den Lenden, wo der Unterleib endet und die schwellende Rundung der Hüften beginnt, wo die Haut geschmeidig, sanft und blendend weiß über gerundetem reifem Fleisch lag, das in Grübchen zusammenrollte, bei dem geringsten Druck darauf, der aber nicht darauf weilen konnte, sondern davonglitt, wie auf der Oberfläche des geglättetsten Elfenbeins.

Seine Lenden, schön geformt, schienen Säulen zu sein, die es verdienten, ein so schönes Gebäude zu tragen. Ich heftete meine Augen auf die feuerspeiende Maschine, die nicht lange vorher mit Wut in meine zartesten Teile eingedrungen war, sie zerrissen, fast ganz zerstört hatte;

aber nun eingesunken das halb enthüllte Haupt auf einer seiner Lenden ruhend lag, ruhig, biegsam und allem Ansehen nach unfähig, das Unglück und die Grausamkeit auszuüben, die es begangen hatte, so daß ich im Herzen nicht böse sein konnte. Dann das schöne Gewächs der Haare, sich kräuselnd in weichen, kurzen Locken um seine Wurzel, die nachgiebige Weichheit des Schafts, und endlich der wunderbare Schatzbeutel, aus dem die Natur die süßesten Freuden hergibt, machte den Anblick vollkommen; und alles zusammen bildete das interessanteste, rührendste Naturgemälde, unendlich erhaben über alle die Nacktheiten der Maler und Bildhauer oder anderer Künstler, die mit unendlichem Gelde bezahlt werden, während der Anblick derselben in Wirklichkeit nur von denen vorzüglich genossen wird, die die Natur mit feuriger Einbildungskraft begabt hat, welche sie hinleitet zur Quelle, zu den Originalen der Schönheit, aus der unnachahmlich schaffenden Hand der Natur.

Aber alles mußte sein Ende haben. Eine Bewegung des Jünglings in der Unruhe eines verschwindenden Traumes brachte sein Hemd und die Bettücher in eine Lage, die den Schatz weiteren Blicken verwehrte.

Ich legte mich jetzt nieder, und in dem ich mit meiner Hand dahin griff, wo der eben gesehene Gegenstand wieder einen Aufruhr erregte, öffneten sich meine Finger selbst einen bequemen Weg; aber ich hatte nicht lange Zeit, den weiten Unterschied zwischen einer Jungfer und der nun vollendeten Frau zu betrachten; denn Charles erwachte, kehrte sich nach mir um und fragte gütig, wie ich geruht hätte. Und kaum, daß er eine Antwort erlaubte, drückte er meinen Lippen einen seiner feurigen Küsse auf, der Flammen in mein Herz schoß, die sich von da durch meinen Körper ausbreiteten. Dann, als hätte er sich rächen wollen für den Anblick seiner nackenden Schönheit, den ich ihm abgestohlen hatte, warf er schnell die Bettücher ab, und indem er mein Hemd so hoch aufhob als möglich, fing er nun seinerseits an, alle die Reize zu beschauen, die die Natur mir gegeben hatte. Seine geschäftige Hand glitt über jeden Teil meines Körpers. Die angenehme Festigkeit und Härte meines noch unreifen, aufknospenden Busens, die weiße Farbe meines Fleisches, die Frischheit und Regelmäßigkeit meiner Gesichtszüge, die Harmonie meiner Glieder, alles schien ihm über seinen Kauf Zufriedenheit zu geben. Als er aber neugierig wurde zu erfahren, was für Schaden er in dem zarten Mittelpunkte seines feurigen Angriffs angerichtet hätte, führte er nicht allein seine Hand dahin, sondern legte mich auch, mit einem Kissen unter mir, noch vorteilhafter für seine Beschauung. Wie soll ich das Feuer schildern, das aus seinen Augen blitzte, aus seiner Hand glühte? Seufzer des Vergnügens und zärtliche, gebrochene Laute waren alles Lob, das er hervorbringen konnte.

Mittlerweile schwoll seine Maschine gegen mich an unter dem Hemde, das sich aufhob und hinwegschob; er schien vergnügt über den Zustand, und lächelnd voll Liebe und Grazie, nahm er eine meiner Hände und führte sie mit geringer Mühe zu diesem Stolz der Natur, ihrem größten Meisterstück, hin.

Ich wehrte mich schwach, mußte fühlen, was ich nicht umspannen konnte, eine Säule vom weißesten Elfenbein, überdeckt mit blauen Adern und, jetzt völlig entkappt, ein Haupt vom lebhaftesten Rot; kein Horn kann steifer oder härter sein und doch kein Samt sanfter und weicher von Gefühl; dann führte er meine Hand tiefer hinunter, dahin, wo die Natur und das Vergnügen ihren Vorrat aufbewahren, so geschickt befestigt und aufgehangen an ihrem ersten Werkzeuge, daß dieser Teil auch Beutelträger zugleich heißen könnte. Da ließ er mich deutlich durch ihre sanfte Decke ein Paar rundlicher Kugeln fühlen, die dann zu spielen und jedem Druck, auch dem sanftesten, zu entschlüpfen schienen.

Aber jetzt hatte diese Berührung meiner weichen, warmen Hand an diesen empfindlichen Teilen alles in eine solche unbezwingbare Erregung gesetzt, daß er, ohne weitere Vorrede und weil ihm meine Lage so bequem war, von neuem da stürmte, wo ich es kaum geduldig genug erwartet hatte. Augenblicklich fühlte ich das Steife, das in die nachgebenden, getrennten Lippen der Wunde eindrang, die nun zum Laben geöffnet waren und wo auch die Enge mich nicht länger in unerträgliche Schmerzen versetzte und meinem Liebhaber nicht mehr Schwierigkeit machte als die, so zur Erhöhung seines Vergnügens diente.

In der genau umschließenden Umarmung einer zarten, warmen Scheide, die so ganz dazu angepaßt war, jetzt die tötenden Stöße, die unzählbaren Küsse! Diese Kurzweil und das Spiel nahmen so sehr den ganzen Morgen hin, daß es notwendig wurde, aus Frühstück und Mittagessen eins zu machen.

In unseren ruhigen Zwischenzeiten erzählte mir Charles eine Geschichte von sich, die in jedem Punkte wahr ist. Er war der einzige Sohn eines Vaters, der bei einer sehr kleinen Einnahme, die ihm seiner Stellung zufolge zufloß, dem jungen Manne nur eine sehr dürftige Erziehung hatte zuteil werden lassen; für eine Profession hatte er ihn in der Armee zu versorgen: durch eine Fähnrichsstelle, die er ihm kaufen wollte, das hieß, vorausgesetzt, daß er das Geld aufbringen oder durch Zinsen erhalten könnte, was jedenfalls von ihm mehr gewünscht als gehofft wurde. Auf keine bessere Aussicht indessen als diese, hatte der unvorhersehende Vater seinen Sohn, einen vielversprechenden Jüngling, zum Alter der Mannbarkeit heranwachsen lassen, oder dem nahe wenigstens, ganz müßig, ohne ihm auch nur die alltäglichen Warnungen gegen die Laster der Stadt und die Gefahren aller Art zu geben, die da auf den Unerfahrenen, Unvorsichtigen warten. Er lebte in dem Hause seines Vaters, der selbst eine Mätresse hielt und übrigens, wenn Charles nur kein Geld forderte, in allem nachsichtig und gütig gegen ihn war; er durfte außer dem Hause schlafen, wenn er wollte, jede Entschuldigung war genug, und selbst seine Verweise waren so leicht, daß sie mehr aussahen wie Nachsicht gegen den Fehltritt denn als ernsthafter Vorwurf und Einschränkung. Um aber seinem Geldmangel abzuhelfen, hatte Charles eine Großmutter, die ganz in ihn verliebt war und zu seinem Verderben beitrug. Sie hatte ein ansehnliches Vermögen, von dem sie lebte, jeder Schilling, den sie ersparen konnte, wurde mit ihrem Liebling geteilt, zu nicht geringem Herzweh des Vaters, der sich ängstigte, nicht, daß sie der Ausschweifung seines Sohnes Nahrung gab, sondern daß sie Charles ihm selbst vorzog. Wir werden bald sehen, welch nachteilige Stimmung diese niedrige, gewinnsüchtige Eifersucht in dem Herzen seines Vaters hervorbringen konnte.

Charles war indessen durch die verschwenderische Liebe seiner Großmutter hinlänglich imstande, eine so leicht zu befriedigende Mätresse zu halten, zu der mich meine Liebe machte, und mein gutes Schicksal warf mich ihm in den Weg, gerade als er nach einer aussah.

Selbst die Sanftheit seines Gemüts schien ihn recht zu häuslicher Glückseligkeit gemacht zu haben: sanft, natürlich, höflich und von netten Manieren; es konnte nicht ihm angerechnet werden, wenn Zänkereien oder Feindseligkeiten je seine Seelenstille störten, die er so sehr imstande war zu erhalten oder wiederherzustellen. Ohne die großen und glänzenden Eigenschaften, die dem Genie angehören oder Aufsehen machen in der Welt, hatte er alle die bescheideneren, die das sanftere, gesellige Verdienst ausmachen: schlichten, gesunden Menschenverstand, gehoben durch die Grazie der Bescheidenheit und Gutartigkeit. Dies alles machte ihn, wenn nicht bewundert, so doch, was größeres Glück ist, allgemein beliebt und geachtet. Weil aber nichts als die Schönheiten seines Körpers zuerst meine Augen auf sich gezogen und meine Leidenschaften entfesselt hatten, so urteilte ich auch damals noch nicht über seinen inneren Wert, den ich erst nachher ganz zu entdecken Gelegenheit hatte und der vielleicht in dieser Zeit des Taumels und der Freude mein Herz zu wenig gerührt haben möchte, wäre er auch eine Person gewesen, die weniger Idol meines Herzens und meiner Augen war. Aber zu unserer Lage zurück.

Nach dem Essen, das wir im Bette in der wollüstigen

Unordnung eingenommen hatten, stand Charles auf, nahm den verliebtesten Abschied von mir und ging in die Stadt, wo er mit einem jungen, scharfsinnigen Advokaten zusammentraf und mit ihm zu meiner letzten, ehrwürdigen Gebieterin ging, von der ich den Tag zuvor weggeschlüpft war und mit der er sich auf eine Art abfinden wollte, die allen Nachrechnungen ein Ende machen sollte.

In dieser Absicht gingen sie hin; auf dem Wege aber fand sein Freund, der Advokat, indem er Charles' Bericht wieder überdachte, Grund, dem Besuche eine andere Wendung zu geben und statt Genugtuung anzubieten, welche zu fordern.

Nachdem sie eingelassen waren, drängten sich die Mädchen vom Hause um Charles, den sie kannten und auf den sie, weil ich so früh morgens entwischt war und sie durchaus nicht wußten, daß er mich je gesehen hätte, nicht den mindesten Verdacht wegen meiner Flucht hatten, sondern nur nach ihrer Art jetzt sich um ihn bewarben; seinen Gesellschafter hielten sie für einen unerfahrenen Esel; aber der Advokat machte bald ihrem Vorwitze ein Ende, indem er nach der alten Dame fragte, mit der er, wie er mit richterlichem Gesichte sagte, etwas in Richtigkeit zu bringen habe.

Madame wurde denn sogleich heruntergerufen, und nachdem man gebeten hatte, daß die Damen sich entfernen möchten, fragte sie der Rechtsgelehrte in strengem Ton, ob sie nicht ein junges Mädchen, das soeben vom Lande gekommen sei, Francis oder Fanny Hill heiße und, wie er mich nach Charles' Beschreibung malte, so und so aussähe, kenne und was mit ihr sei.

Es ist dem Laster eigen, bei den Nachforschungen der

Gerechtigkeit zu zittern, und Mrs. Brown, deren Gewissen meinetwegen nicht ganz rein war, konnte sich, so gut sie auch die Stadt kannte und sosehr sie in allen Gefährlichkeiten ihres Berufs bewandert war, doch einer Verwirrung nicht erwehren, zumal da er anfing von Friedensrichter, Newgate, Old Bailey, Anklagen über die Haltung eines unordentlichen Hauses, Pillory, Karrenschieben und all diesen Dingen zu reden. Sie, die wahrscheinlich glaubte, ich hätte gegen ihr Haus eine Klage eingegeben, ward schrecklich blaß und fing an, tausend Entschuldigungen und Beteuerungen vorzubringen. So brachten sie also, um es kurz zu machen, meine Zeugschachtel triumphierend zurück, die sie, wäre ihr nicht Respekt gesetzt worden, ihnen sicher wegdisputiert hätte, und nicht die allein, sondern auch eine Quittung auf alle Forderungen ihres Hauses. Charles spielte die ganze Zeit über den Gesellschafter des Advokaten, der zufällig das Haus kannte und am Ausgang der Sache gar nicht interessiert zu sein schien. Aber er hatte dabei das Vergnügen nebenher, zu hören, daß alles, was ich ihm erzählt hatte, wahr sei, soweit es die Furcht der alten Kupplerin erlaubte, in meine Geschichte einzugehen, die, nach dem Vergleich zu urteilen, zu dem sie sich so leicht bereden ließ, nicht gering war.

Phoebe, meine gütige Beschützerin Phoebe, war eben nicht zu Hause, sonst wäre die Sache wahrscheinlich nicht so bald abgetan gewesen.

Diese Unterhaltung hatte indessen einige Zeit hingenommen, die mir, allein gelassen wie ich war, in einem fremden Hause, noch länger würde geschienen haben, wenn nicht die Hausfrau, eine mütterliche Art von Frau, der mich Charles empfohlen hatte, heraufgekommen wäre und mir Gesellschaft geleistet hätte. Wir tranken Tee, und ihr Geplauder half mir die Zeit ganz angenehm vertreiben, weil *er* unser Thema war. Als aber der Abend tiefer hereinbrach und die Stunde seiner Rückkehr um war, konnte ich eine verdrießliche Ungeduld nicht verscheuchen, und zärtliche Furcht kam über mich, die unser Geschlecht stets im Verhältnis zu seiner Liebe zu fühlen pflegt.

Lange litt ich indessen nicht. Sein Anblick belohnte mich reichlich, und die sanften Vorwürfe, die ich ihm vorbereitet hatte, starben, ehe sie meine Lippen erreichten.

Ich war immer noch zu Bette, noch immer nicht imstande, anders als sehr unbehilflich zu gehen. Charles flog auf mich zu, nahm mich in seine Arme, die meinigen schlangen sich um ihn – und nun gab er mir, unterbrochen von tausend Küssen, Rechenschaft von dem, was vorgefallen war.

Ich konnte mich des Lachens nicht enthalten bei dem Schrecken, in den die alte Frau gekommen war; sie hatte, scheint es, gefürchtet, ich habe meine Zuflucht zu Verwandten genommen, die ich in der Stadt voll Verdruß über ihre Art, mich zu behandeln, aufgesucht, und daß der Angriff daher käme. Denn, wie Charles ganz recht geurteilt hatte, kein einziger Nachbar hatte meine Entweichung in die Kutsche gesehen noch sie bemerkt; auch hatte keiner im Hause den geringsten Verdacht, daß ich Charles gesehen oder gesprochen, viel weniger einen solchen schnellen Vertrag mit einem gänzlich Fremden geschlossen hätte.

Wir aßen zu Abend mit all der Fröhlichkeit zweier

junger leichtlebiger Geschöpfe, die auf der höchsten Stufe ihrer Wünsche sind, und da ich mit größter Freude Charles mich und meine künftige Glückseligkeit übergeben hatte, so dachte ich an nichts als an die unaussprechliche Wonne in seinem Besitz.

Er kam zu rechter Zeit zu Bette, und in dieser zweiten Nacht trank ich in vollen Zügen aus dem Becher des Vergnügens, da meine Schmerzen vorbei waren. Ich schwelgte in Seligkeit, bis fester Schlaf auf uns beide als die natürliche Folge befriedigter Begierden und besänftigter Flammen niederfiel; wir erwachten nicht eher als zu neuen Vergnügungen.

Indem wir also des Lebens und der Freude soviel genossen als möglich, blieben wir zehn Tage zu Chelsea, in welcher Zeit Charles Sorge trug, sein Fortbleiben von zu Hause gut zu bemänteln und mit seiner zärtlichen, nachsichtigen Großmutter auf gutem Fuße zu bleiben, von der er oft und reichlich genug unterstützt wurde, um mich zu erhalten – eine Last, die eine Kleinigkeit war gegen seine ehemaligen, weniger regelmäßigen Vergnügungen.

Hierauf brachte mich Charles in eine private, schön ausmöblierte Wohnung in der D... street in St. James, wo er eine halbe Guinee die Woche für zwei Zimmer und ein Kabinett in der zweiten Etage bezahlte, nach der er sich schon einige Zeit umgesehen hatte und die bequemer für seine häufigen Besuche war als der Ort, wo er mich zuerst eingemietet hatte. Ich verließ das Haus nicht ohne einige Traurigkeit, da es mir durch den ersten Besitz meines Charles über alles teuer geworden war, wie durch den Umstand, daß ich da das Juwel verlor, daß nur einmal verloren werden kann.

Der Wirt hatte indessen keine Ursache, sich zu beklagen, da Charles freigebig war, um ihm unsern Verlust nicht empfindlich zu machen.

Angekommen in meiner neuen Wohnung, erinnere ich mich, daß ich sie für außerordentlich schön hielt, ob sie gleich selbst für den Preis alltäglich genug war; aber wär's auch ein Kerker gewesen, in den mich Charles gebracht hätte, seine Gegenwart würde ihn mir zu einem kleinen Versailles gemacht haben.

Die Hauswirtin, Mrs. Jones, machte uns ihre Aufwartung in unserem Zimmer und sagte uns mit außerordentlicher Zungenfertigkeit alle seine Bequemlichkeiten, daß ihr eignes Mädchen uns aufwarten solle, daß die Größten von Stande bei ihr gewohnt hätten, daß die erste Etage einem fremden Gesandtschaftssekretär und seiner Frau vermietet sei, daß ich das Aussehen einer recht gutherzigen Dame hätte; bei dem Wort Dame ward ich rot, aus geschmeichelter Eitelkeit; es war zuviel für ein Mädchen von meinem Stande, obgleich Charles Sorge getragen hatte, mich in einer weniger schreienden Manier anzukleiden als die Kleider waren, in denen ich zu ihm geflohen war, und mich für seine Frau auszugeben, die er heimlich geheiratet hätte und heimlich hielte (das gewöhnliche Märchen) seiner Verwandtschaft wegen. Ich wollte schwören, daß das einer Frau sehr unwahr vorkommen mußte, die so gut mit der Stadt bekannt war; aber das war das geringste; es war unmöglich, weniger skrupellos zu sein, als sie war, und weil der Profit aus ihren Zimmern der einzige war, so würde die Wahrheit selbst sie wohl nicht beleidigt oder den Kontrakt aufgehoben haben.

Eine Skizze ihrer Geschichte und ihres Konterfeis

wird Sie in den Stand setzen, über die Rolle zu urteilen, die sie in bezug auf mich spielen wird.

Sie war ungefähr sechsundvierzig Jahre alt, groß, mager, rothaarig, eins der Alltagsgesichter, die man allerwärts antrifft und die unbemerkt vor uns hergehen. In ihrer Jugend war sie von einem Gentleman unterhalten worden, der ihr auch, in Anbetracht einer Tochter, die er mit ihr gehabt, vierzig Pfund jährlich gelassen hatte. Die Tochter hatte sie im Alter von siebzehn Jahren für eine gar nicht ansehnliche Summe an einen Gentleman verkauft, der als Kurier an einen Hof ging, sie mitnahm, ihr aufs zärtlichste begegnete, ihr aber zur Bedingung machte, auf keine Weise eine Verbindung mit ihrer Mutter zu unterhalten, die niedrig genug gewesen war, mit ihrem eigenen Fleisch und Blut Handel zu treiben. Weil sie aber keine natürliche Empfindung und keine andere Leidenschaft als Geiz hatte, so machte ihr dies keinen Schmerz, nur daß sie so das Mittel verlor, Geschenke zu erpressen oder sonstige Vorteile aus dem Handel zu ziehen. Gleichgültig von Natur und Temperament gegen jedes andere Vergnügen, als Vermögen anzuhäufen, wodurch es auch geschähe, fing sie an, sich zu einer Art geheimen Unterhändlerin zu machen, für die sie auch nicht ganz untauglich war wegen ihres ernsthaften, züchtigen Äußern. Sie tat also oft einen guten Zug durchs Partiemachen; kurz, es war nichts, das sie nicht in Aussicht auf Gewinn unternommen hätte. Sie kannte fast alle Schliche der Stadt, nicht allein weil sie selbst darauf ausgewesen war, sondern auch weil sie ständig Bekanntschaft damit unterhalten hatte, da sie, noch außer den beiden Geschlechtern, sich mit Pfänderleihen und anderen vorteilhaften

Heimlichkeiten abgab. Sie verzinste das Haus, das sie bewohnte, indem sie aus der Miete soviel zog als möglich; und ob sie gleich nahe an drei- oder viertausend Pfund reich war, so erlaubte sie sich doch kaum die notwendigen Lebensmittel und nährte sich allein von dem, was sie ihren Mietlingen abdrücken konnte.

Als sie ein solches junges Paar unter ihr Dach kommen sah, waren ohne Zweifel ihre ersten Gedanken, wie sie am meisten Geld von uns ziehen könnte, wozu, wie sie glaubte, unsere Jugend und Unerfahrenheit bald Gelegenheit geben würde.

In diesem vielversprechenden Heiligtum und unter den Augen dieser Harpyie schlugen wir unsere Wohnung auf. Es würde nicht wesentlich für Sie und nicht unterhaltend für mich sein, wenn ich mich hier in alle die niedrigen Geldschneidereien und Mittel einlassen wollte, mit denen sie uns gewöhnlich rupfte; alles dies litt Charles lieber geduldig, als daß er sich die Mühe hätte nehmen wollen auszuziehen, da ein junger Mensch, der sich keine Gedanken um Einschränkung und Ökonomie macht, wenig auf Geld sieht und da ich ein ungebildetes Landmädchen war, das nichts von der Sache verstand.

Indessen flogen mir hier, unter den Flügeln meines einzig Geliebten, die vergnügtesten Stunden meines Lebens hin; ich hatte meinen Charles und in ihm, was mein Herz nur wünschen und verlangen konnte. Er führte mich in Schauspiele, Opern, Maskeraden und zu allen Vergnügungen der Stadt, welches alles mir in der Tat gefiel, aber unendlich mehr deswegen, weil er bei mir war, jedes Ding mir erklärte und sich vielleicht an den natürlichen Eindrücken meines Bewunderns und Anstaunens vergnügte, die solche Anblicke naturgemäß auf ein Landmädchen machen, dem diese Vergnügungen fremd sind. Mir aber bewiesen sie deutlich die Macht und die völlige Beherrschung der einzigen Leidenschaft meines Herzens.

Die Männer, die ich an diesen Plätzen oder sonstwo sah, verloren soviel in der Vergleichung meines hochvollkommenen Adonis, daß ich mir auch hierin nicht die geringste Untreue in einem einzigen Gedanken vorzuwerfen hatte. Er war mir die Welt, und alles, was nicht er war, war mir nichts.

Kurz, meine Liebe war so außerordentlich, daß sie auch selbst jeden glimmenden Funken der Eifersucht erstickte.

Während der Ruhe von unseren tätigeren Vergnügungen machte sich Charles eine Freude daraus, mich zu unterrichten, soweit seine Fähigkeiten gingen, und zwar in einer Menge von Angelegenheiten des Lebens, in denen ich durch meine Erziehung ganz unwissend gelassen war; ich ließ kein Wort vergebens aus dem Munde meines liebenswürdigen Lehrers fallen, hing an jeder Silbe, die er aussprach, und nahm die Orakel auf, die er sagte. Küsse waren die einzige Unterbrechung, die ich mir nicht versagen konnte von Lippen, die mehr als arabische Süßigkeit atmeten.

In kurzer Zeit war ich durch die Fortschritte, die ich gemacht hatte, imstande, zu zeigen, daß ich alles gehörig beobachtet hatte, was er mir sagte, und nicht ganz Papagei war, sondern darüber nachgedacht hatte, weil ich meinen Kommentar dazu machte und an ihn Fragen zu weiterer Erklärung tat.

Meine Sprache, das Bäurische meines Ganges, meiner Manieren, überhaupt meines ganzen Benehmens fing ich jetzt an, nach und nach abzulegen, so schnell war mein Beobachtungsgeist und so wirksam meine Begierde, von Tag zu Tag seinem Herzen werter zu werden.

Was das Geld anbetraf, so konnte er es, ob er mir gleich beständig brachte, was er erhielt, nur mit Mühe dahin bringen, daß ich ihm Platz in meinem Schreibschrank verstattete; die Kleider aber anzunehmen, konnte er mich nur dadurch bewegen, daß ich ihm durch die größere Nettigkeit meines Anzugs gefallen wollte, worüber hinaus nie mein Ehrgeiz ging. Die beschwerlichste Arbeit wäre mir Vergnügen gewesen, und ich hätte meine Finger bis auf die Knochen abarbeiten mögen, um ihn zu unterstützen. Nie hätte ich je den Gedanken ertragen, ihm beschwerlich zu sein. Und diese Uneigennützigkeit in mir war so wenig affektiert, so ganz Empfindung meines Herzens, daß Charles es notwendig fühlen mußte, und wenn er mich auch nicht so sehr liebte, als ich ihn liebte (was der einzige süße Streit beständig unter uns war), so betrug er sich doch wenigstens so, daß er mir die vollkommenste Befriedigung in dem Gedanken gab, es sei unmöglich, daß je ein Mann zärtlicher, treuer, ergebener sein könnte, als er es war.

Unsere Hauswirtin, Mrs. Jones, kam oft in mein Zimmer, aus dem ich nie und unter keinem Vorwande ohne Charles ging. Es dauerte aber nicht lange, daß sie das Geheimnis herausspürte, wir hätten die Kirche um eine Zeremonie betrogen, und bald nachher auch die Bedingungen, unter denen wir miteinander lebten – ein Umstand, der ihr gar nicht mißfiel in Betracht der Absicht, die sie auf mich hatte und die sie nur leider zu bald Gelegenheit hatte, wirklich auszuführen.

Mittlerzeit sagte ihr aber ihre eigene Erfahrung, daß jeder indirekte oder versteckte Versuch, ein so festes Band zweier Herzen, wie das der unsrigen war, aufzulösen oder weiter zu machen, nur den Verlust zweier Mietlinge nach sich ziehen könnte, zumal wenn irgendeiner von uns einen Auftrag merken würde, den sie von einem ihrer Kunden hatte, entweder mich zu verführen oder mich meinem Liebhaber zu entreißen, es möchte auch kosten was es wolle.

Aber die Grausamkeit meines Schicksals ersparte ihr alsbald die Mühe, uns zu trennen. Ich war jetzt beinahe elf Monate in dieser Lage gewesen, in der mein Leben eine ununterbrochene Reihe von Vergnügungen war; aber nichts, das so heftig ist, ist zu langer Dauer bestimmt. Ich war drei Monate schwanger von ihm gewesen, ein Umstand, der seine Zärtlichkeit noch vermehrt haben würde, hätte er je mir Gelegenheit gegeben, zu glauben, daß sie vermehrt werden könnte, als der tödliche, unerwartete Schlag der Trennung auf uns fiel. Ich werde über die Einzelheiten hinwegeilen, vor denen mir noch immer schaudert, und ich kann's auch noch in diesem Augenblicke nicht begreifen, wie ich ihn habe überleben können.

Zwei Tage, gleich einem Menschenalter lang, hatte ich geharrt, ohne von ihm zu hören, ich, die nur in ihm atmete, nur in ihm existierte und noch keine vierundzwanzig Stunden leben konnte, ohne von ihm zu sehen oder zu hören. Den dritten Tag war meine Ungeduld heftig, meine Unruhe quälend, daß ich wirklich krank wurde. Unfähig, die Erschütterung länger auszuhalten, sank ich aufs Bett hin und klingelte Mrs. Jones, die nichts tat, mich in meiner Beängstigung zu trösten. Sie kam herauf, ich aber hatte kaum Atem und Leben genug, um Worte zu finden, sie zu bitten, ob sie mein Leben retten und auf Mittel denken wollte, um gleich ausfindig zu machen, was aus meinem einzigen Freund und Tröster geworden sei. Sie bemitleidete mich auf eine Art, die eher meine Betrübnis bitterer als linder machte, und ging, den Auftrag auszuführen.

Sie hatte nicht weit nach Charles' Haus zu gehen, der ganz in der Nähe wohnte, in einer der Straßen, die nach Covent-Garden zuführen. Sie ging in ein Gasthaus und schickte von da nach einem Dienstmädchen, deren Namen ich ihr genannt hatte als der besten, bei der sie Nachricht erhalten könnte.

Das Mädchen kam zugleich und erzählte, sobald Mrs. Jones sie fragte, was aus Mr. Charles geworden: daß er aus der Stadt gegangen sei. Die Abreise des Sohns ihres Herrn war schon den Tag vorher für die Bedienten kein Geheimnis mehr gewesen. So sichere Maßregeln hatte er zur Bestrafung seines Sohnes nur genommen, weil er mehr bei seiner Großmutter galt als er selbst, obgleich er sich eines Vorwandes bediente, der plausibel genug war, um ihn auf diese heimliche und plötzliche Art loszuwerden, aus Furcht, daß ihre Zärtlichkeit sich seiner Abreise aus England und einer Reise, die er für ihn ausgedacht hatte, widersetzen würde. Dieser Vorwand war, daß diese Reise ganz unumgänglich notwendig sei, um sich eine ansehnliche Erbschaft zu sichern, die ihm durch den Tod eines reichen Kaufmanns, seines eignen Bruders, in einer der Faktoreien in der Südsee zugefallen war und wovon er eben die

Nachricht mit der Abschrift des Testaments erhalten hätte.

Zufolge dieses Entschlusses, seinen Sohn wegzuschikken, hatte er, ohne daß dieser es erfuhr, die nötigen Vorbereitungen getroffen, einen Kontrakt mit einem Schiffskapitän geschlossen, kurz, seine Maßregeln so heimlich und wirksam gemacht, daß sein Sohn, indem er dachte, daß es nur für einige Stunden den Fluß hinunter ginge, an Bord eines Schiffes angehalten, alles Schreibens verwehrt und genauer beobachtet wurde als ein Staatsverbrecher.

So war denn das Idol meines Herzens von mir gerissen und zu einer langen Reise gezwungen, ohne von irgendeinem Freunde Abschied nehmen oder eine Zeile des Trostes senden zu können. Außer einer trockenen Anweisung seines Vaters, wie er verfahren solle, wenn er im bestimmten Hafen angekommen wäre, mit Einschluß einiger Briefe an einen der dortigen Faktoren, fand er keine Zeile von seinen Freunden.

Das Mädchen fügte zugleich hinzu, sie sei versichert, diese Behandlung ihres lieben jungen Herrn würde der Tod seiner Großmutter sein, was denn auch wahr wurde; denn da die alte Dame es hörte, überlebte sie die Nachricht nur einen Monat, und da ihr Vermögen in einer Rente bestand, außer der sie nichts zurückgelegt hatte, so hinterließ sie nichts, das der Mühe wert war, für ihren unglücklichen, beneideten Jüngling. Sie weigerte sich ausdrücklich, seinen Vater noch vor dem Tode zu sehen.

Als Mrs. Jones zurückkam und ich ihr Gesicht beobachtete, fand ich sie so wenig teilnehmend, ja selbst fast vergnügt aussehend, daß ich mir hätte schmeicheln mögen, sie käme, mein gequältes Herz durch gute Nachricht zu beruhigen, die sie mir brächte. Aber das war eine grausam getäuschte Hoffnung; die Barbarische durchbohrte mein Herz mit aller möglichen Geschicklichkeit, indem sie mir Stück für Stück erzählte, daß er wenigstens auf vier Jahre lang (sie dehnte das Wort boshaft) weggeschickt sei und daß ich daher vernünftigerweise nicht erwarten könnte, ihn je wiederzusehen – und das alles mit so vielen Umständen, daß ich ihr notwendig Glauben schenken mußte, wie es denn auch im allgemeinen den Tatsachen entsprach.

Sie hatte kaum ihren Bericht beendigt, als ich in Ohnmacht sank und in noch viele andere Ohnmachten hintereinander, in welcher Zeit ich durchaus empfindungslos blieb. Ich kam zu früh nieder mit dem teuren Pfande der Liebe meines Charles.

Aber ein Unglücklicher stirbt niemals, wenn es für ihn gut wäre zu sterben, und Frauen haben ein zähes Leben, wie das Sprichwort sagt.

Die grausame und eigennützige Sorgfalt für meine Wiederherstellung rettete mein verhaßtes Leben, das statt Glückseligkeit und Wonne, in der es geschwommen, auf einmal mir keine andere Aussicht zeigte als die Tiefe des Elends, Entsetzen und bitterstes Leiden.

So lag ich sechs Wochen in dem Kampf der Jugend und der Gesundheit gegen die beständigen Angriffe des Todes, den ich zu meiner Befreiung und Erlösung anrief, der aber nicht meine Bitten erhörte; denn ich kam endlich wieder auf, aber in einem solchen Zustand von Betäubung und Verzweiflung, daß mir der Verlust meiner Vernunft und das Tollhaus drohte.

Die Zeit, die gewohnte mächtige Trösterin, fing auch an, die Heftigkeit meiner Leiden zu besänftigen und meine Empfindung derselben abzustumpfen. Meine Gesundheit kehrte wieder, ob ich gleich immer noch eine Miene des Kummers, der Betrübnis und Ermattung behielt, die die Röte meines ländlichen Teints milderte und sie noch feiner und anziehender machte.

Die Hauswirtin hatte diese ganze Zeit über sorgfältig mich mit allem versehen, so daß mir nichts fehlte, und nun, sobald sie sah, daß ich in einen Zustand zurückgekehrt sei, der ihren Absichten entsprach, wünschte sie mir eines Tages, nachdem wir zusammen gegessen hatten, Glück zur Wiederherstellung meiner Gesundheit, und alles dies als Vorrede zu einem schrecklichen, niederträchtigen Epilog: »Sie sind jetzt, liebe Miss Fanny, so ziemlich wieder wohl und mir sehr willkommen, wenn Sie bei mir bleiben wollen, solang es Ihnen gefällt; Sie sehen, ich habe diese Zeit her nichts von Ihnen gefordert, indessen habe ich doch eine ansehnliche Summe zu fordern, für die ich Bürgschaft haben muß.« Hiermit gab sie mir eine Rechnung von den Rückständen der Miete, Apothekerausgaben, Kost, Wärterin usw., eine Summe im ganzen von dreiundzwanzig Pfund, siebzehn Shillings und einem Sixpence, für die abzutragen ich, wie sie auch wohl wußte, nicht mehr denn sieben Guineen hatte, die Charles in unserer gemeinsamen Kasse zufälligerweise gelassen hatte. Zugleich fragte sie mich nach der Art, wie ich diese Summe zu bezahlen gedächte. Ich brach in eine Tränenflut aus und sagte ihr meine Umstände und daß ich die wenigen Kleider, die ich hätte, verkaufen und den Rest, so bald als möglich, bezahlen wolle; aber da meine Bedrängnis ihren Absichten gemäß war, so wurde sie nur desto hartnäckiger.

Sie sagte mir sehr gelassen, daß sie in der Tat teilnähme an meinem Unglück, daß sie aber sich selbst recht tun müßte, ob's ihr gleich ans Herz gehe, ein so junges, zartes Geschöpf ins Gefängnis zu schicken. Beim Worte Gefängnis erstarrte jeder Tropfen meines Blutes, und mein Erschrecken wirkte so auf mich, daß ich blaß wurde wie ein Verbrecher, der zum erstenmal den Ort seiner Hinrichtung erblickt. Ich war auf dem Punkte, in Ohnmacht zu fallen, aber meine Hauswirtin, die mich nur bis zu einem gewissen Grad in Schrekken und nicht in einen Zustand versetzen wollte, der gar nicht zu ihren Absichten paßte, fing an, mich wieder zufrieden zu machen, und sagte mir in einem Ton, der sehr mitleidig und sanft war, daß es meine eigene Schuld wäre, wenn sie zu solchen Maßnahmen schreiten müßte, daß sie aber glaube, ich würde noch einen Freund in der Welt finden, der die Sache zu unserer beider Zufriedenheit in Richtigkeit brächte, und daß sie ihn zum Tee heraufbringen wollte, wenn sie hoffen könnte, daß wir miteinander einig werden könnten. Zu all diesem sagte ich kein Wort, saß stumm, betäubt, in Angst und Schrecken.

Mrs. Jones dachte indessen, es sei gut, jetzt das Eisen zu schmieden, da die Eindrücke noch so heiß bei mir wären, und ließ mich allein mit allen Schreckbildern meiner Phantasie, die durch den Gedanken an das Gefängnis tödlich verwundet war und schon aus Selbsterhaltungstrieb jeder Möglichkeit der Errettung zustrebte.

In diesem Zustande blieb ich ungefähr eine halbe

Stunde, versunken in Kummer und Verzweiflung, als meine Wirtin hereinkam und, da sie eine totengleiche Niedergeschlagenheit in mir gewahr ward, Mitleid annahm und mich guten Mutes zu sein hieß, denn, sagte sie, die Sachen würden nicht so übel werden, als ich mir vorstelle, wenn ich's nur gut mit mir selbst meinen wolle. Sie schloß damit, daß sie sagte, sie hätte einen sehr achtbaren Gentleman mit hergeführt, um Tee mit uns zu trinken, der mir den besten Rat geben würde, wie ich mich dem Elende entreißen könnte; hierauf ging sie, ohne meine Antwort zu erwarten, hinaus und kam mit diesem achtbaren Gentleman zurück, dessen sehr achtbare Unterhändlerin sie bei dieser Gelegenheit und vielen anderen gewesen war.

Der Gentleman machte mir beim Eintreten eine sehr höfliche Verbeugung, die ich kaum Kräfte oder Geistesgegenwart genug hatte zu erwidern. Die Wirtin nahm es auf sich, die Honneurs unserer ersten Zusammenkunft zu machen (ich hatte, soweit ich mich erinnern konnte, ihn nie vorher gesehen), sie gab ihm einen Stuhl und nahm einen anderen für sich selbst. Diese ganze Zeit über wurde nicht ein Wort von beiden Seiten geredet. Einfältiges Anstarren war die ganze Miene, die ich meinem Gesichte geben konnte.

Der Tee war fertig, und die Wirtin, die nicht Lust hatte, Zeit zu verlieren, sagte, als sie mein Schweigen und meine Blödigkeit vor diesem sonderbaren Fremden bemerkte: »Nun wohlan denn, Miss Fanny«, und in einem groben, vertraulichen Ton, »halten Sie Ihren Kopf hoch, liebes Kind. Was gibt's denn! Sorgen sind nur für kurze Zeit gut. Auf! Heiter! Hier ist ein würdiger Gentleman, der von Ihren Unfällen gehört hat und

Ihnen helfen will. Sie müssen besser bekannt mit ihm werden. Machen Sie nur jetzt keine Narreteien und dergleichen Zeug, sondern handeln Sie, solange es noch Zeit ist!«

In dieser so feinen und beredten Anrede unterbrach sie der Gentleman, der bemerkte, daß ich erschrocken und wild aussah und unfähig war, ihr zu antworten. Er sah wohl, daß das nur dazu dienen würde, mich eher abgeneigt als geneigt für den Antrag zu machen, den er mir machen wollte; er wandte sich daher zu mir und sagte, er sei von meiner Geschichte vollkommen unterrichtet und von jedem Umstand meines Unglücks, das, wie er gestände, sehr hart wäre für eine Person von meiner Jugend und Schönheit. Er habe schon lange Wohlgefallen an mir gehabt, wobei er sich auf Mrs. Jones berief; weil er aber gefunden, daß ich so eng mit einem anderen verbunden gewesen wäre, hätte er alle Hoffnung verloren, etwas zu gewinnen, bis er von dem plötzlichen Wechsel meines Schicksals gehört hätte, worauf er der Hauswirtin besondere Befehle gegeben, darauf zu achten, daß mir nichts abginge, und wenn er nicht eine Reise nach dem Haag zu tun gehabt, die er selbst hätte machen müssen, so würde er mir selbst während meiner Krankheit aufgewartet haben. Bei seiner Rückkunft aber, die den Tag zuvor geschehen sei, hätte er, nachdem er von meiner Wiederherstellung gehört, die Wirtin um ihre Vermittlung gebeten, ihn mit mir bekannt zu machen; er sei aber so verdrießlich als ich beleidigt über ihre Art, wie sie ihm dieses Glück verschafft hätte; um mir aber zu zeigen, wie sehr er ihr Betragen mißbillige und wie sehr er entfernt sei, aus meiner unangenehmen Lage Vorteil zu ziehen oder in meiner Dankbarkeit sich Hoffnungen zu sichern, so wolle er in diesem Augenblick vor meinem Angesicht die Schuld bei der Wirtin gutmachen, mir ihre volle Quittung geben, und dann sollte ich die volle Freiheit haben, sein Gesuch anzunehmen oder zu verwerfen, weil er zu groß denke, um meinen Neigungen Gewalt anzutun.

Indem er sich so gegen mich erklärte, wagte ich kaum, ihn anzublicken, und bemerkte, daß seine Gestalt die eines gutaussehenden Gentlemans von ungefähr vierzig Jahren war, in einem einfachen Anzug, einen großen diamantnen Ring an einem seiner Finger, dessen Glanz mir in die Augen spielte, da er seine Hand beim Reden bewegte und mir so eine große Meinung von ihm beibrachte. Kurz, es war ein Mann, den man gewöhnlich stattlich nennt, mit einem Anschein von Vornehmheit, wie es seiner Geburt und seinem Range zukam.

Auf alles, was er sagte, antwortete ich mit Tränen, die zu meiner Erleichterung in reichem Maße sich ergossen, meine Stimme erstickten und mich wegen meines Schweigens entschuldigten, denn ich würde nicht gewußt haben, was ich hätte antworten sollen.

Der Anblick rührte ihn indessen, wie er mir nachher erzählte, auf eine unwiderstehliche Art, und um mir einen Grund weniger zu lassen, betrübt zu sein, zog er seinen Beutel hervor, forderte Feder und Tinte, die die Wirtin schon in Bereitschaft hatte, und bezahlte ihr jeden Penny, den sie forderte, nebst einem freigebigen Geschenk, das er noch, ohne daß ich's wußte, hinzutat. Nachdem er sich eine volle Quittung hatte geben lassen, drängte er mich freundlich, sie anzunehmen, indem er meine Hand, in die er sie hineingezwungen hatte, in meine Tasche führte.

Immer war ich noch in einem Zustand der Betäubung oder melancholischer Verzweiflung, da sich meine Lebensgeister noch nicht wieder von den heftigen Stößen erholen konnten, die sie so erschüttert hatten, und die kluge Wirtin hatte schon wirklich die Stube verlassen und mich mit dem Fremden allein gelassen, was ich ohne Beunruhigung bemerkte, da ich leblos und gleichgültig gegen alles war.

Der Gentleman, der kein Neuling in diesen Sachen war, rückte näher zu mir und trocknete unter dem Vorwande, mich zu trösten, mit seinem Schnupftuche die Tränen, die meine Wangen hinabrannen. Bald darauf wagte er's, mich zu küssen. Ich widerstand nicht, willigte nicht ein; ich saß stockstille; und da ich jetzt mich fühlte als eine, die schon verkauft war durch die vor meinen Augen geschehene Bezahlung, bekümmerte ich mich nicht mehr darum, was aus meinem elenden Körper wurde. Ohne Leben, ohne Kräfte oder Mut, mich durch das geringste Widerstreben zu widersetzen, selbst nicht einmal durch die meinem Geschlecht eigentümliche Schamhaftigkeit, litt ich ruhig alles, was der Mann mit mir vornahm, der von Freiheit zu Freiheit unmerklich fortging, seine Hand zwischen meinem Busen und Halstuch hineinschlüpfen ließ und da nach Gefallen herumwühlte. Weil er so gar keinen Widerstand fand und jeder Umstand die Hoffnung auf die Erfüllung seiner höchsten Begierden begünstigte, nahm er mich in seine Arme und trug mich ohne Leben und Bewegung aufs Bett. Er legte mich sanft nieder, und da er mich nach seiner vollen Bequemlichkeit hatte, so wußte ich nicht das mindeste von dem, was er vorhatte, bis ich, erwacht aus meiner Empfindungslosigkeit, ihn vergraben in mir fand, während ich passiv und unbewußt jeder Empfindung von Vergnügen dalag. Ein totkalter Körper konnte kaum weniger Leben und Empfindung haben als ich. Sobald er seine Leidenschaft gestillt hatte, die so wenig auf meinen traurigen Zustand geachtet hatte, stand er auf, und nachdem er meine Kleider wieder in Ordnung gebracht hatte, war er mit der äußersten Zärtlichkeit bemüht, die Stürme des Gewissens und der Unsinnigkeit in mir zu besänftigen, in die ich fiel, als ich, aber zu spät, mich auf diesem Bette in den Armen eines mir durchaus fremden Menschen fand.

Ich zerraufte mein Haar, rang meine Hände und schlug meine Brust wie eine Unsinnige; als aber mein neuer Herr, denn so sah ich ihn an, jetzt selbst anfing, mich besänftigen zu wollen, und ich in meiner ganzen, nur gegen mich allein gerichteten Wut glaubte, daß ich in nichts mich gegen ihn wenden dürfte, bat ich ihn mit mehr Unterwerfung als Zorn, mich allein zu lassen, damit ich doch wenigstens meinen Schmerz ruhig auskosten könnte. Dies aber schlug er geradezu ab, weil er fürchtete, ich möchte mir Leids tun.

Heftige Leidenschaften dauern selten lange, und die von Frauenzimmern am wenigsten. Eine Totenstille folgte auf diesen Sturm, und dieser endigte in einer reichen Tränenflut.

Hätte mir einer nur einen oder ein paar Augenblicke zuvor gesagt, daß ich je mit einem anderen Manne würde zu tun haben als mit Charles, so würde ich ihm ins Gesicht gespien haben, oder hätte einer mir eine ungleich größere Summe angeboten, als ich da hinzahlen sah, so würde ich das Anerbieten mit kaltem Blute von mir gewiesen haben. Aber unsere Laster und unsere Tugenden hängen zu sehr von unsern Umständen ab. Unerwartet umringt, wie ich war, mürbe gemacht durch bittre Betrübnis und betäubt durch die Schrecknisse eines Kerkers, wird mein Fehltritt desto verzeihlicher scheinen, da ich mit keinem Sinne teil daran hatte. Indessen dachte ich, nicht länger ein Recht zu haben, die Liebkosungen einem Menschen zu verweigern, der einmal so viel über mich gewonnen hatte, ohne darauf zu sehen, wie. Diesem Grundsatz gemäß betrachtete ich mich selbst ebensosehr in seiner Gewalt, daß ich seine Küsse und Umarmungen litt, ohne Widerstreben oder Verdruß zu zeigen, nicht etwa, daß sie mir irgend Vergnügen machten oder den Widerwillen meines Herzens besiegten, nicht etwa, daß ich mich irgendeiner Empfindung des Vergnügens dabei überlassen hätte; was ich litt, tat ich aus einer Art von Dankbarkeit oder als notwendige Folge von dem, was einmal geschehen war.

Er hatte aber so viel Achtung für mich, daß er seine Leidenschaft nicht wiederholte, die mich soeben in heftige Bewegungen versetzt hatte. Nunmehr sicher in meinem Besitz, begnügte er sich, mich nach und nach dahin zu bringen, und wartete vorderhand nur auf die Zeit, da seine Freigebigkeit und Bewerbung Früchte bringen würde, die er sich später oft vorwarf, zu unreif gebrochen zu haben, als er, gereizt durch meine Schwäche, ihm zu widerstehen, und überwältigt durch seine Begierden, seine Leidenschaft an einem leb- und empfindungslosen Körper befriedigt hatte, der allen Teilnehmungen der Freude tot war. Das aber ist wahr, nie vergab ihm mein Herz die Art, auf die ich ihm zuteil geworden war, ob ich gleich in Absicht des Eigennutzes Ursache hatte, mich zu freuen, daß er in meiner Person etwas gefunden, das ihn hielte, mich nicht so leicht wieder zu verlassen, wie er mich erhalten hatte.

Der Abend war inzwischen so tief hereingebrochen, daß das Mädchen hereinkam, den Abendtisch zu dekken. Ich sah mit Freuden, daß meine Wirtin, deren Anblick mir jetzt Gift war, dabei fehlte.

Hierauf wurde ein artiges Abendessen aufgetragen, und eine Flasche Burgunder mit den übrigen Notwendigkeiten wurde auf den Tisch gesetzt.

Nachdem das Mädchen hinaus war, drang der Gentleman mit zärtlicher Wärme darauf, daß ich mich in den Armstuhl ans Feuer setzen möchte, ihn essen zu sehen, da ich selbst es verweigerte. Ich folgte mit einem Herzen voll Betrübnis, da ich Vergleichung anstellte zwischen den Tête-à-Têtes mit meinem liebenswürdigen Jüngling und dieser gezwungenen Lage, dieser neuen widrigen Sonne, die mir durch eine grausame Notwendigkeit aufgedrungen war.

Während des Abendessens, und nachdem er viele Gründe angewandt hatte, mich zu trösten und mit meinem Schicksale zu versöhnen, erzählte er mir, sein Name sei H., er sei ein Bruder des Earl of L., und daß er, nachdem er mich durch Hilfe meiner Wirtin gesehen und mich vollkommen nach seinem Geschmack gefunden habe, ihr den Auftrag gegeben hätte, mich ihm zu verschaffen, was es auch kostete, und daß er endlich es auch erreicht hätte, so sehr zu seiner Zufriedenheit, als er herzlich wünschte, daß es mir auch gereichen möge, mit Hinzufügung einiger schmeichelhafter Versicherungen, daß mich die Bekanntschaft mit ihm mich nicht gereuen sollte.

Ich hatte jetzt ungefähr die Hälfte eines Rebhuhns und etwa drei oder vier Gläser Wein hinuntergebracht, zu denen er mich nötigte, um meine Kräfte wiederzugewinnen. Allein war es, daß etwas Besonderes in den Wein getan war oder daß sich nur die natürliche Wärme meines Temperaments belebte und meiner alten Gewohnheit Feuer gab, genug, ich fing an, nicht mehr mit Zwang, um nicht zu sagen Ekel, Mr. H. anzusehen, wie ich bisher getan hatte. Aber doch war auch nicht ein Funken Liebe in dieser Besänftigung meiner Empfindungen: jeder andre Mann würde mir gerade dasselbe gewesen sein wie H., wäre er unter denselben Umständen gekommen und hätte für mich und mit mir getan, was er getan hatte.

Es gibt auf der Erde keinen ewigen Kummer; der meinige war, wenn nicht ausgelöscht, so doch wenigstens aufgehalten; mein Herz, das so lange mit Angst und Betrübnis überladen war, fing sich an zu erweitern und gegen den geringsten Schimmer von Vergnügen und Zerstreuung aufzutun. Ich weinte ein wenig, und meine Tränen erleichterten mich; ich seufzte, und meine Seufzer schienen von mir eine Last zu heben, die mich niederdrückte; mein Gesicht fing an, wenn nicht freudig, doch beruhigter und freier auszusehen.

Mr. H., der auf diese Veränderung gewartet, vielleicht sie bewirkt hatte, verstand sich zu gut darauf, um sie nicht zu benutzen; unvermerkt schob er den Tisch zwischen uns weg und setzte den Stuhl mir gerade gegenüber. Jetzt fing er an, nachdem er mich durch alle möglichen Versicherungen der Zärtlichkeit vorbereitet hatte, meine Hände zu fassen, mich zu küssen, sich Freiheiten mit meinem Busen herauszunehmen, der ihm ganz offen lag dank meines Negligés und der jetzt sich weniger aus Unwillen über einen gänzlich Fremden als aus Furcht und Schamhaftigkeit hob. Aber er gab mir bald größeren Grund, indem er sich niederbog und seine Hand über meine Kniebänder gleiten ließ, den Paß wiederzugewinnen, den er vorher so unbewacht und offen gefunden hatte. Jetzt konnte er meine Lenden nicht voneinander lösen; ich beklagte mich sanft und bat ihn, mich zu lassen, sagte ihm, daß ich unwohl sei; weil er aber sah, daß mehr Förmlichkeit in meinem Widerstand war als wahrer Ernst, so machte er zur Bedingung, von seinem Suchen abzulassen, daß ich gleich mich zu Bette legen sollte, unterdessen er der Wirtin Befehle geben wollte. Er sagte, daß er in einer Stunde zurückkehren würde, wo er hoffte, mich nachgiebiger gegen seine Wünsche zu finden, als ich für jetzt schien. Ich sagte nicht ja und nicht nein; aber in der Art und Miene, mit der ich den Antrag annahm, war etwas, daß ihm zeigte, ich sei nicht genug Herr über mich selbst, um es abzuschlagen.

Demzufolge ging er also aus, als nach einer Minute, da ich noch nicht Zeit genug hatte, mich wieder zu fassen und nachzudenken, das Mädchen hereinkam und auf einem silbernen Präsentierteller eine Schale von ihrer Frau brachte, worin, wie sie es nannte, ein Brauttrank war, und mich bat, es zu nehmen, wenn ich zu Bett ginge. Das tat ich auch und fühlte unmittelbar darauf eine solche Hitze, daß es wie Feuer mir durch alle Teile meines Körpers lief. Ich brannte, glühte, und es fehlte nicht viel daran, daß ich mich nicht selbst nach einem Manne sehnte.

Sobald ich mich niedergelegt hatte, nahm das Mädchen das Licht weg, ging aus dem Zimmer und schloß die Tür zu.

Sie konnte kaum die Treppe hinunter sein, als Mr. H. meine Türe leise öffnete und hereinkam, jetzt ausgekleidet, im Schlafrock und Nachtmütze, mit zwei brennenden Wachslichtern, was mich, als er noch die Tür verriegelte, als ob ich ihn erwartet hätte, in eine Art von Schrecken setzte. Er kam auf den Zehen ans Bett und sagte mit leisem Lispeln: »Ich bitte Sie, Liebe, erschrekken Sie nicht – ich will zärtlich und gütig gegen Sie sein.« Darauf warf er eilig seine Kleider ab und sprang ins Bett, nachdem er mir im Auskleiden Blößen genug gegeben hatte, seinen fleischigen Bau, starke Glieder und volle behaarte Brust zu sehen.

Das Bette zitterte wieder, als es diese neue Last aufnahm; er lag vorne, wo er die Lichter hatte brennen lassen, gewiß, um jeden Sinn zu befriedigen; denn sobald er mich geküßt hatte, rollte er die Bettdecke hinunter und schien entzückt zu sein über den Anblick meiner ganzen Figur in ihrer vollen Länge, die er in jedem Teile mit Küssen bedeckte. Dann auf den Knien, zwischen meinen Hüften, nahm er sein Hemd auf und zeigte seine ganze haarige Geschichte, seinen steifen strotzenden Speer mit roter Spitze, eingewurzelt in einem Dickicht von Locken, die seinen Leib bis an den Nabel bedeckten, und bald fühlte ich ihn sich mit mir vereinigen, indem er den Nagel bis an den Knopf hineintrieb, so daß nur das dazwischen liegende Haar uns voneinander trennte.

Jetzt hatte ich's, jetzt fühlte ich's: indem er anfing vorzutreiben, rief er die Natur hinunter an ihren Lieblingsplatz, so daß sie sich nicht länger weigerte, dahin zu kommen. Alle meine tierischen Lebensgeister stürzten sich mechanisch nach diesem Mittelpunkt der Reizbarkeit, und jetzt innerlich warm und so gereizt, wie ich war, verlor ich alle Zurückhaltung, und indem ich mich der Heftigkeit der Bewegung überließ, entquollen aus mir jene Ausgüsse der Freude, da ich jetzt nichts als Weib war, Ausgüsse, die ich lieber aufgehalten hätte aus strenger Treue gegen wahre Liebe.

Aber welch einen unendlichen Unterschied fand ich unter diesen Eindrücken rein animalischer Liebe, die nur aus der Zusammenkunft beider Geschlechter durch leidende körperliche Empfindungen entstanden war, und der süßen Wut, dem Sturm tätiger Lust, die den Genuß gegenseitiger Liebe krönt, wenn zwei Herzen, die zärtlich und aufrichtig vereinigt sind, sich noch enger verbinden, um ihre Freude noch zu erhöhen und ihr Leben und Geist zu geben, die dem Aufhören Trotz bietet, während sich bloße Begierde für den Augenblick gemeiniglich endigt, wenn sie an Überladung des Genusses stirbt.

Mr. H., den keine Unterscheidungen der Art zu beunruhigen schienen, gab sich und mir kaum Zeit zum Atemholen vor dem letzten Angriff. Als wenn er sich bemüht hätte, zu zeigen, daß der Anschein von Stärke nicht bloßes ausgehangenes Zeichen an ihm sei, war er in wenigen Minuten wieder imstande, den Angriff zu erneuern, den er mit einem Sturm von Küssen begann und dann mit unermüdeter Hitze denselben Lauf wieder fortging. Durch diese wiederholten Umarmungen hielt er mich bis an den Anbruch des Morgens in beständiger Übung, in welcher ganzen Zeit er mir vollkommen die Stärke seiner Glieder fühlbar machte, die Breite seiner Schultern, seiner Brust, seiner festen Muskeln, kurz, ein System von Männlichkeit, das kein übles Bild von unseren alten, stattlichen Vorfahren geben konnte, zur Zeit, da sie noch die Streitaxt führten, unserer Vorfahren, deren Nachkommenschaft jetzt so ganz in eine zartere, modernere Gestalt papierner Weichlinge hineinverfeinert und verwässert ist, die so blaß, so artig und zugleich so männlich wie ihre Schwestern sind.

Mr. H., zufrieden, daß der Tag über seinem Triumph anbrach, übergab mich der erquickenden Ruhe, die wir beide nötig hatten, und wir fielen in einen tiefen Schlaf.

Obgleich er etwas vor mir aufgewacht war, störte er mich doch nicht in meiner Ruhe, für die er mich so wohl zubereitet hatte. Aber bei meinem ersten Erwachen, das nach zehn Uhr geschah, nötigte er mich, neue Beweise seiner Mannheit anzunehmen.

Um elf Uhr kam Mrs. Jones herein mit zwei Schalen der kräftigsten Suppe, die ihre Kunst in solchen Angelegenheiten sie hatte zubereiten lassen. Ich übergehe die ekelhaften Komplimente, den Witz dieser zünftigen Kupplerin, mit dem sie uns beide begrüßte; obgleich mein Blut bei ihrem Anblick in Wallung geriet, so unterdrückte ich doch meine Bewegung und beschäftigte mich allein mit Gedanken über die Folgen dieser neuen Verbindung.

Mr. H., der meine Unruhe empfand, ließ mich nicht lange in ihr; er machte mir bekannt, daß er, da er eine feste, aufrichtige Zuneigung zu mir gefaßt hätte, mir einen großen Beweis davon geben wolle, indem er mich aus einem Hause entfernte, das mir aus vielen Gründen zuwider und verhaßt sein müßte, und mich in eine bessere Wohnung brächte, wo er alle Sorge für mich übernehmen würde. Er bat mich, mich gegen meine Wirtin über nichts auszulassen und nicht ungeduldig zu werden, bis er zurückkäme; er zog sich darauf an und ging aus, nachdem er mir einen Beutel mit zweiundzwanzig Guineen dagelassen hatte (alles, was er bei sich trug), um, wie er sagte, meine Tasche bis auf weitere Versorgung zu versehen.

Sobald er weg war, fühlte ich die gewöhnlichen Folgen des ersten Schrittes auf dem Wege des Lasters; denn die Verbindung der Liebe mit meinem Charles war mir nie in dem Lichte erschienen. Ich war augenblicklich vom Strom mit fortgerissen, ohne Kraft, wieder zum Ufer zurückzukehren. Meine furchtbare Dürftigkeit, meine Dankbarkeit und über alles, um die Wahrheit zu gestehen, die Zerstreuung und das Vergnügen, was ich in dieser neuen Bekanntschaft fand, statt der schwarzen nagenden Gedanken, deren Beute mein Herz seit Charles' Abwesenheit gewesen war, alles dies kam zusammen, alle Betrachtungen auf der andern Seite zu betäuben. Wenn ich an meinen ersten, einzigen Bezauberer zurückdachte, so war's immer noch mit der Zärtlichkeit und dem Sehnen der innigsten Liebe, verbittert durch das Bewußtsein, daß ich nicht länger seiner wert sei. Ich hätte mit ihm in der Welt herumziehen und mein Brot erbetteln können; aber Elende, die ich jetzt war! Ich hatte nicht Tugend, nicht Mut genug, meine Trennung von ihm zu überleben!

Und doch, wäre mein Herz vorher nicht so eingenommen gewesen, so möchte Mr. H. vielleicht der einzige Gebieter desselben geblieben sein; aber der Platz war voll, und den Umständen allein verdankte er den Besitz meiner Person, deren Reize allein, im Vorbeigehen gesagt, der einzige Gegenstand seiner Liebe gewesen waren und auf die Folge nicht Grund genug boten zu einer sehr festen und dauerhaften Liebe. Er kam erst um sechs abends wieder, mich in meine neue Wohnung abzuholen, und nachdem meine Sachen bald gepackt und in eine Eilkutsche gelegt waren, kostete es mich wenig Schmerz, von einer Wirtin Abschied zu nehmen, mit der ich glaubte, nicht eben sehr zufrieden sein zu müssen; und sie ihrerseits bekümmerte sich nicht mehr um mein Bleiben oder Gehen, als insoweit ihr Nutzen dabei interessiert war.

Wir kamen bald an dem Hause an, das mir bestimmt war und das einem einfachen Kaufmann gehörte, der seines Nutzens wegen ganz auf Mr. H.s Seite war und der ihm den ersten Stock, sehr hübsch ausmöbliert, für zwei Guineen die Woche ließ, von dem ich jetzt als Besitzerin, mit einem Mädchen zu meiner Bedienung, eingesetzt wurde.

Er blieb diesen Abend bei mir, und wir hatten Essen aus einem benachbarten Speisehaus holen lassen, nach welchem nebst einem oder zwei Gläsern Wein das Mädchen mich zu Bette brachte. Mr. H. kam bald nachher, und ungeachtet der Strapazen der vorigen Nacht erließ er mir doch nichts: er versteifte sich, wie er sagte, die Honneurs meiner neuen Wohnung zu machen.

Als der Morgen schon sehr hoch stand, erhoben wir uns zum Frühstück, und da das Eis einmal gebrochen und ich nicht länger mit Liebe erfüllt war, fing ich an, ruhig zu werden und mich an den Kleinigkeiten zu freuen, mit denen Mr. H.s Freigebigkeit meiner Eitelkeit schmeichelte. Seidene Stoffe, Spitzen, Ohrringe, Perlen, Halsschnüre, eine goldene Uhr, kurz, all die Kleinigkeiten des Putzes strömten auf mich zu, wofür er ein Gefühl, wenn auch nicht der Liebe, so doch eine Art von dankbarer Zärtlichkeit, etwas der Liebe Ähnliches in mir auslöste.

Jetzt war ich also eine förmlich eingesetzte Mätresse, wohl logiert und aufgeputzt mit allem Glanze des Anzugs.

Mr. H. fuhr fort, zärtlich und gütig gegen mich zu sein, und doch war ich fern vom Glücklichsein; denn außer dem Sehnen nach meinem teuren Geliebten, das, wenngleich oft aufgehalten und zerstreut, doch immer in gewissen melancholischen Augenblicken mit verdoppelter Heftigkeit mir wiederkehrte, fühlte ich auch das Bedürfnis nach mehr Gesellschaft, nach mehr Zerstreuung.

Mr. H. aber war so sehr in jedem Sinne mir überlegen, daß ich's nur zu sehr für meine Dankbarkeit gegen ihn nachteilig fühlte; so sehr rührte er meine Achtung, wenngleich nicht meine Liebe. Ich war zu keiner Unterhaltung mit ihm, außer einer einzigen, geschaffen, aber einer Unterhaltung, die zuviel ermüdende Augenblicke übrigläßt, wenn sie nicht durch Liebe oder andere Vergnügen ausgefüllt wird.

Mr. H. war so erfahren, so bewandert, in der Art des Frauenzimmers zu denken und zu handeln, deren unzählige durch seine Hände gegangen waren, daß er sicher sehr bald diese Unbehaglichkeit bemerkte, und er hatte, ohne mich darum weniger oder mehr zu lieben, die Güte, mir darin nachzusehen.

Er gab Abendmahlzeiten bei mir, wohin er auch einige von den Teilnehmern seiner Vergnügungen brachte, zugleich mit ihren Mätressen; und auf die Art kam ich bald in einen Zirkel von Bekanntschaften hinein, in dem ich rasch alle Überbleibsel von Blödigkeit und Schamhaftigkeit verlor, die mir noch von meiner Landerziehung geblieben sein konnten und die vielleicht, richtig geschätzt, die größten meiner Reize waren.

Wir besuchten eine die andere oft und äfften, so gut als wir konnten, alle die Elendigkeiten, Torheiten, Unverschämtheiten der Damen vom Stande nach, in deren Kreislauf sie das Leben hinwegtändeln, ohne daß es in irgendeinen unserer kleinen Köpfe jemals kam, daß nichts auf der Welt einfältiger, abgeschmackter, unwürdiger und geringfügiger sein kann als ihre Art zu leben.

Obgleich ich unter den unterhaltenen Mätressen (und ich war jetzt mit einer guten Anzahl bekannt, außer einigen ehrbaren Matronen, die von ihren Verbindungen mit ihnen leben) kaum eine einzige kennengelernt hatte, die nicht ihren Liebhaber verabscheute und auch wenig oder gar kein Gewissen sich aus einer Untreue machte, wenn Gelegenheit da war, so hatte ich doch noch keinen Gedanken daran, dem meinigen Unrecht zu tun: denn außer daß kein Zeichen der Eifersucht an seiner Seite mir den Wink oder die Aufforderung gab, ihm einen Streich von der Art zu spielen, und daß seine beständige Freigebigkeit, Höflichkeit und zärtliche Aufmerksamkeit auf mich, mich zur Achtung gegen ihn zwang, die, ohne mein Herz zu rühren, ihm meine Treue sicherte, hatte sich auch noch kein Gegenstand mir dargestellt, der das Vergnügen der Gewohnheit, das ich an ihm gefunden hatte, überstimmte. Ich stand jetzt auf dem Punkt, von seiner eignen Großmut eine artige Versorgung für mein Leben zu erhalten, als sich ein Zufall ereignete, der allen Maßregeln auf einmal ein Ende machte, die er zu meinem Vorteil geplant hatte.

Ich hatte sieben Monate mit Mr. H. gelebt, als ich eines Abends von einem Besuche in der Nachbarschaft, wo ich länger zu bleiben gewohnt war, nach Hause kam. Ich fand die Haustür offen und das Mädchen vom Hause, das davorstand und mit einer Bekannten sprach, so daß ich hineinkam, ohne pochen zu müssen. Indem ich vorbeiging, sagte sie, Mr. H. sei oben. Ich ging in mein Schlafzimmer in keiner anderen Absicht, als meinen Hut abzusetzen und so weiter und dann ihm im Speisezimmer meine Aufwartung zu machen, in das aus meinem Schlafzimmer eine Tür ging, wie es üblich genug ist. Indem ich beschäftigt war, die Bänder meines Hutes loszubinden, glaubte ich, meines Mädchens Hannah Stimme zu hören und eine Art von Geräusch, das meine Neugier reizte. Ich ging leise an die Tür, wo ein Ast aus dem Holze geglitten war und es mir bequem machte, die Szene, die gespielt wurde, zu sehen, in der die Spieler zu sehr beschäftigt waren, um mich die Tür öffnen zu hören, als ich die Treppe heraufgekommen war.

Das erste, was ich sah, war Mr. H., der die grobe Landdirne herumzerrte und nach einem Bette hinzog, das in der Ecke des Speisezimmers stand, während sich das Mädchen nur sehr bäurisch widersetzte und dabei so laut schrie, daß ich, die an der Tür stand, deutlich hören konnte: »Ich bitte Sie, Sir, tun Sie's nicht, lassen Sie mich gehen, Sie können sich so nicht erniedrigen mit einem armen Mädchen, als ich – Herrgott, meine Herrin kann nach Hause kommen, ich darf wahrlich nicht, ich fange laut an zu schreien.« – Alles aber hinderte nicht, daß er sie ans Bett hinschleppte und sie da mit einem kleinen Stoß leicht zu Fall brachte. Da nun einmal mein Gentleman seine Hand an dem Mittelpunkt ihrer Tugend hatte, dachte sie ohne Zweifel, es sei nicht mehr Zeit, sich zu wehren, weil's doch umsonst wäre. Indem er jetzt ihre Röcke ihr übers Gesicht warf, das so rot wie Scharlach war, entdeckte er ein Paar fester, plumper, kräftiger Lenden, die ziemlich weiß waren, und fand, indem er mit seinem Speer manövrierte, einen weniger schwierigen Eingang, als er gehofft hatte (denn nebenbei, dies Geschöpf hatte seinen Dienst auf dem Lande wegen eines kleinen Bankerts verlassen). In der Tat zeigten alle seine Bewegungen, daß er wenigstens weit genug logiert war. Nachdem es vorbei war, stand sein Liebchen auf, schüttelte ihre Röcke hinunter und brachte ihre Schürze und Halstuch in Ordnung. Mr. H. sah ein wenig einfältig aus, gab ihr Geld mit einer ziemlich gleichgültigen Miene und sagte, sie sollte ein gescheites Mädchen sein nichts verraten.

Hätt ich den Mann geliebt, so wär's mir nicht möglich gewesen, geduldig die Szene bis zu Ende abzuwarten; ich würde hineingebrochen sein und rachevoll die eifersüchtige Prinzessin gespielt haben. Aber dies war nicht der Fall. Nur mein Stolz war beleidigt, nicht mein

Herz, und ich konnte es über mich gewinnen, zu sehen, wie weit er's treiben würde, bis ich über nichts mehr in Ungewißheit war.

Nachdem der heikelste Punkt der Geschichte vorüber war, ging ich leise in mein Kabinett und fing an nachzudenken, was ich tun müßte; mein erster Plan war natürlich, hereinzustürzen und ihm Vorwürfe zu machen. Dies schmeichelte in der Tat meiner augenblicklichen Erregung, weil ich ihr dadurch unmittelbar Luft gemacht hätte; aber beim zweiten Nachdenken fing ich an, da ich die Folgen davon nicht deutlich einsah, die daraus entstehen möchten, zu zweifeln, ob's nicht besser wäre, meine Entdeckung zu verhehlen bis auf eine gelegenere Zeit, wenn Mr. H. mir wirklich das Gehalt festgesetzt hätte, über das er sich gegen mich ausgelassen hatte. Denn eine so heftige Erklärung, als ich hätte geben müssen, hätte ihn vielleicht ganz rückgängig machen können. Auf der anderen Seite schien mir die Sache zu grob, zu aufbringend, um nicht auf Rache zu denken, von der der bloße aufschießende Gedanke mir vollkommene Ruhe gab, und vergnügt über den verworrenen Plan, den ich davon in meinem Kopfe hatte, war ich kaum Herr genug über mich selbst, um die Rolle der Unwissenheit zu spielen, die ich mir vorgeschrieben hatte. Nachdem dieser ganze Kreis von Überlegungen geendigt war, stahl ich mich auf Zehenspitzen an die Durchgangstür und öffnete sie mit Geräusch, als wenn ich gerade im Augenblick nach Hause gekommen wäre. Und nach einer kleinen Weile öffnete ich, als wenn ich mein Zeug ablegte, auch die Tür zum Speisezimmer, wo ich die Dirne ganz glühend fand und meinen treuen Schäfer, der im Zimmer auf und ab ging und so kalt und gleichgültig flötete, als wenn nichts vorgefallen wäre. Indessen denke ich, er hatte sich nicht sehr zu rühmen, mich in der Verstellung übertroffen zu haben; denn ich behauptete edelmütig den Charakter weiblicher List und ging zu ihm hin mit derselben freimütigen Miene, mit der ich ihn immer empfangen hatte.

Er hielt sich nur noch eine kleine Weile auf, machte einige Entschuldigungen, daß er den Abend nicht bleiben könnte, und ging aus.

Das Mädchen verlor aber nun wenigstens meinen Dienst, und kaum vergingen achtundvierzig Stunden, als mir ihre Verwegenheit, die sie darüber annahm, was zwischen ihr und Mr. H. vorgegangen war, die beste Gelegenheit gab, sie sogleich wegzujagen, ohne daß er es mißbilligen noch den mindesten Verdacht auf meine wahren Beweggründe werfen konnte. Was aus ihr nachher ward, weiß ich nicht; aber freigebig, wie Mr. H. war, hielt er sie sicher schadlos, obgleich ich schwören wollte, daß er seit der Zeit keinen Umgang mit ihr gehabt hat, da dies bloß ein plötzlicher Anfall von Wollust bei dem Anblick einer gesunden, derben Bauerndirne gewesen war.

Hätte ich Mr. H.s Übereilung aus diesem Gesichtspunkt angesehen und mich bloß damit begnügt, daß ich das Mädchen wegjagte, so hätte ich gut gedacht und gehandelt; aber erfüllt von eingebildeten Beleidigungen glaubte ich, Mr. H. käme viel zu wohlfeil weg, wenn ich meine Rache nicht weitertriebe und ihn, so genau als ich konnte, in derselben Münze wieder bezahlte.

Auch verschob ich diese würdige Tat der Gerechtigkeit nicht lange: ich hatte es nur zu gut im Gedächtnis, daß Mr. H. etwa vor vierzehn Tagen den Sohn eines Pächters in seine Dienste genommen hatte, der vom Lande und ein wirklich hübscher Junge war, kaum aus den neunzehn, blühend wie eine Rose, wohlgebaut und hübsch von Gliedern, kurz, eine recht gute Entschuldigung fürs Verliebtwerden eines jeden Frauenzimmers, auch wenn Rache nicht dabei in Betracht kam; eines jeden Frauenzimmers, sage ich, das ohne Vorurteil war und Verstand und Geist genug hatte, das Vergnügen dem Stolze vorzuziehen.

Mr. H. hatte ihn in eine Livree gepreßt. Sein vornehmstes Geschäft war, nachdem ihm meine Wohnung bekannt gemacht war, Briefe und Bestellungen zwischen seinem Herrn und mir zu besorgen. Da die Lage aller unterhaltenen Frauenzimmer nicht geeignet ist, auch dem niedrigsten Menschen Achtung einzuflößen, so bemerkte ich nur zu bald, daß dieser Bursche, der von meinem Verhältnis zu seinem Herrn vielleicht durch seine Nebenbedienten unterrichtet war, anfing, mich auf die blöde, verwirrte Art zu beäugeln, die, ausdrucksvoll und rührend, leichter von unserem Geschlecht aufgefaßt wird denn jede andere Erklärung. Meine Figur, schien es, hatte ihm gefallen; bescheiden und unschuldig, wie er war, wußte er selbst nicht, ob das Vergnügen, das er fühlte, mich zu sehen, Begierde oder Liebe sei. Aber seine Augen, die von Natur mutwillig waren, sagten ungleich mehr, als er sich einbildete zu glauben, daß sie es täten. Bis jetzt hatte ich wirklich nur die Artigkeit des Burschen bemerkt, aber ohne die geringste Absicht. Mein Stolz allein würde mich gegen einen jeden Gedanken anderer Art bewahrt haben, hätte nicht Mr. H.s Nachgiebigkeit gegen mein Mädchen, wo nicht die Hälfte der Versuchung hinsichtlich der Person da war, mir ein böses Beispiel gegeben: aber jetzt fing ich an, diesen Jungen auf jeden Fall als ein gutes Werkzeug meiner Vergeltung an Mr. H. zu gebrauchen für eine Verpflichtung anzusehen. Und doch wäre es besser gewesen, wenn ich als seine Schuldnerin gestorben wäre.

Um also den Weg für die Vollendung meines Plans zu bahnen, richtete ich es zwei- oder dreimal ein, daß der junge Bursche auf Bestellung zu mir kam, auf ganz ungezwungene Art, daß er an mein Bett kam oder zu mir an den Nachttisch geführt wurde, vor dem ich mich anzog. Indem ich ihn hier, als wenn es ohne Absicht geschähe, zuweilen meinen Busen entblößter sehen ließ als ich es hätte sollen, zuweilen mein herabfließendes Haar, das sehr schön war, wenn ich es auskämmte, zuweilen ein artiges Bein, wenn unglücklicherweise das Knieband herabgeglitten war und ich mir kein Gewissen daraus machte, es aufzubinden, so machte dies den Eindruck auf ihn, wie ich es für meine Absicht wünschte; ich merkte es an dem Funkeln seiner Augen und dem Glühen seiner Wangen. Zuweilen drückte ich ihm auch leicht die Hand, wenn er mir Briefe brachte. Dies alles tat seine vollkommenste Wirkung.

Als ich ihn bis dahin gebracht und für meinen Anschlag in Feuer gesetzt sah, so heizte ich ihm noch mehr ein durch verschiedene wohlberechnete Fragen, wie: Ob er eine Geliebte hätte? – Ob sie hübscher als ich sei? – Ob er eine Frau lieben könnte, die aussähe wie ich? und ähnliche, worauf er errötend so antwortete, wie ich wünschte: ganz Natur, ganz unbeleidigte Unschuld, aber auch mit der ganzen Unbeholfenheit und Einfalt einer bäurischen Erziehung.

Als ich glaubte, ihn für die lobenswürdige Absicht, die ich zum Ziel hatte, reif genug gemacht zu haben, sorgte ich eines Tages, da ich ihn zu einer besonderen Stunde erwartete, daß alles für seine Aufnahme bereit sei. Ganz wie ich es berechnet hatte, kam er an die Tür des Speisezimmers und klopfte an, und als ich rief, hereinzukommen, tat er es auch wirklich und machte die Tür hinter sich zu. Ich bat ihn nun, sie auch von innen zu verriegeln, sie würde sonst nicht zubleiben.

Ich lag gerade der Länge nach auf demselben Ruhebette, das Mr. H. für seine Lüsternheit gedient hatte, in einem Negligé, das mit aller Kunst nachlässig um mich floß und in einer höchst reizenden Unordnung war. Ich hatte keinen Schnürleib an, keine Unterkleidung, nichts Lästiges sonst an mir. Er stand etwas fern von mir, so daß ich den vollen Anblick eines schön aussehenden, wohlgebildeten, gesunden Bauernburschen hatte, der nichts als frische, blühende Jugend atmete. Sein Haar, das von einer vollkommen glänzenden Schwärze war, spielte in natürlichen Seitenlocken um sein Gesicht; neue bocklederne Beinkleider, die fest anschließend die Form seiner fleischigen, wohlgeformten Lenden zeigten, weiße Strümpfe, eine hübsch besetzte Livree, ein Epaulett, alles zusammen eine Figur, bei der die fleischlichen Schönheiten der Gestalt, auf welche eine gewisse ausgesuchte Nettigkeit besonders berechnet zu sein schien, nicht unter einer niedrigen Kleidung versteckt waren.

Ich befahl ihm, näher zu mir heranzukommen und mir seinen Brief zu geben, indem ich in demselben Augenblick nachlässig ein Buch fallen ließ, das ich in Händen hatte. Er wurde rot und kam näher, mir den Brief zu geben, während seine Augen nach meinem Busen schielten, der, durch die gewünschte Unordnung, die ich zu veranstalten wußte, bloß genug und mehr beschattet als versteckt war.

Ihm ins Gesicht lächelnd, nahm ich den Brief, und indem ich zugleich seine Manschette ergriff, zog ich ihn sanft zu mir, so daß er errötete und zitterte. Seine äußerste Unbeholfenheit und gänzliche Unerfahrenheit machten diese Aufmunterungen notwendig. Sein Körper war jetzt hinreichend genug über mich geneigt, und nun fragte ich ihn, indem ich sein weiches, bartloses Kinn streichelte, ob er sich denn vor einem Frauenzimmer fürchtete. Ich nahm in demselben Augenblicke seine Hand und drückte sie sanft an meine Brust. Mein Busen war jetzt voll und fleischig, so daß er, zitternd vor Begierde, sich unter dieser Berührung schnell hob und wieder senkte. Hierbei fingen die Augen des Burschen an zu funkeln mit dem vollen Feuer der erhitzten Natur, und seine Wangen erröteten im tiefsten Scharlach. Sprachlos vor Freude, Entzücken und Blödigkeit sagten mir seine Blicke, seine Bewegungen deutlich, daß mein Anschlag gelungen sei und daß ich nicht zu fürchten brauchte, mich in meiner Hoffnung zu täuschen.

Meine Lippen, die ich ihm hinhielt, so daß Küsse unvermeidlich waren, setzten ihn in Flammen und machten ihn kühn, und indem ich jetzt einen Blick nach dem Teil seines Anzuges warf, der den wesentlichsten Gegenstand meiner Freuden bedeckte, bemerkte ich dort deutlich eine anschwellende Bewegung. Nun war ich schon zu weit vorgegangen, um auf dem Weg stehenzubleiben; ich war nicht mehr imstande, mich zu halten oder auf den langsamen Fortgang seiner jungferlichen Zurückhaltung zu warten (denn das schien sie mir und war sie auch in der Tat); ich legte meine Hand an seine Lenden, an deren einer abwärts ich ein steifes, hartes Etwas fühlen konnte, das die Beinkleider einsperrten, so daß meine Finger kein Ende fühlten. Neugierig, dies Geheimnis zu enthüllen, tat ich, als wenn ich mit seinen Knöpfen spielte, die eben von der tätigen Kraft hinter ihnen springen wollten, und nun sprangen die seines Hosenbundes und der Klappe bei der ersten Berührung und heraus schoß es. Da sah ich, vom Hemde enthüllt, mit Erstaunen und Wundern – was? – nicht das Spielding eines Knaben, nicht den Speer eines Mannes, sondern einen Maibaum von so ungeheurer Größe, daß er, dem Maße nach zu urteilen, einem jungen Riesen müßte zugehört haben. Seine außerordentliche Gestalt erschreckte mich maßlos; doch konnte ich ihn nicht ohne Vergnügen sehen, selbst nicht befühlen. Ein Ding von so außerordentlicher Länge! Eine solche Masse beseelten Elfenbeins, vollkommen schön gedreht und geformt, dessen strotzende Steife seine Haut ausspannte, deren sanfte Politur und samtene Weiche es mit der feinen Haut einer von unserem Geschlechte aufnehmen konnte und dessen außerordentliche Weiße nicht unvorteilhaft durch ein Buschwerk von schwarzem, lockigem Haar um die Wurzel herum gehoben wurde; dann das tiefe, ins Bläuliche spielende Rot des Kopfes und die blauen, sich schlängelnden Adern, die zusammen die schönste Mischung der Figur und der Farben aus der Natur selbst zusammensetzten, kurz, es zum Gegenstand des Schreckens und des Vergnügens zugleich machten.

Aber was noch bewunderungswürdiger war, der Eigentümer dieser Naturseltenheit war (aus Mangel an Gelegenheit in seiner väterlichen strengen Erziehung, und weil die kurze Zeit, die er in der Stadt war, ihm noch keine dargeboten hatte) durchaus unbekannt damit, wenigstens mit der Ausübung der ganzen Mannheit, mit der er ausgerüstet war; und nun war es mir zugefallen, den ersten Versuch damit zu machen, wenn ich die Gefahr nicht achten wollte bei dem Mißverhältnis zu den zarten Teilen, die eine solche Maschine gänzlich zerstören konnte.

Aber darüber war jetzt keine Zeit nachzudenken; denn jetzt wagte der junge Bursche, völlig erhitzt durch die Lage der Dinge und zu sehr entflammt, um länger in den Schranken der Achtung und Schamhaftigkeit zu bleiben, dem stärkeren Antrieb und belehrenden Stoß der Natur folgend, mit seiner Hand, zitternd vor heißer Begierde, unter meine Röcke zu schleichen. Und weil er, wie ich glaube, nichts sehr Verbietendes in meinen Blicken bemerkte, das ihn hätte aufhalten oder zurückscheuchen können, so fühlte er nach dem Mittelpunkt seiner Begierden und faßte ihn auch. Und jetzt! Die feurige Berührung seiner Finger berauschte mich, und alle Furcht schmolz vor der immer steigenden, unerträglichen Hitze, so daß sich meine Lenden von selbst öffneten und seiner Hand alle Freiheit gaben. Und da ich jetzt in einem günstigen Augenblick meine Röcke zurückschlug, so lag der Zugang jetzt zu schön und zu offen da, um verfehlt zu werden. Jetzt war er auf mir. Ich hatte mich durch eine Wendung unter ihn gelegt, so bequem und leicht als möglich für seine Angriffe, die linkisch genug waren, denn da seine Maschine keinen Eingang fand, so schlug sie steif gegen mich mit wilden Stößen, bald über, bald unter, bald neben den Punkt, bis ich, ungeduldig und erhitzt durch die reizenden Berührungen, sanft die feurige Rute mit meiner Hand dahin führte, wo mein junger Lehrling jetzt seine erste Lektion im Vergnügen erhalten sollte. So erreichte er endlich die warme, unzureichende Mündung. Aber er war gemacht, keine Bresche unzugänglich zu finden, und die meinige war, obgleich so oft schon begangen, doch lange nicht weit genug, ihn glatt einzunehmen.

Durch meine Führung war indessen die Spitze seiner unbändigen Maschine so geschickt geleitet, daß, indem ich sie genau vor der zarten Öffnung fühlte, eine günstige Bewegung von mir gerade einem zu rechter Zeit kommenden Stoß von ihm begegnete, wodurch die Lippen, die stark ausgedehnt waren, dem Ungestüm nachgaben und wir beide fühlten, daß er Quartier gefunden. Nun verfolgte er seinen Weg, drängte sich bald durch heftige, mich sehr schmerzende, ungestüme Stöße wenigstens so tief ein, daß er seines Eingangs so ziemlich gewiß war. Hier blieb er stecken, und ich fühlte eine solche Mischung von Schmerz und Vergnügen, die unbeschreiblich ist. Ich fürchtete weniger, daß er mich weiter aufspalten, als daß er zurückziehen möchte. Es schmerzte mich, ihn zu behalten, aber mehr noch, ihn zu verlieren. Das Gefühl des Schmerzes hatte indessen die Oberhand und wirkte in mir die heftigen Bewegungen, mit denen zugleich er seine Stöße fortsetzte, um tiefer einzudringen, bis ich endlich leise ausrief: »O Lieber, du tust mir weh!« Dies war genug, den zärtlichen, achtungsvollen Knaben selbst in seinem tollen Laufe aufzuhalten, und er zog augenblicklich den süßen Gegenstand meines Schmerzes heraus, indem seine Augen zugleich Betrübnis ausdrückten, mir weh getan zu haben, und zugleich seinen Verdruß, das Quartier verlassen zu müssen, von dem die Wärme und Engigkeit ihm den Geschmack eines Vergnügens gegeben hatte, das er jetzt zu befriedigen brannte und das sich versagen zu können aus Furcht vor dem Schmerz, den er mir machte, er zu sehr Neuling war.

Aber auch ich selbst war durchaus nicht zufrieden, daß er meine zärtlichen Klagen so sehr geachtet hatte; denn jetzt, noch mehr entbrannt für den Gegenstand, der noch vor mir stand, aufgerichtet und strotzend, unverhüllt und unbedeckt sein breites, rotes Haupt, gab ich dem Jüngling einen neubelebenden Kuß, den er mir mit einer Hitze wiederbezahlte, die zugleich Dank und Bitte um fernere Gewährung ausdrückte. Jetzt legte ich mich wieder in eine Stellung, um auf jede Gefahr hin den neuen Angriff zu empfangen, den er auch keinen Augenblick länger verschob. Nachdem er wieder von neuem aufgestiegen war, fühlte ich auch bereits das weiche, hornartige Ding, das sich Eingang verschaffen wollte und leichter erhielt als vorher. Ob ich gleich bei seinen Bemühungen, die er so sehr als möglich stufenweise vornahm, um ganz hineinzudringen, Pein litt, so nahm ich mich doch in acht, nicht zu klagen. Mittlerweile gab die weiche, enge Straße allmählich nach und dehnte sich so weit als möglich selbst aus, mit heftigen Stößen trieb er nach und förderte sein Werk so, daß er bereits am Ziele seiner Reise angelangt war, als ich mich gerade anschickte, die Fahrt in das Land der Wollust anzutreten.

Ganz aufgewühlt war ich durch meine nicht befriedigten Sinne, die meinen bloßen Körper in heißen Schauern hin und her warfen. Und nicht lange dauerte es denn auch, und seine Augen, welche sich an den Teilen, die so nackt, so offen und seinen kühnsten Wünschen unverwehrt dalagen, fingen von neuem an, feurig zu blitzen, seine Wangen glühten von blühendem Rot unter seinen häufigen warmen Seufzern, währenddessen seine Hände konvulsivisch drückten, sich öffneten, die Lippen dieser tiefen fleischigen Wunden zusammenpreßten oder sich leise in dem überwachsenen Moos verloren und alles an ihm das Übermaß, den Taumel der Freude aussprach, in die ihn die Befriedigung seiner wollüstigen Wünsche gerissen hatte. Aber er mißbrauchte nicht lange meine Geduld; denn beseelt durch alles, was er sah, zog er seine furchtbare Maschine wieder hervor, zielte in Ungestüm geradezu nach dem schwellenden Munde, der ihm stumm Trotz bot, und bohrte die Spitze hinein, stieß mit neuen Kräften, brach ein und pflügte die ganze weiche Passage wieder durch, setzte noch einmal alles in mir in Aufruhr, der nur durch eine Überschwemmung seiner Feuerspritze selbst gestillt werden konnte, und das durch alle Kanäle, mit denen die Natur dieses Behältnis der Wonne versieht, wenn es bis zum Überfließen gefüllt ist.

Ich war jetzt so abgearbeitet, zerschlagen und ermattet, daß ich mich kaum bewegen oder aufstehen konnte, sondern zitternd dalag, bis meine Sinne sich allmählich abkühlten und die Stunde schlug, wo ich den lieben Jüngling fortschicken mußte. Ich mahnte ihn zärtlich an die Notwendigkeit, uns zu trennen, die mir ebensoviel Mißvergnügen machte, als er nur fühlen konnte, der heiße Lust zu haben schien, das Feld zu behaupten und eine neue Schlacht zu wagen.

Aber die Gefahr war zu groß, und nach einigen herzlichen Abschiedsküssen und der Ermahnung, klug und verschwiegen zu sein, zwang ich mich selbst, ihn wegzuschicken, nicht ohne die Versicherung, ihn wiederzusehen, sobald als es möglich sein würde, und zu denselben Absichten. Ich gab ihm eine Guinee, damit nicht, wenn er zu verschwenderisch mit dem Gelde wäre, ein Verdacht oder eine Entdeckung entstehen könnte, weil ich alles von der gefährlichen Unbedachtsamkeit des Alters zu fürchten hatte, in dem junge Burschen zu unwiderstehlich, zu bezaubernd sein würden, wenn wir nicht den schrecklichen Fehler hätten, uns gegen sie in acht zu nehmen.

Schwindlig und berauscht durch solch völliges Auskosten des Vergnügens, lag ich noch immer auf dem Ruhebette ausgestreckt auf dem Rücken; eine süße Mattigkeit durchrieselte alle meine Glieder, und ich schmeichelte mir, mich so nach Herzenslust und auf eine so ganz leichte Art auf demselben Platze gerächt zu haben, wo ich die vermeinte Beleidigung erlitten hatte. Kein Nachdenken über die Folgen beunruhigte mich, auch kein Vorwurf, daß ich durch diesen Schritt mich vollkommen in eine Klasse mit den Frauenzimmern begeben hatte, die mehr verschrien als heruntergekommen ist. Ich würde mich undankbar gegen das genossene Vergnügen gehalten haben, wenn ich's hätte bereuen wollen, und weil ich nun einmal über die Stränge geschlagen hatte, so dachte ich dadurch, daß ich mich Hals über Kopf in den Strom stürzte, durch den ich weggerissen war, alles Gefühl von Scham und alles Nachdenken zu ersäufen.

Indem ich diesen lobenswürdigen Plan machte und vor mir selbst ein stillschweigendes Gelübde von Unenthaltsamkeit ablegte, kam Mr. H. herein. Das Bewußtsein von dem, was ich eben getan hatte, färbte die glühende Röte meiner Wangen noch tiefer, die durch die Hitze des letzten Treffens da ausgebreitet lag und zugleich mit meinem anziehenden Negligé mir von Mr. H. ein Kompliment über mein Aussehen eintrug, das, als er es durch tätige Proben bekräftigen wollte und sehr hitzig sich zum Gefecht vorbereitete, mich vor der Entdeckung zittern machte durch den Zustand, in dem diese Teile von ihrer letzten harten Behandlung geblieben waren: die Mündung erweitert und erhitzt, die Lippen geschwollen durch die ungewöhnliche Ausdehnung, die Locken niedergedrückt und durch die letzte Überschwemmung in Unordnung gebracht; kurz, das ganz verschiedene Anfühlen dieser Dinge würde von einem Manne von Erfahrung, wie Mr. H. es war, schwerlich bemerkt worden sein, ohne die wahre Ursache zu erraten. Aber hier rettete mich das Weib: ich schützte heftiges Kopfweh und eine Fieberhitze vor, die mich zu unpäßlich machte, seine Umarmungen anzunehmen. Er fiel auf diese List herein und nahm sehr gutmütig Abstand. Bald nachher kam eine alte Dame mir sehr zu gelegener Zeit, und Mr. H. ließ mich, was recht angenehm für mich war, allein, nachdem er mir gesagt und anempfohlen hatte, für meine Gesundheit zu sorgen und mich zur Ruhe zu begeben.

Gegen Abend sorgte ich für ein warmes Bad von aromatischen, erfrischenden Kräutern, in dem ich mich nach Lust erquickte und dem ich wollüstig gestärkt an Leib und Geist wieder entstieg.

Den folgenden Morgen erwachte ich ziemlich früh nach einer vollkommenen Ruhe, aber nicht ohne eine gewisse kleine Furcht, wenn ich an die Veränderungen dachte, die mein zartes Gebäude von so heftigen Stößen einer zum Zerstören gemachten Maschine erlitten haben könnte.

Voll Ängstlichkeit hierüber wagte ich kaum, meine Hand dahin zu bringen, um mich selbst von der Lage und dem Zustand der Dinge zu unterrichten.

Aber ich ward bald sehr angenehm von meiner Furcht geheilt.

Das seidene Haar, das den Rand umschattet, war wieder weich und gereinigt und in seine gewöhnlichen Locken gefallen; die fleischigen, vollen Lippen, die am meisten gelitten hatten, waren nicht mehr geschwollen oder befeuchtet, und sowenig wie die Straße, deren Öffnung sie sind, hatten sie das mindeste unter der Ausdehnung gelitten und verrieten auch der sorgfältigsten Untersuchung nicht die geringste Veränderung, abgesehen von der Schlaffheit, die natürlich auf ein warmes Bad zu folgen pflegt.

Diese Fortdauer der angenehmen, zusammenziehenden Kraft, die an uns das höchste Vergnügen für die Männer ist, verdankte ich, schien es, einer saftvollen Fleischigkeit um diese Teile herum, einer Fülle von weichem, elastischem Fleische, das bereitwillig jeder Ausdehnung nachgab und ebensobald auch das eng zusammendrückende Gewebe sanfter Falten an den Seiten wieder zusammenzieht, das so zärtlich jeden fremden Körper umarmt und umschließt, wenn er hineingebracht wird, wie meinen forschenden Fingern es jetzt geschah.

Wie ich also alles in guter Ordnung fand, so dachte ich an meine Befürchtungen, bloß um für mich selbst darüber zu spaßen. Und jetzt, durch die Erfahrung überzeugt, daß ich für jeden Mann gerecht sei, und triumphierend über die doppelt erreichte Absicht der Rache und des Vergnügens, überließ ich mich nun allen Vorstellungen von Wonne, in der ich geschwommen war. Ich lag ausgestreckt, über und über glühend und mich herumwerfend vor Ungeduld nach der Wiederholung von Freuden, die nur in süßem Übermaße gesündigt waren; auch stillte sich meine Sehnsucht nicht eher, bis etwa um zehn Uhr morgens meiner Erwartung gemäß Will, mein bescheidener, süßer Liebling, mit einer Bestellung von seinem Herrn kam, der sich nach meinem Befinden erkundigen ließ. Ich hatte Sorge getragen, mein Mädchen auf ein Geschäft in die City zu schicken, das, wie ich gewiß war, hinlänglich Zeit kosten würde. Von den Leuten sonst im Hause hatte ich nichts zu fürchten, da es eine gute Art Menschen war und klug genug, sich nicht mehr um anderer Leute Sachen zu bekümmern, als sie brauchten.

Nachdem also alle Anstalten getroffen waren, nicht vergessen auch die, daß ich im Bette liegengeblieben war, verschloß und sicherte ein Riegel, den ich an einem Drahte zog, die Tür, sobald er eingetreten war.

Es fiel mir gleich auf, daß mein junger Liebling geputzter war, als ich von seinem Stande hätte erwarten können; eine Begierde zu gefallen, die mir nicht gleichgültig sein konnte, weil sie bewies, daß ich ihm gefallen hatte; das war, ich versichere Sie, jetzt ein Umstand, den ich nicht übersehen konnte.

Sein Haar schön frisiert, reine Wäsche und, was alles überwog: sein gesundes, blühendes, ländliches Aussehen machte ihn zu einem so artigen Gegenstand für die Begierde eines Frauenzimmers, als man je sehen konnte, und ich würde eine jede für ganz geschmacklos gehalten haben, die sich nicht ein herzliches Mahl bereitet hätte aus so einem Bissen, den die Natur für den höchsten Genuß der Wonne bestimmt zu haben schien.

Und warum sollte ich das Vergnügen unterdrücken, das mir dies liebenswürdige Geschöpf machte, indem ich jeden kunstlosen Blick bemerkte, jede Bewegung der reinen, unverstellten Natur, die seine feurigen Augen verrieten oder die durchschien durch seine frische, klare, von glühendem Blute unterlaufene Haut, da selbst sein bäurischer, steifer Anstand nicht einer eigentümlichen Grazie ermangelte? Aber ich höre Sie sagen, das war ein junger Bursche von zu niedrigem Stande, als daß er eine so umständliche Beschreibung verdiente! Dem sei so; aber war der andere, genau betrachtet, ein Härchen besser? Oder, wäre ich auch wirklich ihm überlegen gewesen, hob ihn seine Fähigkeit, mich in einem so hohen Grade zu vergnügen, nicht wenigstens zu mir herauf? Mag, wer da will, meinetwegen Maler, Bildbauer, Tonkünstler nach dem Grade des Vergnügens lieben, achten und belohnen, das sie ihm geben; in meinem Alter und mit meinem Geschmack am Vergnügen, einem in meinem Temperament gegründeten Geschmack, gab das Talent zu vergnügen, mit dem die Natur einen hübschen Mann versah, diesem das größte

Verdienst, mit dem verglichen die gemeinen Vorurteile von Ehrentiteln, Würden und dergleichen nur sehr niedrigen Rang haben! Auch würde man die körperlichen Schönheiten nicht so tief herabsetzen, wenn man sie in ihrer Natur kaufen könnte; ich aber, deren natürliche Philosophie ganz in dem Mittelpunkte der Empfindung wohnte und die der mächtige Instinkt regierte, das Vergnügen am rechten Orte aufzufassen, ich konnte kaum jemals eine Wahl treffen, die meinen Wünschen gemäßer hätte sein können.

Mr. H.s sonstige Vorzüge der Geburt, des Vermögens und des Verstandes hielten mich unter einer Art von Unterwürfigkeit und Zwang, die beide sehr wenig geeignet sind, gegenseitige Liebe einzuflößen; auch hielt er mich vielleicht nicht für würdig genug, diese Überlegenheit zu mildern; aber mit diesem Jüngling stand ich mehr auf gleicher Stufe, was für die Liebe erwünschter ist. Wir mögen sagen, was wir wollen, aber gewiß ist: wir können mit denen am freiesten und behaglichsten für uns leben, die uns am meisten gefallen, ich will nicht einmal sagen, am meisten lieben. Diesem lieben Knaben gegenüber, dessen ganze Kunst zu lieben in der Handlung selbst bestand, konnte ich ohne Rückhalt und achtungsvolle Furcht allen meinen Begierden die Zügel schießen lassen und jede Laune befriedigen, die meine Einbildungskraft ersann. Mein großes Vergnügen lag jetzt darin, allen Mutwilligkeiten, allen wollüstigen Einfällen eines frischen Neulings nachzugeben, dessen Gefühl für den heißen Genuß der Liebe noch nicht abgestumpft war.

Er näherte sich meinem Bette, und indem er seine Bestellung stammelte, konnte ich seine aufsteigende

Röte und seine Augen von Feuer blitzen sehen über meine Stellung, die seinen wollüstigen Wünschen so günstig war, als wenn er das Spiel vorher bestellt hätte.

Ich lächelte und reichte ihm meine Hand hin, vor der er niederkniete (eine Höflichkeit, die ihn nur die Liebe, diese große Lehrmeisterin, gelehrt hatte) und sie feurig küßte. Nachdem wir ein paar verworrene Fragen und Antworten miteinander gewechselt hatten, fragte ich ihn, ob er zu mir ins Bett kommen wollte für die kurze Zeit, die ich ihn bei mir behalten dürfte. Das hieß einen vor Hunger sterbenden Menschen fragen, ob er ein Gericht nehmen wolle, das, ganz nach seinem Geschmack, aufgetischt ist. Ohne sich weiter zu bedenken, warf er in einem Augenblicke alle seine Kleider ab und kam, noch tiefer errötend über diese neue Freiheit, zu mir unter die Bettdecke, die ich aufhob, um ihn aufzunehmen. Und nun war er, das erstemal in seinem Leben, mit einem Frauenzimmer im Bett.

Hier begann er mit den gewöhnlichen, zärtlichen Vorspielen, die vielleicht ebenso wonnevoll sind als der krönende Akt des Genusses, für den sie oft eine Ungeduld erwecken, die das Vergnügen sich selbst zerstören macht, indem sie die letzte Periode herbeijagt und die Szene der Wonne schließt, bei der die handelnden Personen gemeiniglich zu wohl befriedigt von ihrer Rolle sind, um ihr nicht einer Ewigkeit Dauer zu wünschen.

Nachdem wir hinlänglich genug und stufenweise uns dem Hauptpunkte durch Küssen, Drücken, Befühlen meiner Brust, die jetzt rund und fleischig war, genähert hatten und er jetzt den Teil an mir fühlte, den ich, wegen der ungemäßigten Hitze, die seine Finger da erregt hatten, ein Ofenloch nennen kann, nahm mein junger Jäger, dreist gemacht durch jede Freiheit, die er sich wünschen konnte, mutwillig meine Hand und führte sie zu der großen, ungeheuren Maschine, die da stand mit einer Steinigkeit! einer Härte! einem Drange nach oben! und die zugleich mit dem herabhängenden Beutel, dem Behältnis der Wohltäter, einen Anblick von gediegenem Wohlstand gab! Und dann sein Umfang, der der Spanne spottete und meine Schrecken erneuerte! Ich begriff nicht, wie und auf welche Art ich ein solches Ungeheuer dem Anblick entziehen und in mich hineinverstecken konnte! Ich streichelte ihn sanft, wobei der aufrührerische Schelm noch mehr anschwoll und einen neuen Grad von Vermessenheit und Furchtbarkeit zu erhalten schien, so daß ich glaubte, es sei nun nicht länger zu spaßen, und mich auf den Angriff in allem Ernst vorbereitete.

Nachdem ich nun also ein Kissen mir untergelegt hatte, damit er besser agieren könnte, führte ich gefällig mit meiner Hand den ungestümen schrecklichen Bohrer an ihr eigentliches Ziel, das so bequem dalag, als wir nur wünschen konnten, da meine Hüften hoch lagen und meine Lenden bis zur äußersten Ausdehnung ausgespreitet waren. Die Hitze, die herausströmte, ließ ihn fühlen, daß er an der Mündung des Einlasses sei, und indem er nun vorwärts trieb, empfing ihn die Öffnung dieses vergnügungsdurstigen Kanals. Er hielt einen Augenblick an; nachdem er sich aber in der Durchfahrt zurechtgefunden, verfolgte er seinen Weg durch die enge Straße und erweiterte mit einer Kraft, die nur angenehm war, den Weg, so daß er jede Falte sanft ausdehnte. Unser Vergnügen wurde immer höher, je mehr

Punkte der gegenseitigen Berührung in diesem empfindlichsten Teile zusammentrafen, in den er jetzt ganz hineingedrungen, eingehüllt, eingequollen war. Und dies verursachte eine so enge Einschließung, so feste Umhüllung, so inniges Ansaugen, daß unser gegenseitiges Vergnügen unaussprechlich wurde.

Jetzt hatten wir den höchsten Punkt der Vereinigung erreicht. Als er aber zurückzog, um mit desto größerer Kraft wieder zurückzukehren, war es, als wenn mich die Furcht, ihn zu verlieren, trieb, denn in der Erregung schlang ich meine Beine um seine nackten Lenden, an denen das feste, unter der Berührung so elastische Fleisch dem Drucke entgegenquoll. Nun hatte ich ihn auf alle Weise umzirkelt und umgürtet, und indem ich ihn zu mir hinabgezogen hatte, hielt ich ihn so fest, als wenn Körper in Körper verschmelzen wollte. Dies gab eine Pause in dem Gefecht, ein Anhalten des Vergnügens, während mein unterer Mund, so voll als er konnte, mit höchstem Genuß den Bissen umschlossen hielt, den er so angenehm eingeschluckt hatte. Aber die Natur konnte nicht länger ein Vergnügen aushalten, das so äußerst aufreizend und noch nicht befriedigt war; die Batterie fing also, um zum letzten Ende zu gelangen, mit neuen Kräften an zu spielen; auch ich blieb dabei nicht untätig, sondern begegnete ihm mit der größten Heftigkeit, deren ich fähig war, und der weiche Überzug unserer sich begegnenden Mündungen diente wirklich dazu, die Wucht des Kampfes zu brechen. Bald, nur zu bald brachte diese heftige Bewegung, das süße Drängen dieser Hin- und Herreibung den Kitzel in mir auf seinen höchsten Grad, so daß ich, als ich mich auf dem letzten Punkte fühlte, unwillig, den teuern Teilnehmer meiner Wonne hinter mir zu lassen, alle die befördernden Bewegungen und Künste, die mir meine Erfahrung eingab, anwandte, es dahin zu bringen, daß er zugleich mit mir ans Ende unseres Weges käme. Ich verengte daher nicht allein den Gürtel des Vergnügens um meinen rastlosen Einwohner durch eine geheime Springfeder, die dem Willen in diesen Teilen gehorcht, sondern brachte auch meine Hand leise an den Vorratsbeutel der kostbaren Süßigkeiten der Natur, den sie lieblich an die Röhre aufgehangen, aus der wir sie empfangen. Indem ich dahin fühlte und sanft diese zarten, ovalen Aufbewahrer drückte, tat die magische Berührung augenblicklich ihre Wirkung, beschleunigte und spornte an. Es kamen die Anzeichen des süßen Liebestodes, des schmelzenden Augenblicks der Auflösung, worin das Vergnügen in dem Vergnügen erstirbt und die geheimnisvolle Maschine den Kitzel besiegt, indem sie ihn mit einem warmen Strome, der selbst der höchste Kitzel ist, überschüttet. Jetzt also, übereinstimmend mit mir, in der größten Harmonie, ergoß sich, wie ich hinwegschwand, sein Strom über die auch in mir geöffneten Schleusen, mischte sich da und besänftigte den stechenden Kitzel, indem er uns in eine Ekstase versetzte, die uns hinschmelzend, hinsinkend, atemlos, verloren in Wonne – hinstreckte. So lagen wir, indem eine wollüstige Ermattung unsere Glieder überdeckte und uns ohne Bewegung fest in den Armen des andern eingeschlossen erhielt. Ach, daß diese Entzückungen nicht länger dauerten; denn jetzt wiesen uns der erreichte höchste Punkt des Vergnügens, unabgestumpft durch den Genuß, und die jetzt ermattenden heißen Empfindungen in uns an die kalten Sorgen eines nüchternen Lebens zurück. Indem ich mich aus seinen Umarmungen loslöste, sagte ich ihm die Ursachen, warum er für jetzt mich verlassen müßte, worauf er, obgleich mit Widerwillen, seine Kleider wieder anzog, nicht ohne daß er sich oft durch Küsse, Befühlungen und Umarmungen unterbrach, die ich mir selbst nicht versagen konnte. Indessen kam er doch glücklich wieder zu seinem Herrn, ehe er vermißt war. Aber beim Abschiednehmen zwang ich ihn (denn er war feinfühlend genug, es zu verweigern), soviel Geld zu nehmen, als hinreichte, um als eine Erinnerung an meine Zuneigung eine silberne Uhr zu kaufen, diesen Hauptbestandteil des Bedientenstaats, die er sorgfältig aufheben wollte.

Und hier, Madame, sollte ich Ihnen vielleicht eine Verteidigungsrede halten, daß ich in eine so umständliche Erzählung aller dieser Dinge eingegangen bin, die einen so tiefen Eindruck auf mein Gedächtnis gemacht haben. Aber außer daß dieses Erlebnis so große Veränderungen in meinem Leben hervorgebracht hat, welche der getreue Geschichtsschreiber nicht übergehen durfte, darf ich auch glauben, daß ein so hohes Vergnügen nicht so ganz undankbar von mir vergessen und unterdrückt werden durfte, weil ich es mit einem Menschen von niedrigem Stande fand, wo es, beiläufig gesagt, oft reiner und frei von Vernünftelei wird als unter den falschen und lächerlichen Verfeinerungen, durch die die Höheren sich so grob durch ihren Stolz hintergehen lassen. Die Höheren! Obgleich unter denen, die sich den großen Haufen nennen, wenige sind, die unwissender und ungeübter sind in der wahren Kunst zu leben, nach der wir handeln; sie, die immer

Gegenstände des Vergnügens ergreifen, die durchaus der wahren Natur desselben fremd sind, die stets nur den Genuß der Schönheiten, wo diese seltene Gabe auch gefunden wird, ohne Ansehen der Geburt und des Ranges, zum Gegenstand hat.

Aber weder die Liebe noch die Rache ließen mich auf die Dauer den Umgang mit diesem artigen Knaben suchen. Bloß das Vergnügen des Genusses war es, das mich an ihn kettete. Obgleich die Natur so viel an seiner äußeren Form getan und besonders an dem stolzen Werkzeug, mit dem sie ihn so freigebig versehen hatte, und ob er gleich recht gemacht war, die Sinnlichkeit im höchsten Grade zu befriedigen, so fehlte ihm doch immer noch etwas, um in mir die Leidenschaft der Liebe zu erwecken und fest zu gründen. Indessen besaß Will auch noch andere gute Eigenschaften: er war artig, umgänglich und zugleich dankbar, schweigsam, daß es fast schon ein Fehler war; er sprach immer wenig, aber ersetzte es sehr nachdrücklich durch die Handlung, und ich muß ihm die Gerechtigkeit widerfahren lassen, er gab mir nie Ursache, über ihn zu klagen, weder daß er sich der ihm verstatteten Freiheiten wegen etwas bei mir hätte herausnehmen wollen noch auch über eine Unvorsichtigkeit, sie auszuplappern. Es gibt also ein Schicksal bei der Liebe, und ihn zu lieben, war ich gezwungen; denn er war wirklich ein Schatz, ein Bissen für das Leckermäulchen einer Herzogin, und die Wahrheit zu gestehen, mein Wohlgefallen an ihm war so außerordentlich, daß es sehr fein unterscheiden heißt, wenn ich es nicht Liebe nenne.

Meine Glückseligkeit mit ihm dauerte indessen nicht lange, sondern fand durch meine unvorsichtige Nachlässigkeit bald ein Ende. Nachdem wir uns erst selbst durch überflüssige Mittel verwahrt hatten, machte unser Glück bei unseren öfteren Zusammenkünften uns so dreist, daß wir auch die notwendigen unterließen.

Ungefähr einen Monat nach unserer ersten Bekanntschaft war ich an einem unglücklichen Morgen (zu welcher Zeit Mr. H. mich selten oder niemals besuchte) in meinem Kabinett, wo mein Nachttisch stand, und ich hatte nichts als mein Hemd, meinen Schlafrock an. Will war bei mir, und wir waren beide immer darnach gestimmt, solche Gelegenheiten zu benutzen. Ich fühlte eben eine wollustige Laune nach einem Spiel, das ich meinen Mann auf der Stelle auszuführen aufforderte, und er stand auch nicht an, mich zu befriedigen. Ich saß in einem Armstuhl, Hemd und Unterrock aufgehoben, die Beine weit ausgebreitet und über die Lehnen des Stuhls gelegt, so daß Wills gezogener Spieß das schönste Ziel hatte, und er war gerade im Begriff, ihn einzurennen, als Mr. H., weil die Kammertür unverschlossen geblieben war, hereintrat, ehe es einer von uns gewahr ward, und uns gerade in der Stellung sah.

Ich schrie laut auf und ließ meine Röcke fallen. Der wie vom Donner gerührte Bursche stand zitternd und bleich, auf sein Todesurteil wartend. Mr. H. sah bald auf den einen, bald auf den andern, mit einer Mischung von Unwillen und Verachtung, und ging, ohne ein Wort zu sagen, aus der Kammer.

So verwirrt ich auch war, hörte ich ihn doch deutlich den Schlüssel umdrehen und die Kammertür hinter uns zuschließen, so daß wir nur durch den Speisesaal wegkommen konnten, wo er mit unruhigen Schritten, heftig stampfend herumging und sich sicher überlegte, was er mit uns anfangen sollte.

Der arme Will war ganz außer sich vor Schrecken, und so nötig ich selbst der Lebensgeister bedurfte, mich aufrecht zu erhalten, so war ich doch gezwungen, sie alle aufzubieten, um ihn vor dem Hinsinken zu bewahren. Das Unglück, das ich jetzt auf ihn gebracht hatte, machte mir ihn noch teurer, und ich hätte freudig jede Strafe erduldet, wenn er sie nur nicht zu teilen gehabt hätte. Ich benetzte reichlich mit meinen Tränen das Gesicht des erschrockenen Jünglings, der so leb- und empfindungslos wie eine Statue saß, denn zum Stehen hatte er nicht Kraft genug.

Jetzt kam Mr. H. wieder zu uns herein und ließ uns, zitternd und den Ausgang fürchtend, vor sich her ins Speisezimmer gehen. Er setzte sich auf einen Stuhl nieder, während wir als Verbrecher vor dem Richter standen, und fragte, indem er bei mir anfing, mit festem Ton in der Stimme, die weder sanft noch hart war, was ich für mich selbst anführen könnte, daß ich seiner auf eine so unwürdige Art gemißbraucht hätte, noch dazu mit einem Bedienten von ihm, und wie er das um mich verdient hätte?

Ohne zu meiner Schuld noch eine kühne Verteidigung häufen zu wollen, nach dem alten Lied unterhaltener Mätressen, war meine Antwort bescheiden, oft unterbrochen durch Tränen, und wesentlich etwa so: Daß ich nie einen einzigen Gedanken gehabt, ihn zu beleidigen (welches auch wahr war), bis ich gesehen, daß er sich die äußerste Freiheit mit meinem Mädchen erlaubt habe (hier ward er erstaunlich rot), und daß meine Empfindlichkeit darüber, weil ich ihn zu sehr geachtet hätte, mich zu einer Rache gebracht, die ich mir nicht herausnähme zu rechtfertigen, daß aber, was den jungen Menschen beträfe, dieser ganz unschuldig sei; denn ich hätte ihn, um ihn zum Werkzeug der Rache zu machen, eigentlich zu dem verführt, was er getan hätte, und ich hoffte, daß, was er auch über mich beschließen würde, er einen Unterschied machen würde zwischen Schuldigem und Unschuldigem, und daß ich mich übrigens ganz seiner Gnade ergäbe.

Mr. H. ließ hierbei ein wenig den Kopf hängen, er erholte sich aber sogleich wieder und sagte, soweit ich mich noch erinnern kann, ungefähr folgendes zu mir: »Madame, beschämt über mich selbst, gestehe ich, daß Sie mir es hinreichend vergolten haben. Mit einer Person von Ihrer Erziehung und Gesinnung darf ich mich nicht in weitläufige Erörterungen darüber einlassen, daß zwischen den Beleidigungen ein großer Unterschied ist. Es genüge Ihnen, daß ich Ihnen soviel zugestehe, daß Sie Ihre Gesinnungen um deswillen gegen mich geändert haben, was Sie mir vorwerfen; auch gebe ich zu, daß Ihre Lossprechung jenes Schlingels schön und rechtschaffen von Ihnen gedacht ist. Aber meine Verbindung mit Ihnen zu erneuern ist mir unmöglich, die Beschimpfung ist zu grob; ich gebe Ihnen eine Woche Zeit, um diese Wohnung zu verlassen. Was ich Ihnen jemals gegeben habe, bleibt Ihnen; weil ich aber beschlossen habe, Sie nie wieder zu sehen, so wird die Wirtin Ihnen fünfzig Guineen von mir überliefern. Damit und mit der Bezahlung aller Schulden, hoffe ich, werden Sie eingestehen, daß ich Sie in keinem schlimmeren Zustande verlasse, als ich Sie aufgenommen habe und Sie um mich verdient haben – schreiben Sie es sich selbst zu, daß er nicht besser ist.«

Dann wandte er sich, ohne mir Zeit zur Antwort zu geben, zu dem jungen Burschen: »Für dich aber, Taugenichts, für dich will ich, um deines Vaters willen, Sorge tragen: die Stadt ist kein guter Ort für einen so leichtfertigen Narren, als du bist. Morgen will ich dich, unter der Aufsicht einer meiner Bedienten, wohl empfohlen und in meinem Namen, zu deinem Vater schikken, damit du hier nicht verdorben wirst.«

Bei diesen Worten ging er hinaus, nachdem ich mich vergebens bemüht hatte, ihn aufzuhalten, indem ich mich selbst zu seinen Füßen warf; er stieß mich von sich, ob er gleich auch in großer Bewegung zu sein schien, und nahm Will mit sich, der, ich will schwören, glaubte, daß er noch gut genug davongekommen wäre.

Jetzt war ich wieder mir selbst überlassen, durch einen Mann, den ich sicher nicht verdient hatte. Alle Briefe, Künste, Freunde, Bitten, die ich die Gnadenwoche über anwandte, bewogen ihn auch nicht, mich nur noch einmal zu sehen. Er hatte einmal unwiderruflich den Urteilsspruch über mich gesprochen, und dem mich zu fügen war das einzige, was mir übrigblieb. Bald darauf heiratete er eine Dame von Geburt und Vermögen, der er, wie ich gehört habe, unverbrüchliche Treue hielt.

Der arme Will aber ward unmittelbar aufs Land zu seinem Vater zurückgeschickt, der ein wohlhabender Pächter war. Nach etwa vier Monaten verliebte sich eine junge, rüstige Hauswirtswitwe mit einem guten Vorrat an Geld und anderen Sachen in ihn und heiratete ihn; vielleicht hatte sie seine großen Eigenschaften vorher kennengelernt. Ich bin gewiß, sie hatten wenigstens Grund, glücklich miteinander zu leben.

Ob ich gleich entzückt gewesen wäre, ihn noch vorher zu sehen, so hatte doch Mr. H. solche Verfügungen getroffen, daß es unmöglich war; ich hätte mich sonst sicher bemüht, ihn in der Stadt zu behalten, und hätte weder Kosten noch Anerbietungen gespart, ihn mir zu erhalten, da er meine Neigungen so mächtig gefesselt hatte, daß es nicht leicht war, sie von sich weg und auf einen andern zu werfen. Mein Herz kam gar nicht ins Spiel. Herzlich froh indessen, daß es gerade nichts Schlimmeres war als dies jetzt, konnte ihm sicher nichts Besseres begegnen.

Was aber Mr. H. betrifft, so war ich, obgleich eigennützige Absichten mich erst alles aufbieten ließen, ihn wiederzugewinnen, doch leichtsinnig genug, mich leichter mit meinem Fehltritt auszusöhnen, als ich hätte sollen. Da ich ihn nie geliebt hatte und sein Verlassen mir jetzt die Freiheit gab, nach der ich mich so oft gesehnt hatte, so tröstete ich mich bald, und indem ich mir selbst schmeichelte, daß mein Vorrat an Jugend und Schönheit, den ich jetzt käuflich machen wollte, nicht verfehlen konnte, mir bald eine neue Bekanntschaft zu verschaffen, so sah ich mich eher mit Vergnügen und Frohsinn als mit dem geringsten Gedanken von Verzweiflung in die Notwendigkeit versetzt, damit mein Glück zu versuchen.

Inzwischen drängten sich verschiedene von meinen Bekannten aus der Schwesternschaft, die von meinem Unfall erfahren hatten, zu mir heran, mich mit ihren boshaften Tröstungen zu verspotten. Die meisten von ihnen hatten mich lange beneidet über den Überfluß und Glanz, in dem ich gehalten wurde, und, obgleich kaum eine unter ihnen war, die nicht verdient hätte, in meiner Lage zu sein und wahrscheinlich, früh oder spät, in dieselbe kommen mußte, so war es doch leicht, selbst in ihrem angenommenen Mitleid ihre geheime Freude zu bemerken, mich so in Ungnade gefallen und entlassen zu sehen, und ihr geheimes Mißvergnügen, daß es mir nicht schlimmer ergangen war. Unerklärliche Bosheit des menschlichen Herzens, die sich nicht bloß auf die Art beschränkt, in der sie lebten!

Weil aber die Zeit heranrückte, in der ich meinen Entschluß für die Zukunft fassen mußte und ich mich nach einer Wohnung umsah, kam Mrs. Cole, eine Art verschlagener Frau von mittlerem Alter, die mit mir durch eine der Mamsells, die mich besuchten, bekannt geworden war und die jetzt meine Lage erfahren hatte, zu mir, um mir ihren guten Rat und ihre Dienste anzubieten. Da ich gleich von Anfang mehr auf sie als auf alle die übrigen meiner Bekannten gehalten hatte, gab ich ihren Vorschlägen desto leichter Gehör. Auch hätte ich nicht, wie es sich herausstellte, in bessere oder schlimmere Hände in ganz London fallen können; nicht in schlimmere, weil, da sie ein Haus für gewisse Gelegenheiten hielt, es keine Art von Ausschweifungen geben konnte, zu denen sie mir aus Gefälligkeit gegen ihre Kunden nicht geraten, kein Vergnügen oder wollüstige Zügellosigkeit selbst, die sie nicht zu befördern gesucht hätte; nicht in bessere, weil keine Frau bessere Kenntnis von den schlechten Personen der Stadt hatte, und keine also besser raten und gegen die Gefahren unseres Handwerks mich verwahren konnte. Außerdem begnügte sie sich, was sich sehr selten bei

Menschen von ihrer Gattung findet, mit einem sehr mäßigen Nutzen für ihren Fleiß und ihre guten Dienste und hatte nichts von der ihnen eigentümlichen raubgierigen Eigennützigkeit. Sie war von guter Geburt und gut erzogen, aber durch eine Reihe von Umständen dahin gebracht worden, daß sie teils aus Bedürfnis, teils aus Neigung ihren Handel fortsetzte, da kein Frauenzimmer mehr Freude daran fand, ihn flott in Gang zu erhalten und ihn selbst und alle seine Geheimnisse und Feinheiten besser verstand als sie, so daß sie vollkommen Meisterin in ihrem Handwerk war und nur mit Kunden von Rang zu tun hatte, für deren Forderungen sie immer eine Anzahl Töchter in Bereitschaft hielt; denn so nannte sie die, die Jugend und persönliche Reize ihrer Annahme empfahlen und von denen einige durch ihre Vermittlung, ihren Schutz und Unterricht in der Welt recht gut fortkamen.

Diese nützliche Frau, in deren Schutz ich mich jetzt begab, hatte ihre bestimmten Absichten auf Mr. H., so daß sie nicht selbst zu sehr im Spiele erscheinen wollte, und schickte mir deshalb eine Freundin am Tage meines Auszugs, mich in meine neue Wohnung, bei einem Besenbinder in der R... street, Covent-Garden, zu führen, das nächste Haus neben dem ihrigen, in welchem sie nicht Platz gehabt hatte, mich aufzunehmen; eine Wohnung, die, weil sie nach und nach verschiedene liebenswürdige Frauenzimmer innegehabt hatten, dem Hauswirt ihrem Zweck nach bekannt war. Wenn nur die Miete gut abgetragen wurde, so war alles übrige so bequem und gut, als man verlangen konnte.

Nachdem die fünfzig Guineen, die Mr. H. mir versprochen, richtig ausgezahlt, alle meine Kleider und

Möbel, deren Wert wenigstens zweihundert Pfund betrug, aufgepackt und auf einen Wagen geladen worden, folgte ich bald nach, nicht ohne höflich vom Wirt und seiner Familie Abschied genommen zu haben, mit denen ich nie auf einem vertraulichen Fuß gelebt hatte, daß ich Ursache gehabt hätte, mir ihren Verlust nahegehen zu lassen. Aber die Ursache dieses Abschiedes lockte doch immer Tränen aus mir hervor. Ich ließ ein Danksagungsschreiben an Mr. H. zurück, von dem ich mich jetzt, wie ich auch wirklich war, völlig getrennt glaubte.

Meinem Mädchen hatte ich den Tag zuvor den Abschied gegeben, weil ich sie von Mr. H. hatte und auch argwöhnte, daß sie auf irgendeine Weise Ursache zu meiner Überraschung gegeben hatte, vielleicht aus Rache, daß ich sie nicht zur Vertrauten gemacht hatte.

Wir kamen bald in meiner neuen Wohnung an, die, wenngleich sie nicht so schön und glänzend möbliert war als die vorige, doch ebenso bequem war und für die Hälfte des Preises, obgleich im ersten Stock gelegen. Meine Koffer waren wohlbehalten angelangt und in meinem Zimmer ausgepackt, wo meine Nachbarin und jetzige Herrin, Mrs. Cole, mit einem Hauswirt in Bereitschaft stand, mich zu empfangen, dem sie mich im günstigsten Lichte darzustellen suchte, als eine, von der er alle Ursache hätte, die ordentlichste Bezahlung des Hauszinses zu erwarten. Hätte man mir alle Haupttugenden zusammen geschrieben, würden sie diese besondere Empfehlung nicht aufgewogen haben.

Ich war jetzt in meiner neuen Wohnung eingerichtet, mir selbst und dem Strome der Stadt überlassen, zu sinken oder zu schwimmen, ganz wie ich mich halten würde; die Folgen davon und zugleich die Ereignisse, die mir in meinem neuen Stande begegneten, werden den Inhalt eines zweiten Briefes ausmachen; denn es ist hohe Zeit, diesen zu enden. Ich bin

Madam

die Ihrige

Madame!

Wenn ich gezögert habe, in meiner Geschichte fortzufahren, so geschah es bloß, um mir eine kleine Zeit zum Atemholen zu gönnen, und weil ich ein klein wenig hoffte, Sie würden, statt mich zu drängen, mich von der Fortsetzung meines Bekenntnisses befreien, bei dem meine Selbstachtung von so vielen Seiten leidet.

Ich dachte wirklich, Sie würden es müde sein und satt haben, eine solche Einförmigkeit von Begebenheiten und Ausdrücken anzuhören, die von den Dingen dieser Art nicht zu trennen sind, deren Wesensgrund immer und ewig ein und derselbe ist, wo also, bei aller Abänderung der Form und Art, deren die Situation fähig ist anzunehmen, doch eine Wiederholung fast beinahe derselben Bilder, derselben Figuren, derselben Ausdrücke und zugleich auch des Ekels unvermeidlich ist, den es hervorbringt; die Wörter Freuden, brennende Leidenschaft, Entzückungen, Ekstasen und der Rest der übrigen damit verwandten hochtrabenden Ausdrücke, die für das käufliche Vergnügen angewandt werden, werden matt und verlieren von ihrem wahren Geist und Kraft durch den häufigen, unvermeidlichen Gebrauch in einer Erzählung, in der die Ausübung jenes Vergnügens den Hauptgegenstand ausmacht. Ich muß mich daher auf Ihre Güte verlassen, die die Zwangslage, in der ich bin, der Ursachen wegen entschuldigen wird, und ich hege zugleich die Hoffnung, daß Ihre Einbildungskraft und Empfindsamkeit sich die angenehme Mühe nehmen wolle, durch Ausschmückung meiner Schilderungen das zu ersetzen, was ihnen durch mich an Kraft und Vollendung fehlt; jene wird Ihnen rasch die Gemälde, die ich Ihnen schildere, vor die Augen rücken, diese den Farben Leben geben, wenn sie zu matt oder durch den häufigen Gebrauch verblaßt sind.

Was Sie sonst noch über die Schwierigkeit sagen, die es hat, sich fortgesetzt so lange auf einem Mittelweg zwischen dem Aufreizenden grober, ungezogener, niedriger Ausdrücke und dem Lächerlichen ins kleine gehender Verblümtheiten wie gezierter Umschreibungen zu erhalten, ist so vernünftig und zugleich, da Sie es sagen, um mich aufzumuntern, so gütig, daß Sie mich großenteils vor mir selbst über meine Nachgiebigkeit gegen eine Neugierde rechtfertigen, die hauptsächlich auf meine Kosten befriedigt wird.

Ich nehme also den Faden wieder auf, wo ich ihn zuletzt fallen ließ. Ich war im Begriff, Ihnen zu bemerken, daß es spät am Abend war, als ich in meiner neuen Wohnung ankam, und daß Mrs. Cole, nachdem sie mir meine Sachen hatte auspacken und in Ordnung bringen helfen, den ganzen Abend bei mir im Zimmer blieb, wo wir miteinander zu Abend aßen. Sie gab mir die beste Anweisung, wie ich es in dem Stande, in den ich mich jetzt begab, anzufangen hätte, um, nachdem ich bisher eine Privatgeweihte des Vergnügens war, jetzt eine öffentliche und eine mehr allgemeine Ware mit allen den Vorteilen zu werden, die nötig wären, meine Person, sei es aus Interesse, sei es um Vergnügen, oder sei es um beides, darzubieten. Zugleich machte sie die Bemerkung, daß es, da ich ein neues Gesicht in der Stadt sei, hergebrachte Regel und Geheimnis unseres Handwerks sei, für eine Jungfrau zu gelten und mich bei der ersten Gelegenheit dafür auszugeben, ohne in der Zwischenzeit mich an solchen Vergnügungen hindern zu lassen, zu denen ich Lust hätte; denn niemand könne eine größere Feindin vom Zeitverlieren sein als sie. Sie wolle sich mittlerweile aufs sorgfältigste nach einer schicklichen Person umsehen und diesen delikaten Punkt für mich auszurichten suchen, wenn ich Hilfe und Rat von ihr annehmen wolle, damit ich in dem Verluste einer gemachten Jungfernschaft alle Vorteile einer wahren einernten könne.

Da damals sehr großes Zartgefühl der Empfindungen nicht eben zu meinem Charakter gehörte, so muß ich gestehen, daß ich mich vielleicht zu leicht einem Vorschlag ergab, gegen den meine Herzensgüte und meine Ehrlichkeit einigen Widerwillen fühlte; aber es war doch nicht Widerwillen genug, der Absicht einer Frau mich zu widersetzen, der ich die Führung aller meiner Schritte gänzlich überlassen hatte. Denn Mrs. Cole hatte, ich weiß selbst nicht wodurch, wenn es nicht eine der unerklärlichen, sympathischen Empfindungen war, die ja das stärkste Band der Freundschaft, besonders der weiblichen, sind, ganz und gar mein Herz gewonnen. Ihrerseits, sagte sie, wäre eine genaue Ähnlichkeit mit ihrer einzigen Tochter, die sie in meinem Alter verloren, der erste Grund ihrer herzlichen Zuneigung zu mir gewesen; dem mochte auch so sein. Es dürften aber noch andere Gründe für diese Zuneigung vorhanden gewesen sein, die von der Gewohnheit und dem Wohlgefallen sich herleiteten und oft dauerhafter und stärker sind als solche, die auf viel festeren Grund gebaut sind; soviel aber weiß ich, daß, obgleich ich keine andere Bekanntschaft mit ihr hatte, als daß ich sie bei mir gesehen, als ich noch mit Mr. H. lebte (wo sie zu mir gekommen war, um mir einige Galanteriewaren zu verkaufen), sie sich doch nach und nach so bei mir eingenistet hatte, daß ich mich blindlings in ihre Hände gab und sie zuletzt uneingeschränkt achtete, liebte und ihr gehorchte. Und um ihr Gerechtigkeit widerfahren zu lassen: ich habe nie etwas anderes an ihr gefunden als aufrichtige Zärtlichkeit und Sorgfalt für mein Interesse. Wir schieden die Nacht, nachdem wir uns über meine uneingeschränkte, vollkommene Ergebenheit gegen sie geeinigt hatten, und den Morgen darauf kam denn Mrs. Cole und nahm mich zum ersten Male mit in ihr Haus.

Nach dem ersten Eindruck zu urteilen, fand ich, daß dort alles Züchtigkeit, Ehrbarkeit und Ordnung atmete.

Im Vorsaal saßen drei junge Mädchen, die sehr emsig mit Galanteriesachen beschäftigt waren, als dem Deckmantel für einen Handel mit ungleich kostbareren Gelegenheiten; aber schönere drei Frauenzimmer konnte man schwerlich finden. Zwei von ihnen waren es ganz außerordentlich; die älteste zählte nicht über neunzehn Jahre, und die dritte war ungefähr in demselben Alter, eine pikante Brünette mit schwarzen, feurigen Augen, deren Gesichtszüge von vollkommenster Harmonie waren und sie über allen Neid gegen ihre schönen Gespielinnen hob. Auch ihr Anzug, in dem mehr Absicht lag als es schien, war im Geschmack von einförmigster, kaum zu verbessernder Nettigkeit und eleganter Einfachheit. Dies waren die Mädchen, die die kleine häusliche Herde ausmachten, die meine Führerin mit besonderer Ordnung und Klugheit aufzog in strengem Unterschied gegen die berauschte Wildheit junger Mädchen, die sich einmal dem Vergnügen überlassen hatten. Aber sie ließ auch nie ein Mädchen in ihrem Haus, das, nach einem regelrechten Noviziat, unziehbar oder unwillig befunden wurde, sich den Vorschriften zu fügen. Auf die Art hatte sie nach und nach eine kleine Akademie der Liebe gestiftet, in der die Mitglieder in einer seltenen Vereinigung des Vergnügens mit dem Interesse und der äußeren Züchtigkeit mit zügelloser geheimer Freiheit ihre Rechnung fanden, so daß Mrs. Cole, welche die Mädchen ebensosehr ihres Temperaments als ihrer Schönheit wegen aufgerafft hatte, sie für sich und für sie bequem zu regieren wußte.

Diesen ihren Zöglingen, die sie darauf vorbereitet hatte, stellte sie mich jetzt als eine neue Kostgängerin vor, und dazu als eine, die unmittelbaren Zutritt zu allen Geheimnissen des Hauses hätte; worauf diese liebenswürdigen Kinder mir alle Zeichen eines herzlichen Willkommens und des vollkommenen Wohlgefallens an meiner Person gaben, wie ich sie nur von irgendeiner meines Geschlechts hätte erwarten können. Man hatte sie auch wirklich dazu erzogen, alle Eifersucht, ohne wetteifern zu wollen, in ihrer Schönheit so dem gemeinschaftlichen Interesse aufzuopfern. Sie sahen mich als eine Teilnehmerin an, die keinen verächtlichen Teil zu dem Einkommen des Hauses beitragen würde. Sie versammelten sich um mich herum und besahen mich von allen Seiten, und da meine Aufnahme in diese fröhliche Gesellschaft einen kleinen Feiertag bildete, so ward der Vorwand der Arbeit beiseite gelegt, und Mrs. Cole, die mich mit besonderen Empfehlungen ihren Liebkosungen überließ, ging an ihre ordentlichen Hausgeschäfte.

Die Gleichheit unseres Geschlechts, Alters und Standes wie unserer Aussichten brachte bald eine so uneingeschränkte Freiheit und Vertraulichkeit hervor, als wenn wir schon einige Jahre bekannt gewesen wären. Sie nahmen mich und zeigten mir das ganze Haus, ihre besonderen Zimmer, die mit jedem Artikel der Bequemlichkeit und des Luxus versehen waren, und vor allen andern auch ein weitläufiges Visitenzimmer, wo eine geschlossene, schwärmende Gesellschaft gewöhnlich zu allgemeinen Partien des Vergnügens zusammenkam, wo die Mädchen mit ihren Liebhabern spielten und mit zügelloser Freiheit sich ihrem wollüstigen Mutwillen überließen, wobei Trotz gegen Anständigkeit, Züchtigkeit oder Eifersucht ihre feste Vorschrift war, gemäß den Grundsätzen ihrer Gesellschaft. Jedes Vergnügen, das sie auf seiten der geistigen Empfindungen verloren, wurde durch die sinnlichen hinlänglich wieder eingebracht in der anziehenden Abwechslung und dem Reiz der Behaglichkeit und des Luxus. Die Urheber und Unterstützer dieses geheimen Instituts hätten auf dem Gipfel ihrer Laune sich selbst für die Wiederhersteller des Goldenen Zeitalters und der Ungezwungenheit des Vergnügens halten können, dessen Unschuld durch die Namen Schuld und Scham noch nicht so sehr verdunkelt war.

Sobald der Abend begann und das, was zum Schein eines Ladens aufgestellt worden war, verschlossen war, ward die Akademie eröffnet, die Maske der Züchtigkeit durchaus abgeworfen und alle Mädchen dahin gewiesen, wohin sie Vergnügen oder Interesse in die Arme ihrer verschiedenen Liebhaber rief. Von diesen wurde aber keiner zugelassen, von dessen Charakter und Verschwiegenheit Mrs. Cole nicht hinlänglich versichert war. Kurz, dies war das sicherste, feinste und zugleich voll und ganz seinen Charakter erfüllende Haus für Bequemlichkeiten, das in der Stadt war. Jede Sache war darin so eingerichtet, daß die Anständigkeit dem ausschweifendsten Vergnügen keinen Eintrag tat, zu dessen Ausführung die auserwählten Vertrauten des Hauses ein so seltenes und schweres Geheimnis erfunden hatten, daß alle Verfeinerungen des Geschmacks und der Delikatesse mit den gröbsten und bestimmtesten Vergnügungen der Sinne in genaue Vereinigung gebracht waren.

Nachdem ich den Morgen in dem zärtlichen Umgang und der Unterweisung meiner neuen Bekanntinnen zugebracht hatte, gingen wir zu Tisch, bei dem mir Mrs. Cole, die unter ihren Küchlein obenan saß, zuerst einen Beweis von ihrer Kunst und Geschicklichkeit gab, diese liebenswürdigen Mädchen mit so vieler inniger Liebe und Achtung zu erfüllen. Hier war keine Steifigkeit, keine Zurückhaltung, keine Miene von Empfindlichkeit oder Eifersucht, alles ging fröhlich, heiter und ruhig zu.

Nach der Mahlzeit eröffnete mir Mrs. Cole, unterstützt von den jungen Damen, daß die Nacht ein ordentliches Kapitel gehalten werden würde zu Ehren meiner Aufnahme in die Schwesternschaft und daß ich mit aller rechtmäßigen Achtung gegen meine Jungfernschaft, die für den ersten besten Käufer wieder aufgekocht werden sollte, mich einer Einweihungszeremonie unterziehen müsse, mit der ich, wie sie sicher wüßten, zufrieden sein würde.

Eingeweiht, wie ich war, und überdies gefesselt durch die Reize meiner neuen Gespielinnen, war ich zu sehr eingenommen von jedem Vorschlag, den sie mir machen konnten, um auch nur ein wenig mit meinem Beifall zurückhalten zu können. Ich zollte ihn sogleich, erklärte mich mit allem einverstanden und erntete neue Küsse und Komplimente von ihnen allen zum Beweis ihres Wohlgefallens an meiner Gelehrigkeit und Biegsamkeit. Was wäre ich ein süßes Mädchen, ich wüßte mich in die Dinge mit so guter Grazie zu schicken, ich affektierte keine Blödigkeit, ich würde der Stolz des Hauses werden – und was der guten Dinge noch mehr.

Nachdem dieser Punkt in Richtigkeit war, verließen die jungen Mädchen Mrs. Cole, die mit mir die Sache bereden wollte. Sie eröffnete mir, daß ich denselben Abend mit vieren ihrer besten Freunde bekannt gemacht werden sollte, von denen der eine, der Gewohnheit des Hauses gemäß, durch sie der Ehre teilhaftig werden sollte, mich in der ersten Partie des Vergnügens zu unterhalten. Zugleich versicherte sie mir, es wären alles junge Gentlemen, angenehm von Person, die, vereinigt durch das Band gemeinschaftlicher Vergnügen, die vornehmste Unterstützung ihres Hauses ausmachten. Sie beschenkten die Mädchen sehr reichlich, die ihnen gefielen und sich nach ihrer Laune schickten, so daß sie sie als die ersten Stifter und Patrone ihres kleinen Serails ansehen könnte. Nicht daß sie nicht zu andrer Zeit andre Kunden hätte, mit denen sie es aber weniger genau nähme als mit diesen. So zum Beispiel dürfte sie es mit keinem von diesen wagen, mich für eine Jungfer auszugeben, weil sie zu große Kenner wären, auch wirklich zu großmütige Wohltäter gegen sie, daß es unverzeihlich sein würde, nur daran zu denken.

Unter der Verwirrung und Bewegung, die dieses Versprechen von Vergnügungen, denn dafür hielt ich es, in mir erregte, behauptete ich doch so sehr meinen weiblichen Charakter, daß ich Abneigung dagegen vorgab, um aus meiner Aufopferung für meine Beschützerin ein Verdienst zu machen, und ich erinnerte sie daran, daß es wohl gut wäre, nach Hause zu gehen und mich anzuziehen.

Aber Mrs. Cole versicherte mir dagegen, daß die Gentlemen, denen ich vorgestellt würde, durch ihren Rang und Geschmack zu sehr erhaben wären, als daß sie irgendein Flitter von Staat und Schmuck rühren könnte, mit denen einfältige Frauenzimmer ihre Schönheit eher verunzierten und überdeckten als hervorhöben; daß diese Kenner der Wollust zuviel verstünden, um so etwas nicht zu verachten, und daß sie die bloßen natürlichen Reize allein gelten ließen und auf jeden Fall eine aufgeputzte, bemalte Herzogin um ein rüstiges, gesundes, festfleischiges Landmädchen verlassen würden. Auch hätte die Natur genug für mich getan und machte es überflüssig, der Kunst etwas verdanken zu müssen. Sie schloß damit, für die bevorstehende Gelegenheit sei kein Anzug so schön als ein Negligé.

Ich hielt meine Führerin für eine zu gute Richterin in diesen Dingen, als daß ich sie darin hätte überstimmen wollen. Hierauf fing sie an, sehr nachdrücklich über den duldenden Gehorsam zu predigen und über die Nichtwidersetzung gegen die willkürlichen Arten des Geschmacks in den Vergnügungen, die einige Verfeinerungen und andere Verbesserungen nennten, was aber einem bloßen Landmädchen nicht zukäme zu entscheiden, das sich nur demgemäß zu verhalten hätte.

Während ich mich an diesen nützlichen Lektionen erbaute, wurde der Tee hereingebracht, und die jungen Mädchen, die auch wieder gekommen waren, leisteten uns Gesellschaft.

Nachdem manches in frohem Sinne geplaudert und gescherzt war, schlug eine von ihnen vor, weil noch Zeit genug wäre, bis die Gesellschaft käme, daß ein jedes Mädchen den kleinen Kreis mit der Erzählung der kritischen Periode unterhalten sollte, in der sie zuerst ihre Jungfernschaft gegen den Frauenstand vertauscht hätte. Den Vorschlag billigten alle mit Ausnahme von Mrs. Cole und mir; sie in Anbetracht ihres Alters und ich meiner angeblichen Jungfernschaft wegen, wenigstens für die Zeit, bis ich die Zeremonie des Hauses würde vollbracht haben. Dadurch erhielt ich Dispensation, und so fing die, welche den Vorschlag getan, zu erzählen an.

Ihr Name war Emily, ein Mädchen zum Entzücken schön, mit Gliedern, die vielleicht zu schön geformt waren; denn ihre volle gerundete Fleischigkeit schadete vielleicht der Schlankheit der Form, die die delikateren Richter der Schönheit verlangen; ihre Augen waren blau und strömten unaussprechliche Sanftmut aus, und nichts konnte artiger sein als ihr Mund und ihre Lippen, die sich über eine Reihe des ebensten, weißesten Elfenbeins schlossen. Sie begann also:

»Weder meine Geburt noch auch die kritische Periode meines Lebens ist ausgezeichnet genug, um mich einer

Eitelkeit darüber zu beschuldigen, daß ich den von Ihnen gebilligten Vorschlag tat. Mein Vater und meine Mutter waren und sind, soviel ich weiß, noch Pächtersleute auf dem Lande, kaum vierzig Meilen von der Stadt. Ihre Unmenschlichkeit gegen mich zugunsten eines Sohnes, dem sie ihre ganze Zärtlichkeit allein schenkten, hatte mich schon tausendmal zu dem Entschluß gebracht, aus dem Hause zu fliehen und in die weite Welt zu gehen; aber endlich zwang mich ein Zufall in meinem fünfzehnten Jahre wirklich dazu. Ich hatte eine porzellanene Bowle zerbrochen, den Stolz und Götzen ihrer beider Herzen, und da unbarmherzige Schläge das wenigste waren, was ich von ihnen erwarten konnte, so verließ ich in der Einfalt und Furchtsamkeit meines Alters das Haus und machte mich aufs Geratewohl die Landstraße nach London auf den Weg. Wie man meinen Verlust empfunden hat, weiß ich nicht, denn bis jetzt habe ich noch keine Silbe von ihnen wieder gehört. Mein ganzes Vermögen waren einige Schaumünzen von meiner Gevatterin, einige Shilling, silberne Schuhschnallen und ein Fingerhut. So ausgerüstet, mit keinen andern Kleidern als den einfachen alltäglichen versehen, und bei jedem Schritt und bei jedem Geräusch, das ich hinter mir hörte, erschreckend, lief ich schnell und ging, ich schwör es, ein Dutzend Meilen, ehe ich aus Müdigkeit und Abmattung anhielt. Ich setzte mich auf einen Stein nieder und weinte bitterlich, litt aber mehr unter noch stärkerer Furcht über meine Entweichung, da ich die Rückkehr zu meinen unnatürlichen Eltern ärger als den Tod scheute. Durch eine kleine Rast wieder ein wenig gestärkt und durch meine Tränen erleichtert, holte mich ein rüstiger Bauernbursche ein, der, wie ich seinen Verwandten entlaufen, nach London ging, um da sein Glück zu versuchen. Er konnte nicht über siebzehn Jahre sein, war blühend, hübsch gebaut, mit ungekämmtem blondem Haar, kleinem Klapphut, einem Büffelrock, hänfenen Strümpfen – kurz, ein echter Junge des Pflugs. Ich hörte ihn flötend hinter mir her kommen, mit einem Bund, das am Ende seines Stockes hing und seine ganze Reiseausrüstung war. Wir gingen einige Zeit nebeneinanderher, ohne ein Wort zu sprechen, endlich aber machten wir uns bekannt und kamen überein, bis ans Ende unserer Reise beieinanderzubleiben. Was seine Absichten waren, weiß ich nicht, die meinigen waren sicher unschuldig, wie ich feierlich versichern kann. Als die Nacht herankam, mußten wir uns nach einem Wirtshaus oder Obdach umsehen, wozu noch die andere Verlegenheit kam, wofür wir uns ausgeben wollten, wenn wir gefragt würden. Einige Zeit waren wir in Ungewißheit darüber, dann tat der junge Bursche einen Vorschlag, den ich für den schönsten von der Welt hielt. Und der war? Nun, wir wollten uns für Mann und Frau ausgeben; an die Folgen dachte ich mit keiner Silbe. Wir kamen bald, nachdem wir so übereingekommen waren, an eins der Zaunhäuser zur Bequemlichkeit armer Fußgänger, vor dem ein altes verschrumpftes Mütterchen stand, die uns, als sie uns vorbeigehen sah, zu sich hineinlud. Zufrieden über ein Schutzdach, gingen wir hinein, und weil mein Reisegefährte alles übernommen hatte, so bestellte er, was das Haus hatte, und wir aßen zusammen wie Mann und Frau, wofür wir auch unserer Figur und Alters wegen gelten konnten. Als nun aber die Bettzeit kam, so hatte keiner von uns den Mut, unserer ersten Angabe zu widersprechen, und, was das lustigste war, der junge Bursche schien so wenig als ich selbst zu wissen, wie wir das Beisammenschlafen vermeiden könnten, das für den Stand, den wir vorgegeben hatten, so natürlich war. Inmitten dieser Verlegenheit nahm die Wirtin das Licht und leuchtete uns über einen langen Hof hin in unser Zimmer, das abgesondert vom Hauptgebäude lag. Wir mußten uns hinführen lassen, ohne dagegen ein Wort zu sagen, und wurden in einer schlechten Kammer mit einem Bette, das nicht besser war, allein gelassen, um die Nacht da miteinander zuzubringen, als ob die Sache sich so von selbst verstand. Ich meinerseits war so unglaublich unschuldig, daß ich mir nicht mehr Böses dabei dachte, mit einem jungen Burschen zu Bette zu gehen, als mit einem unserer Milchmädchen; auch hatte er vielleicht dabei gleichfalls keine andere Vorstellung als eine unschuldige, bis eine solche schöne Gelegenheit ihm eine andere in den Kopf setzte. Ehe indessen sich einer von uns ausgekleidet hatte, löschte er das Licht aus, und das kalte Wetter zwang mich, ins Bett zu gehen. Nachdem ich meine Kleider abgelegt hatte, kroch ich unter die Bettdecke, wo ich den jungen Schlacker schon wohl eingerichtet fand. Die Berührung seines warmen Fleisches war mir dabei mehr angenehm als beunruhigend. Ich war auch in der Tat sehr verwirrt durch das Neue meiner Lage, dachte aber noch an nichts Böses. Oh, wie mächtig sind die Instinkte der Natur, und wie wenig braucht es, sie in Wirksamkeit zu setzen! Der junge Mensch schlang seinen Arm um mich und zog mich leise näher an sich heran, um gleichsam wärmer zu liegen, und die Hitze, die ich beim Zusammentreffen unserer Brust fühlte, zündete eine andere Hitze in mir an, die ich noch nie vorher gefühlt hatte und die ich auch damals noch nicht kannte. Kühn gemacht durch meine Nachgiebigkeit, wagte er es, mich zu küssen, und ich, ohne die Folgen davon zu kennen, erwiderte diesen Kuß. Bei dieser Aufmunterung schlich er mit seiner Hand von meiner Brust nach dem Teile meines Körpers hinunter, wo der Sinn des Gefühls so ausnehmend kritisch ist, wie ich zum erstenmal gewahr wurde, als er damals bei der Berührung sogleich Feuer fing und von ungewöhnlicher, kitzelnder Hitze glühte. Das machte mir so wie ihm Vergnügen, bis er ein wenig zu dreist wurde, mir weh tat und ich anfing, mich zu beklagen. Dann nahm er meine Hand und führte sie ohne Widerstreben von meiner Seite zwischen seine geschlossenen Lenden, die außerordentlich warm waren, quartierte sie dort ein und drückte sie, bis etwas, das stufenweise sich erhob, mich den stolzen Unterschied seines Geschlechts von dem meinigen fühlen ließ. Ich erschrak über die Neuheit und zog meine Hand zurück, konnte mich aber, gereizt durch Empfindungen eines ganz neuen Vergnügens, nicht enthalten zu fragen, was das wäre. Er sagte, er wolle mir's zeigen, wenn ich ihn machen lassen wollte; und nun, ohne meine Antwort zu erwarten, die er durch Küsse verhinderte, die ich durchaus nicht ungern empfand, hob er sich über mich auf und öffnete, indem er einen seiner Schenkel zwischen die meinigen setzte, diese auf eine Art, daß er einen Weg bekam und mich so hatte, wie er wünschte. Unterdessen hatten mich meine gewöhnlichen Empfindungen verlassen, und ich lag, durch die Macht neuer Gefühle völlig unterjocht, zwischen Furcht und Begierde ganz leidend da, bis ich einen durchbohrenden Schmerz fühlte, der mich zu einem Schrei brachte. Er saß aber zu fest in seinem Sattel, als daß ich ihn hätte herauswerfen können. Kein Sträuben half, das ich anwandte und das zuweilen nur dazu diente, sein Vorhaben zu befördern, bis endlich ein allmächtiger Stoß meine Jungfernschaft und beinahe mich selbst mordete. Jetzt lag ich da, eine blutende Zeugin der Notwendigkeit unseres Geschlechtes, den ersten Honig von Dornen zu sammeln.

Aber indem das Vergnügen stieg, wie der Schmerz fiel, ließ ich mich bald zu neuen Versuchen versöhnen, und ehe der Morgen kam, war mir keiner auf der Welt teurer als dieser Räuber meiner Unschuld. Er war mir jetzt alles. Wie wir übereinkamen, gleiches Schicksal zu teilen, wie wir zusammen in die Stadt kamen, wo wir einige Zeit zusammenlebten, bis die Notwendigkeit uns trennte und mich in einen Weg des Lebens hineinbrachte, wo ich lange herumgestoßen und fast zerrieben wurde, teils aus Bequemlichkeit, teils aus Neigung, bis ich dies Alter und dies Haus erreichte, das alles sind Umstände, die über die Schranken der Erzählung gehen, die ich vorgeschlagen habe, so daß sie hier endigt.«

Nach der Ordnung, in der wir saßen, war jetzt Harriet an der Reihe zu erzählen. Unter allen Schönheiten unseres Geschlechts, die ich vor oder nach der Zeit gesehen habe, waren in der Tat sehr wenige, die ihr den Rang streitig machen konnten; sie war nicht zierlich, sondern die Zierlichkeit leibhaftig. So symmetrisch waren ihre zarten, aber aufs regelmäßigste gebauten Glieder untereinander geordnet. Ihre Farbe, so schön sie auch an sich war, ward noch schöner durch die Wirkung zweier schwarzer Augen, deren Glanz ihrem Gesichte mehr Lebhaftigkeit gab, als sonst ihre Farbe hatte, die ein angenehmes sanftes Rot gegen Blässe schützte, ein Rot, das immer sanfter und sanfter ward und endlich in die übermächtige Weiße hinwegstarb. Ihre Einzelzüge vereinigten sich, die äußerste Sanftheit ihres Gesichts zu vollenden, der ein etwas untätiges Temperament, eine schmachtende Miene und das Vergnügen der Liebe nicht widersprach. Genötigt, auch ihr Teil zu geben, lächelte sie und errötete ein wenig, ehe sie anfing, unser Verlangen zu erfüllen:

»Mein Vater war nichts mehr und nichts weniger als ein Müller, nahe bei der Stadt York; da aber sowohl er als meine Mutter mir in meiner Kindheit starben, so kam ich unter die Aufsicht einer kinderlosen Witwe, meiner Tante, der Haushälterin Mylord N.'s auf seinem Rittersitze in der Grafschaft X., wo ich mit aller möglichen Zärtlichkeit erzogen wurde. Ich war noch nicht siebzehn Jahr, wie ich jetzt nicht achtzehn bin, als ich schon bloß meiner Person wegen (denn Vermögen hatte ich, wie bekannt war, nicht) verschiedene vorteilhafte Anträge erhielt; aber ob die Natur zu langsam war, mich gegen ihre Lieblingsneigung empfindlich zu machen, oder ob ich keinen vom andern Geschlecht gesehen, der meine Neugierde gereizt, besser mit ihm bekannt zu werden, genug, ich erhielt mit in diesem ganzen Alter eine vollkommene Unschuld, selbst in Gedanken, indem meine Furcht vor ich weiß nicht was mich nicht begieriger aufs Heiraten als aufs Sterben machte. Meine Tante, die gute Frau, unterstützte meine Furchtsamkeit, die sie als eine kindliche Neigung ansah, die sich, nach ihrer eigenen Erfahrung, mit der Zeit schon geben würde, wie sie glaubte, so daß sie meinen Freiern an meiner Statt die gehörigen Antworten gab.

Die Familie war jahrelang nicht auf diesem Sitze gewesen, so daß er vernachlässigt und meiner Tante und zwei andern alten Domestiken die Sorge dafür ganz überlassen war.

So hatte ich volle Freiheit in einem weiten, einsamen Hause, das ungefähr eine halbe Meile weit von andern Wohnstätten, ein paar Hütten ausgenommen, entfernt war.

Hier wuchs ich in Ruhe und Unschuld auf, ohne irgendeinem merkwürdigen Zufall zu begegnen, bis ich an einem unglücklichen Tage meine Tante, wie schon oft vorher, während sie nach dem Essen fest schlief und ich für einige Stunden vor ihr sicher war, verließ und nach einem etwas abgelegenen Sommerhause ging, meine Arbeit mitnahm und mich an einen kleinen Bach setzte, der vor der Tür und den Fenstern vorbeifloß. Hier fiel ich in einen sanften Schlaf, der sich über mich stahl, weil ich von der außerordentlichen Hitze der Jahreszeit und der Stunde ermüdet war. Ein Lager von Schilf und mein Arbeitskorb als Kissen waren alle Bequemlichkeiten meiner kurzen Ruhe. Bald wurde ich wieder durch ein Geräusch und Geplätscher im Wasser aufgeweckt, so daß ich aufstand, um zu sehen, was es gäbe. Es war niemand anders als der Sohn eines benachbarten Edelmannes (wie ich nachher erfuhr, denn ich hatte ihn nie vorher gesehen), der sich mit seiner Flinte hierher verirrt und, erhitzt von der Jagd und der Schwüle des Tages, von dem klaren Bach gereizt worden war, so daß er sich rasch auszog und sich an der andern Seite, die an ein Gehölz stieß, das nach dem Wasser sich hinbog und einen angenehmen, schattigen Zufluchtsort bildete, ins Wasser warf.

Meine ersten Gefühle beim Anblick dieses nackten Jünglings im Wasser waren aufrichtiges Erstaunen und Verwunderung; demgemäß hätte ich also sogleich davonlaufen sollen, wenn nicht meine unglückliche Schamhaftigkeit mir den Einwurf eingegeben hätte, Fenster und Tür wären so, daß er mich notwendig sehen müßte. Dies war ein Gedanke, der mich ganz verwirrt und beschämt darüber machte, daß ich ihn überhaupt gesehen hatte. Verdammt also, stehenbleiben zu müssen, bis sein Entfernen mich erlöste, war ich sehr in Verlegenheit, wie ich mich benehmen sollte; einige Zeit wagte ich vor Schrecken und Schamhaftigkeit auch nicht einmal aus dem Fenster zu sehen, das, weil es alt und vor einem dunklen Hintergrund war, schwerlich den, der dahinter war, verraten konnte; auch war die Türe so sicher, daß sie ohne Gewalt oder Einwilligung nicht von außen geöffnet werden konnte.

Jetzt aber erfuhr ich am eignen Leib, daß Gegenstände, die uns erschrecken, wenn wir uns nicht von ihnen entfernen können, unsere Augen ebenso mächtig an sich ziehen als die, welche uns gefallen. Ich konnte nicht lange dem namenlosen Antrieb widerstehen, der mich, wenn auch ohne Begierde nach diesem neuen Anblick, doch zu ihm hintrieb; kühn gemacht zugleich dadurch, daß ich mich sicher und ungesehen wußte, wagte ich's nach und nach, meine Augen auf die Dinge zu werfen, die so schrecklich waren, als ein nackter Mann meiner jungfräulichen Schamhaftigkeit sein mußte. Sowie ich aber einen Blick wagte, war das erste, das mir auffiel, der flaumichte Glanz der denkbar weißesten Haut, auf der die Sonne spielte und in Strahlen wieder zurückschoß. Von seinem Gesicht konnte ich in der Verwirrung, in der ich war, nicht wohl die Züge unterscheiden, sondern nur soviel, daß Jugend und Jugendblüte es beherrschten. Das fröhliche, abwechselnde Spiel seiner schönen, polierten Glieder, wie sie über der Oberfläche des Wassers erschienen, wenn er schwamm und mit dem Wasser spielte, vergnügte mich unvermerkt. Oft lag er bewegungslos auf dem Rücken, getragen vom Wasser, der schöne Kopf hintenübergelehnt, dessen Haar, ein Gewirr schwarzer Locken, auf dem Wasser schwamm. Dann überspielte das überfließende Wasser seinen Leib zwischen Brust und dem gerundeten weißen Unterleib, an dessen Ende ich mich nicht erwehren konnte, eine merkwürdige Unterscheidung, gleich einem schwarzen, moosigen Tuff zu bemerken, aus dem ein rundes, waches, gelenkiges, weißes Etwas herausstieg, das bei der geringsten wirbelnden Bewegung des Wassers überallhin spielte. Ich weiß nicht, warum besonders dieser Teil durch eine Art von natürlichem Instinkt mich an sich zog, festhielt und meine Aufmerksamkeit fesselte. Meine ganze Schamhaftigkeit war unvermögend, mein Auge davon abzuwenden, und da ich nichts sehr Furchtbares in dieser Erscheinung sah, war ich bald ganz ohne Furcht; aber sowie die verschwand, standen neue Begierden und mir fremde Wünsche in mir auf, so daß ich hinschmolz im Schauen. Das Feuer der Natur, das so lange in mir geschlafen oder verborgen gewesen war, fing an auszubrechen und gab mir zum erstenmal das Gefühl meines Geschlechts. Er hatte jetzt seine Stellung verändert und schwamm auf dem Bauche mit der Brust gegen das Wasser hin und schlug aus mit seinen Armen und Beinen, die schöner modelliert waren, als wenn sie gegossen wären, während seine fließenden Locken um seinen Nacken und Rücken spielten, dessen Weiße sie noch hoben. Und dann das wollüstige Schwellen seinen Rücken hinunter, da, wo er in zwei Hügeln endet, bei denen die Lenden anfangen! Alles das verwirrte mich in seinem glänzenden Schimmer, der aus dem Wasser spielte.

Diese innerlichen Umwälzungen erschütterten meine Gefühle und erweichten sie bei diesem Anblick, bis in einem schnellen Übergang von Furcht zu ungemäßigter Begierde diese so stark in mir wurde, daß meine Natur ihr fast unterlag, wozu vielleicht die Hitze des Wetters das ihre tat. Ich wußte nicht genau, was mir fehlte; mein einziger Gedanke war der, daß ein so lieber Junge als der mich allein glücklich machen könne; aber dann zerstreute die geringe Wahrscheinlichkeit, mit ihm bekannt zu werden oder ihn je wieder zu sehen, meine Begierde wieder und machte sie mir schmerzhaft. Noch starrte ich mit allen Kräften meiner Augen den bezaubernden Gegenstand an, als er in einem Augenblick unter dem Wasser versank. Ich hatte von Krämpfen gehört, die auch die besten Schwimmer überfielen und ihr Ertrinken verursachten. Die unaussprechliche Zärtlichkeit, die dieser Unbekannte in mir erregt hatte, machte mich durch den tödlichsten Schreck so wirr, daß ich gleichsam wie auf Flügeln an die Tür flog, sie öffnete, an den Rand des Wassers hinunterrannte, in unsinniger Furcht vor ihm und heißer Begierde, Werkzeug seiner Rettung zu werden, obgleich ich nicht wußte, wie und durch was für Mittel ich es bewerkstelligen konnte. Aber kannte denn Furcht oder eine so schnell auffahrende Leidenschaft als die meinige Vernunftgründe? Alles dies dauerte kaum zwei Augenblicke. Ich hatte noch eben Kraft genug, um das grüne Ufer zu erreichen, wo ich wild nach dem jungen Mann aussah. Als ich ihn nirgends sah, versenkte mich mein Schreck und meine Teilnahme an ihm in eine tiefe Ohnmacht, die einige Zeit gedauert haben muß, denn ich kam nicht eher wieder zu mir selbst, als bis ich durch das Gefühl eines durchbohrenden Schmerzes, der mich bis ins Innerste durchdrang, erweckt wurde und mich nicht allein in den Armen des jungen Mannes fand, den ich so sorgfältig zu retten gesucht hatte, sondern mich auch in meinem widerstandslosen Zustande so vorteilhaft von ihm genommen sah, daß er seinen Eingang in meinen Körper so weit schon gefunden hatte, daß ich, ermattet durch die Kämpfe meiner Seele und betäubt durch die Heftigkeit meines Schreckkens, weder Kraft genug hatte zu schreien noch mich aus seinen Armen loszureißen, ehe er den vollkommenen Sieg über meine Unschuld erzielt hatte, wie er jetzt an den Blutströmen sehen konnte und an der Schwierigkeit, sein Vorhaben zu vollenden, gefühlt haben mußte. Aber der Anblick des Bluts und meines Zustandes wirkte, wie er mir erzählte, nachdem seine Leidenschaft besänftigt war, so sehr auf ihn ein, daß er ungeachtet aller Gefahr sich nicht überwinden konnte, mich zu verlassen, was ihm sonst sehr leicht gewesen wäre. Ich lag noch in der Unordnung der blutenden Zerstörung, zitternd, sprachlos, unfähig aufzustehen, erschrocken und zappelnd wie ein armes verwundetes Rebhuhn und immer im Begriff, wieder in Ohnmacht zu fallen. Der junge Edelmann war dicht bei mir, kniete, küßte meine Hand und flehte mit Tränen in den Augen, ihm doch zu vergeben, er wolle mich schadlos halten, soweit dies in seiner Gewalt sei. Wahr ist es, hätte ich, als ich wieder zu mir selbst kam, schreien und blutige Rache an ihm nehmen können, ich würde es in diesem Augenblick getan haben; die Beleidigung war auch von Umständen begleitet, die den Verbrecher zu sehr belasteten, wenn er auch schon nicht wußte, daß ich meiner Sorgfalt für die Erhaltung seines Lebens mein Verderben verdankte.

Aber wie schnell ist der Übergang der Leidenschaft aus einem Extrem ins andere, und wie wenig kennen diejenigen das menschliche Herz, die das wegdisputieren wollen. Ich konnte den liebenswürdigen Verbrecher nicht ansehen, der so schnell der erste Gegenstand meiner Liebe und ebenso schnell der meines gerechten Hasses geworden war, wie er jetzt auf den Knien lag und meine Hand mit seinen Tränen benetzte, ohne nachzugeben. Er war noch ganz nackt, aber meine Schamhaftigkeit war schon zu sehr verwundet, als daß mich dies noch hätte beunruhigen können: kurz, mein Zorn verlief sich so rasch und der Strom der Liebe kam so sehr wieder auf mich zurück, daß ich es als Teil meiner Glückseligkeit fühlte, ihm zu vergeben. Meine Vorwürfe murmelte ich ihm in einem so sanften Tone zu, meine Augen drückten mehr schmachtende Empfindung als Unwillen aus, daß er seine Vergebung als sehr nah vermuten konnte. Aber er verließ seine demütige Stellung nicht eher, als ich seine Vergebung wirklich ausgesprochen hatte, die ich nach seinen heißesten Bitten, Flehen, Beteuerungen und Versprechungen nicht zurückhalten konnte. Bei dieser Erklärung wagte er's mit deutlichen Zeichen der Furcht, mich aufs neue zu beleidigen, mich zu küssen, was ich sowenig abwehrte als übelnahm. Bei meinen sanften Vorwürfen über seine grausame Behandlung erklärte er mir das Geheimnis meines Verderbens und erzielte dadurch zwar nicht völlige Lossprechung, doch wenigstens eine große Erleichterung seiner Schuld vor den Augen eines Richters, der so parteiisch zu seinem Vorteil war, als ich jetzt geworden. Es schien, daß der Umstand seines Untersinkens, das ich in meiner Unwissenheit für etwas sehr Gefährliches gehalten hatte, nichts war als ein Schwimmerkunststück, von dem ich noch nie gehört oder das ich noch nicht beobachtet hatte; und er war so sehr geübt, den Atem an sich zu halten, daß er die Augenblicke, in denen ich ihm zu Hilfe rannte und in Ohnmacht fiel, noch nicht wieder hervorgekommen war. Wie er mich nun, als er heraufstieg, ausgestreckt am Ufer liegen sah, war seine erste Idee, daß ein junges, lustiges Mädchen sich mit ihm vergnügen wollte, er wußte ja, daß ich nicht vorher da konnte eingeschlafen sein, ohne daß er mich gesehen hätte. Dieser Idee folgend, wagte er es, sich zu nähern, und da er mich noch immer ohne ein Zeichen von Leben fand und über den ganzen Vorfall selbst verwirrt war, nahm er mich in seine Arme, was auch der Erfolge sein möchte, und brachte mich in das Sommerhaus, von dem er die Tür offenstehen sah; hier legte er mich aufs Lager nieder und versuchte, wie er ehrlich beteuerte, durch verschiedene Mittel mich zu mir selbst zu bringen, bis er, über alle Maßen erhitzt durch den Anblick und die Berührung verschiedener meiner Glieder, die ihm ausgesetzt waren, seine Leidenschaft nicht länger zähmen konnte, um so weniger, als er nicht gewiß war, ob seine erste Auffassung von meiner Ohnmacht nicht die wahre sei. Durch diese schmeichelhafte Vorstellung also verführt und überwältigt durch die gegenwärtige, wie er sie nannte, übermenschliche Versuchung, verbunden mit der Einsamkeit und anscheinenden Sicherheit des Unternehmens, war er nicht Herr genug über sich selbst, sie nicht auszuführen. Indem er mich also nur so lange ließ, bis er die Tür verschließen konnte, kehrte er mit verdoppelter Begierde zu seiner Beute zurück, und als er mich noch immer ohne Bewußtsein fand, wagte er es, mich zu seinem Vorteil zu legen, während ich sowenig wie ein Toter von dem fühlte, was er mit mir vornahm, bis der Schmerz, den er mir verursachte, mich noch zur rechten Zeit erweckte, um Zeuge von einem Triumph zu sein, den ich nicht mehr abwenden konnte und auch kaum bedauerte; denn als er sprach, klang der Ton seiner Stimme so sanft in meinen Ohren, und die fühlbare Nähe eines so neuen, mich so interessierenden Gegenstandes wirkte so mächtig auf mich, daß ich in der erwachenden Wahrnehmung von Dingen, die mir in einem so neuen und angenehmen Lichte erschienen, alles Gefühl vergangenen Unrechts verlor. Der Jüngling entdeckte bald die Zeichen der Versöhnung in meinen sanfter gewordenen Blicken, und begierig, die Bestätigung derselben von meinen Lippen zu erhalten, preßte er sie mit einem Kusse voll schmelzenden Feuers, daß es bis in mein Herz und von da in meine neuentdeckte Sphäre der Venus drang und ich in einer Sanftheit hinschmolz, die ihm nichts abschlagen konnte. Jetzt wandte er Liebkosungen und zärtliche Worte so künstlich an, daß er mir die beruhigendsten Tröstungen für die vergangenen Schmerzen und die angenehmsten Erwartungen künftiger Freuden einflößte. Indem ich aber in meiner Schamhaftigkeit die Augen von ihm wandte und die seinigen zu meiden suchte, traf mein Blick auf das unglückliche Werkzeug, das jetzt selbst mir auffiel, die ich kaum Gelegenheit gehabt hatte, Vergleichungen darüber anzustellen. Es nahm seine Fähigkeit wieder an, das vorige Böse zu erneuern, und schreckte mich durch seine schwellende Größe, die er mich von ungefähr, gewiß mit Absicht es meiner Hand nähernd, fühlen ließ; dann aber wandte er so zärtliche Vorreden an, machte so gewinnende Fortschritte, daß meine zurückkehrende Leidenschaft, die dadurch so sehr begünstigt wurde, daß ich ihn sah und seine nackten blühenden Schönheiten wie Feuer fühlte, sich ihm ergab und er von mir schweigend Einwilligung zu allen Vergünstigungen des Vergnügens erhielt, das ihm meine arme Person machen konnte, nachdem er ihre reichste Blüte gebrochen hatte.

Hier muß ich, der Vorschrift gemäß, einhalten, aber ich bin so sehr in Bewegung, daß ich nicht fortfahren könnte, wenn ich auch müßte. Nur das will ich noch hinzufügen, daß ich, ohne entdeckt oder beargwohnt zu werden, nach Hause kam. Ich sah meinen jungen Räuber noch verschiedene Male nachher und liebte ihn jetzt mit Leidenschaft, und er würde, obgleich er seines Alters wegen noch nicht Herr über sein kleines Vermögen war, das ihn aber doch unabhängig gemacht hätte, mich geheiratet haben. Aber das Schicksal wollte es anders. Die Vorfälle, die mich in diese Lebensumstände hineinbrachten, sind zu rührend und ernsthaft, um sie jetzt erzählen zu können; so breche ich denn hier ab.«

Louisa, die Brünette, deren ich zuerst Erwähnung tat, kam jetzt an die Reihe, die Gesellschaft mit ihrer Geschichte zu unterhalten. Ich habe schon vorher Andeutungen über die Schönheit ihrer Person gemacht, außer der nichts rührender sein konnte; rührend sage ich, um es vom Blendenden zu unterscheiden, das immer eine weniger dauerhafte Wirkung tut und mehr der Gesichtsfarbe angehört; aber ich überlasse das eines jeden eigenem Geschmack und lasse Louisa erzählen:

»Nach den praktischen Grundsätzen meines Lebens hätte ich mich meiner Geburt zu rühmen, weil ich sie der Liebe außer der Ehe zu verdanken habe; aber soviel weiß ich: es ist nicht möglich, daß einer soviel Hang zu der Ursache meines Daseins erben konnte, als ich es getan habe. Ich war das kostbarste Produkt des ersten Versuchs eines Tischlergesellen mit dem Mädchen seines Herrn, das damit eine Schwangerschaft und den Verlust ihrer Stelle davontrug. Er war nicht in den Umständen, viel für sie tun zu können, aber sie fand selbst nach diesem Fehltritt, als sie sich ihrer Bürde entledigte und sie bei einer Verwandten auf dem Lande untergebracht hatte, Mittel, ihn wiedergutzumachen, indem sie einen Pastetenbäcker in London, der ein gutes Auskommen hatte, heiratete. Sie ließ mich ihm gegenüber dank der vollkommenen Herrschaft, die er ihr über sich gegeben hatte, bald für eine Tochter ihres ersten Mannes gelten. Unter diesem Vorwand kam ich also zu ihr, war aber noch nicht sechs Jahre alt, als mein Stiefvater starb und meine Mutter in ziemlichen Nöten und ohne Kinder von ihm zurückließ. Mein natürlicher Vater war indessen zur See gegangen, wo er, wenn anders das Gerücht wahr war, starb, eben nicht unermeßlich reich, da er nichts als ein armer Schiffer war. Wie ich unter den Augen meiner Mutter, die das Geschäft fortsetzte, aufwuchs, sah ich deutlich in ihrer strengen Wachsamkeit über mich nicht eben die Merkmale eines Fehltritts, den sie nicht erblich zu sehen wünschte; aber wir wählen uns unsere Leidenschaften nicht mehr als die Farbe unsers Gesichts, und der Hang der meinigen ging so sehr auf die verbotenen Vergnügungen, daß sie doch endlich alle ihre Sorgfalt und Wachsamkeit überlisteten. Ich war kaum zwölf Jahre, als schon der Teil an mir, den sie so gern unversehrt erhalten hätte, mich seine Ungeduld, bemerkt werden zu wollen und ins Spiel zu kommen, fühlen ließ. Schon hatte er seine vorwitzige Begierde durch die Sprossen eines sanften Flaums verraten, der meiner beständig forschenden Berührung schmeichelte und gleichsam unter ihr aufwuchs. Zu sehr gefiel mir dies, was ich für eine Art Vorrecht der Frauenschaft hielt, einen Stand, nach dem ich mich herzlich der Vergnügungen wegen sehnte, von denen ich fühlte, daß sie mit ihm verbunden waren. Jetzt zerstörte die immer zunehmende Wichtigkeit dieses Teils und die neuen Empfindungen, die er mir gab, auf einmal alle Lust an meinen kindlichen Spielen und Vergnügungen, die Natur trieb mich stark zu handgreiflicheren Vergnügungen, indem sich alle Stacheln der Begierde gleichsam in ihrem kleinen Mittelpunkt vereinigten, so daß ich den

Ort nicht verfehlen konnte, für den ich eines Gespielen bedurfte.

Nun vermied ich alle Gesellschaften, in denen ich nicht hoffen konnte, an den Gegenstand meines Sehnens zu gelangen, und fing an, mich einzuschließen, um in der Einsamkeit dem süßen Nachsinnen über ein Vergnügen nachzuhängen, dessen Öffnung ich jetzt so stark fühlte, und untersuchte und betastete das, was die Natur mir als den Zugang zu einer unbekannten Wonne, nach der ich ängstlich strebte, zeigte.

Aber dieses Nachsinnen vermehrte nur noch meine Unruhe und fachte noch mehr das Feuer in mir an, das mich verzehrte. Noch schlimmer wurde es, als ich endlich dem unerträglichen Reiz in meiner kleinen Zauberhöhle nachgab und mir mit meinen Fingern Erleichterung verschaffte. Zuweilen warf ich mich in wütenden Anfällen meiner Begierde aufs Bett, spreizte meine Lenden auseinander und lag, auf Erleichterung wartend, bis ich aus meiner Täuschung erwachte, sie wieder schloß und wollüstig aneinander rieb. Kurz, dies höllische Ding mit seinen unbändigen Reizen und kitzelndem Feuer ließ mir sowenig bei Tage als bei Nacht Ruhe. Manchmal glaubte ich viel gewonnen zu haben, wenn ich mir vorstellte, daß meine Finger in etwas dem gleich wären, wonach ich mich so schmerzhaft sehnte, und bahnte mir mit ihnen voll heftiger Begierde und Lust einen Weg. Doch auch nicht ohne Schmerz entjungferte ich mich, soweit ich kommen konnte, indem ich mit einer so wütenden Leidenschaft in diesem einsamen Vergnügen fortfuhr, daß ich endlich in einer hinschmelzenden Entzückung ausgestreckt aufs Bett hinsank.

Weil aber der häufige Gebrauch die Empfindung abstumpft, so fand ich auch bald, daß dieses Fingerspiel nur ein sehr kümmerliches Hilfsmittel zu meiner Erleichterung sei und noch viel mehr Flammen in mir erregte, als dieser trockene Kitzel stillen konnte.

Der Mann allein, das erkannte ich jetzt deutlich, auch nach dem, was ich bei Hochzeiten und Kindtaufen aufgeschnappt hatte, besaß das Mittel, diesen inneren Aufruhr zur Ruhe zu bringen. Aber bewacht und beobachtet, wie ich war, war der einzige Punkt, wie ich dazu kommen sollte, allem Anschein nach ganz unüberwindlich; nicht ohne daß ich mir darüber mein Gehirn und meine Erfindungskraft zerbrochen hätte, wie ich einmal die Wachsamkeit meiner Mutter hintergehen und mir Befriedigung meiner ungestümen Neugierde und meines Sehnens nach jenem großen ungekosteten Vergnügen verschaffen könnte. Endlich tat ein Zufall, was lange Anstrengung nicht gekonnt hatte. Eines Tages, da wir gegenüber bei einer Bekannten mit einer Frau, die unseren ersten Stock bewohnte, gegessen hatten, kam meine Mutter in die unvermeidliche Notwendigkeit, diese Dame nach Greenwich zu begleiten; die Partie war schon verabredet, als ich weiß nicht welcher gute Geist mir zuflüsterte, Kopfweh, das ich nicht hatte, vorzugeben, um nicht diese kleine Reise mitmachen zu müssen, zu der ich keine Lust hatte. Der Vorwand fruchtete indessen und meine Mutter überwand sich endlich mit großem Widerwillen, allein zu gehen; sie trug aber genau Sorge, mich sicher nach Hause kommen zu sehen, wo sie mich der Aufsicht einer alten treuen Magd übergab, die im Laden diente; denn es war keine Mannsperson im Hause.

Sobald sie weg war, sagte ich dem Mädchen, ich wollte hinaufgehen und mich in das Bett unserer Mietsfrau legen, weil meines nicht gemacht sei, band ihr auch dabei ernstlich auf, mich nicht in meiner Ruhe zu stören, die mir allein fehlte. Dies brachte mir außerordentlich großen Vorteil. Sobald ich in die Kammer gekommen war, löste ich meinen Schnürleib und warf mich in dem vernachlässigten Anzuge aufs Bett. Hier überließ ich mich dem unschmackhaften Vergnügen der Selbstbeschauung, Selbstbefühlung und Selbstgenießung, kurz, allen Mitteln der Selbsterkennung in der Jagd nach Vergnügen, die mich immer flohen und mich durch ein ungewöhnliches Etwas, das ich nicht erreichen konnte, mit Höllenpein marterten. Das alles diente dazu, mich noch mehr zu erhitzen und meine Begierden heftiger hervorzurufen, während das einzige Ding, das zu ihrer Stillung notwendig war, nicht bei der Hand war. Ich hätte meine Finger zerbeißen mögen, daß sie es so übel vortäuschten. Nachdem ich mich so abgemattet und ermüdet hatte, weil ich nach Schatten griff und der empfindliche Teil an mir nur durch ein Gebilde von Fleisch und Blut sich befriedigen lassen wollte, so hatte die heftige Unruhe, das drängende Hinstreben der Natur nach der schmelzenden Erleichterung mich so abgearbeitet, daß ich in eine Art unruhigen Schlaf fiel. Ich warf und stieß meine Glieder herum ganz im Verhältnis der Heftigkeit meiner Träume, deren Hinstreben nach Liebe einer, der bei mir gestanden, leicht hätte erraten müssen. Und einer tat es auch wirklich. Als ich aus einem kurzen Schlummer erwachte, fand ich meine Hand von der eines Jünglings umschlossen, der an meinem Bette niederkniete und mich um Verzeihung über seine Kühnheit bat und zugleich sagte, daß er der Sohn der Frau wäre, der die Zimmer gehörten, und daß er an dem Mädchen unbemerkt, wie er glaubte, vorbeigegangen sei. Als er mich schlafend gefunden, habe er sich zuerst wieder zurückziehen wollen, sei aber durch eine Macht zurück- und festgehalten, vor der er lieber Rechenschaft ablegen als ihr widerstehen wolle. Was soll ich sagen? Die Bewegungen der Furcht und des Schreckens wurden in einem einzigen Augenblick von denen des Vergnügens besiegt, die ich mir von der Wendung, die diese Geschichte nehmen könnte, mit großer Geistesgegenwart versprach. Er schien mir ein mitleidiger Engel zu sein, der vom Himmel herabgestiegen sei; denn er war jung und vollkommen hübsch, da der Mann als solcher alles war, nach dem meine höchsten Begierden strebten. Ich glaubte daher nicht genug Aufmunterung in meiner Stimme und meinen Augen ausdrücken zu können und verschmähte nicht Weitläufigkeiten, wenn sie nur zum Ziele führten. Ich war unbekümmert um seine nachherige Meinung über meine Bereitwilligkeit, wenn sie ihn nur auf den Punkt brachte, wo ich gegenwärtig Beruhigung nötig hatte. Ich hatte es jetzt nicht mit seinen Gedanken, sondern mit seinen Handlungen zu tun. Ich hob also meinen Kopf und sagte ihm in einem sanften Ton, der ihn eben auf denselben stimmen sollte, daß seine Mutter ausgegangen sei und vor Mitternacht nicht nach Hause kommen würde. Dies hielt ich für keinen üblen Wink; aber, wie es sich nachher zeigte, hatte ich es mit keinem Neuling zu tun. Die Eindrücke, die Entdeckungen, die meine in Unordnung geratene Kleidung während meines festen Schlafes auf ihn gemacht hatten, hatten ihn, wie er mir später erzählte, zugleich so angenehm vorbereitet, daß ich, wenn ich seine Denkart gekannt hätte, mehr von seiner Heftigkeit als seiner Achtung zu fürchten hatte. Selbst noch etwas weniger als die äußerste Zärtlichkeit, die ich meiner Stimme gab, würde dazu gedient haben, ihm zur besten Benutzung einer solchen Gelegenheit Mut zu machen. Da er fand, daß die Küsse, die er auf meine Hand drückte, so gern, als er nur wünschen konnte, angenommen wurden, stieg er zu meinen Lippen auf, berührte sie mit seinen glühenden und überwältigte mich so mit Freude und Vergnügen, daß ich zurück und er mit mir aufs Bett hinsank, wo ich, indem ich unvermerkt von der Seite nach der Mitte zu hinrückte, ihm einladend Platz machte. Jetzt lag er also neben mir, und da die Augenblicke zu kurz waren, um sie mit unzeitigen Zeremonien zu verschwenden, schritt mein Jüngling sogleich zum Äußersten, da ihn alle meine Blicke, mein Erröten und mein Zittern sicher gemacht hatten, daß er den Angriff, ohne Furcht zurückgetrieben zu werden, wagen durfte. Diese Schelme, die Männer, verstehen uns nur zu gut bei solchen Gelegenheiten! Da lag ich also, sehnsuchtsvoll zitternd vor dem bevorstehenden Angriff, mit Wünschen über meine Furcht hinaus, für die kaum ein Mädchen, das nur dreizehn Jahre zählte, aber schlank und wohl gewachsen war, besser gestimmt sein konnte. Er warf meinen Rock und mein Hemd in die Höhe, indem sich meine Lenden durch einen Instinkt der Natur wie von selbst auseinanderspreizten. Meine Begierden hatten so ganz meine Schamhaftigkeit verscheucht, daß selbst ihre Nacktheit meine Wangen mehr mit Freude des Kommenden als mit Scham färbte. Als aber erst seine Hand und Berührungen, die der Mittelpunkt natürlich an sich zog, mich allen ihren Mutwillen und Wärme in und um sie fühlen ließen – oh, welch ein unendlich verschiedenes Gefühl von dem, was ich selbst mir so unschmackhaft verschaffte, war dies nicht! Und nun war auch seine Weste aufgeknöpft und die Bande seiner Beinkleider sprangen auf, und aus ihnen schoß heraus der bezaubernde, angenehme Gegenstand aller meiner Wünsche, meiner Träume, aller meiner Liebe – kurz, das liebe Geschlecht selbst! Ich staunte es an, verschlang es mit meinen Augen, die, fest darauf geheftet, es der Länge und Dicke nach maßen, bis er endlich über mir aufstand und es zwischen meine Schenkel legte und mir dadurch den Genuß meiner Augen nahm, um mir einen ungleich angenehmeren in seiner Berührung an dem Orte zu geben, wo seine Berührung so sehr kitzelnd ist. Jetzt legte er ihn an die kleine Öffnung, denn das war sie wahrlich in dem Alter. Ich kam ihm zu gutwillig entgegen und fühlte bei der ersten Vereinigung ein zu entzückendes Vergnügen, um viel auf den Schmerz zu achten, der darauf folgte; ich hielt nichts für zu teuer für dieses reichste Gastmahl der Sinne, so daß ich, aufgespalten, zerrissen, blutend, verwundet, noch ein Übermaß des Vergnügens fühlte und den Urheber dieser angenehmen Zerstörung fest an mich schloß. Auch als er den zweiten Angriff gleich darauf tat, wund und blutend wie alles war, stillte bald die Hauptstärkung allen Schmerz; alle meine sanften Klagen verstummten, und ich überließ, da der Schmerz ins Vergnügen überschmolz, mich diesem mit allen seinen Entzückungen und gab ihm den vollen Besitz meines ganzen Körpers und meiner Seele. Denn jetzt war jeder Gedanke in mir erstorben; ich lebte bloß im gegenwärtigen Gefühl, und wer könnte diese Erschütterungen, Gefühle beschreiben, die der Reiz der Neuheit und Überraschung noch erhöhte?

Auf diese Art gelangte ich auf die höchste Stufe meiner Wünsche durch einen Zufall, der zwar unerwartet, aber kein Wunderwerk war; denn dieser junge Gentleman war gerade von der Hohen Schule in die Stadt gekommen und vertraulich ins Zimmer seiner Mutter gegangen, wo er auch schon einmal vorher gewesen war, ich ihn aber durch einen Zufall nicht gesehen hatte, so daß wir einander nur vom Hörensagen kannten. Als er mich auf dem Bette seiner Mutter ausgestreckt fand, erriet er aber nach ihrer Beschreibung gleich, wer ich war. Das übrige wissen Sie. Diese Geschichte hatte indessen keine schädlichen Folgen. Der junge Gentleman schlich sich davon, ohne entdeckt zu werden; aber die Wärme meines Temperaments hatte mir die Vergnügungen der Liebe gleichsam zur Notwendigkeit des Lebens gemacht und brachte mich in Unvorsichtigkeiten, die meinem Glück nachteilig waren – so kam ich endlich auf diese Bahn hier, wo ich sicher in mein größtes Verderben gerannt sein würde, wenn mein Schicksal mich nicht an diesen sichern und angenehmen Zufluchtsort geführt hätte.«

Hier endigte Louisa. Mit diesen kleinen Geschichten war die Zeit für die Mädchen herangekommen, sich wegzubegeben und sich auf die Schwärmereien der künftigen Nacht vorzubereiten. Ich blieb bei Mrs. Cole, bis Emily kam und uns sagte, daß die Gesellschaft schon versammelt sei und nur auf uns warte.

Da nahm mich Mrs. Cole bei der Hand und führte

mich, mir Mut zulächelnd, die Treppe hinauf, auf der Louisa voranging, um mit zwei Lichtern in der Hand uns hinauf zu leuchten.

Auf dem Absatze der ersten Treppe kam uns ein junger Herr entgegen, der ausnehmend schön gekleidet und artig von Person war. Ich sollte ihm den ersten Versuch mit den Freuden des Hauses zu danken haben. Er begrüßte mich mit vieler Höflichkeit und Galanterie und führte mich ins Visitenzimmer, dessen Boden mit einem türkischen Teppich bedeckt war und dessen ganze Ausmöblierung wollüstig jeder Forderung des ausgesuchtesten Luxus entsprach. Dazu kam eine verschwenderische Beleuchtung, die es fast ebensosehr und vielleicht noch günstiger für die Vergnügungen belebte als der helle Sonnenschein.

Bei meinem Eintritt ins Zimmer hatte ich das Vergnügen, ein Beifall kündendes Geflüster durch die ganze Gesellschaft hin zu hören, die jetzt aus vier Herren bestand, den meinigen eingeschlossen, den drei jungen Mädchen in ihrem netten anschmiegenden Negligé, der Vorsitzenden der Akademie und mir selbst. Man bewillkommnete und begrüßte mich mit Küssen die Runde herum, in denen man aber doch an der vorzüglichen Wärme der Männer das verschiedene Geschlecht unterscheiden konnte.

Verwirrt und bestürzt, mich so umgeben und von ganz fremden Menschen geliebkost zu sehen, war es mir unmöglich, mich in die Miene der Fröhlichkeit und Freude zu passen, die ihre Komplimente ihnen eingaben und ihre Zärtlichkeiten belebte. Sie versicherten mir, ich wäre so ganz nach ihrem Geschmack, daß ich nur einen einzigen Fehler hätte, der aber bald geheilt werden könnte und zwar die Einfalt; diese, sagten sie, könnte vielleicht eine Schönheit für solche sein, die ihrer statt größerer bedürften. Ihre Meinung aber sei, sie mischte Gift in den Kelch des Vergnügens, daher sähen sie sie als ihre Todfeindin an und gäben ihr kein Quartier, wo sie ihnen auch aufstieße – ein nicht unwürdiger Prolog zu den Lustbarkeiten, die auf ihn folgten.

Mitten unter dem fröhlichen Mutwillen, dem sich diese freudige Gesellschaft natürlich sogleich überlassen hatte, wurde ein elegantes Souper aufgetragen, zu dem wir uns niedersetzten, mein Auserkorener neben mir und die übrigen ohne weitere Umstände paarweise. Die delikaten Speisen und guten Weine verscheuchten bald alle Zurückhaltung, die Unterhaltung wurde so lebhaft, als man wünschen konnte, ohne doch zu wild zu werden. Diese Bekenner des Vergnügens verstanden es gut, keinen Eindruck zu schwächen oder die Einbildungskraft in Worten verrauchen zu lassen, ehe die Zeit der Handlung selbst kam. Indessen wurden von Zeit zu Zeit Küsse geraubt, auch ein Halstuch verschoben, und die Hände der Männer fingen sehr mutwillig an, geschäftig zu sein, bis die Anforderungen von beiden Seiten so hoch stiegen, daß der Vorschlag meines Auserwählten, den Kontertanz anzufangen, mit allgemeinem freudigem Beifall aufgenommen wurde. Denn, sagte er scherzend, er glaube, daß die Instrumente gestimmt seien. Dies war das Signal für das Aufheben der Tafel. Der gefälligen Mrs. Cole Rolle war es jetzt, zu verschwinden, weil sie nicht mehr selbst nötig und schon damit zufrieden war, die Schlachtordnung gestellt zu haben.

Sobald sie weggegangen war, wurde der Tisch an die Seite gesetzt und an seine Stelle ein Bett hereingebracht, von dem mir mein Geliebter, den ich leise um die Ursache fragte, sagte, daß es besonders um meinetwillen geschähe, weil die Mitglieder gern das abwechselndste Vergnügen genießen und mir in einem öffentlichen Genuß alle Zurückhaltung und Einfalt genommen sehen wollten, die sie als das Gift der Freude ansähen. Obgleich sie nach Gelegenheit das Vergnügen predigten und nach dieser Vorschrift lebten, kümmerten sie sich doch nicht enthusiastisch um die Missionare desselben, sondern erlaubten sich, eine praktische Unterweisung allen hübschen Frauenzimmern zu geben, die sie derselben werthielten und die ihnen in den Weg kämen. Weil aber ein solcher Vorschlag zu auffallend für eine junge Anfängerin sein würde, sollten die Erfahrenen mit gutem Beispiel vorangehen, dem, wie er hoffte, ich nicht abgeneigt sein würde zu folgen, da er es wäre, dem ich den ersten Versuch danken sollte; es stünde noch immer in meiner Gewalt, es abzuschlagen, weil es in der Natur des Vergnügens wäre, daß aller Zwang daraus verbannt sein müßte.

Mein Gesicht drückte, glaube ich, meine Verwunderung und mein Stillschweigen meine Einwilligung aus. Jetzt war ich eingeschifft und zu jeder Reise entschlossen, auf die die Gesellschaft mich mitnehmen würde.

Die ersten, die aufstanden, waren ein Kornett von der Kavallerie und die sanfte, verliebte Louisa. Er führte sie an das Bett ›nicht faul‹ und warf sie mit einer Miene von Rauhigkeit und Stärke, die nach heißer Begierde und Ungeduld schmeckte, darauf nieder. Das Mädchen streckte sich aufs vorteilhafteste aus, den Kopf auf ein

Kissen gelegt, und schien so innigst beschäftigt, daß unsere Gegenwart sie durchaus nicht störte. Ihre aufgehobenen Röcke und ihr Hemd zeigten der Gesellschaft die schönstgeformten Beine, die man sich denken konnte, und einen vollen Anblick der angenehmen Fleischkluft, aus der der mit Haaren beschattete Mund, süß einladend, sanft und schwellend hervorragte. Ihr Galan war jetzt auch fertig, hatte sich aus seinen Kleidern losgewickelt und zeigte uns, indem er sein Hemd weghob, die ganze muntere Kraft seiner Mannheit; aber ohne uns Zeit zu geben, Messungen anzustellen, warf er sich sogleich auf seine reizende Gegnerin hin, die ihn, da er sogleich ins Ziel schoß, als eine Heldin empfing; denn nie war ein Mädchen durch sein Temperament für das Gefühl der Freude aufrichtiger für den Ausdruck derselben gemacht als sie. Wir konnten die Freude aus ihren Augen blitzen sehen, als er sein mächtiges Instrument in sie hineinbrachte, bis endlich, da sie ihm seiner ganzen Länge nach nachgegeben hatte, der Kitzel so heftig wurde und sie so wütend spornte, daß sie, bloß auf den Genuß ihres Lieblingsgefühls gesammelt und für jedes andere in der Welt tot, seine Stöße mit harmonischen feurigen Hebungen erwiderte und mit den innigsten Seufzern den Takt so gut hielt, daß man die verschiedenen Stöße an ihrem deutlichen Gemurmel hätte zählen können. Wie sich da ihre tätigen Schenkel seinen Bewegungen ganz anschmiegten und einfügten! Dann ihr den Turteltauben ähnliches Schnäbeln, ihre heißen Liebesbisse, die sie in der Wut ihres Vergnügens einander wechselseitig gaben, alles sich vereinigend auf den Zeitpunkt des Hinschmelzens, der auch bald kam. Louisa rief in den Entzückungen ihrer verliebten Raserei, nicht mehr fähig, zurückzuhalten: »Oh, Sir! Good Sir! Oh, mich nicht geschont! Ah! Ah! Ich kann nicht mehr.« Nun schwanden ihre Töne in tiefe Seufzer hin, sie schloß ihre Augen zu einem sanften Liebestod in dem Augenblick, da eine süße Überschwemmung sie einbalsamierte, von der wir die Zeichen sahen in der ruhigen, schmachtenden, hinsterbenden Stellung ihres eben noch so wütenden Reiters, der plötzlich anhielt, atemlos, zitternd, für diesmal den Geist des Vergnügens aufgebend.

Sobald er abgestiegen war, sprang Louisa auf, schüttelte ihre Röcke, lief auf mich zu, gab mir einen Kuß und zog mich auf die Seite, wohin sie auch ihr Galan begleitete. Hier mußte ich ihnen zutrinken, und Louisa brachte in ihrer frohen Laune ein Hoch aus auf das wunderbare Ding, das naß macht, wo es kitzelt, und kitzelt, wo es naß macht.

Um diese Zeit war das zweite Paar fertig, in die Schranken zu treten, ein junger Baronett und die süßeste aller Zauberinnen, die erobernde, zärtliche Harriet. Mein artiger Ritter kam, es mir zu sagen, und brachte mich zum Schauplatz zurück.

Und gewiß nie begleitete ein Mädchen ihres Gewerbes ihre Geschicklichkeit für die nackte Rolle, die sie zu spielen hatte, mit soviel eigentümlicher Grazie, Sanftheit, Züchtigkeit und nachgebender Zahmheit, als sie es tat. Ihre ganze Miene und ihr Gebaren atmete nichts als unzurückhaltende, unbegrenzte Gefälligkeit, ohne die mindeste Mischung von Unverschämtheit oder Buhlerei. Was aber noch wunderbarer war: selbst in der Ausschweifung eines öffentlichen Genusses betete ihr Auserkorener sie an bis zur Raserei und hatte durch einen Anstrich von Liebe und Empfindung auch ihr Herz gerührt, obgleich für eine Zeitlang ihre Verbindlichkeit an das Haus ihm die Notwendigkeit auferlegte, sich einer Einrichtung zu fügen, an der er mit den größten Anteil hatte.

Harriet wurde also von ihrem Partner auf das leere Bett hingeführt, errötend, als sie mich mit Augen anblickte, die alles zu rechtfertigen schienen, sanft mich bittend um die günstige Auslegung eines Schrittes, zu dem sie so unwiderstehlich gezogen wurde.

Ihr Liebhaber, denn das war er, setzte sie am Fuß des Bettes nieder und gab ihr, indem er seinen Arm um ihren Hals schlang, einen herzlichen Kuß, der ihr Leben und Geist genug einflößte, mit ihm die Szene durchzugehen. Sie küssend, bog er seinen Kopf sanft über sie hin, bis sie auf ein zurechtgelegtes Kissen fiel, und nun lehnte er sich mit ihr der Länge nach nieder, so daß er zugleich ihren Fall sanfter und süßer machte; jetzt, als wenn er unsere Wünsche erraten oder die Absicht gehabt hätte, zugleich seinem Stolze und seinem Vergnügen ein Opfer zu bringen, eröffnete er, als Herr von Schönheiten, die alle Einbildungskraft überstiegen, ihren Busen seinem Gefühl und unser aller Blicken. Und, oh, welch ein herrliches Meßbuch der Liebesandacht! Wie unnachahmlich schön geformt! Klein, rund, fest und ausnehmend weiß; die Haut so sanft, so schmeichelnd dem Gefühl! Und ihre Warzen, die krönenden Knospen der Schönheit! Nachdem er seine Augen mit dem Anblick und seine Hände mit der Befühlung gesättigt hatte, sättigte er auch seine Lippen mit Küssen auf diese köstlichen Hügel – und schritt tiefer hinunter.

Noch standen Harriets Füße auf dem Boden, und nun, um sie nicht zu erschrecken, stahl er nach und nach mehr, als daß er sie aufrollte, ihre Röcke auf. In diesem Augenblick faßten Louisa und Emily mutwillig ihre Beine und breiteten sie, indem sie ruhig dabei blieb, auseinander. Dann lag offen, oder besser gesagt, auseinandergelegt der größte Prunk der Natur weiblicher Schönheit. Die ganze Gesellschaft, die sie außer mir öfter gesehen hatte, schien ebensosehr geblendet, erstaunt und vergnügt, als einer es sein konnte, der sie zum erstenmal sah. Nur so außerordentliche Schönheiten konnten den Reiz der Neuheit ewig behalten. Ihre Hüften waren so überirdisch schön geformt, daß etwas mehr oder weniger Fleischigkeit sie von dem Gipfel ihrer jetzigen Vollkommenheit entfernt haben würde. Aber was sie noch unendlich kostbarer und schöner machte, war der Einschnitt, da, wo sie sich vereinigten, am Ende des weichesten, geründetsten, weißesten Leibes, die Zentralhöhle, die die Natur eingesenkt hatte zwischen dem sanften Relief zweier schwellender Lippen, die an diesem Mädchen in dem vollkommensten Miniaturebenmaße mit ihrer übrigen Form waren. Nein, nichts in der Natur konnte schöner geformt sein. Das schwarze Buschwerk des flaumigen aufschießenden Mooses, das über sie herwuchs, gab der ganzen Landschaft eine sanfte Vollendung, über allen Ausdruck der Worte oder Malerei der Gedanken erhaben.

Ihr aufrichtig verliebter Galan, der versunken in das Vergnügen des Anblicks lange genug gestanden war, um uns Zeit zu lassen, auch selbst ihn zu genießen, schritt endlich zu dem wesentlicheren des Genusses und hob den leinenen Schleier seines Meistergliedes auf, der den Besitzer zum wahren Helden des Frauenzimmers einsetzte. Er war überdem in jedem Betracht ein vollkommener Mann und in der Blüte und Kraft seiner Jugend. Indem er also zwischen Harriets Beinen stand, die ihre beiden Gespielinnen so weit auseinander hielten, als möglich war, entfaltete er sanft mit der einen Hand die Lippen des wollüstigen Mundes der Natur, während er mit der andern seine Maschine von der Höhe ihrer steifen Spitze an bis zu ihrem Bauch niedersenkte; die geöffneten Lippen fingen den glühenden, korallenroten Kopf auf, und nachdem er sich eingenistet hatte, gaben die beiden Mädchen ihren süßen Dienst auf. Als wenn er den Faden des Vergnügens hätte ganz abspinnen wollen, drang er jetzt mit seinem Instrument so langsam ein, daß wir den Anblick desselben Zoll bei Zoll verloren, bis es endlich ganz in die weiche Werkstatt der Liebe eingedrungen war und die moosigen Berge einer den andern deckten. Zugleich bemerkten wir deutlich die außerordentlichen Wirkungen, die die Fortschritte dieser entzückenden Kraft in dem Mädchen hervorbrachten und stufenweise ihre Schönheit wie ihr Vergnügen erhöhten. Ihr Gesicht und ihr ganzer Körper wurden nach und nach lebhafter; die verschmelzende Röte ihrer Wangen breitete sich über die weiße aus und verdunkelte sich in eine lebhafte, blühende Rosenglut; ihre von Natur lebhaften Augen blitzten von zehnfacherem Glanze; ihr Schmachten verschwand; sie schien ganz feurig und über und über Leben. Er hatte jetzt dies zarte Geschöpf auf seinen eingesenkten Speer aufgespießt, und sie lag leidend, unfähig, sich zu bewegen, bis er durch eine neue Art von Angriff in der Hin- und Herreibung sie erweckte, aufspornte, bis ins Herz rührte, daß sie, unfähig sich noch zu halten, anfing, seine Bewegungen zu erwidern, so schnell, als ihre zarte Figur es erlaubte, bis die rasenden Stacheln des Vergnügens sie durch ihre unerträglichen Empfindungen wild machten und sie nun ihre Beine und Arme in einer ungezähmten Raserei herumwarf, verloren in den sanften Entzückungen der Liebe, die sich auch an ihm durch schnellere, hitzigere Stöße, konvulsivische Umfassungen, geschwinderes, mühsames Atemholen, brennende Seufzer und den Augen entströmendes flüssiges Feuer zeigte – alles treue Verkündiger des annähernden letzten Zugs des Vergnügens. Endlich kam er! Der Baronet führte die Ekstase heran, in die sie sich mit einschmiegte, wie sie die schmelzenden Symptome derselben fühlte, seine Lippen heißer auf den ihrigen glühten, seine Augen in Entzückungen erstarrten und er alle Zeichen der Agonie der Wonne von sich gab, in der er seine Seele in sanften Strömen in den Körper des bezaubernden Geschöpfs ausgoß und ihr den letzten endenden Kitzel gab. Innerlich durchdrungen, erwiderte sie, sahen wir, den Ausguß des Körpers und der Seele, soviel sie dessen besaß, indem ein allgemeiner Schauder sich über alle ihre Glieder verbreitete, die sie jetzt ausstreckte. Und nun lag sie ohne Bewegung, atemlos, hinsterbend in süßem Entzücken da, in den fast geschlossenen Augen nur den schwarzen Augapfel zeigend. Dann öffnete sich schmachtend ihr Mund, die Zunge nachlässig gelehnt an die untere Reihe ihrer weißen Zähne, indem ihre Lippen von höherem Leben glühten. War dies kein Gegenstand, auf dem man verweilen mußte? Immer noch schloß ihr Geliebter sie an sich an, mit ruhigerer, gemessener Wonne, bis auch der letzte Tropfen verlaufen war und er endlich aufprang und mit einem herzlichen Kusse Abschied von ihr nahm, in dem er befriedigte Begierde, nicht aber erloschene Liebe ausdrückte.

Sobald er aufgestanden war, lief ich zu ihr und hob, indem ich mich neben sie aufs Bett setzte, ihren Kopf in die Höhe, den sie sanft von mir wegwandte und ihn nun an meinen Busen barg, um ihre Röte und Verwirrung über das, was geschehen war, zu verbergen, bis sie nach und nach sich wieder erholte und von meinem Erkorenen ein Glas stärkenden Weines annahm, der es mir überlassen hatte, es ihr zu holen, unterdessen ihr Geliebter sich in Ordnung brachte, zuknöpfte und sie, die sanft sich an ihn anlehnte, dann wieder dahin zurückführte, wo wir um das Bett als Zuschauer herumstanden.

Nun forderte Emilys Gesellschafter sie zum Tanze auf. Dieses unbeschreiblich schöne und sanft empfindende Geschöpf stand sogleich auf. Wenn eine Farbe, die Lilien und Rosen beschämte, und Gesundheit und Blüte, die dem Lande so eigen sind, sie für eine Schönheit gelten lassen konnten, so war sie in der Tat eine und eine der Blendendsten unter den Schönen.

Ihr Galan begann ihr im Stehen noch den Busen zu enthüllen, der, als er entblößt war, uns glauben machte, es sei noch mehr Licht ins Zimmer gekommen, so außerordentlich blendend war seine Weiße. Er stieg mit einem so glücklichen Aufschwellen zu einer so schön geformten Fülle herauf, daß er dem Auge wie Fleisch schien, das zu Marmor sich härtet, eine Täuschung, die der Glanz desselben unterstützte; aber er übertraf den weißesten Marmor noch in dem Leben und Glanz ihrer Farben, weißgeadert und blau. Widerstehe, wer kann, seinen Lockungen zur Berührung! Ihr Ritter berührte ihre Brust nur leise, aber die glänzende Weiche spottete seiner Hand und ließ sie auf der Oberfläche hinabgleiten; dann drückte er sie, und das elastische Fleisch stieg widerstrebend gegen die Hand auf und löschte sogleich jede Spur der Berührung aus. So war jeder Teil ihres Körpers, wo die Fülle des Fleisches die schöne Festigkeit bildete, an die sich das Gefühl so gern fesseln läßt. Nachdem er sich mit diesem Spiele genug belustigt hatte, hob er ihre Röcke und das Hemd in einem Nu bis zu ihrem Unterleib hoch, so daß sie bis dahin von allen Seiten nackt stand, eine Röte überdeckte dabei ihr angenehmes Gesicht; und ihre auf die Erde geschlagenen Augen schienen um Gnade zu bitten, sie, die so viel Recht hatten, mit den Schätzen der Jugend und Schönheit, die jetzt aufgedeckt waren, zu triumphieren. Ihre Beine waren vollkommen schön geformt, und ihre Hüften, die sie fest zusammenschloß, schienen so weiß, so rund, so voll, daß nichts die Schwelgerei des Gefühls, der er sich auch überließ, mehr reizen konnte. Indem er dann sanft ihre Hand wegschob, die sie in der ersten Bewegung der natürlichen Schamhaftigkeit dahin gebracht hatte, gab er uns nur einen Schimmer von der kleinen sanften Spalte, die in kleiner Länge hinunterlief und das übrige zwischen den Lenden versteckte, aber deutlich sah man die Frisur lichtbrauner Locken im schönen Überwuchs, deren seidene Weiche den sanften braunen Schatten, den sie warfen, erhöhte. Nun versuchte ihr Liebhaber ihre Lenden zu öffnen, um uns einen vollern Anblick zu geben. Als er dies aber in dieser Stellung nicht vollkommen erreichen konnte, führte er sie an den Fuß des Bettes, zog ein Kissen hinunter und legte sanft ihren Kopf darauf nieder, so daß sie jetzt, indem sie sich hintüberlehnte und ihre Schenkel auseinanderstreckte, uns den vollen Anblick ihrer Person bis auf den Gürtel hinauf gab. Ihr Hintern, voll, weich und hervorstehend, bildete wollüstige Streifen von beseelten Sehnen und blendete das Auge, bis er an der Scheidung der außerordentlich weißen Hügel sich in ihr eigenes Tal und in die Höhle verlor, wo die Röte an den Seiten der Mündung die blendende Weiße umgab. Ihr Galan, ein Gentleman von etwa dreißig Jahren und unermeßlichem Vermögen, neigte etwas zur Dickleibigkeit, die durchaus nicht unangenehm war, benutzte den Wink, den diese Art des Genusses ihm gab, und, nachdem er sich in seiner Stellung festgesetzt und sie mit Küssen und Liebkosungen mutig gemacht hatte, zog er seine Geschichte aufgerichtet hervor, deren außerordentliche Länge, die fast mit der Dicke im Mißverhältnis war, desto mehr überraschte, da solcher Reichtum nicht häufig bei Männern der Fall von stärkerem Kaliber ist. Nachdem er ihm erst die rechte Richtung gegeben, senkte er ihn bis an die Wurzel hinein, so daß die Rundung aller dieser türkischen Schönheiten, indem sie sich durch den Druck seines Leibes und seiner Lenden hineinbog, alle diese Teile, die nicht unangenehm zu sehen waren, in eine warme Berührung und innige Vereinigung setzten. Seine Hände hielt er um ihren Leib und spielte zugleich mit ihrer bezaubernden Brust. Sobald sie ihn so tief in sich fühlte, als er kommen konnte, hob sie ihren Kopf ein wenig von den Kissen auf, die Wangen glühend vom tiefsten Scharlach, mit einem Lächeln des süßesten Vergnügens, und begegnete seinem Kuß, den er in ihrer innigen Vereinigung ihr zu geben sich bemühte, und nun, ihn seinen Vergnügungen überlassend, verdeckte sie ihr Gesicht wieder mit ihren Händen und dem Kissen, vorteilhaft daliegend für seine wiederholten Stöße, denen das entgegenstrebende Fleisch an beiden Seiten heftig entgegensprang. Oft nahm er seine Hände von den halben Kugeln ihres Busens und befühlte die größern unten, die die unmittelbaren Gegenstände seiner Blockade waren, drückte, befaßte sie, spielte mit ihnen, bis endlich ein so heißes Fortstreben die Höhe der Ekstase mit solchen Symptomen des überwältigenden Vergnügens heranbrachte, daß seine schöne Gesellin jetzt seine Trägerin wurde, zitternd, hinsterbend in dem Augenblicke der Ergießung, deren kitzelnde Wonne sie kaum fühlte, als sie, unfähig sich auf den Beinen zu halten und nachgebend der mächtigen Bezauberung, umstürzte, vorwärts aufs Kissen fiel und es ihm notwendig machte, wenn er die warme Wonnevereinigung erhalten wollte, auf sie zu fallen, so daß sie nun in fortdauernder Vereinigung ihrer Körper und dem ekstatischen Ausflusse den Zweck ihrer Freuden für diesmal vollendeten.

Sobald er sich losgemacht hatte, stand die liebenswürdige Emily auf, und wir drängten uns um sie mit Glückwünschungen und kleinen Gefälligkeiten; denn man muß bemerken, daß, obgleich alle Einfalt und Zurückhaltung von diesem Schauplatz des Vergnügens verbannt war, doch gute Sitten und Höflichkeit unverletzlich beobachtet wurden. Man unterließ nicht, statt Vorwürfe zu machen, alles anzuwenden, um in diesen Mädchen das Gefühl ihres Zustandes durch alles, was die Schmeichelei Süßes hat, zu beruhigen, zu besänftigen, in Empfindungen des Muts zu verwandeln. Die Männer wissen gar nicht, wie sehr sie ihr eigenes Vergnügen zerstören, wenn sie die Achtung, die unserem Geschlechte gebührt, selbst gegen solche verletzen, die nur zu ihrem Vergnügen da sind. Dies war ein Grundsatz, den diese feinen Wollüstlinge, diese tiefen Adepten in der Kunst des Vergnügens verstanden, die gegen die ihr Geweihten der Freude nie mehr Achtung bezeugten als zur Zeit der Ausübung ihrer Gefälligkeit gegen sie, wenn sie ihre Schätze verborgener Schönheiten ihnen aufschlossen und ihnen den Stolz ihrer natürlichen Reize zeigten, die dann rührender sind, als wenn sie unter künstlichem Schmuck und Anzug prunken.

Jetzt traf auch mich die Reihe der Festlichkeit, mich dem Willen und dem Vergnügen meines Erkornen sowohl als der Gesellschaft zu unterziehen. Er kam also zu mir und erinnerte mich, indem er mir mit einer schmeichelnden Lebhaftigkeit sein Kompliment machte, an die Gefälligkeiten, zu der meine Gegenwart hier seine Hoffnungen berechtigte.

Ich antwortete ohne Bedenken, ohne kleinstädtische Ziererei, daß, wenn auch keine Art von Verbindung mich zwänge, mich ihm ohne Zurückhaltung zu ergeben, das Beispiel so angenehmer Gespielinnen mich allein schon bestimmen würde und daß mir nichts Kummer machte als die Furcht, nach so außerordentlichen Schönheiten zu sehr zu meinem Nachteile zu erscheinen. Bemerken Sie: ich dachte, wie ich sprach. Meine freimütige Antwort gefiel ihnen allen; mein Freund wurde von allen über sein Glück gepriesen und, in offenherzigen Schmeicheleien gegen mich, beneidet.

Mrs. Cole hätte, nebenbei gesagt, mir ihre Achtung nicht besser bezeugen können als durch die Wahl dieses jungen Gentleman zu meinem Zeremonienmeister; er war unabhängig durch seine Geburt und das große Vermögen, dessen Erbe er war, ungewöhnlich angenehm von Person, wohl gebildet und schlank; sein Antlitz von Blattern gezeichnet, aber so wenig, daß es ihm nur noch mehr Anmut größerer Männlichkeit in seinem Gesicht geben konnte, das aber mehr zur Sanftheit und Feinheit neigte und belebt war von Augen von dem hellsten, glänzendsten Schwarz; kurz, er war einer, den jedes Frauenzimmer von ähnlichem Schlag mit Freuden einen hübschen, artigen Mann nennen würde.

Ich wurde von ihm zu dem Platz unseres Kampfes hingeführt, wo er mich, weil ich nichts als einen weißen Morgenanzug trug, beehrte, meine Kammerjungfer zu spielen, und mir die Verwirrung ersparte, die mir die Bereitwilligkeit, mich zu entkleiden, gemacht haben würde. Mein Kleid war in einem Augenblick losgesteckt und abgezogen; nur mein Schnürleib machte noch Schwierigkeit, die Louisa dadurch sogleich behob, daß sie ihm eine Schere gab, die Bänder zu zerschneiden. Nun fiel auch diese Hülle; mein Oberrock ward weggezogen, nur mein Unterrock und mein Hemd blieben allein noch, da der offene Busen der Hand und dem Auge alle Freiheit verstattete. Hier glaubte ich, dem Mutwilligen Einhalt tun zu müssen, aber meine Rechnung kam zu kurz. Mein Geliebter bat zärtlich, unterstützt von den übrigen, daß ich ihnen durch eine dünne Hülle, die noch da wäre, den vollen Anblick meiner ganzen Person nicht neidisch entziehen möge, so daß ich, nur allzu gehorsam, um mit ihm über irgend etwas zu rechten, und im Glauben, daß das wenige Gebliebene zu unwesentlich sei, gleich meine Einwilligung gab zu allem, was sie wünschten. In einem Augenblicke lag also auch mein Unterrock aufgebunden zu meinen Füßen, und mein Hemd wurde mir über den Kopf gezogen, so daß auch mein Kopfputz, der nur wenig angesteckt war, mit davonging, und all mein Haar (ich darf noch einmal ohne Eitelkeit erinnern, daß es sehr schön war) in losen, unordentlichen Locken über meinen Nacken und meine Schultern herabfiel und nicht unvorteilhaft von meiner Haut abstach.

Jetzt stand ich vor meinen Richtern in der vollen Wahrheit der Natur, und ich mochte ihnen als keine unangenehme Figur erschienen sein, wenn Sie sich dessen erinnern wollen, was ich über meine Person gesagt habe, welche die Zeit, die uns in gewissen Perioden des Alters jeden Augenblick einen neuen Reiz raubt, damals durch eine vollere und offenere Blüte noch vollkommener gemacht hatte; denn mir fehlten nur einige Monate an achtzehn Jahren. Meine Brüste, die noch immer in ihrer Nacktheit vorzüglich sind, hatten in einer nur angenehmen Fülle eine Festigkeit und eine stetige Unabhängigkeit von Schnürleibern, die die Probe der Befühlung rechtfertigen durfte. Dabei war ich so schlank, so schmal von Taille, als nur mit der saftvollen, fleischigen Fülle vereinbar sein konnte, wie sie Gesicht und Gefühl am angenehmsten war, ein Vorzug, den ich meiner Gesundheit und Jugend verdankte. Ich hatte aber nicht so sehr auf alle angeborne Schamhaftigkeit Verzicht getan, daß ich nicht in große Verwirrung über meine jetzige Lage geraten wäre; aber der ganze Trupp von Männern und Frauen um mich herum machte mir wieder Mut durch allerlei Zeichen von Beifall und Vergnügen und Beweise schmeichelnder Aufmerksamkeit, um in mir selbst Empfindungen des Stolzes über die Figur, die ich machte, zu erwecken. Wenn ich alle die Komplimente dieser Kenner, mit denen sie mich überschütteten, als aufrichtig hätte ansehen können, hätte ich mir schmeicheln dürfen, die Probe mit Einstimmigkeit ausgehalten zu haben.

Mein Freund, der jetzt über mich zu gebieten hatte, ging auf alle ihre Launen ein und befriedigte vielleicht auch seine eigene damit, daß er mich in alle möglichen Stellungen und Beleuchtungen brachte und jede Schönheit unter jedem Gesichtspunkte heraushob, nicht ohne häufige Einschaltungen von Küssen und Freiheiten seiner umherirrenden Hand, so daß jede Empfindung der Scham vor ihnen floh und eine glühende Röte zu einer wärmeren Begierde lockte, die mich nun auch selbst einigen Geschmack an dieser Szene finden ließ.

In dieser allgemeinen Beschauung dürfen Sie sicher sein, daß der wesentlichste Punkt nicht von der Untersuchung ausgeschlossen wurde: man kam auch überein, daß ich keine Ursache zu Mißtrauen böte, wenn ich mich bei Gelegenheit für eine Jungfrau ausgäbe; so unbeträchtlich war die Veränderung, die meine vergangenen Erlebnisse hier angerichtet hatten, und so bald hatten sich die Zeichen weggewischt in dem Alter, in dem ich war, und bei der natürlichen Kleinheit dieser Teile.

Weil nun mein Gesellschafter entweder alle Arten der Vergnügungen des Gesichts und des Gefühls erschöpft hatte oder jetzt von seiner Begierde überwältigt wurde, warf er eilig seine Kleider ab; die außerordentliche Hitze eines engen Zimmers, ein großes Kaminfeuer, viele Lichter und selbst die ansteckende Wärme der Szenen vorher machten, daß er es auch mit seinem Hemde so machte und daß seine Beinkleider das, was sie enthielten, hergaben und der Feind, mit dem ich zu kämpfen hatte, vor der Front stolz und steif sein glühendes, unbedecktes Haupt emporhob. Jetzt sah ich deutlich, worauf ich zu rechnen hatte; es war eines von den gerecht geformten Instrumenten, die der Besitzer mehr in seiner Gewalt hat als die von einer ungewöhnlicheren, schwer zu bändigenden Größe. Indem er mich nun also fest an seine Brust drückte und sein Idol in seine Nische brachte, worin ich ihm, so gut ich konnte, zur Hand ging, so tat er's bis auf den letzten Zoll, indem er meine Lenden über seine nackten Hüften hob; so daß, gespießt, wie ich war, auf dem Speer der Liebe und hängend an seinem Halse, an dem und in seinem Haare ich mein von Lust gerötetes Gesicht verbarg, mein Busen an dem seinigen glühte und er mich nun aufs Bett hinbrachte, ohne den Hafen zu verlassen. Da legte er mich jetzt nieder und begann den Kampf des Vergnügens; aber vorbereitet wie wir durch alle die Anblicke der Nacht, war unsere Einbildungskraft zu erhitzt, um uns nicht bald hinschmelzen zu lassen, so daß ich nicht so bald den warmen Einfluß aus ihm in meinem Innern fühlte, als auch ich eilte, an der Ekstase des Augenblicks teilzunehmen. Aber ich hatte noch mehr Ursache, mich unserer Übereinstimmung zu rühmen, denn ich fand, daß noch nicht alle Flammen der Begierde in mir ausgelöscht waren, sondern daß ich, gleich genäßten Kohlen, nur noch mehr in Glut geriet. Mein heißblütiger Jüngling aber empfand so sehr wie ich, daß er zum zweiten Male lud und die Batterie mit verdoppeltem Feuer zu bestürmen anfing. Höchst entzückt hierüber, bemühte ich mich dankbar, alle meine Bewegungen zu seinem höchsten Vergnügen und Vorteil abzumessen. Küsse, Betasten, zärtliches Geflüster, alles kam ins Spiel, bis unsere Freuden stürmischer, heftiger wurden und wir in eine verliebte Verrücktheit gerieten und uns in einen Ozean grenzenloser Freuden stürzten, – in Verzückung des Gefühls. Jetzt reiften alle die Eindrücke brennender Begierden, die ich von den lebhaften Szenen dieser Nacht erhalten hatte, an der Hitze unsers Kampfes. Ich geriet in fieberische Raserei bei dem Übermaße des Kitzels, ich hatte nicht ruhige Besonnenheit, um wahrzunehmen, sondern fühlte nur in der Ekstase die Kraft so seltener und ausgesuchter Reizungen, als die Beispiele der Nacht nur für die Erhöhung der Freuden geben konnten, woran, wie ich fühlte, auch mein Galan mit seinen nervigen, innigen Eindrückungen teilnahm. Aus seinen Augen schossen beredte Flammen, sein Spiel wurde hitziger durch die Stacheln des Vergnügens, und alles vereinigte sich, mein Entzücken zu erhöhen, indem es mich von dem seinigen versicherte; gehoben auf die höchste Spitze des Vergnügens, das ein menschliches Geschöpf, ohne zerstört zu werden, aushalten kann, kam ich an den süßen, kritischen Zeitpunkt, in dem ich, kaum dem Feuerausgusse meines Geliebten zuvorgekommen, hinschmolz und, ausbrechend in einen tiefen Seufzer, meine ganze empfindende Seele dahin ausgoß, wo ihr der Ausgang so angenehm verwehrt war. So lagen wir einige selige Augenblicke, überwältigt, still, hinschmachtend, bis wir, als das Gefühl des Vergnügens nachließ, aus unserer Verzückung erwachten und er sich von mir loswand, indem er seine höchste Befriedigung in zärtlichen Küssen und Umarmungen und den herzlichsten Worten ausdrückte.

Die Gesellschaft, die um uns in tiefem Stillschweigen gestanden hatte, half mir, als alles vorbei war, in einem Augenblick in meine Kleider und beglückwünschte mich über die gerechte Ehre, die sie meinen Reizen hätten widerfahren sehen, da ich einen doppelten Lohn in einer einzigen Vereinigung erhalten hätte. Mein Gesellschafter, der nun auch wieder angekleidet war, zeigte vor allen anderen eine Innigkeit, die durch den eben gehabten Genuß nicht geschwächt worden war. Auch die Mädchen küßten und umarmten mich und versicherten mir, daß ich für dieses Mal oder ein anderes Mal, wenn es anders mir nicht gefiele, mich keiner öffentlichen Probe mehr zu unterziehen brauchte und jetzt, wie eine von ihnen, eingeweiht sei.

Weil es ein unverbrüchliches Gesetz für jeden Galan war, seiner Gesellschafterin für die Nacht, und bis er sie der Gemeinschaft wieder überließ, treu zu bleiben, um ein angenehmes Eigentumsrecht zu erhalten und alles aus anderen Verfügungen entspringende Mißvergnügen zu vermeiden, so brach die Gesellschaft, nachdem sie mit Tee, Gebäck und andern dergleichen Erfrischungen sich gestärkt hatte, um ein Uhr morgens auf und begab sich paarweise hinweg.

Mrs. Cole hatte für mich und meinen Gesellschafter

ein bequemes Feldbett besorgt, in das wir uns begaben und in einer Kette von Vergnügungen die Nacht endigten, munter und ermüdet genug, um nicht gewünscht zu haben, daß sie nie geendigt haben möchte. Am Morgen und nach einem stärkenden Frühstück ging er nicht ohne zärtliche Versicherungen einer besonderen Aufmerksamkeit weg und überließ mich der Ruhe und Erquickung eines sanften Schlummers. Als ich daraus erwacht war und aufstand, um mich anzuziehen, ehe Mrs. Cole hereinkäme, fand ich in einer meiner Taschen einen Beutel mit Guineen, den er da hatte hineingleiten lassen. Als ich über seine Freigebigkeit nachsann, die ich nicht erwartet hatte, kam Mrs. Cole herein, der ich sogleich das Geschenk zeigte und natürlicherweise soviel anbot, als ihr belieben würde; aber sie versicherte, daß der Gentleman sie reichlich belohnt hätte, und wollte daher unter keiner Bedingung und auf keine Bitten noch Vorwand etwas annehmen. Ihre Weigerung, sagte sie, wäre auf keine Weise eine Ziererei oder Finte, und sie fuhr fort, mir so vortreffliche Erläuterungen über die Haushaltung mit meiner Person und meinem Geldbeutel zu halten, daß mich die genaue Befolgung ihrer Lehren in dem Laufe meiner Bekanntschaft mit der Stadt hinlänglich für meine Aufmerksamkeit für sie belohnt hat. Hierauf änderte sie den Ton und fing an, von den Vergnügungen der vorigen Nacht zu reden, wobei ich zu meinem Erstaunen, als ich tiefer auf ihren Charakter einging, erfuhr, daß sie alles, was vorgegangen war, von einem bequemen Orte aus gesehen hatte, der besonders dazu eingerichtet war und den sie mir im Vertrauen entdeckte.

Sie hatte kaum hiermit geendigt, als die kleine Herde

der Liebe, meine Gespielinnen, hereinkam und ihre Glückwünsche und Liebkosungen erneuerte. Ich bemerkte mit Vergnügen, daß die abmattenden Übungen der Nacht nichts von der Lebhaftigkeit ihrer Farbe ausgelöscht oder von der Frische ihrer Blüte genommen hatte. Wie sie mir sagten, verdankten sie das der Anordnung und dem Rate unserer vorzüglichen Herrin. Dann gingen sie hinunter, um, wie gewöhnlich, sich in dem Laden zu zeigen, und ich ging in meine Wohnung, wo ich mich so lange selbst zu beschäftigen suchte, bis ich am Mittag zu Mrs. Cole zurückkehrte.

Hier blieb ich unter beständigem Vergnügen mit einem oder dem andern dieser lieben Mädchen bis fünf Uhr abends, als ich einen plötzlichen Anfall von Müdigkeit fühlte und mich bereden ließ, hinaufzugehen und sie auf Harriets Bett zu verschlafen, die mich auch meiner Ruhe überließ. Ich legte mich in meinen Kleidern nieder und fiel in einen tiefen Schlaf. Ich hatte so, wie ich mutmaßen konnte, ungefähr eine Stunde lang der Ruhe genossen, als ich durch meinen neuen, angenehmen Liebhaber gestört wurde, den man, als er nach mir gefragt, sogleich heraufgewiesen hatte. Indem er also in meine Kammer kam und mich allein liegen sah, das Gesicht nach dem Innern des Bettes zu, vom Lichte abgekehrt, zog er ohne weitere Umstände seine Beinkleider ab, um desto bequemer der nackten Berührung zu genießen, und öffnete sich, indem er leise meine Röcke und mein Hemd aufhob, die Aussicht auf den Hinterzugang zu dem eigentlichen Sitze des Vergnügens, wobei ich, weil ich der Länge nach auf der Seite und das Gesicht fast nach unten gekehrt lag, sehr bequem bereit zum Eingange war. Er legte sich also sanft bei mir nieder und griff mich von hinten an, indem er mich die Wärme seines Körpers dadurch, daß er seinen Leib und seine Lenden an mich schmiegte, und durch die Bestrebungen jenes Instrumentes, das so ganz etwas Besonderes hat, in mich einzudringen, fühlen ließ. Ich wachte auf, etwas erschreckt im Anfang; als ich aber sah, wer es war, wollte ich mich herumlegen. Er bat mich aber mit einem Kusse, in der Stellung zu bleiben, und indem er die eine meiner Lenden nur eben aufhob und sich der Öffnung vergewisserte, drang er so tief hinein, als er nur konnte. Hiermit zufrieden und sich begnügend damit, daß er so eng in der Berührung des vollen Fleisches dieser Teile lag, hielt er alle Bewegung zurück, und eingetaucht in das Vergnügen, mußte ich so liegenbleiben, löffelartig, wie er es nannte, wegen der Einschmiegung der hintern Teile meiner Hüften in den Raum unter der Einbuchtung seines Bauches und seiner Lenden, bis einige Zeit darauf der rastlose, unruhige Einwohner, ungeduldig seiner Natur zufolge nach längerer Ruhe, ihn zur Tätigkeit zwang, die er auch ausführte unter dem ganzen Gefolge des Tändelns, des Küssens und dergleichen, das endlich in dem flüssigen Beweise auf beiden Seiten endigte. Daß wir nicht erschöpft gewesen oder doch sehr schnell wieder von neuem versorgt waren nach den tiefen Zügen des Vergnügens, die wir die vorige Nacht getan hatten, zeigte sich also.

Mit diesem edlen und angenehmen Jüngling lebte ich in vollkommenem Vergnügen und Beständigkeit. Er hatte große Lust, mich für sich selbst zu halten, wenigstens für den Honigmonat; aber sein Aufenthalt in London dauerte nicht einmal so lange, da ihn sein Vater, der ein großes Amt in Irland bekleidete, plötzlich mit sich nahm, als er dahin zurück ging. Aber auch selbst da noch war ich nah auf dem Punkte, seine Zuneigung und Person zu fesseln, denn er hatte mir vorgeschlagen, und ich darin gewilligt, ihm nach Irland zu folgen, sobald er da eingerichtet sein würde; weil er aber nachher eine angenehme und vorteilhafte Partie in diesem Königreiche vorfand, so wählte er das klügere Teil und unterließ es, mich nachkommen zu lassen, sandte nur ein kostbares Geschenk, welches aber meine Betrübnis um ihn nicht ganz besänftigen konnte.

Dieser Vorfall brachte eine Lücke in unsere kleine Gemeinschaft, die aber Mrs. Cole nach ihrer gewöhnlichen Vorsicht nicht sehr auszufüllen eilte. Es vermehrte aber ihre Aufmerksamkeit, mich zum Besten des Gewerbes als eine nachgemachte Jungfrau anzustellen, welches gleichsam in meiner Art von Witwenschaft für mich ein Trost war. Sie hatte den Plan nie aus den Augen verloren und nur auf eine schickliche Person gewartet, ihn auszuführen.

Aber ich war, wie es schien, bestimmt, hierin meine eigene Fürsorgerin zu sein, wie ich es bei der ersten Probe auf dem Markt gewesen war.

Ich hatte jetzt beinahe einen Monat in dem Genusse aller Freuden der Vertraulichkeit und Geselligkeit mit meinen Gespielinnen gelebt, deren besondere Lieblinge (der Baronet ausgenommen, der bald darauf Harriet zu sich nahm) zur Abwechslung um meine Umarmungen zur Befriedigung ihres Geschmacks gebeten hatten; ich war aber mit der äußersten Geschicklichkeit, unter mannigfachen Vorwänden, ihrem Ansuchen ausgewichen, ohne ihnen jedoch Ursache zu Klagen zu geben, eine Zurückhaltung, die ich nicht aus Mißfallen an ihnen beobachtete oder aus Ekel an der Sache selbst, sondern meine Ursache war meine Anhänglichkeit an dem Meinigen und mein zartes Gefühl, nicht die Wahl meiner Freundinnen zu beeinträchtigen, die, wenngleich äußerlich frei von Eifersucht, mich doch notwendig darum desto lieber gewinnen mußten, daß ich ihnen soviel Achtung bezeugte, ohne es mir darum doch als Verdienst anzurechnen. So lebte ich ruhig fort und geliebt von der ganzen Gesellschaft, als ich eines Tages, ungefähr um fünf Uhr abends, in die Bude eines Früchteverkäufers in Covent-Garden eintrat, um für mich und die Mädchen einige Früchte auszuwählen Da passierte mir folgendes:

Während ich um die Früchte handelte, die ich haben wollte, sah ich, daß mir ein junger Gentleman gefolgt war, dessen reiche Kleidung meine Aufmerksamkeit auf sich zog. Er hatte sonst nichts Merkwürdiges an sich, außer daß er blaß und dünn von Gestalt war und sich gleichsam auf den trägen Beinen nur wiegte. Es war leicht zu bemerken, daß er suchte, ohne daß ich es zu sein schien, die er suchte, weil er einen vollen Satz tat und seine Augen fest auf mich gerichtet hielt, bis er zu demselben Korb kam, vor dem ich stand, und einen Preis bot oder vielmehr den geforderten Preis zahlte, um sich mir zu nähern. Nun konnte ich gewiß nach meiner Kleidung für ein ehrliches Mädchen gelten. Ich hatte weder den Federhut noch den Duft einer schlechten Stadtjungfer: ein Strohhut, ein weißer Spenzer, reine Wäsche und über das alles eine natürliche und ungezwungene Miene der Unschuld (von der der Schein mich nie verließ, selbst wenn ich am meisten in der Ausübung gegen sie sündigte), das alles waren Zeichen, die ihm keine Veranlassung zu Vermutungen über meinen wahren Stand geben konnten. Er redete mich an, und da dies von einem Fremden geschah, so jagte er eine Röte in mir auf, die ihn noch weiter von der Wahrheit entfernte. Ich antwortete ihm mit einer Ungeschicktheit und Verwirrung, die zur Täuschung noch geschickter war, weil auch wirklich ein Schein des Wahren darin lag. Als er aber, nach dem einmal das Eis gebrochen war, sich weiter vorwagte, die Unterredung fortsetzte und auf tiefer eingehende Fragen kam, so legte ich soviel Unschuld, Einfalt und selbst Kindlichkeit in meine Antworten, daß ich wohl dafür einstehen wollte, er würde, zumal er mich einmal liebgewonnen, schon deshalb auf meine Unschuld geschworen haben. Die Männer haben, wenn sie einmal angebissen haben, besonders in ihrem Gesicht einen Vorrat von Einfältigkeit, von der ihre Herrenweisheit sich wenig träumen läßt und durch die auch die scharfsinnigsten von uns hintergangen werden. Unter andern Fragen, die er an mich stellte, war auch die, ob ich verheiratet sei oder nicht. Ich antwortete, ich sei noch zu jung, um daran vor vielen Jahren zu denken. In meinem Alter, sagte ich und ließ ein Jahr von meinem Alter fallen, indem ich nur siebzehn angab, heiratet man noch nicht. Über meine Lebensart sagte ich weiter, daß ich bei einem Galanteriewarenhändler in Preston als Lehrmädchen gedient und einer Verwandten wegen in die Stadt gekommen wäre, die ich aber bei meiner Ankunft tot gefunden, und nun also als Tagearbeiterin bei einem Galanteriewarenhändler in der Stadt lebe. Der letzte Punkt war nicht sehr gut für das, wofür ich gelten wollte, aber es ging durch dank der Leidenschaft, die ich ihm eingeflößt hatte. Nachdem er gleich nach mir aus der Bude gegangen war, sehr geschickt, wie er glaubte, um mir zu folgen, und da ich nicht die Absicht hatte, sowenig meinen als meiner Frau Namen und den Ort meines Aufenthalts zurückzuhalten, so belud er mich mit Früchten, den rarsten, die er auffinden konnte, und schickte mich, so nachdenkend über die Folgen, die dieser Vorfall haben könnte, nach Hause.

Sobald ich zu Mrs. Cole zurückkam, erzählte ich ihr alles, was vorgegangen war, woraus sie sehr scharfsinnig den Schluß zog, daß, wenn er nicht hinter mir her käme, nichts verloren sei, und daß, wenn er es täte, sein Charakter und seine Absichten erst wohl geprüft werden müßten, um zu wissen, ob das Ding der Bemühung wert sei, daß aber in der Zwischenzeit nichts leichter als meine Rolle dabei sei, indem ich nichts brauchte, als nur ihrem Faden und Unterricht bis auf den letzten Akt hin zu folgen.

Den nächsten Morgen, nachdem er, wie wir später erfuhren, den Abend mit Nachforschungen in der Nachbarschaft über Mrs. Coles Charakter zugebracht hatte (der durchaus ihre Absichten auf ihn begünstigte), kam mein Gentleman mit seinem Wagen vor den Laden und fragte nach Mrs. Cole, indem er den Anfang der Bekanntschaft damit machte, daß er einige Galanteriesachen bestellte. Da ich mit niedergeschlagenen Augen dasaß und emsig an dem Saum einer Manschette fortnähte, bemerkte Mrs. Cole, daß meine auf ihn gemachten Eindrücke nicht Gefahr liefen, durch die von Louisa oder Emily vernichtet zu werden, die auch mit mir an ihrer Arbeit saßen. Nach vergeblichem Bemühen, meinen Blicken zu begegnen, weil ich den Kopf geneigt hielt und eine Art von Bewußtsein der Schuld annahm, daß ich dadurch, daß ich zu ihm geredet hätte, ihm Mut und Aufforderung gegeben, mir nach Hause zu folgen, und nachdem ihm Mrs. Cole Anweisung gegeben, wann sie ihm die Sachen selbst ins Haus bringen würde, so ging er hinaus und nahm zugleich einige Waren mit, die er sehr freigebig bezahlte, um seiner Bekanntschaft eine desto bessere Farbe zu geben.

Die Mädchen merkten die ganze Zeit über auch nicht das geringste von dieser neuen Bekanntschaft, aber Mrs. Cole versicherte mir, sobald wir allein waren, nach ihrer langen Erfahrung, daß für diesmal meine Reise ihr Ziel nicht verfehlt hätte, denn sie sei durch seine Heftigkeit, seine Manier, seine Blicke gewiß, daß er getroffen sei; der einzige Umstand wären noch sein Charakter und seine Verhältnisse, von denen sie nach ihrer Bekanntschaft in der Stadt noch hinlänglich Nachricht zu erhalten hoffte, um danach ihre Maßregeln zu treffen.

Und wirklich, in ein paar Stunden diente ihr ihre Bekanntschaft so gut, daß sie wußte, dieser neue Bekannte von mir sei Mr. Norbert, ein Gentleman von ererbtem großem Vermögen, mit einer Gesundheit, die nicht die beste sei und die er sehr verderbt hätte durch seine rasende Lust an den Lastern der Stadt, in deren Verfolgung er, nachdem er alle Arten von Ausschweifungen durchgemacht, endlich darauf gefallen sei, hinter jungen Mädchen herzulaufen. In dieser Jagd habe er eine Menge von Mädchen unglücklich gemacht, indem er keine Mühe sparte, zu seinem Ziele zu kommen, und sie so lange brauchte, bis er ihrer müde oder durch ihren Genuß abgekühlt oder ihm ein neues Gesicht aufgestoßen sei, wo er sich dann sehr ruhig von den alten losmachte und sie ihrem Schicksal überließe, da seine Wirkungssphäre nur da läge, wohin er mit Geld und Erkaufen kommen könne.

Aus diesen Erkundigungen zog Mrs. Cole den Schluß, daß ein solcher Charakter immer ein guter Kauf sein würde, daß es aber unsere Schuld wäre, wenn wir ihn nicht auf den höchsten Preis schraubten; sie glaubte aber, ein Mädchen wie ich sei für ihn um jeden Preis zu gut.

Sie ging dann zu der bestimmten Stunde in seine Wohnung, die in einem der Hofhotels lag und in einem Geschmack ausmöbliert war, der von allen Bequemlichkeiten des Luxus und Vergnügens sprach. Sie fand ihn da auf sie wartend, und nachdem ihr vorgebliches Geschäft erledigt war und ein langes Gerede über das Gewerbe, das, wie sie sagte, sehr schlecht sei, und über die Eigenschaften ihrer Lehrlinge, Mädchen, Tagearbeiterinnen gemacht war, fiel auch das Gespräch auf mich. Mrs. Cole, ganz in der Rolle einer guten, alten, geschwätzigen Gevatterin, die alles erfahren läßt, wenn einmal die Zunge in Bewegung ist, wärmte eine so wahrscheinliche Geschichte von mir auf und brachte dabei hin und wieder so meisterhafte Züge zum Lobe meiner Person und meines Temperaments an, wie nur nötig waren, um ihn recht hübsch zu dem gewünschten Ziele zu führen, und das alles mit einer Miene von Unschuld, die nicht besser hätte nachgemacht werden können. Als er aber nun erhitzt und dahin gebracht war, wohin sie ihn haben wollte, und er etwas von seinen

Absichten auf mich fallenließ und sie dann auch mit vieler Mühe und Verwirrung auf den Punkt hingebracht hatte (den sie so lange als möglich und gut nicht zu verstehen sich stellte), so blieb sie, ohne jetzt als eine Verfechterin der Tugend in jene heftigen und immer verdächtigen Leidenschaften zu geraten, mit wahrer Grazie bei dem Charakter einer simplen, ehrlichen, guten Art von Frau, die von nichts Bösem weiß und ihr Brot auf eine ehrliche Art verdient, aber von hinlänglich biegsamem Stoff ist und durch seine hohe Geschicklichkeit zu seinen Absichten aufgewunden werden kann.

Indessen spielte sie ihre Rolle so geschickt, daß sie drei oder vier Zusammenkünfte mit ihm hatte, ehe er die geringste Hoffnung auf ihren Beistand erhalten konnte, während welcher Zeit er durch eine Menge fruchtloser Botschaften, Briefe und anderer direkten Versuche sich von meiner Gesinnung selbst überzeugt hatte, daß an mich nicht anzukommen sei, was alles zusammen beitrug, meinen Charakter und Preis vor ihm sehr zu erhöhen.

Aufmerksam indessen, die Schwierigkeiten nicht so weit zu treiben, daß er Zeit gewönne, Entdeckungen über meinen Charakter zu machen, oder sonst andere Zufälle sich zutragen möchten, die ihrem Plan zuwider wären, gab sie sich endlich durch seine Bitten, Versprechungen und, was alles übertraf, durch die verblendende Summe, zu deren Verschreibung sie ihn zu bringen gewußt hatte, überwunden, ob es gleich jetzt eine besondere Kunst war, nicht den Schein zu erwecken, als wenn sie den Lockungen einer großen Summe nachgäbe, sondern so zu handeln, daß er überredet wurde zu glauben, ihre tugendhaften Finger hätten niemals vorher in einer solchen Sache gerührt.

Auf die Art führte sie ihn durch alle Abschattierungen von Schwierigkeiten und Hindernissen hindurch, die nötig waren, den Preis dessen, wonach er strebte, zu erhöhen. Am Ende hatte das bißchen Schönheit, das ich besaß, so sehr seine Begierde gereizt, mich zu besitzen, daß er nicht einmal Ursache hatte, sich der geschickten Behandlung der Sache zu rühmen, sondern er plumpste von selbst in alles hinein, was man ihm vorspiegelte; nicht etwa, daß Mr. Norbert nicht in anderer Rücksicht gewitzt genug war, nicht die Stadt genug kannte und selbst die Art des Betrugs, die ihm jetzt gespielt wurde, sondern seine Leidenschaft begünstigte uns so sehr, machte ihn so begierig und blind, daß er eine Enthüllung des Betrugs für einen seinem Vergnügen geschehenen üblen Dienst gehalten haben würde. Indem er also selbst eilig auf den Punkt zulief, wohin ihn Mrs. Cole haben wollte, brachte sie ihn endlich dahin, mit Freuden einen wohlfeilen Kauf zu schließen, als den er den meines eingebildeten Juwels für nicht mehr als dreihundert Guineen für mich selbst betrachtete, nebst einhundert für die Unterhändlerin als eine geringe Belohnung für alle ihre Mühe und Gewissensgüte, die sie ihm jetzt zum ersten Mal in ihrem Leben aufopferte. Diese Summen sollten bar gezahlt werden bei Überlieferung meiner Person, ungerechnet einige nicht unansehnliche Geschenke während des Laufes der Unterhandlung, in welcher Zeit ich gelegentlich, aber sehr sparsam in seine Gesellschaft geführt worden war – zu schicklicher Zeit und Stunde, in denen ich mich unglaublich mühen mußte, meine natürliche Züchtigkeit höher zu spannen, um sie bei ihm für die einer wahren Jungfrau passieren zu lassen. Alle meine Blicke und Gesten atmeten nichts als Unschuld, die die Männer so hitzig zu keinem anderen Endzweck an uns suchen, als sich selbst mit ihrer Zerstörung zu bewirten, und worin sie doch mit aller ihrer Kunst so leicht hintergangen werden.

Nachdem die Artikel des Vertrages völlig geschlossen waren, die ausgemachte Summe gehörig gesichert und nun nichts mehr fehlte als die Ausführung der Hauptsache, die darauf hinauslief, daß meine Person seiner freien Bestimmung und Gebrauch übergeben würde, wußte Mrs. Cole ihre Entwürfe besonders bezüglich des Ortes so delikat zu behandeln, daß es sein eigener Gedanke und dringende Bitte wurde, daß diese Art Hochzeit in ihrem Hause vollzogen werden möchte. Nein, wirklich, sie könne sich mit so etwas in ihrem Hause nicht abgeben; sie wollte nicht für tausend Pfund, daß einer der Dienstboten oder ihrer Lehrlinge Wind davon bekäme, ihr kostbarer guter Name würde auf ewig verloren sein – und was der Entschuldigungen mehr waren; indessen auch gegen wichtigere Einwände, und indem sie sorgfältig nur solche machte, die behoben werden konnten, kam es endlich dahin, daß sie ihn dahin brachte, noch etwas mehr zu tun, wovon er schon soviel getan hatte.

Die Nacht wurde mit aller möglichen Rücksicht auf die Hitze seiner Begierde bestimmt. Mrs. Cole hatte indessen keine Anweisungen und keine Vorbereitungen gespart, daß ich in Ehren mit meiner Jungfernschaft durchkäme. Wegen der Engigkeit dieser Teile, die ich von Natur hatte, gebrauchte ich keine Hilfsmittel, da diese sie nur auf einige Augenblicke verschaffen, weil sie leicht durch ein warmes Bad entdeckt werden konnten. Statt der gewöhnlichen blutigen Zeichen der Entjungferung, die sie wenngleich nicht immer, so doch in den meisten Fällen begleiten, hatte mir Mrs. Cole eine ihrer eigenen Erfindungen mitgeteilt, die schwerlich ihren Endzweck verfehlen konnte.

Nachdem alles für Mr. Norberts Empfang in Bereitschaft gesetzt war, wurde er um elf Uhr nachts unter dem Geheimnis der Stille von Mrs. Cole selbst hereingelassen und in ihre Schlafkammer geführt, wo ich in ihrem altmodischen Bette ausgekleidet und zitternd lag, wenn auch zwar nicht in der Furcht einer wirklichen Jungfrau, so doch wenigstens in der vielleicht größeren einer verstellten. Das gab mir eine Miene voll Verwirrung und Einfalt, die man meiner Mädchenzüchtigkeit zur Ehre anrechnete und die selbst für weniger parteiische Augen als die meines Liebhabers von ihr kaum unterscheidbar war.

Sobald Mrs. Cole nach der Art, mit der alte Gevatterinnen bei solchen Gelegenheiten ein junges Mädchen Männern übergeben, aus dem Zimmer gegangen war, das, wie er vorher verlangt hatte, schön erleuchtet war, was mir eine genauere Untersuchung, als nachher erfolgte, zu bedeuten schien, sprang Mr. Norbert noch angekleidet ans Bett. Ich hatte meinen Kopf unter die Decke versteckt und wehrte mich lange, ehe er auch nur meine Lippen zum Kuß erreichen konnte. Es ist so wahr, daß eine falsche Tugend bei solchen Gelegenheiten mehr Lärm und Widerstand macht als die wahre! Von da stieg er zu meiner Brust herab, deren Befühlung ich ihm mit Händen und Füßen streitig machte, bis er ermüdet glaubte, er würde im Bette selbst besser mit mir fertig werden, und in einem Augenblick seine Kleider abwarf und hereinsprang.

Mittlerweile konnte ich durch verstohlene Blicke leicht entdecken, daß seine Person weit davon entfernt war, solche stürmischen Anfälle zu versprechen, als eine Jungfernschaft gewöhnlich nötig hat. Eine zerbrechliche, ausgezehrte Figur gab ihm mehr das Ansehen eines Invaliden als das eines Freiwilligen in solchen Diensten.

Kaum dreißig Jahre alt, hatte er schon die Stärke seiner Begierde von erzwungenen Erweckungsmitteln abhängig gemacht, die nur sehr wenig durch die natürliche Kraft eines abwelkenden Körpers unterstützt wurden, den beständig fortgesetzte Überanstrengungen im Vergnügen abgeschwächt und an ihm das getan hatten, was sonst sechzig Winter an der Springfeder des Lebens zu tun pflegen. Bei alledem war ihm aber alles Feuer und alle Hitze der Einbildungskraft eines Jünglings geblieben, die ihn zu gleicher Zeit quälte und den Abgrund hinunterjagte.

Sobald er im Bette war, warf er die Decke herunter, die er mit Gewalt aus meiner Hand winden mußte, und jetzt lag, wie er nur wünschen konnte, nicht allein ich seinen Angriffen ausgesetzt, sondern auch die Bettücher seinen Untersuchungen, bei denen er unter den verschiedenen heftigen Bewegungen meines Körpers sich leicht versichern konnte, daß da weder Zubereitungen noch Blutflecken wären. Aber er war, um ihm Gerechtigkeit widerfahren zu lassen, ein weniger genauer Untersucher, als ich von einem so erfahrenen Praktikus befürchtet hatte. Hierauf riß er mein Hemd auf, weil ich zuviel Umstände damit machte, meine Brust sowohl als die noch wichtigere Anfahrt zu verwahren. Doch schritt er bei allem weiteren mit allen Zeichen der zärtlichsten Achtung gegen mich fort, während es die Kunst meiner Rolle war, keine gegen ihn zu verraten. Ich spielte sie mit allen den Feinheiten, Befürchtungen und Schrecken, die man in einem wirklich unschuldigen Mädchen voraussetzen darf, wenn sie eine so große Neuigkeit, als ihr ein nackter Mann im Bette sein muß, zum erstenmal fühlt. Er erhielt auch kaum einen anderen Kuß, als den er raubte; ich riß wohl zwanzigmal seine Hand von meiner Brust weg, wo er sich dank ihrer Härte und Festigkeit versichert hatte, daß es noch unbetastete Ware sei. Als er aber nun ungeduldiger, nach der Hauptsache verlangend, sich über mich hinwarf und zuerst mit seinen Fingern versuchte, so fing ich an, mich bitterlich zu beklagen: Ich hätte gedacht, er würde einem Menschen nicht so begegnen. Ich wäre verloren. Ich wüßte nicht, was ich getan hätte. Ich wollte aufstehen, ja wahrhaftig, ich wollte. Ich preßte sogleich meine Beine so fest aneinander, daß es für eine Kraft wie die seinige unmöglich war, sie zu öffnen oder sonst etwas auszurichten. Indem ich so meine Vorteile fand und sah, daß ich sowohl seine als meine Bewegungen in meiner Gewalt hatte, wurde mir es so leicht als irgend etwas in der Welt, ihn zu hintergehen. Mittlerweile war seine Maschine, die von der Form war, die aus- und eingehen kann, ohne daß man es merkt, steif gegen die Teile gerichtet, zu denen ihm der Zugang verwehrt war. Als er am Ende fand, daß er durch bloße körperliche Gewalt nichts ausrichtete, nahm er seine Zuflucht zu Bitten und

Vorstellungen, worauf ich nur mit einem Ton von Blödigkeit und Furchtsamkeit antwortete, ich fühlte, daß es mich töten würde. Himmel! So sollte man mir nicht begegnen. So wäre man Zeit meines Lebens nicht mit mir umgegangen. Ich würde mich wundern, daß er sich nicht selbst schämte, ich täte es. Ich sagte das auf eine so einfältige, kindische Art des Widerstrebens und Klagens, als ich für den Ausdruck erschrockener Unschuld für die beste hielt. Endlich, als wenn ich der Heftigkeit seiner Taten und Worte nach gäbe, öffnete ich meine Lenden geradeso, daß er kaum den gespaltenen Eingang mit der Spitze seines Instruments berühren konnte. Als er sich aber abarbeitete und abmühte, hineinzudringen, gab ich nicht allein meinem Körper eine Wendung, die seinem Einlaß entgegenkam, sondern schüttelte ihn auch mit einem Schrei, als wenn er mir ins Herz gebohrt hätte, mit einer solchen Heftigkeit ab, daß er sich nicht im Sattel halten konnte. Beunruhigt, aber nicht mißvergnügt über meine Sprödigkeit, hätte ich geschworen, daß er mich darum nur desto höher hielt und sich selbst wegen der Schwierigkeiten, die seinem Vergnügen Abbruch taten, schmeichelte. Jetzt aber, erhitzt auf eine Art, die ihm allen Verzug unerträglich machte, stieg er wieder auf und bat mich, Geduld zu haben, indem er mich streichelte und zu besänftigen suchte durch alle möglichen Schmeicheleien und Vorstellungen von dem, was er noch über das für mich tun wollte, wobei ich mich stellte, etwas besänftigter und nachlassender in meinem Zorn zu werden, und ihm zuließ, meine Lenden für einen neuen Versuch weiter zu öffnen; aber ich paßte diesen Augenblick so gut ab, daß die Mündung nicht sobald ein wenig geöffnet war, als ich einen heftigen Satz tat, der von der Gewalt, die er mir zu tun schien, herkäme – einen Umstand, den ich nicht ermangelte, mit den gehörigen Gesten, Seufzern, Klagen zu begleiten, von denen die, daß er mir Schaden getan, mich tötete, ich umkommen müßte, die häufigsten Behauptungen waren. Nach wiederholten Versuchen, in denen er wenigstens für dieses Mal nicht im geringesten weitergekommen war, stieg die Lust so hoch in ihm, daß er sich nicht länger halten konnte, und in der Kraft und Wut, die ihm die Annäherung des höchsten Augenblicks gab, tat er einen heftigen Stoß, der mich fast aus meinem Posten trieb, und brachte seine Maschine so tief hinein, daß ich den warmen Erguß gerade in der Mündung fühlte. Aber ich war grausam genug, es ihn nicht vollenden zu lassen, sondern warf ihn wieder ab, nicht ohne die lautesten und durchdringendsten Ausrufungen, als wenn die Pein mich ganz unachtsam darauf machte, ob ich gehört würde oder nicht. Man konnte leicht bemerken, daß er noch vergnügter über die vorgeblichen Ursachen seines gestörten Vergnügens wurde, als er selbst über die Vollendung desselben gewesen sein würde. Besänftigt und erleichtert indessen durch diese eine Ausleerung, fing er jetzt an, mich zu beruhigen, mutig zu machen und in gute Laune zu setzen, um geduldig einen neuen Angriff zu ertragen, zu dem er sich durch alle die Reizungen anschickte, die ihm Gesicht und Gefühl geben konnten, indem er jeden einzelnen Punkt meines Körpers untersuchte und sein Entzücken darüber durch Küsse, die er überallhin verschwendete, ausdrückte und keinen Teil an mir ohne die heißeste Berührung und Beschauung ließ. Seine Kraft kehrte indessen nicht sobald wieder zurück. Ich fühlte ihn mehr als einmal an die Tür klopfen, aber er war so wenig imstande hereinzubrechen, daß ich zweifle, er würde hineingekommen sein, hätte ich sie auch noch so offen gehalten; aber er hielt mich für zu wenig bekannt mit der Natur der Dinge, um darüber unwillig oder verwirrt zu werden, und so blieb er, mich und sich abmattend, lange, bis sein Maschinchen die Steifigkeit wieder annahm, ohne die er seine Angriffe mit Hoffnung eines glücklichen Erfolges nicht fortsetzen konnte! Und dann machte ich ihn so warm und hielt ihn so lange auf, daß, ehe er noch sichtbare Fortschritte zum Eindringen hatte machen können, er in einen angenehmen Schweiß und völlige Mattigkeit geriet, so daß es schon tief in den Morgen hinein war, ehe er seinen zweiten Versuch gemacht hatte. Er tat halb den Weg etwa herein, wobei ich mich über seine fürchterliche Stärke beklagte und aufschrie, wie über die Unermeßlichkeit des Dinges, das, wie ich fürchtete, mich aufspalten würde. Ermüdet endlich von dieser athletischen Pfuscherei, fing mein Ritter an, es aufzugeben und sich nach der erquickenden Ruhe zu sehnen. Nachdem er mich mit vieler Inbrunst geküßt und mir Ruhe empfohlen hatte, fiel er sogleich in tiefen Schlaf.

Sobald ich mich davon hinlänglich versichert hatte, führte ich ganz still, um ihn nicht zu erwecken, aber sicher und leicht genug Mrs. Coles Rat aus, den sie mir hinsichtlich der Zeichen der Jungfernschaft gegeben hatte.

In jedem der Bettpfosten am Kopfe des Bettes, gerade über der Stelle, wo die Seitenbalken des Bettes eingefügt werden, war ein kleines Fach, das so künstlich in die Masse hineingearbeitet war, daß es auch der sorgfältigsten Untersuchung hätte entgehen können. Diese Schubfächer konnten durch eine Sprungfeder leicht geöffnet und verschlossen werden, und beide waren mit einer gläsernen Flasche voll flüssigen Bluts versehen, in denen ein Schwamm lag, den man nur herausnehmen und zwischen den Beinen sanft ausdrücken durfte, wodurch mehr Blut herausgepreßt wurde, als zur Rettung der Ehre eines Mädchens nötig war; dann konnte man es wieder hineinlegen und durch Berührung der Sprungfeder jede Entdeckung, ja selbst den geringsten Argwohn unmöglich machen. Alles dies war das Werk von nicht dem vierten Teil einer Minute und gleich leicht auszuführen, auf welcher Seite man auch lag, weil jeder Pfosten damit versehen war. Es ist wahr, wäre er erwacht und hätte mich dabei ertappt, so würde er mich wenigstens in Scham und Verwirrung gebracht haben; aber daß er nicht erwachte, hatte bei der Vorsicht, die ich angewandt, tausend gegen eins für mich.

Jetzt ruhig und über alle Furcht irgendeines Zweifels oder Verdachts von seiner Seite hinaus, überließ ich mich in allem Ernste der Ruhe, fand aber keine, denn nach einer halben Stunde wachte mein Gentleman schon wieder auf und fand mich, als er sich zu mir hinwandte, in angeblich tiefem Schlaf, den er aber nicht lange achtete, sondern anfing, sich zu einem neuen Angriffe zu rüsten, mich zu liebkosen, worüber ich denn tat, als wache ich eben auf, und zu klagen anfing über die Störung und den Schmerz, dem mich das bißchen Ruhe gerade entzogen hätte. Hitzig indessen auf das Vergnügen und auf die Ehre des Triumphes der völligen

Besiegung meiner Jungfernschaft sagte und tat er alles, was meinen Widerstand aufheben und ihm meine Geduld bis ans Ende gewinnen konnte, was ich jetzt auch williger war, ihm zu gewähren, weil ich jetzt der blutigen Zeichen dieser siegreichen Gewalttätigkeit gewiß war, ob ich es gleich noch für klug hielt, ihn noch eine Zeitlang nicht hereinzulassen. Ich antwortete also nur auf seine Zudringlichkeiten in Seufzern und Klagen. Ich hätte so viel gelitten, daß ich's nicht ertragen könnte; ich wüßte gewiß, er hätte mir Leides getan, ja sicher, er wäre so ein böser Mann! Wie er hierauf die Decke niederzog und beim Schimmer des verlöschenden Lichts das Schlachtfeld erblickte, sah er deutlich meine Lenden, mein Hemd und die Bettücher voll Blut. Nichts glich nun seiner Entzückung. Die Täuschung war vollendet; keine andere Idee kam ihm in den Kopf, als daß er eine noch nie betretene Mine geöffnet. Das vermehrte seine Zärtlichkeit gegen mich zugleich mit der Begierde, sie völlig aufzuhauen. Er küßte mich daher mit dem äußersten Entzücken, tröstete mich und bat mich um der Schmerzen wegen, die er mir gemacht hätte, um Verzeihung, und setzte hinzu, es sei der gewöhnliche Lauf der Dinge; das Schlimmste aber sei vorbei und ich würde mit ein wenig Geduld auch über alles hinwegkommen und niemals mehr etwas anderes als das größte Vergnügen erfahren. Immer mehr und mehr ließ ich mich denn bewegen, tat, als übergäbe ich ihm alles, und legte daher meine Beine weit auseinander, um ihm Eingang zu verschaffen. Als er sich nun dieses zunutze machte und ein wenig in mich hineindrang, spielte ich meine Rolle so gut, daß ich durch geschickte Wendungen und Krümmungen eine künstliche Schwierigkeit des Eingangs bewirkte, so daß er nur mit äußerster Anstrengung Zoll für Zoll seinen Posten gewinnen konnte, während ich immer noch bitter klagte, bis er endlich mit voller Macht und Kraft sich hineinwand und nun völlig hineinkam, so daß er, wie er glaubte, jetzt meiner Jungfernschaft den Gnadenstoß gab, wobei ich einen heftigen Schrei tat, während er als ein Hahn, der um seine niedergetretene Geliebte triumphierend die Flügel zusammenschlägt, jetzt sein Vergnügen verfolgte, das durch die Idee eines vollkommenen Sieges bei ihm zu einer Höhe stieg, die mir bald seine schmelzende Periode fühlbar machte. Unterdessen spielte ich das tiefverwundete, atemlose, erschrockene, verlorene, nicht länger mehr leben bleiben wollende Mädchen.

Sie werden mich vielleicht fragen, ob ich die ganze Zeit über Vergnügen gefühlt habe. Ich versichere Ihnen, wenig oder nichts. Nur gegen Ende kam eine schwache Empfindung davon ganz mechanisch in mich durch das lange Befahren und Reiben dieses immer empfindlichen Teils; aber zuvor hatte ich auch nicht den geringsten Geschmack für den, dessen Umarmungen ich bloß des Eigennutzes wegen zugeben mußte. Ich war auch durchaus mit der Rolle nicht zufrieden, die ich zu spielen hatte, was ich mir auch für Entschuldigungen dafür anführen mochte. Die Unempfindlichkeit gerade erhielt mich aber so sehr in vollem Bewußtsein meiner selbst, daß ich darum auch diese Täuschung die ganze Szene hindurch um so glücklicher ausführen konnte.

Nachdem er mich endlich durch zärtliche Tröstungen, Küsse und Umarmungen zum Leben zurückgebracht hatte, machte ich ihm Vorwürfe, und zwar in so natürlichen Ausdrücken, daß sie seine Zufriedenheit über das, was er getan, noch vermehrte. Als ich nach gewissen Beobachtungen vermutete, daß es ihm besser sein würde, sich zu schonen, und er trotz seiner Schwäche nach einiger Zeit einen neuen Ausfall zu tun drohte, widersetzte ich mich dem mit Entschlossenheit unter einem Vorwande, der seiner Männlichkeit schmeichelte: ich sei so heftig verwundet, daß ich einen neuen Versuch nicht aushalten würde. Er gestand mir also gnädig eine Erholung zu. Als der Morgen tiefer hereinkam, wurde ich von seinen ferneren Zudringlichkeiten befreit. Bald nachher kam Mrs. Cole herein, gegen die er in Ausdrücke der größten Freude und Entzückung über den Triumph, den er über meine Tugend davongetragen, und den Todesstoß ausbrach, den er ihr in der Nacht gegeben hatte, wobei er noch hinzufügte, daß sie an den blutigen Zeichen in den Tüchern Beweis genug sehen würde.

Sie können sich leicht denken, wie eine Frau von ihrer Geschicklichkeit und Erfahrung den Spaß aufnahm und ihn durch wechselweise Ausrufung des Ärgers, der Scham, des Mitleids mit mir an der Nase herumführte und bekannte, wie heilfroh sie sei, daß die Sache so gut geendigt wäre (welches letzte denn, wie ich glaube, ihr voller Ernst war). Da jetzt der Einwurf behoben war, den sie als ganz unüberwindlich vorgestellt hatte, nämlich der, daß ich die erste Nacht in seinem Hause bei ihm schlafen sollte, ein Einwand, den sie von meiner jungfräulichen Furcht hergeleitet hatte, in eines Mannes Kammer zu gehen und mit ihm allein im Bette zu sein, tat sie jetzt so, als wollte sie mich überreden, daß ich ihm zu Gefallen zu ihm selbst kommen möchte, wenn es ihm gefiele, ohne dabei den Schein, als wenn ich bei ihr arbeitete, aufzugeben, damit ich mit meinem guten Namen nicht auch noch die Hoffnung auf einen Ehemann verlöre und zugleich ihr Haus ins Gerede brächte. Alles dies schien Mr. Norbert so vernünftig und überlegt zu sein, daß er nicht einmal merkte, daß ihre einzige Absicht war, ihn nicht oft im Hause zu sehen, damit er keine Abweichungen merkte, die der Sinnesart, die sie gegen ihn angenommen, widersprächen, zumal dieser Plan noch seiner Bequemlichkeit und Freiheitsliebe sehr schmeichelte.

Er überließ mich also meiner Ruhe, die ich sehr nötig hatte, und stand auf. Mrs. Cole schaffte ihn, nachdem sie alles meinetwegen mit ihm in Richtigkeit gebracht hatte, unentdeckt aus dem Hause. Hierauf, und nachdem ich erwacht war, gab sie meiner Geschicklichkeit das gebührende Lob und weigerte sich, immer treu ihrer gewohnten Mäßigung und Uneigennützigkeit, irgend etwas von der gewonnenen Summe anzunehmen. Sie zeigte mir auch einen leichten und bequemen Weg, auf dem ich meine Sachen, die jetzt ein kleines Vermögen betrugen, ordnen konnte, so daß ein Kind von zehn Jahren sein Eigentum sich wohl und sicher hätte erhalten können.

Ich war also in meinen alten Zustand einer unterhaltenen Mätresse wieder eingesetzt und pflegte pünktlich Mr. Norbert in seinem eigenen Zimmer aufzuwarten, wenn er zu mir schickte, was ich immer zu vereiteln suchte. Vor allem wußte ich es mit vieler Geschicklichkeit so einzurichten, daß er nie hinter meine Verbindungen mit Mrs. Cole kam, sondern in seiner Ruhe und dem beständigen Gewirre der Ausschweifungen der Stadt blieb, ohne Muße, auf etwas anderes als auf seine eigenen Angelegenheiten zu achten, geschweige denn auf die meinigen.

In dieser Zeit machte ich an mir selbst die Erfahrung, daß keine Mätressen besser bezahlt und behandelt werden als die von denen, die, entnervt von Natur, Ausschweifung oder Alter, den wenigsten Beruf fürs andere Geschlecht haben; denn sie fühlen, daß ein Frauenzimmer irgend wodurch befriedigt werden muß, suchen das also zu erzielen durch tausend kleine Aufmerksamkeiten, Geschenke, Liebkosungen, Vertraulichkeiten und erschöpfen ihr Gehirn, etwas zu erfinden, das ihren Hauptmangel ersetzen soll. Wieviel Kunst, Mittel und Verfeinerungen des Vergnügens wenden sie nicht an, ihre erschlafften Kräfte des Vergnügens zu heben und die Natur in den Dienst ihrer Sinnlichkeit zu zwingen! Aber das ist ihr Unglück, daß, nachdem sie durch allerhand Stellungen, Anstrengungen und wollüstige Bewegungen sich endlich einen schwachen, kraftlosen Genuß verschafft haben, sie zu gleicher Zeit in dem Gegenstand ihrer Leidenschaft eine Flamme erwecken, die diese, weil sie nicht selbst sie stillen können, in die Arme des ersten besten Mannes zur Befriedigung der Begierde treibt; sie werden also die gefälligen Geschöpfe für einen geheimen Liebhaber, für eine kraftvollere, befriedigendere Stillung ihrer Lust, da in Frauenzimmern, besonders von unserer Art, ein eigener Grundtrieb liegt, der sich, mag auch das Herz sonst noch so gut sein, nach seinen eigenen Grundsätzen regiert, unter denen besonders der ihnen eigentümlich ist, nie den Willen für die Tat anzunehmen.

Mr. Norbert, der in dieser unangenehmen Lage war, obgleich er mir viel Zuneigung ausdrückte und zeigte, konnte doch selten seine Hauptfreude mit mir nicht vollbringen, ohne eine solche Länge und Menge von Zurüstungen zu verwenden, die ebenso ermüdend als erhitzend waren.

An einen Abend, erinnere ich mich noch, als ich von ihm zurückkam und er auch in mir Begierden erregt hatte, die er zu schwach zu erfüllen war, da ich eben um die Ecke einer Straße ging, als ein junger Matrose sich an mich heranmachte. Ich war auf die reinliche, nette, aber simple Art gekleidet, die ich immer zu beobachten suchte, hatte aber vielleicht in meinem Gange etwas Unruhiges, das man in einer kühleren Verfassung nicht zu haben pflegt. Nichtsdestoweniger bemächtigte er sich meiner als einer Prise, schlang seine Arme um meinen Hals und küßte mich recht derb und innig. Ich sah ihn an mit aufwallendem Ärger über seine Grobheit und einem Unwillen, der sich aber in andere Empfindungen verwandelte, als ich ihn erst sah. Denn er war schlank, männlichen Ansehens, hübsch von Wuchs und Gesicht, so daß ich mein Anstaunen änderte und ihn mit einem fast zärtlichen Tone fragte, was er wollte, worauf er mit derselben Offenheit und Lebhaftigkeit bat, mich auf ein Glas Wein einladen zu dürfen. Nun ist es gewiß: wäre mein Blut ruhiger und ich selbst nicht so sehr unter der Herrschaft unbefriedigter Begierden und Reizungen gewesen, so würde ich es ihm ohne Bedenken abgeschlagen haben; aber ich weiß nicht, wie es kam, meine drängenden Begierden, seine Figur, die Gelegenheit und, wenn Sie wollen, die mächtige Vereinigung alles dessen mit einer aufsteigenden Neugierde, das Ende einer Begebenheit zu sehen, die so neu für mich war wie die, mich als eine gemeine Straßendirne behandelt zu sehen, alles wirkte darauf hin, daß ich meine stillschweigende Einwilligung gab. Mein Verstand war es nicht, der jetzt gehorchte. Ich ließ mich also hinziehen von diesem Kriegsmann, der mich so vertraut untern Arm nahm, als wenn ich ihn zeit seines Lebens gekannt hätte, und mich in die nächste, bequemste Schenke führte, wo man uns in ein kleines Zimmer an der einen Seite des Durchgangs wies. Hier geduldete er sich kaum so lange, daß der Aufwärter den bestellten Wein brachte, sondern fiel sogleich über mich her, knüpfte mein Halstuch los, gab mir einen herzhaften Schmatz, öffnete meinen Busen völlig und fing an damit zu wirtschaften mit dem heißen Appetit, der alle Zeremonie abkürzt, die immer mehr ermüdend als angenehm bei solchen Gelegenheiten ist. Allein da wir zum Hauptpunkt forteilen wollten, fanden wir keine Bequemlichkeit für unser Vorhaben, da zwei oder drei zerbrochene Stühle und ein ungehobelter Tisch aller Hausrat des Zimmers war.

Ohne viel Umstände also pflanzte er mich mit dem Rücken stehend gegen die Wand und kam, nachdem meine Röcke aufgehoben waren, mit seinem Spaltwerkzeug, wie mir's vorkam, als er es schwenkte, hervor und fing mit einer Hitze an zu arbeiten, die er, lange auf der See genährt, an mir zuerst auslassen wollte. Ich stellte mich auseinander, paßte meine Stellung ab und tat mein Möglichstes, es zu fördern, auch erhielt ich etwas davon; aber immer ging es noch nicht, wie er es gern gesehen hätte; er veränderte also in einer Minute seine Batterie und führte mich an den Tisch, legte mit der einen Hand meinen Kopf auf die Kante desselben und hob mit der andern meine Röcke und Hemd auf, so daß er jetzt meine Hinterteile seinem wütenden Werkzeuge bloßlegte.

Es zwang sich nun seinen Weg durch. Als ich aber fühlte, daß er bei der rechten Tür vorbeiging und gewaltig an die unrechte schlug, sagte ich es ihm, worauf er nur antwortete: »Oh, meine Liebe, nur einen Hafen für den Sturm.« – Er änderte indessen seinen Lauf und kam tiefer herunter, stach recht an und trieb seinen Mastbaum mit einer so angenehmen Steifigkeit hinein, daß alles schäumte und er sich mit solchem Feuer und solcher Hitze in die schmelzende Ohnmacht hineinarbeitete, daß eine reiche Flut balsamischer Süßigkeiten sich zugleich mit der meinigen vereinigte und den wütenden Brand meiner erhitzten Begierden in dem konvulsivischen Druck, mit dem ich ihn, mich gegen ihn hebend, an mich preßte, ertränkte.

Als es vorbei war, war es nun meine Sorge, wie ich wieder nach Hause käme; denn obgleich ich mit seiner Hitze gegenüber dem lässigen Spiel, das in mir Flammen erregt und mich zu diesem Schritte gebracht hatte, sehr wohl zufrieden war, so fing ich doch, als ich kühler geworden war, an zu fürchten, in eine Bekanntschaft mit diesem obgleich angenehmen Fremden zu kommen, der seinerseits davon sprach, den Abend mit mir zubringen zu wollen, um unsere Vertraulichkeit fortzusetzen, und zwar mit einer Entschlossenheit, die mich fürchten ließ, ich würde nicht so bald wieder von ihm loskommen, als ich wünschte. Ich verhehlte meine Unruhe und tat, als willigte ich gern in seine Absicht, nur sagte ich noch, ich würde bloß einen Schritt in mein Haus tun, um da etwas zu besorgen, und dann gleich wieder zurückkommen. Damit nahm er ohne Bedenken vorlieb, weil er mich für eine der unglücklichen Straßengeschöpfe hielt, die sich dem Vergnügen des ersten besten, der sie anhält, ergeben, und weil er glaubte, daß ich meinen Lohn nicht im Stich lassen würde. So ging er also mit mir davon, nachdem er vorher vornehmlich eine Abendmahlzeit bestellt hatte, der ich grausam genug war, meine Gesellschaft zu entziehen.

Als ich nach Hause gekommen war und Mrs. Cole mein Abenteuer erzählte, machte sie mir so lebhafte Vorstellungen über die Art und Gefahr meiner Torheit für meine Gesundheit, daß ich den Entschluß faßte, mich niemals wieder in so etwas einzulassen, was ich auch unverbrüchlich gehalten habe. Ich brachte viele Tage in beständiger Unruhe zu, daß ich nicht etwa andere Folgen als das Vergnügen bei diesem Abenteuer erhalten haben möchte. Allein mit diesen Befürchtungen tat ich meinem artigen Schiffer unrecht, wofür ich ihm mit Freuden hier diese Genugtuung gebe.

Ich hatte mit Mr. Norbert jetzt etwa ein halbes Jahr gelebt, eine Zeit, die ich sehr angenehm unter den Vergnügungen in Mrs. Coles Hause und den gehörigen Aufwartungen bei diesem Gentleman zugebracht hatte, der mich verschwenderisch für die uneingeschränkte Gefälligkeit bezahlte, mit der ich auf alle seine Launen einging. Dies gewann mir ihn so sehr, daß er, der, wie er sagte, alle die Abwechslung in mir allein fand, die er sonst bei einer großen Anzahl von Frauenzimmern hatte suchen müssen, jetzt seine Unbeständigkeit und die Gewohnheit verlor, immer nach neuen Gesichtern zu suchen. Aber etwas, das mir wenigstens ebenso angenehm als seine zärtliche Anhänglichkeit und zugleich schmeichelhaft war, war, daß die Liebe, die ich ihm eingeflößt hatte, ihm auch eine Achtung für mich einflößte, die seiner Gesundheit sehr vorteilhaft war. Ich brachte ihn nach und nach und durch die rührendsten Vorstellungen zu einem größern Haushalten mit ihr, damit er sich die Dauer der Vergnügungen selbst durch einen mäßigeren Genuß und Unterlassung der Ausschweifungen, denen er sehr ergeben war, mehr sicherte. Weil er seine Gesundheit erschüttert und seine Lebenskraft selbst da, wofür er am meisten leben zu wollen schien, zerstört hatte, wurde er dadurch wählerischer, mäßiger und nachher auch gesünder. Als aber seine Dankbarkeit für mein Glück gerade eine sehr angenehme Wendung nehmen wollte, schlug noch einmal der Eigensinn meines Schicksals mir den Becher von den Lippen weg.

Seine Schwester, Lady L, die er zärtlich liebte, bat ihn, sie nach Bath, wohin sie ihrer Gesundheit wegen ging, zu begleiten, eine Gefälligkeit, die er ihr nicht abschlagen konnte. Ob er gleich nur höchstens auf eine Woche Abwesenheit rechnete, nahm er mit schwerem, ahnungsvollem Herzen Abschied von mir. Er ließ mir zugleich eine Summe zurück, die weit über seine Verhältnisse ging und nicht mit der Kürze seiner Reise übereinstimmte, die sich freilich in die längste von der Welt zog und die er nur einmal tat. Denn als er nach Bath kam, war er nicht zwei Tage da, als er sich der Ausschweifung im Trinken mit anderen überließ und dadurch in ein hitziges Fieber fiel, das ihn in vier Tagen hinwegraffte, während welcher er nie wieder aus seiner Raserei kam. Wäre er bei Verstande gewesen, um ein Testament zu machen, so würde er vielleicht auch mich gütig bedacht haben. Also verlor ich ihn. Da aber kein Stand mehr Veränderungen ausgesetzt ist als der eines Frauenzimmers wie ich, so hatte ich auch bald meine Heiterkeit wieder. Ich sah mich von neuem als von der Liste der gehaltenen Mätressen gestrichen an und kehrte also in die Gemeinschaft wieder zurück, aus der ich eine Zeitlang gerissen war.

Mrs. Cole setzte ihre Freundschaft für mich weiter fort und bot mir ihren Beistand und Rat bei einer neuen Wahl an. Aber ich war jetzt in einem Zustande von Behäbigkeit und Überfluß, daß ich mir Zeit nehmen konnte, mich umzusehen. Was aber den Reiz zum Vergnügen, der aus meinem Temperament entstand, anbetraf, so wurde ihr Drang und seine Empfindlichkeit sehr durch die Leichtigkeit gemildert, mit der sie in Mrs. Coles Hause gestillt werden konnten, wo Louisa und Emily immer ihren Weg fortgingen und meine liebe Harriet oft mich zu besuchen pflegte, den Kopf und das Herz voll von der Glückseligkeit, deren sie mit ihrem teuren Baronet genoß, den sie mit zärtlicher Standhaftigkeit liebte. Er unterhielt nur sie und hatte, was noch mehr ist, sie durch eine Versorgung für sie selbst und die Ihrigen unabhängig gemacht.

Ich lebte für meine Person in einer gewissen Freiheit, als eines Tages Mrs. Cole mir eröffnete, daß ein gewisser Mr. Barvile, ein Gentleman, der ihr Haus zu besuchen pflegte, eben in die Stadt gekommen wäre. Er setzte sie in eine gewisse Verlegenheit, da sie ihm eine schickliche Gesellschafterin verschaffen sollte. Das war wirklich ein schwieriger Punkt, da er von einem grausamen Geschmack beherrscht wurde, nicht allein sich selbst unbarmherzig peitschen zu lassen, sondern das auch andern zu tun. Ob er gleich nun reichlich diejenigen bezahlte, die Mut und Gefälligkeit genug hatten, sich in seine Laune zu schicken, gäbe es doch wenige, die sich mit ihm auf Kosten ihrer Haut einlassen wollten. Was aber das Seltsame dieser Absonderlichkeit noch vermehrte, wäre seine Jugend, da sie gemeiniglich nur denen beikäme, die ihres Alters wegen zu diesem Versuch ihre Zuflucht nehmen müßten, um den Umlauf ihrer trägen Säfte zu beschleunigen und einen Zusammenfluß der Lebensgeister des Vergnügens in diesen erschlafften und verwelkten Teilen zu bewirken.

Dies eröffnete Mrs. Cole mir nicht in der Hoffnung, daß ich meine Dienste anbieten würde; denn behäbig, wie ich war, hätte nur die Versuchung eines ganz unermeßlichen Vorteils mich dahin bringen können. Auch hatte ich nie irgendeinen Trieb oder eine Neugierde ausgedrückt, mehr von einem Geschmacke kennenzulernen, der ungleich mehr Schmerz versprach als das Vergnügen denen, die zu so heftigen Versuchen nicht aus Not zu greifen brauchten. Was hätte mich also bewegen sollen, mich freiwillig einer Partie des Schmerzes zu überlassen, die ich als solche vorher kannte? Um Ihnen die Wahrheit zu gestehen, war es eine plötzliche Caprice, eine Laune, einen neuen Versuch zu machen, und zugleich auch eine Eitelkeit, Mrs. Cole einen Beweis von meinem persönlichen Mut zu geben, was mich bestimmte, mich auf jede Gefahr ihr anzubieten und sie alles fernern Umsehens zu überheben, wodurch ich sie zugleich in Erstaunen und Vergnügen versetzte, daß ich ihr so offen und frei meine Person anbot, damit ihr Freund nach Wohlgefallen mit mir schalten könnte.

Meine gute zeitliche Mutter war indessen so gütig, alle Gründe aufzubieten, um mich davon abzubringen; weil ich aber sah, daß sie dies bloß aus Zärtlichkeit gegen mich tat, bestand ich auf meinem Vorsatz und befreite dadurch mein Anerbieten von allem Verdacht, daß ich es nicht ehrlich und nur als Kompliment gemeint hätte. Sie ergab sich denn dankbar darein und setzte hinzu, daß außer dem Schmerz, dem ich mich unterzöge, sie sich kein Gewissen daraus machte, mich in diese Angelegenheit hineinzuziehen, für die ich, so versicherte sie mir, reichlich bezahlt werden würde. Dabei sollte die Sache, die sonst leicht lächerlich werden würde, tiefes Geheimnis bleiben. Sie für ihre Person sähe das Vergnügen irgendeiner Art für den allgemeinen Hafen der Bestimmung und jeden Wind, der daher bliese, für günstig an, vorausgesetzt, daß er niemandem zum Schaden bliese. Sie bemitleide die unglücklichen Menschen mehr, als daß sie sie tadle, weil sie unter der Tyrannei eines willkürlichen Geschmakkes sich befanden, der ihnen auf eine unerklärliche Art Regeln für ihren Trieb zum Vergnügen vorschriebe. Es seien eben Arten des Geschmacks, die ebenso unendlich verschieden und über jeden Vernunftschluß erhaben und unabhängig wären als die besondern Arten der Gaumenlust der verschiedenen Menschen für besondere Speisen; wie einigen wählerischen Mägen alle einfachen Speisen anekelten und sie nur an hochgewürzten, schwelgerischen Gerichten Gefallen hätten, dahingegen andere diese wieder verabscheuten.

Ich hatte diese Vorrede von Ermunterungen und Rechtfertigungen nicht mehr nötig, denn mein Wort war gegeben und ich war entschlossen, es zu halten. Also wurde die Nacht angesetzt, und ich erhielt alle nötigen Unterweisungen, wie ich mich dabei zu betragen hätte. Das Speisezimmer wurde hinlänglich instandgesetzt und erleuchtet und der junge Gentleman hineingeführt, mich zu erwarten.

Ich wurde von Mrs. Cole hineingebracht und ihm in einem losen Negligé, das ganz nach ihrem Rat für die Übung, die meiner wartete, vom feinsten Linnen und ganz aus einem weißen Stück gemacht war, vorgestellt. Ich trug Oberkleid, Unterrock, Strümpfe und atlasne Pantoffeln, gleich einem Opfer, das zur Schlachtbank geführt wird; mein schwarzbraunes Haar, das in Locken über meinen Nacken herabfiel, bildete einen angenehmen Kontrast zu der Farbe des übrigen Teils meines Anzugs.

Sobald Mr. Barvile mich erblickte, stand er mit sichtbarem Ausdruck des Vergnügens und der Verwunderung auf und fragte Mrs. Cole, nachdem er mir sein Kompliment gemacht, wie es möglich sei, daß ein so schönes und anmutiges Geschöpf sich freiwillig den Leiden und Schmerzen unterwerfen könnte, die die Bedingung dieser Verbindung wäre? Sie antwortete darauf gehörig und ging, weil sie jetzt in meinen Augen las, daß sie uns verlassen könnte, hinaus, nachdem sie ihm noch Schonung gegen einen so zarten Neuling anempfohlen hatte.

In der Zeit, da ihre Aufmerksamkeit beschäftigt war, war es auch die meinige mit der Untersuchung der Figur und Person dieses unglücklichen jungen Mannes, der so unerklärlich verdammt war, sich sein Vergnügen, wie die Knaben ihre Lektion, einpeitschen lassen zu müssen.

Er war außerordentlich schön und zart gebaut und schien mir nicht mehr als höchstens zwanzig Jahre zu sein, obgleich er drei Jahr älter war, als ich vermutete. Diesen günstigen Irrtum verdankte er einer Neigung zur Dickleibigkeit, die in einer kurzen, gedrungenen Statur und einem runden, fetten, rotbäckigen Gesicht lag und ihm das Ansehen eines Bacchus gegeben hätte, wenn nicht eine finstere Miene, um nicht zu sagen Ernsthaftigkeit, die sich gar nicht zu seinem Gesichte schickte, den Ausdruck der Freude, der zur Vollendung dieser Ähnlichkeit nötig war, wieder vernichtet hätte. Sein lichtbraunes Haar war ziemlich dick und ohne Locken, frisiert wie die Rundköpfe aus Olivers Zeiten. Sein Anzug war äußerst nett, aber einfach und weit unter dem großen Vermögen, in dessen vollem Besitz er war: auch das war ein Eigensinn von ihm, nicht Geiz.

Sobald Mrs. Cole aus dem Zimmer gegangen war, bat er, mich bei sich niederzusetzen. Sein Gesicht bekam jetzt den Ausdruck der angenehmsten Süße und guten Laune, was durch den schnellen Übergang von einem Extrem ins andere desto auffallender wurde, ein Umstand, der, wie ich bei näherer Bekanntschaft mit seinem Charakter fand, von dem Kampfeszeichen und der Sklaverei herrührte, in der sein so sonderbarer Geschmack ihn hielt, den ein unglückliches, mächtiges Temperament bewirkte, das ihn des Genusses aller Freuden unfähig machte, wenn er sich nicht erst diesen außerordentlichen Mitteln unterwarf, wie sie ihm durch den Schmerz verschafft wurden. Dieses beständige peinliche Bewußtsein drückte seiner Physiognomie allmählich den Stempel des Sauersehens und der Finsterheit auf, die sonst mit der natürlichen Sanftheit seines Temperaments gar nicht übereinstimmten.

Nach einer hinlänglichen Vorbereitung durch Erklärungen und Aufmunterungen, meine Rolle mit Geist und Standhaftigkeit zu spielen, stand er nah beim Feuer auf, unterdessen ich hinging und aus einem anstoßenden Kabinett die Werkzeuge für die Züchtigung holte. Diese waren einige Ruten, jede aus zwei oder drei aneinandergebundenen Birkenzweigen gemacht, die er nahm, schüttelte und mit ebensoviel Vergnügen besah als ich mit einer Art von schauriger Ahnung.

Nachdem wir von der Wand des Zimmers eine lange breite Bank, auf der man auf einem weichen Kissen der Länge nach bequem liegen konnte, genommen hatten und nachdem alles bereit war, zog er seinen Rock und die Weste ab. Ich knöpfte, auf die Zeichen und Bewegungen hin, die er machte, seine Beinkleider auf, rollte sein Hemd bis über den Unterleib und steckte es da fest, wobei ich, als ich ganz natürlich meine Augen auf das eigensinnige Werkzeug, für das alle diese Zurüstungen gemacht wurden, warf, bemerkte, daß es ganz in den Leib hineingeschrumpft zu sein schien und kaum seine Spitze aus dem Dickicht von Locken, die diese Teile umkleideten, hervorsteckte.

Ich bückte mich, seine Kniebänder aufzulösen, und er gab sie mir, um ihn damit an die Füße der Bank anzubinden, ein Umstand, der nicht weiter nötig zu sein schien, als daß er mit zu der Laune gehörte und weil er sich selbst daraus ein Gesetz machte.

Ich führte ihn also an die Bank und tat meiner Vorschrift gemäß, als wenn ich ihn zwänge, sich niederzulegen, dem er sich auch nach einigem zum Schein angenommenem Widerstreben unterwarf und sich der Länge nach auf den Bauch streckte, das Gesicht auf ein Kissen gelegt. Als er so lag, band ich ganz leise seine Hände und Beine an und zog seine Beinkleider bis auf die Knie herab, so daß der Hinterteil in seiner schönen Nacktheit dalag und ein Paar fester, fleischiger und außerordentlich weißer Hinterbacken gleich Kissen aus zwei derben fleischigen Hüften herauswuchsen, die ihre Sonderung oder Spalte in dem dünnen Rücken endigten und ein stolzes Ziel vorstellten, das gleichsam der Rute entgegenquoll.

Nun nahm ich eine Rute, stand über ihm, und gab ihm nach seiner Vorschrift in einem Atem zehn Streiche mit viel gutem Willen und der äußersten Anstrengung und Kraft meines Armes, so daß diese fleischigen Kugeln zitterten, was er aber ebensowenig zu achten schien als ein Krebs einen Flohstich. Indessen sah ich aufmerksam auf die Wirkungen, die mir wenigstens außerordentlich grausam schienen: jeder Streich, der über diese Fläche hinfuhr, rötete sie und schnitt, besonders in den Vertiefungen, solche Furchen ein, daß entweder das Blut heraussprang oder in breiten Tropfen darauf stehenblieb. Von einigen der Einschnitte konnte ich sogar die Splitter der Rute wegnehmen, die in der Haut steckengeblieben waren, was auch in Betracht dessen, daß die Zweige ganz grün waren, nicht zu verwundern war, zumal ich damit so streng auf eine Haut hieb, deren Oberfläche so weich über dem harten festen Fleischkissen ausgespannt war, daß sie keinem Streiche auswich oder betrügerisch davor einsank, und er daher desto fester und einschneidender darauf fallen mußte.

Ich war indessen von diesem erbärmlichen Anblick schon so gerührt, daß ich mein Unterfangen von ganzem Herzen bereute und es gern aufgegeben hätte, weil ich glaubte, daß er genug hätte; aber er sprach mir Mut zu und bat mich ernstlich fortzufahren, so daß ich ihm noch zehn Streiche mehr gab, ausruhte und den ganzen blutigen Anblick übersah, dann aber, wieder gebannt durch den Mut, mit dem er litt, meine Züchtigung nach Zwischenräumen fortsetzte, die, wie ich deutlich sah, nicht Wirkungen des Schmerzes, sondern neuer, mächtiger Gefühle waren. Neugierig, den Sinn davon zu erraten, näherte ich mich ihm in einer meiner Pausen, während er noch immer in Arbeit blieb und seinen Leib gegen das Kissen drückte.

Ich schlug zuerst die noch unberührte Seite des Fleischberges, der mir am nächsten war, stahl dann leise meine Hand unter seine Lenden und fühlte die Lage, in die die Dinge da gekommen waren. Sie war in der Tat außerordentlich; die Maschine, die ich beim ersten Anblick für ganz unbrauchbar oder wenigstens für ein Maschinchen gehalten hatte, war jetzt durch die Schläge und Wunden des Hinterteils nicht allein so erstaunlich steif, sondern auch so ungeheuer groß geworden, daß es selbst mich erschreckte. Eine unvergleichbare Dicke in der Tat! Allein der Kopf füllte meine ganze, weit ausgespannte Hand! Als er die da fühlte, bat er mich fortzufahren, weil er sonst nie bis zur letzten Szene des Vergnügens kommen würde.

Ich nahm also die Rute wieder zur Übung in die Hand

und hatte schon drei Bunde davon aufgebraucht, als ich nach vermehrter Bewegung und Anstrengung seines Körpers und nach einem oder zwei tiefen Seufzern ihn nun ohne Bewegung und still liegen sah. Jetzt bat er mich aufzuhören, was ich auch gleich tat und ihn auch losband.

Jetzt ward ich auf dem Kissen die Zeichen eines reichen Ausflusses weißer Flüssigkeit gewahr, und schon war sein feiges Glied wieder in sein altes Nest zurückgekrochen, als wenn es sich schämte, sein Haupt zu zeigen, das nichts als Streiche an den entgegengesetzten, benachbarten Teilen in die Höhe bringen konnte, die also immer verpflichtet waren, für seinen Eigensinn zu leiden.

Mein Gentleman hatte nun wieder seine Kleider angezogen und sich wieder ein wenig erholt, als er mir einen Kuß gab, mich neben sich und sich selbst so sanft als möglich niedersetzte, die eine Seite aufs Kissen, weil sie zu wund war, um lange das Ruhen seines Körpers auszuhalten.

Er dankte mir außerordentlich für das Vergnügen, das ich ihm verschafft hätte.

Als er vielleicht einige Zeichen von Schrecken und Furcht vor der Wiedervergeltung in meinem Gesicht gewahr wurde, versicherte er mir, er wollte gern alle Verbindlichkeit, unter der ich vielleicht gegen ihn zu sein glaubte, aufgeben; er würde aber, wenn ich in meiner Einwilligung fortführe, den Unterschied des Geschlechts, die größere Zartheit und Unfähigkeit desselben, Schmerzen zu leiden, beachten. Hierdurch wieder beherzt gemacht und ehrgeizig, den so nahen Versuch nicht so vorbeigehen zu lassen, besonders da ich wohl wußte, daß Mrs. Cole von allem Augenzeuge sei, so fürchtete ich jetzt weniger für meine Haut als dafür, eine Gelegenheit zu verlieren, bei der ich meine Entschlossenheit zeigen könnte.

Demgemäß war meine Antwort. Aber mein Mut war immer noch mehr in meinem Kopfe als in meinem Herzen, und wie Feige in die gefürchtete Gefahr rennen, um der Pein dieser Empfindung desto eher los zu sein, so freute ich mich sehr, daß er mit der Sache zur Ausführung eilte.

Er hatte nur wenig Mühe, die Bänder meines Unterrocks zu lösen und ihn wie mein Hemd bis über den Nabel aufzuheben und anzuheften. Dann besah er mich von allen Seiten mit anscheinend großer Lust und legte mich zuletzt mit meinem Gesicht auf die Bank nieder. Ich erwartete, daß er mich, wie ich ihm getan hatte, binden würde. Wie er aber meine Arme und Beine dazu ausstreckte, nicht ohne Furcht und etwas Zittern meinerseits, sagte er mir, er wolle mich auf keine Weise unnötig durch eine Fesselung erschrecken; denn obgleich er die Absicht habe, meine Standhaftigkeit in eine kleine Versuchung zu führen, so wäre es doch ganz in meinem Belieben, ob ich stehen wolle; ich hätte daher die volle Freiheit aufzustehen, wenn mir der Schmerz zuviel würde. Sie können nicht glauben, wie sehr ich mich gebunden zu sein glaubte, da ich so ungebunden bleiben durfte, und daß mir sein Zutrauen so viel Mut gab, daß ich jetzt auch von Herzen ganz unbekümmert darum war, wieviel mein Fleisch zur Ehre desselben auszuhalten haben möchte.

Meine Hinterteile, die jetzt halb nackend da lagen, waren seiner Willkür überlassen. Zuerst stand er etwas von Ferne und ergötzte sich an dem Anblick der Stellung, in der ich war, die ihm alle meine schönen Schätze so offen gab; dann sprang er zu mir hin und überdeckte alle diese nackten Teile mit einem Sturm von Küssen; griff nun zur Rute und spielte mehr mit der zarten, zitternden Masse Fleisches, als daß er sie beschädigt hätte, bis er nach und nach stärkere Hiebe gab, so daß sie röter wurde, wie ich fühlte, und er sagte mir, daß sie jetzt mit der Röte meiner anderen Wangen wetteiferten. Nachdem er sich so eine Zeitlang damit zu spielen und sie zu bewundern vergnügt hatte, fing er an, immer stärker und stärker zu schlagen, so daß ich meine ganze Geduld nötig hatte, nicht aufzuschreien oder zu klagen. Endlich peitschte er so heftig, daß Blut unter mehr als einem Streich hervorrann. Sobald er dies sah, warf er die Rute weg, flog zu mir her, küßte die hervorschießenden Tropfen weg und linderte, indem er an den Wunden sog, sehr viel von meinem Schmerz. Nun aber nahm er mich auf seine Knie und ließ mich da die Beine weit gespreizt, niederknien. So kam auch dieser zarte Teil, das Land nicht des Schmerzes, sondern der Freude, an seine Reihe. Mit gierigem Blick darauf richtete er seine Rute so, daß die scharfen Spitzen dahin niederfielen und ich nicht anders konnte, als voll Schmerz meine Lenden zu winden und zu drehen, wodurch meine Biegungen des Körpers eine unendliche Verschiedenheit in den Stellungen und Gesichtspunkten hervorbringen mußten, die recht für die Wollust gemacht waren. Aber immer noch trug ich alles ohne Schreien. Nach einer Pause fiel er dann gleichsam über den Teil her, der von seiner Grausamkeit glühte, schloß die Lippen desselben auf und wieder zu, drückte daran, zupfte an dem überwachsenen Moose, und das alles in einer Art leidenschaftlichen Enthusiasmus, der ein Übermaß des Vergnügens ausdrückte, bis er die Rute wieder nahm und, aufgemuntert durch mein leidendes Betragen und gleichsam wütend von dieser sonderbaren Art von Lust, wieder meine armen Hinterteile für seine Ungezähmtheit bezahlen ließ. Nun zerhieb er sie ohne Gnade auf eine solche Art, daß ich beinahe in Ohnmacht gesunken wäre, als er gerade aufhörte; dennoch stieß ich keinen Ächzer, keine Klage aus, beschloß aber im Herzen nichts so fest, als mich ähnlichen Grausamkeiten nie wieder auszusetzen.

Sobald meine Kleider wieder angezogen waren, brachte die vorsichtige Mrs. Cole selbst ein Abendessen herein, begleitet von den delikatesten, ausgesuchtesten Weinen, das selbst die Sinnlichkeit eines Kardinals hätte reizen können. Alles dies setzte sie vor uns hin und ging dann wieder hinaus, ohne uns durch irgendein Wort oder ein Lächeln im geringsten zu stören oder in diesen Augenblicken des Geheimnisses in Verwirrung zu setzen, in denen wir noch nicht reif genug waren, einen andern zuzulassen.

Ich setzte mich, noch kaum ausgesöhnt mit meinem Grausamen, denn dafür mußte ich ihn doch ansehen; auch verdroß mich ein wenig seine frohe, zufriedene Miene, die, wie ich dachte, mich höhnte. Als aber die mir jetzt nötige Erfrischung, ein Glas Wein und etwas Essen, währenddessen ich tiefes Stillschweigen beobachtete, mich wieder etwas aufgeheitert und gestärkt und auch mein Schmerz etwas nachgelassen hatte, kehrte meine gute Laune wieder zurück, eine Veränderung, die auch ihm nicht entging, sondern eher veranlaßte, daß er alles sagte und tat, was mich darin zu erhalten und bestärken konnte.

Aber kaum war das Essen ganz vorbei, als eine ganz unglaubliche Veränderung in mir vorging. So heftige, aber angenehm peinigende Kitzel bemächtigten sich meiner, daß ich kaum wußte, wie ich mich halten sollte. Der Schmerz von den Hieben war jetzt in eine so prikkelnde Hitze, ein so feuriges Brennen verwandelt, daß ich anfing zu seufzen und auf meinem Sitze in wütender Rastlosigkeit hin und her zu rücken. Die Hitze in den Teilen, auf die der Sturm der Züchtigung am meisten gefallen war, jagte Legionen brennender, spitziger, reizender Geister nach dem entgegengesetzten Fleck, dem Mittelpunkt der Vereinigung hin, wo ihr Kitzel so rasend wütete, daß ich fast unsinnig davon wurde. Kein Wunder also, daß in einem Brande, der alle Schamhaftigkeit und Zurückhaltung aufzehrte, meine Augen jetzt die grenzenlosesten Begierden gegen meinen Gesellschafter in sehr verständlichen Zeichen meiner innern Unruhe ausstrahlten, meinen Gesellschafter sage ich, der mir von Augenblick zu Augenblick liebenswerter und meinen heißen Wünschen und Hoffnungen auf unmittelbare Besänftigung immer notwendiger wurde.

Mr. Barvile, der diese Lage aus Erfahrung sehr wohl kannte, sah bald, wohin ich gebracht sei. Er schob also den Tisch weg und fing an, zu spielen was mich eine augenblickliche Erleichterung hoffen ließ, der ich aber doch nicht so nahe war, als ich geglaubt hatte. Denn nachdem er sich losgeknöpft hatte und seine träge Maschine in Tätigkeit zu setzen versuchte, gestand er mir errötend ein, daß ich nichts Gutes zu erwarten hätte, wenn ich mich nicht anschickte, ihre trägen, schlafenden Kräfte durch Auffrischung der eben gemachten, noch rohen Wunden zu erwecken. Weil ich also sah, daß ich so sehr für mein als sein Vergnügen arbeiten würde, so eilte ich mit meiner Gefälligkeit und suchte die Zeremonie, bei der er seinen Kopf gegen den Stuhl lehnte, kurz zu machen. Ich hatte ihn auch kaum einige sanfte Schläge fühlen lassen, als ich sah, daß der Gegenstand meiner Wünsche Zeichen des Lebens gab und wie unter einer magischen Berührung sogleich zu einer vorzüglichen Größe anwuchs. Er eilte, mich die Wohltat davon genießen zu lassen, und warf mich auf die Bank nieder. Aber meine Hinterteile waren so wund, daß ich es nicht aushalten konnte, mich so fest niederzulegen, um den ungeheuren Kopf seiner Maschine einlassen zu können. Ich stand daher auf und versuchte, indem ich mich vorwärts bog und mich so gegen ihn kehrte, ihn in den Hintereingang einzulassen. Aber auch hier war es unmöglich, es auszuhalten. Vergebens lehnte er sich heftig in seinen Bewegungen und Bestrebungen, sich den Weg zu eröffnen, gegen mich und preßte seinen Leib in die frische Wunde. Was sollten wir nun machen? Beide unerträglich erhitzt! Beide in einer Wut! Aber das Vergnügen ist immer erfinderisch für die Erreichung seiner Absichten. Er zog mich im Augenblicke ganz nackend aus, und nachdem er ein breites Sitzkissen auf die Fußdecke vor dem Kamin gelegt, legte er mich aufrecht gekehrt mit dem Hinterteile darauf nieder, hielt mich um den Leib, wobei ich ihm durch Wendungen behilflich war, und brachte meine Beine bis um seinen Hals hinauf, so daß mein Kopf bloß durch meine Hände über dem Boden erhalten wurde und über dem samtenen Kissen, auf das meine Haare hinflossen. So stand ich auf Kopf und Händen, so von ihm gehalten, daß meine Lenden um ihn herumgeschlagen waren, ihm mein ganzer Hinterteil mit dem Schauplatz seines Vergnügens bloß und offen dalag und der Mittelpunkt meines Vorderleibes gerade den seiner Glut jetzt würdigen Gegenstand berührte, der jetzt imstande war, mir für die Beleidigung seiner Nachbarn Genugtuung zu geben. Weil aber diese Stellung nicht die bequemste war und unsere Einbildungskraft, aufs höchste gebracht, keinen Verzug leiden wollte, brachte er zuerst mit äußerster Hitze und Anstrengung den breiten Kopf seines Instruments bis in die unteren Lippen hinein, schob dann, aufgemuntert durch das Ungestüm, mit dem er eingedrungen war, bald den Rest hinein und überwältigte und überströmte, nach einer Reihe hitziger Stöße, alles Gefühl des Schmerzes und der Unbehaglichkeit, die meine hinteren Wunden, meine unbequeme Stellung und die übermäßige Größe seiner Maschine verursachte, mit einem unendlich großen Vergnügen, so daß ich, da alle meine Lebensgeister nach dem Mittelpunkte zudrängten, bald die Erleichterung erhielt, die die Natur gibt und die alle Stacheln des Kitzels, die mich so rasend gemacht hatten, besänftigte und abstumpfte, bis die Gärung meiner Sinne wieder etwas zur Ruhe gebracht war.

Ich hatte nun dies seltene Abenteuer zuletzt zu einer größern Befriedigung beendigt, als ich ihm vorher zugetraut hatte, eine Befriedigung, die auch nichts verlor durch das Lob, das mein Galan mir über meine Standhaftigkeit und Gefälligkeit erteilte, der er durch ein Geschenk, das meine Erwartungen weit übertraf, neben der Vergütung an Mrs. Cole noch größeres Gewicht gab.

Indessen war ich auf keine Weise gewillt, mit ihm von neuem anzufangen oder noch einmal meine Zuflucht zu dem gewaltsamen Mittel zu nehmen, die Natur in Hast und Eile hochzupeitschen, was vielleicht für ihn notwendig war, aber nicht so für mich, deren Begierden mehr des Zaums als der Sporen bedurften.

Mrs. Cole, der ich durch diese mutvolle Unternehmung noch teurer geworden war, fand mich jetzt als ein Mädchen ganz nach ihrem Herzen, das sich vor nichts fürchtete und das unter guten Umständen alle Kämpfe des Vergnügens durchzukämpfen wagte. Aufmerksam gemacht durch diese vorteilhaften Dinge und um meinen Nutzen oder mein Vergnügen zu befördern, suchte sie nach einem neuen Galan, den sie auch fand, und mit mir bekannt machte.

Es war ein ernsthafter, gesetzter, feierlicher, ältlicher Gentleman, dessen vorzügliches Vergnügen darin bestand, schöne Haarlocken zu kämmen. Da ich nach seinem Geschmack vollkommenes Haar hatte, so pflegte er zu kommen, wenn ich vor dem Putztisch saß, und ich überließ es ihm dann zu seinem Wohlgefallen. So konnte er eine Stunde oder mehr spielen, den Kamm hindurchziehen, die Locken um seine Finger winden, sie küssen, indem er sie glättete, wobei es zu sonst nichts mit meiner Person und zu so wenig Freiheiten kam, als wenn gar kein Unterschied der Geschlechter gewesen wäre.

Eine andere Sonderbarkeit seines Geschmacks war, daß er mir auf einmal ein Geschenk von einem Dutzend Paar weißer dänischer Handschuhe machte, sie mir anzog und dann die Fingerspitzen abbiß, für welche Arten von Torheiten eines kranken Geschmacks der alte Mann freigebiger bezahlte als andere für die wesentlichsten Gunstbezeugungen. Dies dauerte, bis ihn ein heftiger Husten befiel und niederwarf und mich dadurch von diesem höchst unschmackhaften Tändler befreite; denn nach seiner ersten Entfernung habe ich nie wieder etwas von ihm gehört.

Wie Sie sich leicht denken können, durchkreuzte ein solcher Seitensprung in nichts den übrigen Plan meines Lebens, den ich wirklich anständig und mit Mäßigung führte, nicht sowohl aus Tugend, als weil der Reiz der Neuheit vergangen war und ich, überladen von Vergnügen, mich in behaglichen Umständen befand, gleichgültig gegen Verbindungen, bei denen nicht Vergnügen und Vorteil aufs höchste vereinigt waren. Eine solche anzubahnen konnte ich der Zeit und dem Schicksal überlassen, da ich zufrieden war mit dem kleinen Vermögen, das ich besaß, ohne es vermehren zu wollen. Zudem fand ich in der Unterdrückung flüchtiger Begierden, die in mir aufschossen, eine geheime Zufriedenheit in der Achtung gegen mich selbst und in der Erhaltung der Lebhaftigkeit und Frische meiner Farbe. Louisa und Emily trieben ihre Mäßigkeit nicht so weit als ich, waren aber doch weit davon entfernt, feil für jeden zu sein und sich jedem zu überlassen, obgleich zwei von ihren Abenteuern diesem Charakter zu widersprechen schienen, die ich Ihnen ihrer Sonderbarkeit wegen mitteilen will. Ich mache den Anfang mit Emilys Geschichte.

Sie und Louisa gingen eines Abends auf einen Ball, sie als Schäferin und Emily als Schäfer; ich sah sie in ihrem Anzuge, ehe sie ausgingen. Keiner in der Welt konnte einen artigeren Knaben vorstellen, als die letztere tat, weil sie außerordentlich schön gewachsen war. Sie hatten eine Zeitlang zusammengehalten, als Louisa eine alte Bekannte traf und ihre Begleiterin fahrenließ, sie dem Schutz ihrer Kleidung als Knabe, was nicht viel war, und ihrer Klugheit überlassend, was noch weniger war. Emily schlenderte also verlassen gedankenlos eine Zeitlang herum und nahm endlich, sowohl der Kühlung wie der frischen Luft wegen ihre Maske ab und stellte sich an die Seite, wo sie bald von einem Gentleman in einem hübschen Domino bemerkt wurde, der sie anredete und mit ihr ins Gespräch kam. Der Domino fing nach einer kurzen Unterredung, in der Emily sicher mehr ihre Gutartigkeit und Gefälligkeit als ihren Verstand gezeigt hatte, an, ihr seine heftige Liebe zu bezeugen, und führte sie unvermerkt zu einer Bank am unteren Ende des Maskeradensaals. Er ließ sie bei sich niedersetzen, drückte ihre Hände, zwickte ihre Wangen, spielte mit ihrem schönen Haar und lobte es, und das alles auf eine höfliche Art, in die sich aber etwas Sonderbares mischte, dessen Bedeutung die gute Emily nicht verstand, sondern einer Laune zuschrieb, die sich nach ihrer Verkleidung richtete. Und da sie von Natur nicht die grausamste war, fing sie an, einem Gespräch, das auf wesentlichere Dinge ging, sich zuzuneigen. Aber hier gerade lag der Spaß. Er nahm sie wirklich für das, was sie schien: einen jungferlichen Knaben. Sie hingegen vergaß ihre Kleidung und nahm alles, was er sagte, als einem Frauenzimmer gesagt an. Unterdessen ging dieser doppelte Irrtum auf beiden Seiten so weit, daß Emily, die ihn nach seiner Kleidung für einen

Mann von Stand hielt und erwärmt durch den Wein, den er ihr vorgesetzt, und durch die Liebkosungen, die er gegen sie verschwendet hatte, sich überreden ließ, mit ihm in ein Bordell zu gehen, und sich ihm also, uneingedenk Mrs. Coles Warnungen, mit blindem Zutrauen überließ, wohin er sie auch führen mochte. Er seinerseits glaubte, geblendet durch seine Wünsche, wobei ihre außerordentliche Einfalt seine Täuschung mehr begünstigte als die schlaueste Kunst gekonnt hätte, ohne Zweifel einen rechten Simpel, der für seine Absichten geschickt wäre, angetroffen zu haben, der ihn sehr wohl verstünde und in seine Absichten einginge. Dem sei wie ihm wolle, genug, er führte sie zu einer Kutsche, stieg mit ihr ein und brachte sie in ein schönes Zimmer, in dem ein Bett stand. Sie aber wußte nicht, daß es ein Bordell war, da sie niemanden gesprochen hatte als ihn selbst. Als sie allein waren und der Verliebte anfing, zu den Handgreiflichkeiten zu schreiten, die bald das Geschlecht verraten, so bemerkte sie, daß kein noch so getreues Gemälde die Mischung von Empfindlichkeit, Verwirrung und getäuschter Hoffnung ausdrücken könnte, die sich auf seinem Gesichte spiegelte und sich in dem traurigen Ausruf vereinigte: »Beim Himmel, ein Frauenzimmer!« Dies öffnete ihr auf einmal die Augen, die bis jetzt vor Dummheit ganz blind gewesen waren. Indessen fuhr er, als wenn er es wiedergutmachen wollte, noch immer fort, mit ihr zu spielen und zu schwatzen, aber jetzt mit einer so auffallenden Veränderung der äußersten Wärme in kalte, erzwungene Höflichkeit, daß selbst Emily es bemerken mußte und anfing, zu wünschen, daß sie mehr auf Mrs. Coles Warnung, sich nie mit einem Fremden einzulassen, geachtet haben möchte. Nun folgte bei ihr ein Übermaß an Furchtsamkeit auf jenes Übermaß des Zutrauens. Sie glaubte jetzt aber so völlig seiner Gewalt überlassen zu sein, daß sie sich ganz passiv bei allem verhielt, was er ihr vorspielte; denn nun bekam er, entweder weil der Eindruck einer so großen Schönheit ihn ihr Geschlecht verzeihen ließ, oder weil ihr Anzug noch immer seine erste Täuschung begünstigte, nach und nach seine vorige Wärme wieder und zog Emilys aufgeknöpfte Beinkleider, an denen er sie hielt, bis auf ihre Knie herab, bog sie sanft mit dem Gesicht gegen die Bettseite nieder und stellte sie so, daß der doppelte Weg zwischen den schön aufsteigenden Hügeln ihm eine schöne Wahl gab. Er verirrte sich in seinem Ungestüm so sehr, daß das Mädchen nicht wenig in Furcht geriet, eine Jungfernschaft zu verlieren, von der ihr nie geträumt hatte. Indessen brachten ihn doch ihre Klagen und ein sanfter, aber entschlossener Widerstand wieder zu sich selbst, so daß er jetzt den Kopf seiner Rute aufkehrte, am rechten Punkt ansetzte und ihre ganze Länge hineintrieb, wobei er, wahrscheinlich durch Hilfe seiner Einbildungskraft, die ihm die größte Ähnlichkeit mit den Teilen, auf die sein Geschmack ging, vorzauberte, nach vielem Peitschenschlagen und Spornen ans Ende seiner Reise kam. Hierauf führte er sie selbst hinaus, begleitete sie zwei oder drei Straßen weiter, brachte sie in eine Chaise und verließ sie, nachdem er ihr ein Geschenk gemacht, das nicht unter ihrer Erwartung war, und sie den Trägern wohl empfohlen hatte, die sie auf ihre Anweisung wieder nach Hause brachten.

Dies erzählte sie Mrs. Cole und mir noch denselben

Morgen, nicht ohne sichtbare Zeichen der Furcht und Verwirrung, welche noch auf ihrem Gesichte ausgedrückt waren. Mrs. Cole machte die Bemerkung, daß sie von ihrem Leichtsinn, der aus ihrem Temperament entspränge, nur durch wiederholte, schwere Erfahrungen geheilt werden würde. Die meinige war, daß ich nicht begreifen konnte, wie Männer auf einen solchen Geschmack fallen könnten, der nicht allein allgemein verhaßt, sondern auch abgeschmackt und unmöglich zu befriedigen sei, weil es nach meiner Kenntnis und Erfahrung von den Dingen nicht in der Macht der Natur stünde, solche Mißverständnisse zu überwinden. Mrs. Cole aber lächelte bloß über meine Unwissenheit und sagte nichts, mich mehr zu belehren. Das geschah nur wenige Monate nachher durch eine augenscheinliche Schaustellung, die mir ein besonderer Zufall verschaffte und die ich hier erzählen will, um später nicht noch einmal zu einer unangenehmen Sache zurückkehren zu müssen.

Ich hatte für einen Besuch bei Harriet, die in Hampton-Court wohnte, eine Kutsche gemietet, und Mrs. Cole wollte mich begleiten; weil aber einige unaufschiebbare Geschäfte sie abhielten, mußte ich allein fahren. Ich hatte kaum den dritten Teil des Wegs zurückgelegt, als eine Wagenachse brach. Ich war noch glücklich genug, unversehrt und wohlbehalten in ein Gasthaus am Wege, das ganz erträglich aussah, zu kommen. Hier, sagten mir die Leute, würde die Postkutsche in ein paar Stunden höchstens vorbeikommen, und ich entschloß mich, lieber auf sie zu warten, als die Reise aufzugeben, in der ich schon so weit gekommen war. Man führte mich dann in ein anständiges Zimmer, eine

Treppe hoch, von dem ich für die Zeit, die ich bleiben würde, Besitz nahm.

Während ich mich beschäftigte, aus dem Fenster zu sehen, hielt vor der Tür eine einspännige Chaise, aus der zwei junge Gentleman heraussprangen, die hereinkamen, um, wie es schien, sich ein wenig zu erholen, und deswegen ihr Pferd nur ein paar Augenblicke zu halten gaben. Den Augenblick darauf hörte ich die Tür des Zimmers neben mir öffnen, in das man sie hineinließ. Nachdem sie laut nach etwas gerufen und man sie bedient hatte, konnte ich gerade hören, daß sie die Tür zumachten und sie von innen verschlossen.

Ein Geist der Neugierde, der nicht eben plötzlich in mir aufstieg, denn ich weiß nicht, wann ich ihn nicht habe, trieb mich, ohne sonst einen Argwohn oder eine besondere Absicht zu haben, zu sehen, wer sie wären und ihre Personen und ihr Betragen zu beobachten. Die Scheidewand unserer Zimmer war eine von den beweglichen, die man bei größerer Gesellschaft wegnehmen kann. Aber ich konnte bei der sorgfältigsten Untersuchung auch nicht den Schatten eines Gucklochs finden, ein Umstand, der auch sicher der schärfsten Vorsicht der andern Partei, der viel daran gelegen war, nicht gesehen zu werden, nicht entgangen war. Endlich bemerkte ich ein aufgeklebtes Papier von derselben Farbe als das Tafelwerk, das deutlich eine Öffnung bedeckte. Es war so hoch, daß ich mich auf einen Stuhl stellen mußte, um heranzureichen, was ich so leise als möglich tat. Ich durchstach es mit der Spitze einer Nadel, wodurch ich eine genügende Öffnung machte, um mit dicht angelegtem Auge das ganze Zimmer zu überschauen, so daß ich jetzt meine beiden Ritter sah, die sich im Zimmer in ganz unschuldiger Fröhlichkeit herumbalgten und herumzogen, wie ich glaubte.

Der Ältere mochte, nach meiner Vermutung, etwa neunzehn Jahre alt sein, ein schlanker, artiger Mensch in einem weißen, halbbaumwollenen Frack, mit einer grausamtenen Mütze und einer Stutzperücke.

Der Jüngere konnte nicht über siebzehn sein, war schön, blühend, vollkommen hübsch gebaut und, die Wahrheit zu sagen, ein süßer, lieber Junge. Er war, glaube ich, vom Lande, seiner Kleidung nach, die aus einem grünplüschenen Frack und Hosen, weißer Weste und Strümpfen und einer Reitmütze bestand, unter der sein strohblondes langes Haar in natürlichen Locken hervorfloß.

Nach einem vorsichtig überall herumgehenden Blick des Älteren, der in zu großer Hitze und Verwirrung war, um die kleine Öffnung zu sehen, vor der ich stand, zumal sie so hoch war und ich das Auge so dicht daran hielt, daß kein Licht hindurchfallen und es verraten konnte, sah ich, daß er dem andern etwas ins Ohr flüsterte. Und sogleich veränderte sich die ganze Szene.

Denn jetzt fing der Ältere an, den Jüngeren zu umarmen, zu drücken, zu küssen, mit seiner Hand an dessen Brust zu fassen und solche augenscheinlichen Zeichen seiner Absicht zu geben, daß ich den Schluß zog, der andere müßte ein verkleidetes Mädchen sein, in welchem Irrtum mich seine Natur selbst erhielt, denn sie hatte ihn ganz wie ein Mädchen gebildet, als sie ihm den Stempel der Mannheit aufdrückte.

In der Raschheit ihres Alters und voll Hitze, ihr natürliches Vergnügen zu erfüllen, schritten sie, auf jede Gefahr hin, da keine Entdeckung zu befürchten war, zu Dingen, die mir bald entdeckten, wer sie wären.

Zuerst knöpfte der Ältere die Beinkleider des Jüngeren auf, schob das Hemd weg und brachte ein weißes, mittelgroßes und kaum befiedertes Ding hervor, mit dem er spielte und tändelte, was der andere auch litt, ohne etwas anderes zu tun, als auf eine alberne Art sich zu wehren, die aber zehnmal mehr anlockend als zurückstoßend war, bis er ihn endlich nach einem Stuhl hin umdrehte, der vor ihm stand. Gegen den lehnte der, wie ich glaube, sich wohl auf die Sache verstehende Ganymed seinen Kopf und kehrte das verborgene Hinterteil gegen seinen Gespielen, der nun auch seine Batterie eröffnete und ein Instrument hervorzog, das sicher zu einem bessern Gebrauch bestimmt und sehr geschickt war, mich in meinem Unglauben über solche Dinge, den ich auf das Mißverhältnis der Teile gebaut hatte, zu bestärken. Aber von diesem Unglauben ward ich bald geheilt.

Er zog jetzt das Hemd des Jüngeren weg und steckte es unter seine Kleider, eröffnete dadurch die ganze Aussicht dieser runden Fleischhügel und machte Anstalten, sie anzugreifen, wobei ich mich des Schauders nicht erwehren konnte. Nachdem er sein Werkzeug mit Speichel befeuchtet hatte, um es gleitender zu machen, führte er es ein, wie ich nicht allein aus seiner Richtung bemerkte, sondern auch daran sah, daß ich es aus dem Gesichte verlor, wie auch an den Windungen, Drehungen und sanftem Gemurmel des Jüngern; denn nachdem die erste Enge des Eingangs überwunden war, schien alles recht gut zu gehen und ohne viel Reiben oder Widerstand. Nun griff er mit seiner einen

Hand um die Hüften seines Lieblings herum und faßte sein rotköpfiges, elfenbeinernes Spielding, das vollkommen steif stand, und spielte mit diesem, während er mit der andern in seinen Haaren wühlte, lehnte sich dann über seinen Rücken hin und zog sein Gesicht zu sich her, von dem der Knabe seine Locken herabschüttelte, die über ihn hinfielen, dann gab er ihm einen tiefatmenden Kuß, worauf er sein Spiel und seinen Angriff von neuem wieder anfing und bald in den Augenblick der Entzückung geriet, der sich durch die gewöhnlichen Symptome ankündigte und dem Gefecht ein Ende machte.

Diese ganze schändliche Szene hatte ich Geduld genug, bis ans Ende zu sehen, bloß um mehr Tatsachen zu sammeln und soviel Gewißheit über sie zu haben, daß ich ihnen die volle Gerechtigkeit widerfahren lassen könnte. Sobald sie sich wieder angezogen und in Bereitschaft gesetzt hatten, um wegzugehen, sprang ich, brennend vor Unwillen und Wut, um das ganze Haus gegen sie aufzubringen, von meinem Stuhl herunter, aber mit so unglücklichem Ungestüm, daß ein Nagel oder Höcker auf dem Boden meinen Fuß faßte und mich mit solcher Gewalt aufs Gesicht hinwarf, daß ich ohne Besinnung zu Boden fiel und da eine Zeitlang so lag, ehe mir jemand zur Hilfe kam, indes die beiden Jünglinge, wie ich glaube, erschreckt durch meinen Fall, mehr als genug Zeit hatten, sich sicher hinwegzubegeben, was sie, wie man mir hernach sagte, mit einer Geschwindigkeit taten, die niemand erklären konnte, bis ich, wieder zu mir selbst gekommen, den Leuten des Hauses die ganze Geschichte erzählte, deren Zuschauerin ich gewesen war.

Als ich nach Hause gekommen und Mrs. Cole die Begebenheit erzählt hatte, machte sie dabei sehr verständig die Bemerkung, daß ohne Zweifel zu irgendeiner Zeit die gerechte Rache diese Unholde treffen würde, wenn sie ihr gleich für jetzt entgangen wären, und daß ich, wenn ich für diesmal das Werkzeug dazu geworden wäre, mir ungleich mehr Unruhe und Verwirrung zugezogen haben würde, als ich mir vorstellte. Je weniger von der Sache geredet würde, desto besser sei es. Ob man sie gleich im Verdacht der Parteilichkeit halten könnte, protestierte sie doch gegen jeden Anschein von Mitgefühl bei einer Erklärung, die die bloße Wahrheitsliebe ihr abnötigte. Was diese schändliche Leidenschaft auch für Wirkungen in vorigen Zeitaltern und andern Ländern gehabt habe, scheint es doch ein besonderer Segen unsrer Luft und unseres Klimas zu sein, daß ein Brandmal allen denen in unserer Nation wenigstens aufgedrückt sei, die damit befleckt wären; denn unter Hunderten, die diesem Laster ergeben, die sie als solche gekannt hätte oder die doch unter starkem Verdacht desselben gewesen wären, hätte sie kaum eine einzige Ausnahme machen können, dessen Charakter nicht in jeder anderen Hinsicht der unwürdigste und verächtlichste gewesen sei, entblößt von allen männlichen Tugenden ihres eignen Geschlechts und durchaus erfüllt mit den niedrigsten Lastern und Torheiten des unsrigen. Daß diese Leute endlich kaum weniger verabscheuungswürdig als lächerlich wären in ihrer unfaßbaren Widernatürlichkeit, in ihrem Ekel und ihrer Verachtung gegen die Frauenzimmer, und zu gleicher Zeit alle ihre kleinen Geziertheiten nachäfften, die diesen wenigstens besser anstünden als jenen Mannweibern ohne Geschlecht.

Ich wasche meine Hände über sie in Unschuld und greife den Faden meiner Geschichte mit der Erzählung eines schrecklichen Streichs von Louisa wieder auf, weil ich selbst einigen Anteil daran hatte und mich anheischig gemacht habe, ihn als ein Gegenbild für die arme Emily zu erzählen. Er mag übrigens auch als ein Beispiel von Tausenden dienen für die Bestätigung des Grundsatzes, daß, wenn Frauenzimmer erst einmal von dem rechten Wege abgewichen sind, es keinen Grad der zügellosen Freiheit gibt, dessen sie nicht fähig sind, sich schuldig zu machen.

Eines Morgens also, an dem beide, Mrs. Cole und Emily, für den Tag ausgegangen und nur Louisa und ich (das Hausmädchen mit eingeschlossen) zur Aufsicht über das Haus zurückgeblieben waren, und wir so, um unsre Zeit hinzubringen, aus dem Fenster des Ladens sahen, bot uns der Sohn einer armen Frau, die ihr kümmerliches Brot mit Ausbessern von Strümpfen in einem Stall der Nachbarschaft sich verdiente, einige Blumensträuße an, die in einem kleinen Korb ordentlich zusammengelegt waren und mit deren Verkauf der arme Bursche mit zu seinem und seiner Mutter Unterhalt beitrug. Sonst war er zu keinem Erwerb zu brauchen, weil er nicht allein vollkommen blöde und Idiot war, sondern auch so stammelte, daß in den Worten, mit denen er sein Halbdutzend tierischer Gedanken aussprach, kein Sinn war.

Die Knaben und Mädchen in der Nachbarschaft hatten ihm den Namen ›der brave Dick‹ gegeben, weil der gute Einfaltspinsel alles aufs erste Wort tat, was man ihm befahl, und weil er von Natur kein böses Gemüt hatte. Daneben war er vollkommen schön gebaut, nervig und hübsch von Gliedern, groß für sein Alter, stark wie an Pferd und überdies von hübschen Gesichtszügen, so daß er keine verächtliche Figur machte, wenn man nicht zu empfindlich war gegen so wesentliche Eigenschaften wie ein ungewaschenes Gesicht, ungekämmtes, verworrenes Haar und eine zu lumpige Kleidung, die in ihrer Zerlumptheit es mit der irgendeines alten Philosophen hätte aufnehmen können.

Diesen Burschen hatten wir oft gesehen und von ihm Blumen gekauft, und dabei war es bisher geblieben; aber gerade, als er uns seinen Korb darreichte, stieg in Louisa ein sonderbarer Einfall auf, so daß sie, ohne mich um Rat zu fragen, ihn hereinrief und anfing, seine Blumensträuße zu untersuchen, zwei auswählte, einen für mich und einen für sich selbst und eine halbe Krone hervorzog, die sie ihm zu wechseln gab, als wenn er wirklich imstande gewesen wäre zu wechseln. Aber der Bursche kratzte sich auf dem Kopfe und gab durch Zeichen statt durch Worte zu verstehen, daß er es nicht könnte.

Louisa sagte hierauf: »Gut, mein Sohn, komm mit mir die Treppe hinauf, da will ich dir geben, was du haben mußt.« Zugleich gab sie mir einen Wink, sie zu begleiten, was ich auch tat, nachdem ich die Haustür verriegelt hatte.

Als wir oben waren, flüsterte mir Louisa ins Ohr, sie wolle ein sonderbares Verlangen befriedigen und sehen, ob die allgemeine Regel auch bei diesem Idioten zuträfe und wie weit ihm die Natur in ihren besten körperlichen Gaben das vergütet, was sie ihm an den höhern, geistigen versagt habe; zugleich bat sie mich um meinen Beistand, ihr diese Befriedigung zu verschaffen. Mangel an Gefälligkeit war niemals mein Fehler, und ich war so weit entfernt, mich dieser ungereimten Lust zu widersetzen, daß ich vielmehr, von derselben Neugierde getrieben, jetzt in ihren Plan einging, meines eignen Selbst wegen.

Sobald wir also in Louisas Schlafkammer gekommen waren und während sie sich mit dem Auslesen der Blumen beschäftigte, fing ich den Angriff an. Da es nicht nötig war, mit diesem Sohn der Natur viel Umstände zu machen, tat ich gleich sehr frei mit ihm, obgleich sein Erstaunen und seine Verwirrung ihn zuerst meine Angriffe so linkisch aufnehmen ließen, daß er voll Blödigkeit ganz furchtsam wurde und sogar etwas zurücktrat, bis ich ihm wieder mit meinen Augen Mut machte, mit seinem Haar spielte, ihn in die Wangen kniff und auf meinen Punkt mit allerlei kleinen Mutwilligkeiten losging. Nachdem ich ihn so bald vertraut gemacht hatte und seine Natur in die angenehmste Wallung gekommen war, begann er jetzt gereizt, wie er war, sich zu fühlen. Wir sahen unter dem unschuldigen Grinsen und Lächeln, zu dem ich ihn gebracht hatte, daß seine Augen heller strahlten und sich auf seinen Wangen die natürliche Röte mit dem Erröten der Scham mischte. Verwirrt durch die Neuheit dieses Auftritts, wußte er nicht, wohin er sehen oder wie er sich bewegen sollte, sondern stand geduldig, untätig, knickend, den Mund halb offen und in dummem Erstaunen, da und ließ mich mit ihm machen, was mir gefiel. Sein Korb war ihm aus der Hand gefallen; Louisa hatte ihn in Verwahrung genommen.

Ich hatte jetzt schon durch mehr als einen Riß seine Lenden entdeckt und gemerkt, wie deren Haut durch die Grobheit und den Schmutz seiner Kleider weicher und weißer zu werden schien, wie etwa die Zähne eines Mohren durch die sie umgebende Schwärze weißer werden. Arm zwar an Kleidung, arm auch an Verstand, war er nichtsdestoweniger sehr reich an persönlichen Schätzen. Er war fleischig, fest, kernvoll, jugendlicher Kraft und Safts voll und wohlgebaut von Gliedern. Meine Finger waren auch bis an die wahre empfindliche Pflanze gekommen, die, statt unter der Berührung sich zusammenzuziehen, aufschwoll und unter ihr aufwuchs. Sie sagte mir deutlich, daß die Sache reif für die Entdeckung sei, die wir vorhatten, und bereits mächtig genug, ihren Kerker zu sprengen. Ein Hosenbund, den ich auflöste, und ein Lumpen von Hemd, den ich wegschob, bedeckte kaum den vierten Teil davon und zeigte die ganze Standarte des Idioten in vollem Stolze aufgerichtet und auseinandergewickelt. Ach, eine Standarte von einer so ungeheuern Größe, daß sie, vorbereitet wie wir waren, etwas Außerordentliches zu sehen, doch noch über die Maßen unsere Erwartung übertraf und selbst mich in Erstaunen setzte, die nie mit Kleinigkeiten umgegangen war. Kurz, sie hätte verdient, zur Schau getragen zu werden. Der ungeheure Kopf schien der Größe und Farbe nach nicht ungleich einem gewöhnlichen Schafsherzchen; auch die Länge war außerordentlich, und der reiche Vorratsbeutel unten, der verhältnismäßig groß, rund und in leeren Falten herabhing, half das Auge füllen. All das lieferte vollständig den Beweis, daß er nicht ganz umsonst einfältig war, weil er offenbar in so nicht gewöhnlichem Maße den Vorzug einer Majestät besaß, die dem Sprichwort den Ursprung gegeben hat, daß eines Narren Spielzeug einer Dame Spießgeselle sei. Nicht ganz ohne Grund! Es ist mit der Liebe wie mit dem Kriege: der längste Speer hat den Vorzug. Kurz, die Natur hatte in diesen Teilen so viel für ihn getan, daß sie sich vielleicht für entbunden hielt, noch etwas für seinen Kopf zu tun.

Ich für meinen Teil, die aufrichtig nicht die Absicht hatte, den Spaß weiter zu treiben, als bloß meine Neugierde an dem Anblicke zu befriedigen, war jetzt, trotz der Reizungen, die mich lockten, zufrieden, einen Maibaum errichtet zu haben, an dem andere einen Blumenkranz aufhängen konnten. Da ich in Louisas Augen ihre Begierden las, spielte ich die gefällige Rolle weiter und machte ihr, die nichts mehr wünschte, hinlänglich deutliche Zeichen zur Aufmunterung, das Abenteuer ganz zu beendigen. Ich gab auch zugleich zu verstehen, daß ich dableiben würde, um dem Spiel zuzusehen, wobei ich die Befriedigung einer in mir eben entstandenen Neugierde zur Absicht hatte, wie sich wohl die Natur in ihrem liebsten Geschäfte bei einem solchen Blöden verraten würde.

Louisa, deren Appetit jetzt rege ward und die gleich einer emsigen Biene an einer so seltenen Blume nicht vorbeigehen konnte, obgleich sie auf einem Misthaufen stand, war nur zu eifrig, meine Zurückhaltung zu benutzen. Gedrängt also durch ihre Begierden und dreist gemacht durch mich, beschloß sie hurtig, einen Kampf mit dem Idioten einzugehen, der jetzt auch für ihr Vorhaben durch alle die Reizungen entflammt war, durch die wir die Quellen des Vergnügens in ihm aufgelockt und sein Organ bis zu seinem höchsten Punkt aufgewunden hatten.

Louisa faßte also die schöne Handhabe, die sich so einladend darbot, und leitete den gelehrigen Jungen nach dem Bette hin, wohin er auch unter dem Trieb des Instinkts freudig folgte.

Am Bette tat sie den Fall, den sie so gern tat, und hielt, indem sie sich ganz hintüberlehnte, das fest, was sie hatte. Sie wußte dabei ihre Kleider so in die Höhe zu werfen, daß ihre Lenden, gehörig auseinandergespreizt und erhoben, die ganze schöne Landschaft der Liebe darboten. Die rosenrote Öffnung reichte die Mündung so hin, daß selbst ein Blöder sie nicht verfehlen konnte. Auch er tat es nicht. Louisa, die immer noch eifrig daran spielte und ungeduldig gegen jeden Verzug war, richtete die Spitze des Instruments recht treulich und hob sich mit einer Wut der gierigsten Lust, ihm zu begegnen und den Stoß des Eindringens zu begünstigen. Die feurige Tätigkeit auf beiden Seiten wirkte aber so schmerzhaft bei der Ausdehnung, daß Louisa heftig aufschrie, sie wäre unerträglich beschädigt, sie wäre getötet. Aber es war zu spät! Der Sturm war einmal entbrannt, und sie mußte nachgeben. Jetzt fühlte das Manneswerkzeug, getrieben durch die sinnliche Leidenschaft, so männlich seinen Vorteil, und seine Übermacht war durch den Stachel des Vergnügens so gewaltig, daß seine Freuden den Charakter einer Wut annahmen, die mich für die zarte Louisa fürchten ließ. Er schien jetzt über sich selbst erhaben: sein Gesicht, vorher ohne alle Bedeutung oder Ausdruck, schwoll jetzt von der Wichtigkeit der Sache, der es sich hingab; kurz, jetzt war nicht mit ihm zu spaßen. Ich selbst wurde durch die seltsamen Schrecken, in die ihn seine Bewegungen setzten, in einer Art von Achtung gegen ihn gehalten. Seine Augen schossen Feuerstrahlen, seine Wangen glühten von einer Hitze, die ihnen ein ganz neues Leben gab, seine Zähne schlugen aneinander; sein ganzer Körper, getrieben durch eine wütende, unbezähmbare Heftigkeit, verriet die schreckliche Wirkung des ursprünglichen Instinkts in seinem Innern. Alles vor sich niederschlagend und toll und wild gleich einem erhitzten Stier, pflügte er die zarte Furche auf, ganz unempfindlich gegen Louisas Klagen. Nichts hielt seine Wut auf; denn sobald er nur einmal seinen Kopf drinnen hatte, bahnte seine blinde Raserei auch bald für das übrige einen Weg, niederbohrend, niederreißend, aufreißend alles, was ihm entgegenstand; das zerrissene, aufgesplitterte, verwundete Mädchen schrie, bäumte sich, rief mich zu ihrer Hilfe, strebte sich von dem jungen Wilden loszumachen oder ihn abzuwerfen, aber alles umsonst! Ihr Hauch hätte eher einen Wintersturm zur Ruhe bringen können, als daß alle ihre Anstrengungen und ihr Streben hätten seinen rauhen Angriff aufhalten oder ihn in seinem Laufe hemmen können. Und in der Tat, alle ihre Bemühungen loszukommen geschahen in einer solchen Unordnung, daß sie mehr dazu dienten, ihn noch fester in sich einzuwurzeln und sie noch fester in seine nervigen Arme zu pressen. Sie mußte den Kampf auskämpfen, hätte sie auch darüber sterben sollen. Gespornt wie er war durch den Instinkt, hatte der Ausdruck seiner tierischen Leidenschaft etwas Wildes, war mehr ein Zerreißen als Küssen, gemischt durch hitzige, raubgierige Liebesbisse in ihre Wangen und

Nacken, deren Eindrücke sich erst nach einigen Tagen verloren.

Die arme Louisa begegnete indessen zuletzt seinem Ansturm noch besser, als ich erwartet hätte, und ob sie gleich litt und viel litt, so litt sie doch, immer treu ihrer alten Sache, mit Vergnügen und hielt den Schmerz aus. Und nun fing das Manneswerkzeug von neuem an, in einer wütenden Anstrengung wie ein Wirbelwind alles wieder zu bestürmen und sich seinen Weg bis ans äußerste Ende aufzureißen, so daß er ihr betreffs seines Eindringens nichts mehr zu fürchten noch zu wünschen übrigließ. Und jetzt ›gestopft mit der Erde schönstem Bissen‹, wie Shakespeare sagt, lag Louisa, vergnügt bis in ihr innerstes Herz, bis auf den äußersten Grad des Genusses, dessen sie in jeder Fiber dieser Teile fähig war, ausgestreckt bis zum Reißen auf einer Marterbank der Freuden, während, strotzend von Kraft, das Werkzeug in süßer Wut all ihr Gefühl suchte, bis das Vergnügen sie so übermannte, der Stachel desselben so innig in sie drang, daß es, jetzt befeuert von seinem wütenden Treiber, sich ganz in dem Teil ihres Körpers verlor, dessen ganze Ausspannung so heiß gefüllt und beschäftigt war. Da lebte sie nun, ganz verloren in den rasenden Entzückungen einer Ekstase der Sinne, die ihre sich schließenden und wieder öffnenden Augen, das glühende Rot ihrer Lippen und Wangen und die tiefgeholten Seufzer des Vergnügens so innigst ausdrückten. Kurz, sie war jetzt ebensosehr eine bloße Maschine, ebensosehr in Bewegung und ebensowenig in ihrer Gewalt als der Blödsinnige selbst, der hurtig in sie hineinstürmte und ihr seine ungestüme Zärtlichkeit und die feurige Kraft, mit der er zu kämpfen wußte, zu fühlen gab. Ihre tätigen Lenden zitterten von der Heftigkeit ihres Kampfes, bis die Quelle des Vergnügens aufschäumte und zu einer solchen Höhe wütend emporstieg, daß der tauige Regen sich ergoß, ihr Feuer zu löschen. Der bloß sinnliche Blöde vergoß zuerst diese Tränen der Freude, die die letzten Augenblicke begleiteten, nicht ohne innere schmerzliche Wonne. Er war, als der Strom sich ergoß, in einem solchen Aufruhr des Entzückens, daß selbst Louisa es fühlte, wie sie mit ihm treulich in den gewöhnlichen Anzeichen dieses Augenblicks zusammen stimmte; eine heiße Raserei, ein krampfhaft zitternder Schauder und dann, oh, der kritische, hinsterbende Augenblick! Noch lag sie, als er schon auf war, versunken in den Genuß der Wonne und nahm in sich den süßen Tau des Vergnügens auf; aber ermattet, nach Atem schnappend, ohne andere Empfindung des Lebens als in den süßen Erschütterungen, die noch in den Fibern der Wonne zitterten, die so entzückungsvoll berührt waren und die, wenn die Natur zu sehr in Bewegung gesetzt worden ist, nicht sogleich wieder sich beruhigen.

Was aber den Blöden anbetraf, so hatte jetzt sein Gesicht und seine Stellung selbst etwas Drolliges oder vielmehr Tragikomisches an sich; ein Ausdruck von trauriger, mißvergnügter Torheit vereinigte sich mit dem nichtssagenden Idiotismus seines Gesichts. Er stand da, das Zeichen seiner Mannheit jetzt lang, schlapp, beruhigt an seinen Lenden herabhängend, die es die Hälfte hinunterreichte, schrecklich selbst noch in diesem Zustand, während unter der Niedergeschlagenheit des Geistes und Fleisches, die so natürlich folgte, seine Augen sich bald auf seine eingeschrumpfte Standarte wendeten, bald sich kläglich nach Louisa aufhoben und gleichsam von ihren Händen wieder zu erlangen schienen, was er verloren hatte und jetzt bereute. Aber die schnell wiederkehrende Munterkeit der Natur verscheuchte auch bald diese Erschlaffung, der ihn das allgemeine Gesetz des Genusses unterworfen hatte. Jetzt galt seine Sorge dem Korb, nach dem ich mich umsah und den ich ihm hingab. Unterdessen gab Louisa seiner Kleidung die vorige Ordnung wieder. Zuletzt brachte sie ihm vielleicht das größte Vergnügen dadurch, daß sie ihm alle seine Blumen abnahm. Sie zahlte einen billigen Preis, statt ihm ein Geschenk zu machen, das ihn nur verwirrt haben würde und andre vielleicht auf die Spur des wahren Grundes gebracht hätte.

Ob sie je den Angriff erneuert hat, weiß ich nicht, und um die Wahrheit zu sagen, glaube ich es auch nicht; sie hatte einmal ihre Neugierde hinlänglich mit überwiegendem Vergnügen gestillt, was keine weiteren Folgen hatte, als daß der Bursche, der nur eine verworrene Erinnerung an die Geschichte behielt, noch einige Zeit hernach, wenn er sie sah, durch ein grinsendes Lächeln seine Freude und Vertraulichkeit ausdrückte, ganz in der Art eines Idioten. Bald vergaß er sie wahrscheinlich wegen eines anderen Frauenzimmers, das sich auch durch seine Talente hatte reizen lassen.

Louisa blieb nach dieser Geschichte nicht lange in Mrs. Coles Hause, gegen die wir uns nicht eher unserer Heldentat rühmten, als bis keine Folgen mehr zu befürchten waren. Als sich ihr bei einer Gelegenheit ein junger, leidenschaftlicher Mensch vorstellte, packte sie, ganz ihrem Charakter entsprechend, ihre Sachen und ging mit ihm davon, nachdem sie es nur sechs Stunden vorher gesagt hatte. Seit dieser Zeit habe ich sie ganz aus dem Gesichte verloren und nie wieder von ihr gehört.

Einige Tage nachdem sie uns verlassen hatte, erhielten zwei artige junge Gentlemen und besondere Lieblinge von Mrs. Cole, obgleich sie nicht von unserer Akademie waren, ohne Mühe ihre Einwilligung, daß ich und Emily eine Partie zum Vergnügen in einem kleinen, aber angenehmen Hause an der Themse, das einem von ihnen gehörte, annehmen durften.

Nachdem alles in Richtigkeit gebracht und der Tag, ein schöner, fast heißer Sommertag, kam, gingen wir nach dem Mittagessen, ungefähr um vier Uhr nachmittags, nach dem Orte unserer Zusammenkunft. Man führte mich und Emily, nachdem wir am Fuße eines schönen, angenehmen Pavillons angekommen waren, dort hinein, wo wir dann mit unsern Herren mit all der Heiterkeit und Freude Tee tranken, in die uns die schöne Aussicht, das heitere Wetter und die zärtliche Höflichkeit unserer munteren Galane versetzte.

Nach dem Tee und nach einigen Gängen in dem Garten schlug mein Begleiter, der der Besitzer des Hauses war und diesen Plan des Vergnügens nicht bloß für eine trockene Bewirtung angestellt hatte, mit der ganzen Offenheit, zu der ihn die Bekanntschaft mit Mrs. Cole berechtigte, uns vor, miteinander zu baden, und zwar unter einem bequemen Schutzdache, das er dafür in einer kleinen Einbuchtung des Flusses hatte zurichten lassen und zu dem eine Seitentür des Pavillons führte. Dort sollten wir unser Vergnügen ganz im stillen haben können, ohne Störung befürchten zu müssen.

Emily, die nie etwas abschlug, und ich, die immer ein

Vergnügen am Baden hatte und nichts an der Person dessen, der den Vorschlag tat, oder gegen die Vergnügungen, die ich sicher damit verbunden wußte, auszusetzen fand, trug Sorge, unserer Erziehung bei Mrs. Cole keine Schande zu machen. So willigten wir denn mit soviel Anstand ein, als wir aufbringen konnten. Wir kehrten ohne Verzug in den Pavillon zurück, dessen eine Tür nach einem Zelt hin sich öffnete, das davor aufgeschlagen war und mit seinem Dach angenehmen Schutz gegen Sonne und Luft gab und zugleich so geheim war, als wir verlangen konnten. Das inwendige Tuch stellte von oben bis unten wildes, waldiges Buschwerk vor, an den Seiten waren Säulen gemalt, in deren Zwischenräumen Blumenvasen standen, so daß das Ganze einen sehr freudigen Eindruck aufs Auge machte, wohin man es auch wendete.

Ziemlich am Wasser standen noch bequeme Bänke in der Runde, um unsere Kleider daraufzulegen – oder – oder – kurz, um sich ihrer zu mehrerem zu bedienen, als bloß darauf auszuruhen. Zugleich war ein Tisch da, beladen mit Konfekt, Gelee und sonstigen Sachen der Art, auch mit Weinflaschen und andern stärkenden Flüssigkeiten zur Sicherheit und als Hilfsmittel gegen eine gelegentliche Rauhigkeit oder Erkältung im Wasser oder gegen irgendeine Schwäche von irgendeiner Ursache. In der Tat, mein Galan verstand vollkommen, was zur Sache gehörte, und hätte wegen seines Geschmacks (selbst wenn Sie auch diese Probe davon nicht billigen sollten) den Anordner bei Vergnügungen eines römischen Kaisers abgeben können, denn er hatte keine Forderung der Bequemlichkeit und der Schwelgerei unbefriedigt gelassen.

Sobald wir an diesem einladender Orte uns umgesehen und alle Anordnungen getroffen hatten, um geheim zu bleiben, hieß es: ausgezogen! Und nun eilte jeder der jungen Herren, seine Gesellschafterin zu entkleiden. So brachten sie uns alsobald in den Zustand der Nacktheit, der die Geheimnisse der Natur, die die Kleidung versteckt, verrät, und aufrichtig gesagt, diesmal nicht zu unserm Nachteil verriet. Unsere Hände gingen zuerst ganz mechanisch nach dem Orte, der an uns am wichtigsten ist, versteckt zu werden, bis wir auf ihre Bitte auch sie wegnahmen und uns damit beschäftigten, ihnen denselben Dienst zu leisten und ihnen aus den Kleidern zu helfen, während welcher Beschäftigungen alle die kleinen Mutwilligkeiten und Scherze angewandt wurden, die Sie sich leicht vorstellen können.

Mein Jüngling war in einem Augenblick ausgekleidet bis auf sein Hemd, auf dessen vordere Seite er mich lächelnd hinwies, indem er sich schmachtend an mich anlehnte, damit ich das Fallen und Steigen und die unruhigen Bewegungen, die hinter ihm vorgingen, bemerken sollte. Aber bald war das Instrument fest. Da zog er sogleich sein Hemd ab, und nackend als Cupido zeigte er es mir so aufrecht stehend, daß ich mich zu dem augenblicklichen Gebrauch für meine Beruhigung anschickte. Obgleich aber der Anblick desselben genügte, mich in Flammen zu setzen, bewirkte doch die kühle Luft, weil ich ganz nackend dastand, mitsamt der Begierde, vorher zu baden, daß ich ihn abwies und mit der Bemerkung beruhigte, daß ein kleiner Verzug dem Vergnügen nur noch höhern Geschmack geben würde. Indem ich also voranging und meinen Freunden ein Beispiel der Enthaltsamkeit gab, die sie aus dem Gesichte verlieren zu wollen schienen, wateten wir Hand in Hand in den Strom, bis wir bis an den Hals hineinkamen, was meinen Sinnen bei der Schwüle der Jahreszeit eine wollüstige Erfrischung gab und mich lebendiger, glücklicher in mir selbst und in der Folge munterer und offner gegen wollüstige Eindrücke machte.

Ich badete und plätscherte im Wasser, spielte mit meinem Gesellschafter und überließ Emily mit dem ihrigen sich selbst. Der meinige, nicht zufrieden, mich über Hals und Kopf hineinzuplumpsen, überschüttete mich auch mit Wasser und reizte mich durch allerlei Mutwilligkeiten, für die ich ihm die Antwort nicht schuldig blieb. Kurz, wir überließen uns ganz unserer Fröhlichkeit, und er wollte nicht eher ruhen, bis er seinen Händen die Lust verschafft hatte, über jeden Teil an mir, meinen Nacken, meine Brust, meinen Unterleib, Hüften und alle die übrigen lieben Orte, herumzuirren, die der Einbildungskraft so wert sind, unter dem Vorwand, mich zu waschen und zu reiben, da wir nicht höher als bis zum Bauch im Wasser standen, was ihn aber nicht hinderte, mit dem Leck, das unser Geschlecht unterscheidet und das so wunderbarlich wasserdicht ist, zu spielen. Seine Finger bemühten sich vergebens, es zu öffnen, und brachten mehr Flammen statt Wasser hinein, das darf ich ganz offen sagen. Zugleich ließ er mich seinen Bohrer fühlen, der so gut aufgewunden war, daß er selbst sein Ziel im Wasser fand und er seinen Arm um mich schlang und versuchen wollte, die festere Zusammenziehung, die das umfließende Wasser bewirkt hatte, zu besiegen. Er gewann auch wirklich seinen Weg so weit, daß ich die Ausdehnung der unteren Lippen, die sein eindringender Bohrer verursachte, fühlte, aber ganz abgesehen davon, daß mir diese unbequeme Stellung des Genusses nicht angenehm war, konnte ich mich nicht enthalten, ihn zu unterbrechen, um Zuschauer einer Art von Vergnügen zu werden, deren Ausführung zwischen Emily und ihrem Gesellschafter sehr hitzig im Werk war, der, ungeduldig der Spielereien im Wasser, seine Nymphe zu einer der Bänke auf dem grünen Ufer geführt hatte und emsig beschäftigt war, ihr den Unterschied zwischen Spaß und Ernst zu zeigen.

Wir sahen sie auf seinen Knien sitzen, eine Hand von ihm über die Oberfläche ihrer feinpolierten, schneeweißen Haut gleitend, die jetzt von doppeltem Glanz schien und dem Gefühl beseeltes Elfenbein darbot, besonders in den rubingezeichneten Halbkugeln, wonach man so sehr giert und in denen man soviel Wonne findet, und die andre mutwillig die süßen Geheimnisse der Natur ausspürend, um einem stattlichen, aufgerichteten Instrument Platz zu machen, das sich zwischen ihren Lenden erhob. Sie saß immer noch auf seinem Schoß, und sein Ding drängte nach augenblicklichem Einlaß, dem die zärtliche Emily in angenehm aufhaltender Laune auswich und sich stellte, als wollte sie ihn in dem Vergnügen täuschen, nach dem sie selbst seufzte. Sie tat es aber in einem Widerstreben, das das Vergnügen noch zehnmal anziehender machte, denn ihre Augen drückten mit sanftem, hinsterbendem Schmachten zugleich verstellte Weigerung und äußerste Begierde aus, was sein Ungestüm noch verdoppelte. Er überdeckte sie mit Küssen, die die schlaue Mutwillige, indem sie tat, als wenn sie sich davor scheute oder sich gegen sie wehren wollte, so wieder einzubringen wußte, daß sie nur dadurch süßer wurden, weil sie gestohlen oder geraubt waren.

So spielte Emily, die keine Kunst kannte als die, mit der die Natur sie für ihren Hauptzweck beseelt hatte, die Kunst des Nachgebens, aber mit so schlauer Sprödigkeit, daß es auf ihre Absicht hinführte; denn mit allem ihrem Ringen, Winden und Bestreben, aus seiner Umarmung sich loszumachen, war sie doch zu klug, um es ernst zu meinen. Es war augenscheinlich, daß sie nur die Punkte der Berührung mit ihm vermehren und die Falten enger ziehen wollte, die sie beide überall einigten gleich zwei zarten Weinranken, die sich ineinander verschlingen, so daß jetzt aus anderen Beweggründen dasselbe herauskam wie damals, als Louisa im vollen Ernst sich von dem Idioten loszureißen suchte.

Mittlerweile hatte ihr Heraussteigen aus dem kalten Wasser ein allgemeines Glühen, eine sanfte Ergießung höhern Rots über ihre Körper, die beide gleich weich und weiß von Haut waren, bewirkt, daß man nur an den fleischigen, stärkeren Muskeln des stärkeren Geschlechts unterscheiden konnte, wem die einzelnen Glieder zugehörten.

Nur zwei Augenblicke und ihr Ritter siegte und knüpfte den wahren Liebesknoten. Lebt wohl, alle ihr kleinen Feinheiten eines verstellten Widerstrebens! Leb wohl, liebe zärtliche Verstellung! Sie war jetzt außerstande, Kunst anzuwenden, und welche Kunst hätte auch nicht nachgeben müssen, wenn ihr zärtlicher Belagerer in süßer Vereinigung mit der Natur das Herz der Hauptstadt angreift und im Sturm erobert, das jetzt ganz der Gnade des stolzen Eroberers überlassen ist, der im vollkommenen Sieg triumphierend hereinzieht? Da der Kampf heißer und heißer wurde, brachte sie ihn bald dahin, die süße Schuld der Natur zu bezahlen, die sie nicht so bald eingesammelt hatte, als sie, gleich einem Zweikämpfer, der seinen Gegner niedergestreckt, aber selbst eine tödliche Wunde bekommen hat, kaum Zeit hatte, sich ihres Sieges zu rühmen, sondern auch ihre Ladung ausschoß und in einem tiefgeholten Seufzer, in dem Verschließen ihrer Augen, Ausstrecken ihrer Glieder und der Erschlaffung ihres ganzen Körpers deutliche Zeichen von sich gab, daß alles zugegangen sei, wie es sollte, und daß auch sie glücklich vollendet habe.

Ich, die nicht mit der ruhigsten Geduld diese Zeit über im Wasser gestanden war, lehnte mich zärtlich an meinen Galan und schien ihn am Ende dieser Szene zu fragen, was er davon dächte; aber er, hitziger, durch Taten als durch Worte und Blicke zu antworten, zeigte mir, indem wir miteinander im Wasser gegen das Ufer zu trieben, den Stab der Liebe so aufgerichtet, daß, hätte auch die Liebe hier nicht bei sich selbst angefangen, es grausam gewesen wäre, da das Hilfsmittel so nahe lag, den armen Jungen vor Anspannung springen zu lassen.

Wir nahmen also eine Bank, während Emily und ihr Liebling am Seitentische standen und auf unsre gute Reise tranken; denn nach dem, was sie sahen, hätten wir wohl geladen und hätten vollen Wind. Es dauerte auch in der Tat nicht lange, bis wir unsern Weg nach Cythera geendigt und im alten Hafen abgeladen hatten. Da dies aber nicht vieler Abwechslung fähig ist, will ich Ihnen die Beschreibung ersparen.

Zugleich erlauben Sie mir, mich hier wegen etwas zu entschuldigen, dessen ich mir bewußt bin, darüber nämlich, daß ich vielleicht zu sehr in Bildern gesprochen habe, obgleich dies nirgends verzeihlicher sein kann als bei einem Gegenstande, der so eigentümlich der Poesie angehört, ja Poesie selbst ist, und nur angenehm wird durch die Blume der Einbildungskraft und liebevolle Gleichnisse, selbst wenn die natürlichen Ausdrücke durch die Achtung gegen die Mode und den Wohlklang nicht verboten wären.

Ich eile wieder zu meiner Geschichte und sage Ihnen also, daß durch eine hinlängliche Anzahl Wiederholungen, alle in derselben Art (und nebenbei bemerkt: wir haben ein gewisses Gefühl der Natur, dem diese Wiederholungen durchaus recht sind), und durch einen Kranz von geschmackvoll abgeändertern Vergnügungen kein Augenblick der ganzen Zeit bis spät in die Nacht hin verloren wurde, da wir von unseren Herren wieder nach Hause geführt und wohlbehalten mit großmütigem Dank für unsere Gesellschaft Mrs. Cole überliefert wurden.

Dies war zugleich Emilys letztes Abenteuer in unserem Verhältnisse, denn kaum eine Woche nachher wurde sie durch einen Zufall, dessen Erzählung zu geringfügig für Sie sein würde, von ihren Eltern aufgefunden, die in sehr guten Umständen lebten. Für die Parteilichkeit gegen ihren Sohn waren sie durch den Verlust desselben, der durch ihre zu große Nachgiebigkeit gegen seine Eßlust veranlaßt wurde, bestraft worden, worauf denn der Strom ihrer lang aufgehaltnen Zärtlichkeit wieder mit Heftigkeit auf ihr verlorenes, auf so unmenschliche Art verlorenes Kind sich ergoß, das sie, hätten sie nicht alle Nachforschungen nach ihm vernachlässigt, schon längst hätten wiederfinden können. Sie waren aber jetzt über dieses Wiederfinden von einer solchen Freude erfüllt, daß sie, wie ich vermute, alle weitere Untersuchung ihrer wahren Lage verhinderte; sie nahmen sehr vergnügt alles für wahr hin, was die ernste und züchtige Mrs. Cole ihnen für Wahrheit gab, und erzeigten sich ihr bald nachher vom Lande aus ansehnlich erkenntlich.

Es war nicht leicht, in unserer Gesellschaft den Verlust eines so angenehmen Mitgliedes zu ersetzen; denn ganz zu schweigen von ihrer Schönheit, war sie ein Mädchen von dem sanften, biegsamen Charakter, das man, wenn man es auch nicht ganz achtet, doch nicht anders als lieben kann, was eben kein so schlimmer Ersatz ist. Da alle ihre Schwachheiten aus Gefälligkeit und aus einem sorglosen Leichtsinn entstanden, die sie zu sehr von den ersten Eindrücken abhängig machten, so hatte sie gerade Verstand genug zu wissen, daß sie eines Leitzaums bedurfte, und hielt sich daher um desto mehr einem jeden verpflichtet, der sich die Mühe nahm, für sie zu denken und sie zu führen, so daß sie mit geringer Kunst und Schonung zu einer sehr angenehmen und sehr tugendhaften Frau gemacht zu werden befähigt war. Das Laster wäre wahrscheinlich nie ihre Wahl oder ihr Schicksal gewesen, wär es nicht durch die Gelegenheit, durch Beispiel und dadurch geschehen, daß sie weniger von sich selbst als von den Umständen abhing. Diese Voraussetzung rechtfertigte ihre spätere Aufführung. Sie fand nämlich bald darauf eine Partie in dem Sohn eines ihrer Nachbarn, einem jungen Menschen von Verstand und Ordnung und von gleichem Stande wie sie, der sie als die Witwe eines in der See umgekommenen Mannes nahm (denn das sollte das Schicksal eines ihrer Galane gewesen sein, dessen Namen sie angenommen hatte), und sie fügte sich so ungezwungen in alle Pflichten des häuslichen Standes und mit so vieler Unschuld der Liebe, so vieler Standhaftigkeit und Regelmäßigkeit hinein, als wenn sie nie von der reinen Unschuld ihrer Jugend abgewichen wäre.

Diese Anlässe hatten aber Mrs. Coles Schar so klein gemacht, daß sie jetzt nur mich allein hatte, wie eine Henne ihr einziges Küchlein. Aber ob man sie gleich sehr ernstlich bat und aufmunterte, ihr Häuflein wieder zu vermehren, bewirkte doch ihre zunehmende Schwäche und vor allem die Schmerzen einer hartnäkkigen Gicht, die keinem Mittel weichen wollte, daß sie beschloß, ihr Gewerbe aufzugeben und mit einem anständigen Vermögen sich aufs Land zu begeben. Ich versprach mir nichts so sicher, als sie dahin zu begleiten, wenn ich etwas mehr noch vom Leben gesehen und mein kleines Vermögen hinreichend vermehrt haben würde, um mich in der Welt unabhängig zu machen, denn ich war jetzt, dank Mrs. Cole, weise genug, um das als den wesentlichsten Punkt des Lebens anzusehen.

So sollte ich also meine treue Führerin verlieren. Neben der Tatsache, daß sie nie ihre Kunden überzahlen ließ und sorgfältig ihren Geschmack studierte, neben der, daß sie nie ihre Schülerinnen mit unbilligen Erpressungen quälte noch den Verdienst ihrer Hand, wie sie sagte, mit Abgaben belegte, war sie auch eine strenge Feindin der Verführung der Unschuld und schränkte ihre Anwerbung bloß auf die unglücklichen Mädchen ein, die ihr, nachdem sie einmal verloren, desto würdigere Gegenstände des Mitleidens waren. Unter diesen allerdings suchte sie auf, was ihren Absichten diente, nahm sie unter ihren Schutz und befreite sie so von der Gefahr eines öffentlichen Versinkens in Elend und Verderben, um sie gut oder übel, wie Sie ja gesehen haben, zu bilden und anzubringen. Nachdem sie ihre Sachen in Ordnung gebracht hatte, trat sie ihre Reise an, nahm sehr zärtlichen Abschied von mir und gab mir einige vortreffliche Unterweisungen, indem sie mit wahrer, mütterlicher Sorge mich mir selbst empfahl; kurz, sie rührte mich so sehr, daß ich mich nicht gleich wieder mit mir selbst versöhnen konnte, weil ich sie nicht auf jeden Fall begleitet hätte; aber das Schicksal hatte, wie es schien, anders über mich beschlossen.

Ich hatte bei meiner Trennung von Mrs. Cole ein angenehmes, bequemes Haus nahe bei Marybone gemietet, das aber, was Mietzins und Möbel anbetraf, leicht zu unterhalten war. In diesem richtete ich mich artig und anständig ein; hier sah ich mich mit achthundert Pfund, der Frucht meiner Achtsamkeit und Mrs. Coles Ratschlägen, nebst Kleidern, einigen Juwelen und Silbergeschirr auf lange Zeit mit Gelde versehen, um ohne Ungeduld warten zu können, was das Schicksal mir zuführen würde.

Ich hatte mir unter dem neuen Charakter einer jungen Frau von Stande, deren Mann zur See gegangen, einen Plan meines Lebens und meines Wandels vorgezeichnet, der mir volle Freiheit ließ, meine Absichten auf Vergnügen oder Vermögen zu verfolgen, ohne mich aus den Grenzen der Mäßigkeit und Klugheit auch nur etwas entfernen zu brauchen, eine Einrichtung, in der Sie den wahren Zögling von Mrs. Cole wiedererkennen werden.

Ich war kaum in meiner neuen Wohnung recht warm geworden, als ich an einem Morgen sehr früh aufs Feld hinausging, nur von meinem Mädchen begleitet, um die Schönheit des Morgens zu genießen. Wie wir nun so ganz nachlässig unter den Bäumen gingen, wurden wir durch den Lärm eines heftigen Hustens aufmerksam gemacht, nach dem wir uns umkehrten und einen ältlichen, wohlgekleideten Gentleman erblickten, der einen so heftigen Anfall bekommen hatte, daß er sich unter einen Baum setzen und ihn ausrasen lassen mußte. Er schien daran ersticken zu wollen und wurde ganz schwarz im Gesicht. Nicht weniger gerührt als erschreckt, flog ich sogleich zu ihm hin, um ihm zu Hilfe zu kommen, und löste nach dem, was ich sonst dabei als Mittel hatte gebrauchen sehen, seine Halsbinde auf und klopfte ihm den Rücken. Ob dies was geholfen oder ob der Husten ausgetobt hatte, weiß ich nicht; aber der Anfall war sogleich vorüber, und da er nun seine Sprache wiedergefunden hatte und auch wieder aufgestanden war, so sagte er mir mit so vielem Nachdrucke Dank, als wenn ich ihm sein Leben gerettet hätte. Dies knüpfte natürlicherweise ein Gespräch an; er sagte mir, wo er wohnte, was ziemlich weit von dem Orte war, wo ich ihn angetroffen und wohin er sich in derselben Absicht wie ich, nämlich um einen Morgenspaziergang zu tun, verirrt hatte.

Er war, wie ich in der Folge unserer Bekanntschaft, zu der dieser kleine Vorfall Veranlassung wurde, erfuhr, ein alter Junggeselle, schon ein Sechziger, aber von frischem, kraftvollem Bau, so daß man ihm kaum fünfundvierzig Jahre ansah, da er nie seiner Gesundheit durch Befriedigung seiner Begierden außer den Schranken, die sie erlaubte, Schaden getan hatte.

Was seine Geburt und seinen Stand anbetraf, so waren seine Eltern ehrliche, aber bankrott gewordene Handwerker, die ihn nach den sichersten Spuren, die er von ihnen hatte auffinden können, der Gemeinde als ein Waisenkind hinterlassen hatten, so daß er sich aus einer Almosenschule durch Ehrlichkeit und Fleiß den Weg ins Kontor eines Kaufmanns bahnte, von wo er in ein Handelshaus nach Cádiz geschickt wurde, in dem er sich durch seine Tätigkeit und Talente ein Vermögen, obgleich kein unermeßliches, erwarb, mit dem er in sein Vaterland zurückkehrte, wo er aber auch nicht einen einzigen Anverwandten aus der Dunkelheit, in der er geboren war, auffinden konnte. Er fand also Geschmack an der Einsamkeit und beschloß, sein Leben in der Verborgenheit zu genießen und seine Tage in aller Ruhe und Bequemlichkeit des Reichtums, ohne Prunk, viel mehr auf Verhehlung als auf prahlende Schaustellung seines Vermögens bedacht, zuzubringen. Er sah auf die Welt gleichsam herab, die er vollkommen kannte; selbst, nach seinem Wunsche, ungekannt, unbemerkt von ihr.

Aber da ich mir vorgenommen habe, meinen Brief ganz dem Vergnügen zu widmen, nicht Ihnen alle besondern Vorfälle in dieser meiner neuen merkwürdigen Bekanntschaft aufzuzeichnen, so will ich den Mann nur obenhin berühren, um des Zusammenhangs meiner Geschichte wegen und um Ihrer Verwunderung zuvorzukommen, die Sie darüber haben könnten, daß eine Person von meinem heißen Blut und Geschmack am Leben einen Galan von sechzig für einen großen Fang halten konnte.

Indem ich es also einer ausführlicheren Erzählung vorbehalte, auseinanderzusetzen, durch welche Fortgänge unsre sicher am Anfange unschuldige Bekanntschaft unmerklich ihre Natur veränderte und ganz unplatonisch wurde, wie man wohl von einer Person meiner Lebensart, und überdies mit den Reizungen der Anziehung, die nie verfehlt, Feuer zu fangen, wenn die Geschlechter sich begegnen, erwarten darf, will ich Ihnen hier nur soviel sagen, daß ihm das Alter, das seine Zärtlichkeit für das andere Geschlecht nicht unterjocht hatte, auch nicht die Fähigkeit zu gefallen genommen hatte. Alles das, was ihm an den zaubervollen Reizen der Jugend abging, ersetzte er durch die Vorteile der Erfahrung, durch sanfte Sitten und vor allem durch seine Geschicklichkeit, das Herz durch den Verstand zu rühren. Von ihm lernte ich mit unendlichem Vergnügen, daß in mir etwas sei, das Achtung verdiene; von ihm empfing ich die erste wahre Aufmunterung und Anweisung, wie ich die Bahn betreten müsse, auf der ich seit der Zeit zu der Vollkommenheit geschritten bin, in der Sie mich jetzt sehen. Er war es auch, der mich zuerst bemerken lehrte, daß die geistigen Vergnügen über die körperlichen erhaben, und zugleich, daß sie so wenig einander zerstörend und unter sich unverträglich sind, daß vielmehr außer der Süßigkeit, die in der Abwechslung und dem Übergang von einem zum andern liegt, das eine zur Erhöhung und Vervollkommnung des Geschmacks für das andere dient in einem Grade, den die Sinne allein nie erreichen können.

Er selbst ein vernünftiger Wollüstling, der viel zu weise war, um sich der Vergnügungen der Menschheit zu schämen, liebte mich in der Tat, aber er liebte mich mit Würde, gleich weit entfernt von Verdrießlichkeit und Eigensinn, die das Alter nur zu sehr zu seinem Nachteil charakterisieren, und von kindischem, einfältigem Verliebtsein, das es so oft verunehrt und das er selbst lächerlich zu machen pflegte.

Kurz, alles, was gemeiniglich in seinem Alter unliebenswürdig ist, wurde durch so viele Vorteile wieder ersetzt, daß er mir wenigstens ein deutlicher Beweis dafür war, daß es dem Alter nicht unmöglich ist zu gefallen, wenn es darauf ausgeht und wenn man ihm hinlängliche Gerechtigkeit widerfahren läßt und nicht vergißt, daß es dem Alter ungleich mehr Mühe und Aufmerksamkeit kosten muß als der Jugend, dem natürlichen Frühling menschlicher Freuden, wie ja Früchte außer der Jahreszeit mehr Kunst und Sorgfalt nötig haben.

Mit diesem Manne, der mich bald nach dem Anfang meiner Bekanntschaft mit in sein Haus nahm, lebte ich fast acht Monate, in welcher Zeit meine beständige Gefälligkeit, meine Gelehrigkeit, meine Aufmerksamkeit, sein Zutrauen und seine Liebe zu verdienen, und ein Betragen, entfernt von aller Kunst und gegründet auf meiner aufrichtigen Achtung, ihn mir so ganz gewann und an mich heftete, daß er, nachdem er mir schon vorher eine artige Pension großmütig gesichert hatte, fortfuhr, Zeichen seiner Liebe auf mich zu häufen, und mich in seinem Testamente zu seiner einzigen Erbin und Vollstreckerin desselben einsetzte, eine Angelegenheit, die er nicht zwei Monate überlebte, da ihn eine heftige Erkältung hinwegraffte, die er sich zugezogen, als er bei einem Feuerlärm, der einige Straßen weit entfernt entstand, ans Fenster gelaufen war und da mit offener Brust der feuchten Nachtluft ausgesetzt gestanden hatte.

Ich entledigte mich meiner Pflichten gegen meinen verstorbenen Wohltäter und betrauerte ihn wirklich mit aufrichtigem Herzen. In dieser Traurigkeit, welche sich bald darauf in die zärtlichste, dankbarste, unverlierbare Erinnerung an ihn verwandelte, tröstete mich etwas die Aussicht, die mir jetzt geöffnet war, wenn nicht auf Glückseligkeit, so doch auf Überfluß und Unabhängigkeit.

Ich sah mich in der vollen Blüte und dem Stolz meiner Jugend (denn noch war ich nicht neunzehn Jahre alt) als Besitzerin eines Vermögens, das so groß war, daß es höchste Unverschämtheit gewesen wäre, noch mehr zu wünschen und zu hoffen. Daß diese plötzliche Erhöhung mir nicht den Kopf verdrehte, verdanke ich der Mühe, die mein Wohltäter sich gegeben hatte, mich für dieselbe zu bilden und vorzubereiten, sowie seiner guten Meinung von meiner klugen Verwaltung der großen Besitzungen, die er mir hinterlassen, seinen Bemerkungen meiner haushälterischen Klugheit, die ich von Mrs. Cole gelernt und durch die ich, wie er sah, mir soviel hatte aufsparen können.

Aber ach, wie geringfügig ist der gegenwärtige Genuß der größten Süßigkeiten des Lebens, wenn ihn die Sehnsucht nach einem Abwesenden vergiftet! Die meinige war stark und gerecht, denn mein einziger geliebter Charles war ihr Gegenstand.

Ich hatte ihn wirklich völlig aufgegeben, da ich nie

wieder etwas seit unserer Trennung von ihm gehört hatte. Wie ich nachher erfuhr, war dies mein Unglück, nicht seine Nachlässigkeit, denn er schrieb mir zu verschiedenen Malen Briefe, die mich aber alle verfehlten. Aber vergessen hatte ich ihn nie, und unter allen persönlichen Treulosigkeiten gegen ihn hatte nicht eine auch nur einer Nadelspitze tiefen Eindruck auf mein Herz gemacht, das jeder anderen Liebe unzugänglich war.

Sobald ich mich nun als Besitzerin dieses unverhofften Vermögens sah, fühlte ich mehr denn je, wie teuer er mir gewesen war, an der Unzugänglichkeit dieses Glücks, mich wirklich glücklich zu machen, solange er es nicht mit mir teilte. Meine erste Sorge war daher, mich zu bemühen, ob ich nicht Nachricht von ihm erhalten könnte, aber alle meine Nachforschungen gaben mir nicht mehr Licht, als daß sein Vater schon einige Zeit tot sei, daß Charles den Hafen seiner Bestimmung in der Südsee erreicht habe, wo er gefunden, daß das Vermögen, welches er holen sollte, durch den Verlust zweier Schiffe, auf denen das Hauptvermögen seines Onkels lag, zu einer Bagatelle zusammengeschmolzen war, daß er mit dem kleinen Rest wieder abgereist sei und vielleicht in wenigen Monaten nach England zurückkommen würde, nachdem er beinahe zwei Jahre und sieben Monate abwesend gewesen war. Eine kleine Ewigkeit für die Liebe!

Sie können sich die Freude nicht vorstellen, mit der ich die Hoffnung ergriff, bald die Lust meines Herzens wiederzusehen. Da aber die Zeit festgesetzt war, so machte ich, um mich zu zerstreuen und meine Ungeduld bis dahin zu beschäftigen, mit einer Equipage, die sich für mein Vermögen schickte, eine Reise nach Lancashire, bloß in der Absicht, meinen Geburtsort wiederzusehen, für den ich immer viel Zärtlichkeit behalten habe. Ich brauchte mich nicht zu fürchten, dort zu erscheinen, da ich es so sehr zu meinem Vorteil tat, zumal nach dem Gerüchte, welches Esther Davis von mir ausgesprengt hatte. Sie hatte erzählt, ich sei nach den Kolonien gegangen, weil sie keinen bessern Grund dafür angeben konnte, daß sie mich so schnell in der Schenke verlassen hatte. Eine andere liebe Absicht, die ich hatte, war die, mich nach meinen Verwandten umzusehen und ihre Wohltäterin zu werden, ob ich gleich ihrer nur einige entfernte hatte. Weil auch Mrs. Coles Aufenthaltsort auf dem Wege lag, so war der nicht eins der geringsten Vergnügungen, die ich mir auf dieser Reise vorgesetzt.

Ich hatte außer meinem Bedienten niemanden mit mir genommen als eine verständige, ehrbare Frau als meine Gesellschafterin. Ich war aber kaum in ein Wirtshaus, etwa zwanzig Meilen von London, gekommen, um da zu übernachten und zu Abend zu essen, als ein solcher Sturm und Regenguß entstand, daß ich mir Glück wünschte, unter ein Dach gekommen zu sein, ehe er anfing.

Dies hatte eine gute halbe Stunde gedauert, als mir einfiel, daß ich dem Kutscher einige Anweisungen zu geben hätte; ich schickte also nach ihm und ging, weil ich nicht wollte, daß er das reine Zimmer, in dem gedeckt war, schmutzig machen sollte, in die Küche, wo er war und wo ich zwei Reiter bemerkte, die das Wetter hereingetrieben hatte. Beide waren durch und durch naß, und einer fragte, ob sie andere Kleider haben könnten, während die ihrigen trocknen würden. Aber o Himmel! Wer kann ausdrücken, was mein Herz bei dem Ton dieser Stimme fühlte, der mir noch immer gegenwärtig ist! Und als meine Augen sich hinwandten zu dem, von dem diese Stimme kam, und meinen Eindruck bestätigten, trotz einer so langen Trennung und einer zur Verstellung recht ausstudierten Kleidung, eines großen Reitermantels mit einer aufrechtstehenden Kappe, den Hut herabgelassen. Aber was konnte dem durchdringenden Sinn, den die Liebe fühlte, entgehen? Eine Entzückung wie die meinige macht alle Gedanken und Besonnenheit unmöglich. Ich schoß in dem Augenblick mit der Schnelle der Bewegungen, die ich in meinem Innern fühlte in seine Arme und rief aus, indem ich meine Arme um seinen Hals warf: »Mein Leben! Mein Herz! Mein Charles!« – und schwand weg, ohne unter den niederdrückenden Bewegungen der Freude und des Erstaunens mehr sagen zu können.

Nachdem ich wieder zu mir gekommen, fand ich mich in den Armen meines Geliebten, aber im Zimmer, umgeben von einem Haufen, den dieser Vorfall um uns versammelt hatte, der aber, als die verständige Wirtin ein Zeichen gab, das Zimmer gleich wieder verließ, um uns unseren Entzückungen über die Wiedervereinigung allein zu überlassen, bei denen meine Freude fast auf Kosten meines Lebens bewiesen hätte, daß sie meinen Schmerz über unsere traurige Trennung überwog.

Als meine Augen sich wieder öffneten, sahen sie ihr höchstes Idol und meine erste Sehnsucht, meinen Charles auf einem Knie, der mich mit seiner Hand festhielt und mich in Entzückung der Liebe anstarrte. Als er sah, daß ich wieder zu mir gekommen war, versuchte er zu sprechen, ungeduldig, wieder meine Stimme zu hören, um sich noch einmal zu versichern, daß ich es auch wirklich sei, aber die Stärke und die Plötzlichkeit seines Erstaunens verschloß ihm noch den Mund. Ein paar gebrochene Worte waren alles, was er hervorstammeln konnte, Worte, die meine Ohren gierig aufnahmen, um sie zusammenzustellen und einen Sinn herauszubringen. »Nach einer so langen – so grausamen – Abwesenheit – meine teuerste Fanny! – Ist's möglich – bist du es?« – und er erstickte mich zugleich mit Küssen, die ihm die Antwort entzogen, die er heftig wünschte, und die süße Unordnung, in der alle meine Sinne entzückungsvoll verloren waren, vermehrten. Unter diesem Gedränge von Gedanken, die alle voll Wonne waren, stahl sich ein schrecklicher Zweifel, der fast alle Glückseligkeit tötete, meine Furcht, diese Glückseligkeit sei zu groß, um wirklich zu sein. Ich zitterte jetzt, daß dies alles nichts mehr als ein Traum sein und ich aufwachen könnte zu dem Entsetzen, ihn als Traum zu erfinden. Unter dieser schrecklichen Furcht glaubte ich nicht genug die gegenwärtige übermäßige Wonne genießen zu können, ehe sie wieder verschwinden und mich in der Einsamkeit lassen könnte, und hing daher an ihm und drückte ihn an mich, als wenn ich ihn hindern wollte, von mir zu fliehen. »Wo bist du gewesen? Wie konntest du mich verlassen? Sag, bist du noch der Meinige, liebst du mich noch? und so – so«, indem ich ihn küßte, als wenn ich meine Lippen mit den seinigen verschmelzen wollte, »vergeb ich dir – vergebe dir mein hartes Schicksal gegen dieses Wiederfinden!«

Alle diese Ausrufungen brachen aus mir heraus in einer Wildheit des Ausdrucks, die für Beredsamkeit der Liebe gilt und ihn zu Erwiderungen brachte, wie sie mein liebendes Herz nur wünschen konnte. Unsere Liebkosungen, unsere Fragen, unsere Antworten hatten lange Zeit keine Ordnung; alles ging durcheinander, durchkreuzte sich in süßer Verwirrung, indem wir unsere Herzen durch unsere Augen austauschten und die Bestätigung einer Liebe erneuerten, die keine Zeit, keine Abwesenheit hatte vermindern können. Nicht ein Hauch, nicht eine Bewegung, nicht eine Geste von irgendeiner Seite, die nicht mit Liebe erfüllt waren. Unsere Hände schlossen sich eine in die andere und wiederholten den feurigsten Druck der Liebe, der bis ins Herz drang.

So verschlungen, so geeinigt in unaussprechlicher Wonne, hatte ich nicht einmal auf den teuren Gegenstand derselben geachtet, der durchnäßt und in Gefahr war, sich zu erkälten, als die Wirtin, die meine Ausrüstung (von der, nebenbei gesagt, Charles nichts wußte) für mich und die Meinigen hereingenommen hatte, noch zu rechter Zeit uns unterbrach, indem sie ein anständiges leinenes Hemd und Kleider brachte, die ich, da ich jetzt durch die Gegenwart einer dritten Person etwas ruhiger geworden war, ihn anzunehmen nötigte, denn ich zitterte mit zärtlicher Sorge und Ängstlichkeit um ihn und seine Gesundheit.

Nachdem uns die Wirtin wieder verlassen hatte, fing er an, sich umzukleiden, und ob er gleich dies mit aller der Anständigkeit tat, die sich für die ersten, feierlichen Augenblicke unserer Wiedervereinigung schickte, konnte ich doch mich gewisser schneller Blicke nicht enthalten, die durch die blendende Weiße seiner Haut angezogen wurden, als er seine Wäsche wechselte, und mir das frische unverwelkte Leben in ihm nicht ohne Bewegung der Zärtlichkeit und Freude verrieten, deren Gegenstand aber zu groß und rein war, um jetzt unordentlichen, unzeitigen Begierden Raum zu lassen.

Er war bald in seinen geliehenen Kleidern, die ihm aber nicht paßten; da er sie aber anhatte, so sahen sie außerordentlich wohl aus vermöge des Zauberreizes, den die Liebe allem gibt, das sie berührt oder mit ihr in Verbindung steht. Gab es überhaupt eine Kleidung, die einer Figur wie der seinigen nicht Grazie verliehen hatte? Da ich ihn jetzt genauer betrachtete, bemerkte ich auch die vorteilhafte Veränderung, die seine Abwesenheit in seiner Person hervorgebracht hatte.

Da waren noch immer dieselben schönen Linien, dasselbe lebhafte Rot und dasselbe blühende Gesicht. Aber die Rosen waren jetzt voller aufgebrochen: ein schönes Braun von seinen Reisen und ein mehr unterscheidbarer Bart hatten ihm auf Kosten einer Zartheit, die er aber gut entbehren konnte, das Ansehen einer schönen Männlichkeit und Reife gegeben, die so edel mit seiner Vorzüglichkeit und Kraft übereinstimmten, mit der ihn die Natur in seltener Mischung mit Sanftheit gestempelt hatte. Nichts hatte er dabei verloren von der weichen Fleischigkeit, die glühend von Frischheit, schön dem Auge und lieblich der Berührung entgegenblühte. Dann waren auch seine Schultern breiter geworden, seine ganze Figur wohlgeformter und voller, aber immer noch so leicht und frei wie einst. Kurz, seine Figur erschien jetzt reifer, größer, dem erfahrenen Auge vollendeter, als er in seiner zarten Jugend war, ob er gleich jetzt nicht viel mehr als zweiundzwanzig Jahre alt war.

Inzwischen brachte ich aus den kurzen, oft angenehm unterbrochenen Erzählungen heraus, daß er jetzt wirklich auf dem Weg nach London begriffen sei, nachdem er an der irländischen Küste Schiffbruch gelitten, für die er zu frühzeitig sich eingeschifft und alles, was er mit sich aus der Südsee gebracht, verloren hatte, so daß er erst nach vielen Unfällen und Widerwärtigkeiten mit seinem Reisegefährten, dem Kapitän, so weit in seiner Reise gekommen war. Er sei unter diesen Umständen und bei der Nachricht vom Tode seines Vaters genötigt, seinen Weg in der Welt von neuem anzufangen – eine Lage, die, wie er mir mit einer Aufrichtigkeit versicherte, die aus seinem Herzen floß und auch das meinige durchdrang, ihm weiter keinen Schmerz machte, als daß er es nicht in seiner Gewalt hätte, mich so glücklich zu machen, als er es wünschte. Über mein Vermögen, wie Sie gütig bemerken wollen, hatte ich ihm noch nichts eröffnet, weil ich mir es auf ruhigere Augenblicke vorbehielt, ihn damit zu überraschen. Meine Kleidung konnte ihm auch die Wahrheit nicht verraten, nicht allein weil sie in Trauer, sondern auch in einer Einfachheit gehalten war, die ich immer mit bewußter Kunst gepflegt hatte. Er drang zärtlich in mich, seine brennende Neugier zu befriedigen, sowohl in Hinsicht auf mein vergangenes als auch auf mein gegenwärtiges Leben, seit er von mir weggerissen worden war. Aber ich täuschte seine Fragen durch künstliche Antworten, die ihn jedoch nicht befriedigten. Allein ich gewann es über ihn, sich zu gedulden, weil er das volle Vertrauen zu mir hatte, daß ich dies nur aus Absichten verschöbe, mit denen ich ihn schon zu gelegener Zeit bekannt machen würde.

Charles, zurückgekehrt in meine sehnenden Arme, zärtlich, treu, gesund, war ein Glück, das ich nicht zu begreifen vermochte! Aber Charles unglücklich! Charles herabgebracht zu seinem nackten persönlichen Verdienst, war ein Umstand, der wegen meiner Empfindungen für ihn meine äußersten Wünsche übertraf. Daher schien ich so sichtlich vergnügt, so ganz unzeitig und übermäßig vergnügt bei seiner Erzählung von seinem verlorenen Vermögen, daß er sich das auf keine Art erklären konnte als aus der Freude, ihn wiederzusehen, die jedes andere Gefühl und Interesse gleichsam erstickte.

Mittlerweile hatte meine Frau alle ersinnliche Sorgfalt um Charles' Reisegefährten gehabt, und zur Abendessenszeit brachte sie ihn zu mir herein, und ich nahm ihn mit der Achtung auf, die ich allen Bekannten und Freunden Charles' schuldig war.

Wir vier aßen zusammen in dem Ton der Freude, der Glückwünschung und angenehmen Unordnung, den Sie sich leicht denken können. Obgleich alle diese Erschütterungen mir keine Lust zum Essen gelassen hatten als für den nie sättigenden Anblick meines angebeteten Jünglings, so zwang ich mich doch, etwas zu mir zu nehmen, um ihm ein gutes Beispiel zu geben, da er, wie ich glaubte, diese Stärkung nach einem solchen Ritt nötig hatte. Er aß auch wirklich hungrig wie ein Reisender, sah aber zugleich mich doch immer an und sprach als ein Liebender zu mir.

Nachdem der Tisch abgedeckt und es Zeit war, sich

zur Ruhe zu begeben, wies man Charles und mich als Mann und Frau ohne weitere Umstände in ein sehr artiges Zimmer und ein Bett, das, wie man uns sagte, das beste in dem Hause sei.

Und nun, Schamhaftigkeit, vergib mir, wenn ich noch einmal deine Gesetze beleidige und dich, indem ich die Vorhänge eröffne, noch einmal dieser Vertraulichkeit ohne Zurückhaltung opfere, mit der ich mich anheischig gemacht habe, Ihnen die auffallendsten Umstände meiner jugendlichen Seitensprünge zu erzählen.

Sobald wir in dem Zimmer allein waren, rührte mich die durch den Anblick des Bettes aufsteigende Erinnerung unsrer ersten Freuden und der Gedanke, daß ich ihrer in diesem Augenblick durch den teuren Besitzer meiner ersten Liebe wieder teilhaftig werden würde, so sehr, daß ich mich an ihn lehnen mußte, um nicht unter der süßen Verwirrung wieder hinzusinken. Charles sah sie und vergaß seine eigene, um die meinige zu beheben.

Jetzt hatte mich die wahre, veredelte Leidenschaft mit dem ganzen Gefolge ihrer Anzeichen ganz eingenommen; eine süße Empfindlichkeit, eine zärtliche Furchtsamkeit, liebeskranke Begierden, gemischt von Mißtrauen und Schamhaftigkeit, alles dies hielt meine Seele in einem gewissen Zwange, der mir unendlich teurer war als die Freiheit des Herzens, die ich lange, zu lange in dem Laufe grober Galanterie beibehalten hatte, über die das Bewußtsein mich jetzt in tugendhafter Verwirrung und Reue seufzen ließ. Kein wirklich unschuldiges Mädchen kann beim Anblick des ehelichen Bettes mehr über ihre unbefleckte Tugend erröten, als ich es tat in dem Gefühl meiner Schuld. Und wahrlich, ich liebte Charles zu zärtlich, um nicht innigst zu fühlen, daß ich ihn nicht verdiente.

Indem ich so unschlüssig und in der Verwirrung dieser sanften Zerstreuung dastand, nahm Charles sich die Mühe, mich mit liebevoller Ungeduld auszuziehen. Alles, dessen ich mich unter dieser Verwirrung und dem Gewühl von Empfindungen erinnern kann, waren einige unordentliche Ausrufungen der Freude und Bewunderung, besonders als er meine Brust fühlte, die zitternd und klopfend seiner sanften Berührung entgegenschwoll und ihm das willkommene Vergnügen bot, sie wohlgeformt und noch ebenso fest wiederzufinden.

Ich war bald zu Bette gebracht und durfte kaum einen Augenblick nach dem Liebling meines Herzens sehnsuchtsvoll aussehen, als er schon ausgezogen unter der Decke war, seine Arme um mich schlang und einen Kuß des Willkommens mit so unaussprechlicher Innigkeit gab und nahm, daß mein Herz mir auf die Lippen stieg und mit den feinen und wollüstigen Bewegungen, die allein Charles in mir erwecken konnte und die das eigentliche Leben, das Wesen des Vergnügens ausmachen, ihm entgegenhüpfte.

Zwei Lichter brannten auf dem Tische, und ein lustiges Kaminfeuer warf ein Licht aufs Bett, daß sich der Sinn, der für unser Vergnügen stets von so großer Wichtigkeit war, nicht zu beklagen hatte, daß er die Freuden nicht teilen durfte. Und wirklich, das Vergnügen, meinen angebeteten Jüngling zu sehen, war allein durch die Heftigkeit, mit der ich mir ihn gewünscht hatte, imstande, mich zu töten.

Aber da Handlung jetzt notwendig war für Begierden, die so sehr gereizt waren als die unsrigen, hob Charles nach einem kleinen Zwischenspiel, was noch trennend zwischen uns war, hinweg und legte seine breite, männliche Brust dicht auf die meinige, daß beide in dem zärtlichsten Aufruhr schlugen. Das Gefühl seines glühenden nackten Körpers, der den meinigen berührte, nahm mir jetzt alle Gedanken und gab alle Kraft meiner Seele der empfindlichsten aller Freuden hin, die, unendlich rührender jetzt durch den Unterschied der Person als des bloßen Geschlechts, auch mein empfindendes Herz mit ins Spiel zog – mein Herz, das, ewig treu gegen Charles, nie teilgenommen hatte an den gelegentlichen Opfern, die ich meinem Temperament, meiner Gefälligkeit und meinem Eigennutze dargebracht hatte. Aber ach, was ward aus mir, als ich unter dem dichten Gedränge heranstürmender Freuden das fühlte, das meine jungfräuliche Ehre einstens als Beute davontrug und das jetzt hartnäckig gegen eine meiner Lenden schlug, die ich aus wahrer Schamhaftigkeit noch nicht geöffnet hatte. Da wurde eine Leidenschaft wieder in mir erweckt, die zu aufrichtig war, um sich auf das falsche Verdienst erkünstelter Schwierigkeit oder angenommener Sprödigkeit anzulegen.

Ich habe, glaube ich, irgendwo vorher bemerkt, daß das Gefühl des Lieblingsteils der Mannheit etwas in seiner Natur unnachahmlich Rührendes hat. Nichts kann dem Gefühl teurer sein, nichts eine herrlichere Empfindung geben! Denken Sie denn, denken Sie es als eine Liebende, wie groß die ganze Entzückung dieses schnellsten unserer Sinne in seinem Mittelpunkt sein mußte, als nach einer so langen Entbehrung er sich da wieder entflammt fühlte unter dem sanften Drucke des

Gliedes, das uns alle beherrscht und besonders mein Auserwählter war auf der ganzen Oberfläche der Erden. Jetzt, auf dem höchsten Punkte seiner Steifigkeit, fühlte ich es als etwas so Unterjochendes, so Tätiges, so Solides und Angenehmes, daß ich nicht weiß, wie ich diesen Eindruck nennen soll; aber das Bewußtsein, daß es meinem geliebtesten Jüngling angehörte, gab mir eine so angenehme Erschütterung und wirkte so stark auf meine Seele, daß sie alle ihr Lebensgeister nach diesem Mittelpunkt der Wonne, der ihr vorzüglich geweiht ist, herabsandte, die in einem Punkt wie Sonnenstrahlen im Brennglase brannten mit der äußersten Hitze; die Springfedern des Vergnügens waren zu einer solchen Höhe heraufgewunden. Ich zitterte mit so heißem Durst nach dem nahen Genusse, daß ich krank war vor Begierde und unfähig, zweier Ideen Verbindung auszuhalten, die mich wonnevoll zerstreuten. Denn alle Gedanken, deren ich jetzt fähig war, waren, daß ich jetzt zugleich unter der Berührung des Werkzeugs des Vergnügens und des großen Siegels der Liebe war – Ideen, die in vermischten Strömen einen solchen Ozean berauschender Seligkeit über mich schwaches Geschöpf ergossen, daß ich dalag, überwältigt, verschlungen, verloren in einem Abgrund von Freude und sterbend vor unmäßiger Wonne.

Charles zog mich jetzt etwas aus dieser ekstatischen Zerstreuung unter einem Gefühl von Küssen durch sanfte Klagen über meine Stellung, die nicht ganz für seine Wünsche war. Aber wie süß, den Fehler zu verbessern! Den Andringlichkeiten der Natur und Liebe gehorsam, zogen sich meine Lenden auseinander und gaben auf dem sanften Wege des Einganges zum Vergnügen willig nach: ich sah, ich fühlte die köstliche Samtspitze! Er dringt ein, mächtig und voll – oh – meine Feder fällt mir aus der Hand in der Ekstase, in die mich mein treues Gedächtnis versetzt! Die Darstellungskraft verläßt mich und gibt eine Bemühung auf, die über ihre Kraft geht. Ich aber gab ihm erhöhend eine Flamme der süßesten, edelsten aller Empfindungen, die den hereinziehenden Stolzen segnete und begleitete, bis er am Ende seines Eindringens war und aus meinen Augen die Funken des Liebesfeuers, das mich in jeder Ader durchlief, in jeder Pore mir brannte, herausjagte – eine Mischung alle Teile meines Körpers durchwebender Freuden.

Jetzt hatte ich den Pfeil der Liebe von der Spitze bis an seine Feder eingenommen, da, wo die Lippen der Natur, die ihren ersten Atemzug diesem teuren Werkzeug verdankten, in gierigem Ansaugen, gleichsam aus Dankbarkeit, ihn umschlossen, indem alle inneren Teile in zärtlich mit warmer Begierde und zusammenziehender Tätigkeit umarmten und aufs zärtlichste willkommen hießen, indem sich jede Fiber eng herumlegte und ehrgeizig strebte, mit an seiner wonnevollen Berührung teilzunehmen.

Nachdem wir so einige Augenblicke in süßem Verweilen des Genusses der Sinne auf dem höchsten Punkte der Vereinigung gelegen hatten und gleichsam an der Knospe des Genusses sogen, trieb uns die dem Vergnügen natürliche Ungeduld bald wieder zur Handlung. Da aber fing der treibende Tumult von seiner und die entsprechenden Hebungen von meiner Seite an. Als unsere Freuden für die Sprache zu mächtig wurden, wurden wenigstens die Werkzeuge der Sprache in wollüstiger Vereinigung Organe des Gefühls! Und welch Gefühl, wie köstlich, wie durchdringend wollüstig! Und nun, nun! Ich fühlte, bis in mein Herz, ich fühlte die schreckliche Spitze, mit der die Liebe, herrschend über diese Handlung, das Vergnügen auszeichnet. Liebe! mit Recht das attische Salz des Genusses zu nennen. In der Tat, die Freude, so groß sie auch ist, ist ohne sie immer nur niedrig, gemein, sei es beim König oder beim Bettler; denn unstreitig ist es nur Liebe, die verfeinert, veredelt, erhöht.

So glücklich denn durch mein Herz, glücklich durch meine Sinne, war es über alle meine Kräfte, selbst die der Gedanken, mir die Vorstellung einer höheren Wonne als der, deren Genuß ich jetzt vollendete, zu bilden.

Charles, dessen ganzer Körper in krampfhafter Bewegung des Entzückens war, während das zärtlichste Feuer in seinen Augen zitterte, rührte mich so innigst an dem Mark des Lebens, zog mich so ganz aus mir selbst heraus, indem er ganz in mir selbst zu sein schien, daß ich in wonnevoller Entzückung mir eine solche Ergießung des Herzens und Geistes von uns beiden einbildete, durch die, ein Leib und eine Seele wir beide, er ich, ich er wurde.

Aber dies ganze Vergnügen nähert sich wie das Leben vom ersten Augenblick an nur zu schnell seiner eigenen Auflösung, und es lebte jetzt zu sehr, um nicht spornstreichs den wonnevollen Augenblick seiner Sterblichkeit heranzuführen. Schon kündigten die gewöhnlichen Zeichen das zärtliche Hinschmelzen an, das sogleich von der Ergießung meines Geliebten begleitet war, die fühlbar in mich hereinschoß und durch ihre sanfte, stillende, balsamische Kitzelung alle Schleusen der Freuden auch in mir eröffnete, die in ekstatischer Ausströmung halfen, die sprühende Glut zu stillen, und unser Vergnügen ertränkten, um bald wieder zu fließen. Denn Charles, treu den Gesetzen der Natur, in einem Atem dahinsterbend und ausströmend, schmachtete nicht lange in der auflösenden Entzückung, sondern erholte sich wieder und ließ mich fühlen, daß die wahren Springfedern seines Werkzeugs des Vergnügens entweder durch die Liebe oder die lange Ruhe zu hoch aufgewunden waren, um durch eine einzige Ausleerung abgespannt zu werden. Seine Steifigkeit blieb, und ohne den Ort zu verlassen und ohne mir die Unruhe zu machen, mich von meinem treuen Einwohner zu trennen, fing er die Handlung von neuem wieder an. Und so spielten wir dieselbe Oper wieder durch, in derselben wonnevollen Harmonie und Übereinstimmung. Unsere brennenden Begierden kannten, gleich unserer Liebe, keine Erholung. Mein Geliebter überströmte mich noch einmal mit einer Flut von Entzückungen, und eine krampfhafte Spannung unterwarf mich ihm ganz in dem Augenblick, als auch ich ihm entgegenströmte zur Vermehrung seiner Freuden und Ausgüsse, die mich so bewegten, daß sich alle Quellen in mir aufschlossen durch das zusammenziehende Aussaugen, mit dem der empfindliche Bau dieser Teile die Knospe der Liebe mit eben der gefühlsmäßigen Gierigkeit und Anhänglichkeit anzieht und auszieht, mit der, um das Große mit dem Kleinen zu vergleichen, die gütige Natur das Kind an die Brust fesselt durch das Vergnügen, das es in der Bewegung seines kleinen Mundes und seiner Kinnbacken findet, um den Milchstrom herauszuziehen, der für seine Erhaltung bestimmt ist.

Aber noch war seine Kraft nicht erschöpft, auch nicht seine Begierden so ausgelöscht, daß sie schon besänftigt waren. In seinem Alter sind Begierden Kraft. Er hätte einen dritten Triumph zu erringen versucht, ohne seinen Ort zu meinem Erstaunen auch jetzt zu verlassen, wenn eine Zärtlichkeit, die wahrer Liebe natürlich ist, mich nicht mit Selbstverleugnung genug belebt hätte, ihn zu schonen und nicht zu überspannen, und wenn ich ihn daher nicht gebeten hätte, sich und mir Ruhe zu geben. Ich erhielt daher endlich einen kurzen Waffenstillstand, da er mich vollkommen überzeugt hatte, daß er seinen Mann stehen könne.

Den Rest der Nacht samt der Zeit, die wir dem Tage abliehen, brachten wir in unermüdeter Hitze hin, unsere Feierlichkeit immer von neuem begehend. Wir standen erst ziemlich spät am Morgen auf, munter, frisch, kraftvoll, obgleich Ruhe uns fremd geblieben war. Aber die Vergnügungen der Liebe waren uns das gewesen, was die Freude eines Siegs einer Armee ist: Ruhe, Erfrischung, überhaupt alles!

Weil jetzt von einer Reise ins Land keine Rede mehr war, ich auch Befehl gegeben hatte, die Pferde wieder in Richtung London zu schicken, so verließen wir das Wirtshaus bald nach dem Frühstück, nicht ohne daß ich vorher freigebige Zeichen meiner Dankbarkeit für das Glück, das mir hier begegnet war, ausgeteilt hatte.

Charles und ich waren in einer Kutsche, der Kapitän und meine Gesellschafterin in einer besonders für sie gemieteten Chaise, damit wir alle Bequemlichkeiten eines Tête-à-Tête hätten.

Auf dem Wege war ich, da der Aufruhr meiner Leidenschaften ziemlich gestillt war, genug Herr meines

Hirns, um den Lauf meines Lebens zu erzählen, in den mich die Trennung von ihm gebracht hatte, eine Erzählung, die ihn weniger befremdete, da er, wenn er an die Umstände dachte, in denen er mich zurückgelassen, nicht unvorbereitet darauf sein konnte.

Als ich ihm aber von meinem jetzigen Vermögen erzählt hatte, und das mit der Aufrichtigkeit, die sosehr Natur bei mir war, bat ich ihn um die Annahme desselben für einen eigenen Besitz. Ich würde Ihnen vielleicht gegen den Gegenstand meiner Leidenschaft zu parteiisch scheinen, wenn ich versuchen würde, seinem Zartgefühl Gerechtigkeit widerfahren zu lassen.

Nur das eine also, daß ich, nachdem er mir geradezu die unbedingte, uneingeschränkte Schenkung, auf die ich ihn lange drängte, abgeschlagen hatte, endlich aus Gehorsam gegen seine ernsthaften Befehle (denn ich ließ nicht ab, bis er sich der höchsten Gewalt bediente, die ihm die Liebe über mich gegeben hatte) nachgab, meine ernsteste Gegenvorstellung dagegen fallenzulassen, daß er sich selbst herabsetzen und der allerdings ungerechten Bemerkung aussetzen wollte, er beflecke seine Ehre, wenn er eine zu seiner Frau machte, die sich schon sehr geehrt gefühlt hatte, seine Mätresse zu sein.

Das, was die Liebe sagte, war mächtiger als alle Einwendungen, und Charles, durchaus gewonnen durch den Wert meiner Empfindungen für ihn, deren Aufrichtigkeit er notwendig in einem Herzen lesen mußte, das immer ihm offenstand, nötigte mich, seine Hand anzunehmen, was mir neben unzähligen andern Seligkeiten auch die Freude brachte, den lieben, schönen Kindern, die Sie aus dieser glücklichsten aller Ehen haben entspringen sehen, einen gesetzmäßigen Vater zu geben.

So kam ich endlich glücklich in den Hafen, wo ich im Schoße der Tugend die einzigen unverfälschten Süßigkeiten genoß. Wenn ich zurücksehe auf die Lasterbahn, die ich gegangen bin, und schändliche Liebkosungen mit den unendlich höhern Freuden der Unschuld vergleiche, kann ich mich nicht enthalten, diejenigen auch in bezug auf den Geschmack zu bemitleiden, die, versunken in grober Sinnlichkeit, unempfindlich sind gegen die feinern Reize der Tugend, denn das Vergnügen hat keinen größeren Freund wie es keinen größeren Feind als das Laster hat. Mäßigkeit macht den Menschen zum Herrn über die Freuden, deren Unmäßigkeit ihn sklavisch unterjocht; die eine ist Quelle der Gesundheit, Munterkeit, Fruchtbarkeit, Heiterkeit und jedes andern wünschenswerten Guten im Leben; die andere Quelle der Krankheit, Schwächlichkeit, Unfruchtbarkeit des Überdrusses an sich selbst und jedes andern Übels, das die menschliche Natur befallen kann.

Vielleicht lachen Sie über dieses Schlußstück von Moral, das die Macht der Wahrheit mir abzwingt und das das Resultat ist von vielen, miteinander verglichenen Erfahrungen. Sie halten es ohne Zweifel für nicht am Platze. Es ist auch möglich, daß Sie glauben, es sei elender Kunstgriff eines Frauenzimmers, einer Geweihten des Lasters, die sich mit einem Lumpen von Schleier, der dem Altar der Tugend entwunden worden, verhüllen will, nicht anders, als wenn sich einer bei einer Maskerade für hinlänglich verkleidet halten wollte, wenn er nur seine Schuhe mit Pantoffeln vertauscht oder als wenn ein Schriftsteller ein verräterisches Buch damit schützen wollte, daß er es mit einem förmlichen Gebet für den König beschließt. Aber ungeachtet, daß ich mir schmeichle, Sie hätten eine gerechtere Meinung von meinem Herzen und meiner Aufrichtigkeit, erlauben Sie mir nur, Ihnen vorzuhalten, daß eine solche Auffassung der Tugend niemand nachteiliger ist als mir selbst; denn sie kann, übereinstimmend mit Güte des Herzens und Billigkeit, keinen Grund als in der unrichtigen Furcht haben, daß ihre Freuden mit denen des Lasters nicht verglichen werden können. Aber lassen Sie die Wahrheit es wagen, das Laster in seinem blendendsten Licht aufzustellen, und sehen Sie dann, wie unecht, wie niedrig sein Genuß ist, wieviel niedriger seine Freuden, gehalten gegen die, welche die Tugend heiligt, deren Empfindungen nicht zu hoch sind, um auch den Sinnen Würze zu geben, aber eine Würze vom höchsten Geschmack! Die Laster sind Harpyien, die unsere Genüsse verderben und ekelhaft machen. Seine Pfade sind zwar zuweilen mit Rosen bestreut, aber mit solchen, unter denen Dornen und heimlich nagende Würmer versteckt sind, während die Pfade der Tugend mit Rosen bestreut sind, die nimmer welken.

Wenn Sie mir daher wollen Gerechtigkeit widerfahren lassen, müssen Sie mich schon für ehrlich halten bei dem Weihrauch, den ich der Tugend streue. Habe ich das Laster in seinen lachendsten Farben gemalt, habe ich es mit Blumen ausgeschmückt, so geschah es allein, um es als ein desto würdigeres, feierlicheres Opfer der Tugend darzubringen.

Sie kennen Mr. C.O., Sie kennen seine Verhältnisse,

seinen Wert, seinen Verstand: können Sie, wollen Sie sagen, es sei wenigstens von seiner Seite übel gemeint, wenn er, ängstlich besorgt für das Herz seines Sohnes, in der Absicht, ihn für die Tugend zu bilden und ihn mit einer festen, vernünftigen Verachtung des Lasters zu beseelen, sich entschloß, sein Zeremonienmeister zu sein, und ihn durch die berühmtesten schändlichen Häuser der Stadt führte, damit er da mit allen Szenen der Ausschweifung vertraut würde, die so sehr gemacht sind, den guten Geschmack mit Ekel zu erfüllen. Der Versuch, werden Sie rufen, ist gefährlich. Gewiß, bei einem Toren; aber sind Toren der geringsten Aufmerksamkeit wert?

Ich werde Sie bald sehen; denken Sie in der Zeit gütig und nachsichtig von mir und halten Sie mich immer, Madame, für

Ihre
ergebene usw.

Nachwort

Als 1750 die zweite, schon entschärfte Fassung der Memoiren von Fanny Hill erschien, war das für den Bischof von London, Thomas Sherlik, noch Anlaß genug, »dieses ekelhafte Buch als einen offenen Angriff gegen Religion und Wohlverhalten, als eine Schande für die Ehre der Regierung und für das Gesetz des Landes« zu verdammen und für die zwei Londoner Erdbeben des Jahres 1750 verantwortlich zu machen. Cleland selbst, befangen in seiner Zeit, schwor seinem Buch ab, »das ich mich scheue zu verteidigen«, und von dem er aus voller Seele wünschte, daß es »begraben und vergessen« sei.

Weder der Bann des Frommen noch der fromme Wunsch des Autors vermochte die Leser zu beeindrukken. Die ehrbarste Dirne der Weltliteratur, wie sie verschiedentlich genannt wird, verfemt, verleugnet, verfälscht, verboten – und dennoch unangreifbar, eroberte sich einen Platz unter den großen Heldinnen der englischen Literatur des 18. Jahrhunderts, zu denen immerhin doch solche bedeutende wie Moll Flanders und Roxana (Defoe 1722, 1724), Pamela und Clarissa (Richardson 1740/41, 1748), Shamela und Amelia (Fielding 1741, 1751) zählen. So wie Fanny die Wirren ihres Lebensweges schadlos meistert und sich ihren Charme bewahrt, so hat auch das Buch seine dornenreiche Geschichte überstanden. Seit ihrem Erscheinen 1748/49 in London gehört die Lebensbeichte der Fanny

Hill zu den begehrtesten Titeln des erotischen Bücherschatzes der Weltliteratur. Johann Joachim Winckelmann, der sich wie Georg Christoph Lichtenberg und nach ihnen viele Autoren zum literarischen Wert des Werkes bekannte, schreibt 1759 in einem Brief, daß es von einem »Meister in der Kunst, von einem Kopfe von zärtlicher Empfindung und von hohen Ideen, ja, in einem erhabenen pindarischen Stile« geschrieben sei. In dem von Hirschfelds Institut für Sexualforschung in Wien 1929 herausgegebenen Bilder-Lexikon »Literatur und Kunst« heißt es: »Fanny Hill hat Stil und Charakter und ist jedenfalls die beste erotische Erzählung in englischer Sprache. Die Entwicklung der Erzählung ist natürlich und gewandt, und selbst die zweideutigsten oder vielmehr eindeutigsten Szenen werden in so gewählter und dabei doch in lebhafter Sprache gebracht, wie dies bei keinem anderen englischen Erotikum der Fall ist.«

Nicht der blanke Sex, wie fälschlich vermutet wird, sondern die Schilderung menschlicher Verhaltensweisen und Auffassungen von Liebe und Sexualität bilden die Substanz dieser vergnüglichen und bewegten Lebensbeichte eines ehemaligen Freudenmädchens. Cleland selbst verlangt von Romanen, daß »sie als Quelle den Menschen, seine Tugenden, seine Laster, seine Leidenschaften, seine Pflichten und seine Verrücktheiten haben«, und er hilft damit auch den langdauernden Erfolg der »Memoirs of a Woman of Pleasure« zu erklären.

Gleich manchem anderen unerfahrenen Mädchen ihrer Zeit kommt die kaum fünfzehnjährige mittel- und schutzlose Fanny Hill nach dem plötzlichen Tode ihrer Eltern aus dem dörflichen in das großstädtische Milieu des vergnügungssüchtigen, von großen sozialen Unterschieden gezeichneten London. Das anziehende Mädchen gerät in die Fänge der Kupplerin Mrs. Brown, die sie für ihr Bordell abzurichten sucht. Ihr erster Kunde ist ein alter, reicher Lüstling. Fanny in ihrer drastischen, direkten Redeweise bezeichnet ihn schlichtweg als »Ungeheuer, zu welchem mich meine gewissenlose Wohltäterin, welche schon lange seine Kupplerin gewesen war, verurteilt hatte«. Es ist aufschlußreich, daß es diesem »geilen Bocke« nicht gelingt, Fanny zu überwältigen und ihr die Unschuld zu nehmen, und es ist genauso aufschlußreich, daß gerade diese sozial wichtige Szene in manchen Ausgaben nicht zu finden ist, als vorgeblich »zu hart« herausgestrichen wurde – ein Schicksal, das viele unbequeme Szenen teilen, zum Beispiel die von Fanny beobachtete homosexuelle Begegnung, die bis in die neueste Zeit hinein grundlos als Einschub von »Drybutter, dem Buchhändler« (Lowndes's Bibliographer's Manual 1884) gedeutet wurde, nach neuesten Erkenntnissen (Peter Sabor) eine offensichtlich fiktive Figur.

Auch nach diesem fehlgeschlagenen Manöver geht die Rechnung der geschäftstüchtigen Mrs. Brown und ihrer Helfershelferin, der lesbischen Phoebe, nicht auf. Der Zufall führt Fanny mit dem ehrlichen und schönen Jüngling Charles zusammen. Der rettet sie aus dem Dirnenmilieu und wird ihre erste und große Liebe. Diese reine und zugleich überaus sinnliche Zuneigung – das Glück der beiden Liebenden wird jäh dadurch unterbrochen, daß Charles von seinem Vater auf eine lange Reise geschickt wird – bewahrt sich Fanny über alle

Stationen ihres Lebens hinweg, und diese Liebe bildet auch das Fundament eines Happy-Ends, das auf den ersten Blick ein wenig zufällig, künstlich, moralisierend anmutet, bei näherem Betrachten aber doch seinen Sinn hat.

Es wird eine Liebesheirat sein, die freie Entscheidung einer selbstbewußten, erfolgreichen Frau – was allein schon ungewöhnlich genug für diese Zeit war.

Vorerst aber bleibt die zurückgelassene Fanny, blutjung und mittellos, den Fährnissen des Großstadtlebens ausgeliefert. Kummer, Not und Unerfahrenheit treiben sie ins Dirnenmilieu zurück. Zu ihrem Vorteil gerät sie an den vornehmen und einfühlsamen Mr. H., in dem sich Cleland vermutlich selbst ein wenig porträtiert hat. Dieser respektiert sie als Persönlichkeit und führt sie, Fannys Sinnlichkeit ansprechend, zu beiderseits erfreulichem Liebesspiel. Der sich anschließende emphatische Kommentar charakterisiert jedoch deutlich Fannys Auffassung von Lust und Liebe: »Aber welch einen unendlichen Unterschied fand ich unter diesen Eindrücken rein animalischer Liebe, die nur aus der Zusammenkunft beider Geschlechter durch leidende körperliche Empfindungen entstanden war, und der süßen Wut, dem Sturm tätiger Lust, die den Genuß gegenseitiger Liebe krönt, wenn zwei Herzen, die zärtlich und aufrichtig vereint sind, sich noch enger verbinden, um ihre Freude noch zu erhöhen ...« Fanny läßt Geschlechtsverkehr nicht einfach über sich ergehen, sondern genießt ihn in vollen Zügen. Aber der ideale Platz dafür ist ihrer Neigung nach die von gegenseitiger Liebe getragene Partnerbeziehung: Die Sexualität gewinnt bei aller Selbständigkeit erst durch die

Liebe ihre große menschliche Dimension – eine für die damalige Zeit höchst moderne Auffassung.

Erneut in trostlose Verhältnisse geraten, findet die Waise dankbar Halt bei der »Putzmacherin« Mrs. Cole, in deren Etablissement sie die feine Lebensart, erotische Raffinesse wie den freizügigen sexuellen Genuß lernt, ohne je ihren Charles zu vergessen.

Fannys letzter Verehrer schließlich, ein sechzigjähriger Junggeselle, mit dem sie als Haushälterin friedlich zusammenlebt, hinterläßt ihr ein Vermögen und sie geläutert – so daß der Zweisamkeit mit Charles und dem künftigen Familienglück nichts mehr im Wege steht.

Es ist die starke, vitale, sinnliche Fanny, das Mädchen aus dem Volke, das Naturkind, das allem Schmutz und Übel zum Trotz ihre Persönlichkeit bewahrt und über die Verhältnisse obsiegt, die den Leser bis heute fasziniert. Sie gerät in ausweglose Bindungen und verderbte Situationen hinein, hilft sich aber wieder heraus; sie erwirbt Raffinesse und erlernt allerlei Tricks, ohne ihre Natürlichkeit einzubüßen; sie erlebt Häßliches, kann aber dieses Häßliche in seiner Abartigkeit bewerten; sie wird zur Mätresse alter Galane, zur Gespielin junger Gentlemen und zur Dirne für jedermann, sieht darin aber nicht den Sinn ihrer Sinnlichkeit. Das eigenartige Spannungsfeld zwischen ihrem Gewerbe und ihrer Tugend verblüfft. »Für ein Freudenmädchen ist Fanny wirklich überraschend moralisch«, schreibt Peter Sabor.

Von der ersten bis zur letzten Seite, vom wortspielerischen Versprechen auf Wahrheit, splitternackte Wahrheit, (»stark naked truth«) bis zum doppeldeutigen »Moralschwänzchen« (»tail-piece of morality«), ist diese unbefangene und ungeschminkte Lebensbeichte sprachlich originell, elegant, kraftvoll, direkt, aber nie obszön.

Phantasievoll werden immer wieder neue Ausdrücke für ein und denselben Vorgang gewählt. Allein für den Penis finden sich über fünfzig metaphorische Variationen (»master member of the revels«, »picklock«, »nipple of Love« ...). Sprachliche Anleihen werden aus dem Lebensmilieu der Liebhaber von Fanny genommen, so, wenn der Seemann »sich meiner als Prise bemächtigte, und in einer Flutwelle den tobenden Brand meiner Begierden ertränkte«. Die malerischen Umschreibungen – von den »hügeligen Erhebungen« bis zur »seidenweichen Tiefe« – erinnern stilistisch an die erotischen Gedichte aus der Jakobinerzeit und der Zeit König Karls.

John Cleland, 1710 in Kingston-on-Thames/Surrey geboren und 1789 in Petty France / Westminster gestorben, lebt in der Zeitspanne nach der englischen bürgerlichen Revolution bis zur Französischen Revolution. England erstarkt industriell und ökonomisch. Es gewinnt entscheidenden Einfluß in Europa und baut seine koloniale Machtstellung in der Welt aus. Zugleich verschärfen sich seine inneren und äußeren Widersprüche. Der freie Bauer wird durch den Pächter ersetzt und die bäuerliche Dorfgemeinde zerstört. Die Industrialisierung verstärkt die Landflucht zugunsten des städtischen Proletariats. Neben verfeinerte Sitten und hohen kulturellen und moralischen Anspruch treten Verelendung, Alkoholismus (es siegt der billige Schnaps, der Gin), Vergnügungssucht, Verbrechen. Hogarths Zeichnungen, Gays »Bettleroper«, Swifts Satiren, Defoes »Robinson«, Fieldings »Findling«, Goldsmiths »Landpfarrer von Wakefield – sie alle erzählen von den dramatischen Konflikten jener Zeit.

»Fanny Hill hat durchaus ihre Beziehungen zu den literarischen Figuren ihrer Zeit. Ähnlich wie in Defoes »Moll Flanders« wird die Entwicklung eines jungen Mädchens von der Prostituierten und Mätresse zur reichen Ehefrau erzählt. Aber Cleland ist geistig doch eher mit Richardson und auch Fielding verwandt, der mit seiner »Shamela« die »Pamela« von Richardson parodierte. Peter Sabor sieht in der Fanny Hill, die gleichermaßen Anti-Shamela und Anti-Pamela sei, eine Kritik und Imitation beider Werke. »Cleland ist es in den ›Memoiren‹ glänzend gelungen, eine Heldin mit der emotionalen Spontanität einer Pamela und der sexuellen Offenheit einer Shamela zu schaffen.«

Clelands Vater, der schottische Offizier und Staatsangestellte William Cleland, war mit Alexander Pope, dem englischen Philosophen und klassizistischen Dichter, dem Dichter John Gay und dem Schriftsteller und Dramatiker Sir Richard Steele befreundet. Die Mutter Lucy Dupass, Engländerin holländisch-jüdischer Herkunft, war mit Chesterfield bekannt. Zwei Jahre besuchte John die Westminster Scool, mit siebzehn Jahren ging er als Infanterist nach Bombay, wo er sich in der Ostindischen Gesellschaft hocharbeitete und danach viele Länder bereiste. Allmählich aber schrumpfte sein Vermögen. Er machte Schulden und geriet in schwere finanzielle Schwierigkeiten. Im Februar 1748 kam er auf Antrag zweier Gläubiger ins Fleet-Gefängnis, und hier schrieb er beide Teile der »Memoirs of a Woman of Pleasure«.

Der erste Teil wurde im November 1748 und der zweite im Februar 1749, drei Wochen vor Clelands Entlassung, von »G. Fenton« herausgegeben, was ein Deckname für Fenton Griffiths war.

Für zwanzig Guineen kaufte Griffiths Cleland das Abdruckrecht ab, um selber an dem Buch, wie es heißt, 10 000 Pfund zu verdienen – allerdings nicht an der ersten Ausgabe, denn die erschien zum Preise von drei Shilling lediglich in einer Auflage von 750 Exemplaren.

Wegen der Veröffentlichung des »obszönen«, »widerlichen«, »infamen« Buches im November 1749 erneut arretiert, erarbeitete Cleland nach baldiger Freilassung eine gekürzte, stilistisch zum Teil verbesserte Fassung des Buches, die keine explizit sexuellen Szenen mehr enthielt und im März 1750 unter dem weniger verfänglichen Titel »Memoirs of Fanny Hill« einbändig herauskam und dank Griffiths Marketing rasche Verbreitung fand. Das anhängige Gerichtsverfahren hatte einen bemerkenswerten Ausgang: Cleland erhielt eine jährliche Rente von einhundert Pfund, um nicht in Versuchung zu geraten, weitere erotische Romane zu verfassen.

Den ersten beiden Ausgaben der »Fanny Hill« folgten Hunderte weitere. Rasch wurde das Buch auch in andere Sprachen übersetzt, schon 1751 ins Französische, 1756 ins Deutsche unter dem Titel »Entdeckte Heimlichkeiten einer zuletzt glücklich gewordenen Mätresse«, 1765 in Nordhausen aus dem Französischen unter dem Titel »Der traurige Lohn unzüchtiger Liebe junger Leute oder Die bekehrte Bordellschwester«. Die erste amerikanische Ausgabe erschien in Clelands

Todesjahr, italienische, portugiesische, spanische, holländische, dänische, ungarische, slowenische Übersetzungen folgten. Die »Fanny Hill« gehört mit zu den am häufigsten gedruckten, übersetzten, illustrierten englischen Romanen – trotz der fehlenden offiziellen Anerkennung. Viele Ausgaben erschienen mehr oder weniger gekürzt oder verstümmelt. Die Übersetzungen fielen nicht zuletzt infolge des jeweiligen Zeitgeistes und des individuellen Stils des Übersetzers höchst unterschiedlich aus; eine »gültige« deutsche gibt es bisher nicht. Nicht selten wurden im Raubdruck geschäftstüchtiger Verleger zusätzlich obszöne Passagen eingefügt, noch häufiger die »anstößigen Stellen« eliminiert. Bei einigen Büchern stimmte lediglich der Titel und bei anderen nicht einmal dieser.

Die Geschichte der erotischen Literatur ist immer auch die Geschichte ihrer Verfolgung. Der Aufruhr, den das Buch bei seinem Erscheinen verursachte, hielt länger als zwei Jahrhunderte an. Oft gelesen und weitergegeben, war es lange Zeit ein Synonym für »dirty books«, ein echtes Underground-Buch, genauso aber heimliches Wertstück feinsinniger Kenner erotischer Literatur. Noch weit bis in unser Jahrhundert hinein war die »Fanny Hill« verboten. Sie erschien in Privatdrucken und in Liebhaberausgaben. Das Buch wurde nur heimlich vertrieben und gelangte nicht in den freien Buchhandel.

Noch 1963 kam es in New York und 1968 in München zu Gerichtsverhandlungen, die in dem einen Fall – auf Grund von Gutachten prominenter Zeugen über den künstlerischen und sittengeschichtlichen Wert –

mit dem völligen Freispruch der »Fanny Hill« endeten, in dem anderen nur mit dem Freispruch des angeklagten Verlegers, während Fanny Hill als »objektiv unzüchtig« erklärt wurde. Erst seitdem, seit 1963 in den USA und seit 1970 in England, erschienen legale Ausgaben, keine allerdings vollständig. Die erste kritische englische Ausgabe mit dem ungekürzten Text der ersten Ausgabe kam mit einem gründlichen Vorwort des englischen Sprach- und Literaturhistorikers Peter Sabor 1985 bei Oxford University Press heraus – und damit erst, nach genau 236 Jahren, widerfuhr dem Original auch offiziell Gerechtigkeit.

Kurt Starke

AtV

Band 1414

Guillaume Apollinaire
Die Großtaten eines jungen Don Juan

Aus dem Französischen von
Eberhard Wesemann

140 Seiten
ISBN 3-7466-1414-7

Der große Dichter der französischen Moderne, Autor des »Pont Mirabeau«, der »Calligrammes« und der Gedichtsammlung »Alcools«, Freund der Maler Matisse, Braque, Picasso veröffentlichte 1907, nur mit seinen Initialen G. A. gezeichnet, diesen provokanten Roman, den die Literaturgeschichte meist verschwiegen hat. Die saftigen phallischen Großtaten seines jugendlichen Helden Roger offenbaren die bis zur Maßlosigkeit gesteigerten Männlichkeitsträume eines Dichters, der ein Leben lang unter unerfüllter Liebessehnsucht gelitten hat.

AtV

Band 1413

Alfred de Musset

zugeschrieben

Gamiani oder zwei Nächte der Ausschweifung

Roman

131 Seiten

ISBN 3-7466-1413-9

In einer illustren Champagnerrunde der Romantik geht ein junger Dichter die Wette ein, binnen drei Tagen ein Werk zu schreiben, das eine starke sinnliche Leidenschaft zum Ausdruck bringt, ohne durch rohe Worte oder Bilder den Geschmack zu verletzen. Das 1833 erstmals erschienene kleine Opus erzählt vom lesbischen Liebeswahn einer Gräfin Gamiani, der mit Mord und Selbstmord endet im Augenblick der höchsten Lust. War die schaurige Geschichte ein Racheakt des Dichters Musset an seiner treulosen Geliebten George Sand? Erotische Texte sind, da meist anonym erschienen, von Mythen umwoben, die bisweilen fast ebenso spannend sind wie die Texte selbst.

AtV

Band 1411

Honoré-Gabriel Riqueti Comte de Mirabeau
Hic & Hec oder die Stufenleiter der Wollust

Aus dem Französischen und mit einem Nachwort von Eberhard Wesemann

128 Seiten
3-7466-1411-2

Ein Feuerwerk an Witz, Lust, genialer Sinnlichkeit ist diese Erzählung über die erotische Karriere eines jungen Abbé, der als Hauslehrer in eine französische Adelsfamilie der Provence kommt. Was hier zu zweit, zu dritt, zu viert, zu siebent ... in beeindruckendem Reichtum an Phantasie und körperlicher Kondition praktiziert wird, ist das literarische Werk eines Mannes, der der häßlichste Kopf und zugleich der faszinierendste Redner der Französischen Revolution war: Graf Mirabeau. Er schrieb dieses kleine Buch zwischen 1777 und 1780, in den Jahren seiner Festungshaft in Vincennes – schrieb es, einfach um zu überleben und an seinem überschäumenden Temperament nicht zugrunde zu gehen.

AtV

Band 1415 **Josefine Mutzenbacher und ihre 365 Liebhaber**

Roman

250 Seiten

ISBN 3-7466-1415-5

Wenn die Pepi, also die Josefine, am Ende des Buches, nun bald eine gutbürgerliche Ehefrau, über eine ehrbare Zukunft ihres Töchterchens nachsinnt, muß sie sich von der Freundin Steffi in realistischer Einschätzung der Dinge sagen lassen: »Na, leicht is ja net, a Dame und anständig sein, solang die Männer no an Zebedäus haben. Und das Vögeln wird so bald net aus der Mod kommen ...« Der hinreißende Charme des Wiener Dialekts, dazu literarische Gestalten von ausgeprägter Individualität machen diese vermeintliche Fortsetzung der »Lebensgeschichte einer Wiener Dirne« zu einem der deutschsprachigen Glanzpunkte im Fundus der internationalen erotischen Literatur.